KB166151

태백산맥

조정래 대하소설

태백산맥

5

제2부 민중의 불꽃

태백산맥 제2부 민중의 불꽃

5권

13

빨갱이와 내통한 좌익분자

하대치는 마땅찮음이 가득 물린 입을 삐뚜름하게 해가지고 서운상이네 솟을대문을 올려다보며 여기저기 살피고 있었다.

"씨부랄 놈, 이놈도 작인덜 등까죽깨나 빗긴 놈이로구만."

그는 투덜거리고 나서 카악 가래를 돋우어 대문을 향해 내뱉었다. 날아간 가래가 왼쪽 대문 중간쯤에 찰싹 붙었다. 그는 얼굴을 찡등그린 채 대문으로 다가가 거침없이 두들겨대기 시작했다.

"누구다요오! 대문 그리 쳐대면 그짝 주먹 깨지제, 대문에 실금이나 갈 줄 아요?"

앙칼진 여자의 소리가 날아왔다. "워떤 년이 새살 한분 잘 까네."

하대치는 욕질을 하며 대문 두들기기를 그쳤다.

"누구다요?"

대문이 열림과 동시에 성질 돋은 목소리가 튀어나왔다.

"나요!"

하대치는 큰 소리를 내며 얼굴을 안으로 쑥 디밀었다.

"워메 엄니!"

여자가 질겁을 하며 뒤로 물러섰다.

"와따메, 애 뱄으면 애 떨어져뿔겄소. 밤도 아닌 뻘건 대낮에 사람이 사람얼 보고 워찌 그리 놀래고 그러요?"

하대치는 헛눈질을 하며 능청을 떨었다.

"워메 시상에나……." 여자는 손바닥으로 가슴을 누르고 숨길을 돌리는 듯하더니, "체신이고 얼굴이고 하나또 보잘것읎이 생게갖고 멀 믿고 그리 난리 판굿이요, 판굿이!" 표독스럽게 쏘아붙였다.

"허, 여자가 초면인 남자 인물평도 지멋대로 막 혀불고, 영판 똑똑혀부네." 하대치는 바람 새는 헛웃음을 흘리며, 믿기는 머럴 믿어, 서운상이가 없는 것을 믿제, 속대꾸를 하고는, "좌우당간, 여그가 서운상이란 사람집이 맞제라?" 표정을 싹 바꾸며 물었다.

"그런디, 워째 그요?"

여자는 하대치의 몰골을 위아래로 훑었다. 곱지 않은 눈매에 업신여기는 빛이 역력했다.

"허먼, 머심 있소?"

"음마, 음마, 참말로 벨 꼬라지 다 보겄네. 피 서방이란 이름이 요라타께 있는디, 첨 보는 사람이 누구보고 머심이여, 머심이."

여자가 금방 대들 것 같은 기세로 눈꼬리를 세웠다. 여자의 하는 품으로 보아 머심의 아내라는 것을 하대치는 이내 눈치챘다.

"나야 심바람얼 왔웅께로 피 서방인지 물 서방인지 알 것 읎고, 벌교경찰서서 왔는디, 피 서방 시방 있소?"

"워메, 경찰서라?"

여자는 순간적으로 질리며 뒤로 주춤 물러섰다.

"피 서방 있소, 읎소."

하대치는 여자를 더 몰아붙였다.

"몸이 아파 자니께 쪼깐 기둘리씨요. 얼렁 깨와갖고 나오겄소."

태도가 돌변하는 여자는 쫓기듯이 돌아섰다. 하대치는 쩝쩝 입맛을 다시며 귀에 꽂았던 꽁초를 빼들었다.

ㄴ자로 꺾인 뻣뻣한 느낌의 왼쪽 팔을 목에 늘인 멜빵에 건 남자가 여자와 함께 부산스럽게 나왔다.

"경찰서서 오셨다고라?"

남자는 고개를 꾸벅이며 물었다.

"그러요. 심바람얼 왔는디, 싸게 오랍디다."

"다 끝막음난 줄로 알았등마 무신 일이까?" 피 서방은 불안한 낯빛으로 고개를 갸웃갸웃하다가, "무신 일이랍디여?" 하고 물었다.

"나야 심바람만 허는 신센디 무신 일인지 워찌 알겄소. 급헌 일인께 나허고 항꾼에 싸게 오라고만 헙디다."

"오라면이야 가기넌 갈밖에 읎는 일인디, 고 오살헐 강가놈 땀세 사람 볶여서 못살겄네. 그놈의 새끼가 워디로 내뺐는지, 눈앞에 있으면 가쟁이럴 짝짝 찢어났으면 속이 씨언허겄다."

피 서방은 얼굴에 핏기를 올리며 혼잣말을 질겅거렸다.

"아, 워디 가요?"

하대치는 뒤돌아서는 피 서방을 제지하듯 말했다.

"와따 사람 숨 넘어가게 잡지지 마씨요. 질이 먼디 신이나 바까 신어야제, 요러고 가겄소?"

하대치를 돌아다본 피 서방은 한쪽 다리를 들어 뻗치며 버럭 소리쳤다. 그 발에는 다 찌그러진 짚신이 걸려 있었다.

"멋 땀세 나헌테 성질내고 그러요?" 하대치는 눈을 부릅떠 맞쏘아보며, "싸게 나오씨요, 싸게. 늦게 왔다고 졸갱이질 당혀도 내사 몰릉께." 은근히 겁을 먹였다.

하대치는 피 서방과 함께 벌교 쪽으로 길을 잡았다. 그 걸음이 무척 빨랐다.

"와따 찬찬히 잠 갑씨다. 키는 쪼깐허고 다리넌 짧은 양반이 심바람만 해묵고 살아서 그런가 워째 그리 발이 빨르다요."

자꾸 뒤처지던 피 서방이 더 못 견디겠다는 듯 말했다. 하대치는 걸음을 멈추고 뒤를 돌아보며 피식 웃었다.

"벌교 워디 사는 누구요?"

말문을 틔워 하대치의 걸음을 늦추자는 속셈인지 피 서방이 말을 걸었다.

"경찰서꺼지만 가면 됐제 고런 건 알어서 워디다 쓸라요?"

하대치의 말은 퉁명스러웠다.

"아, 시상살이가 꼭 무신 쓰잘 디 있는 일만 허고 살아집디여? 그라고, 오다가다 옷끝만 스쳐도 인연이라는디 요리 항꾼에 행보럴

허게 됐음시로, 사는 동네 알고, 이름 아는 것이 그리 쓰잘 디 없는 일이겄소?"

여편네고 서방놈이고 드럽게 새살은 좋네. 하대치는 할 수 없다고 생각했다.

"쩌그 저 들몰 사는 염치대요."

염상진의 성을 따고, 자기의 이름을 뒤바꾼, 하대치가 더러 써먹은 가명이었다.

"나넌 피보길이요."

피보길, 하대치는 이름을 되뇌어보며 픽 웃었다.

"워째 웃소?"

"성도 순 불쌍눔 성에다가 이름할라 고것이 머시요."

"이름이 워째서라."

"피보길이가 머요, 피보길이가. 피보지라고 허는 기 훨썩 낫제."

"머시라고라, 피보지!"

피 서방이 우뚝 걸음을 멈추며 소리쳤다.

"워째, 나 말이 틀렸소?"

하대치는 느물거리며 웃었다.

"허면, 넘 존 이름 갖고 욕을 맹그는 짓거리가 잘허는 것이여!"

피 서방은 성한 오른팔로 삿대질을 하며 소리쳤다.

"이름이 하도 요상시런께 안 그렇소. 요러다가는 영축없이 늦어 참말로 졸갱이 치겄소. 미안시럽게 됐응께, 싸게 갑시다."

하대치가 팔을 끌었고, 피 서방은 마지못한 듯 발을 떼어놓았다.

"당신이 무식혀서 그렇제, 보배 보자에 길헐 길자, 보배가 쌓이고 쌓여라 허는 뜻인디, 요리 존 이름이 머시가 요상혀, 요상허기는. 그라고 나도 한마디 허고 넘어가야 쓰겄는디, 염가는 참 양반성이고, 치대라는 이름도 참말로 쪼옿고 쪼옿소. 염치가 너무 커서 넘 이름을 욕에다 갖다붙이는 염치없는 짓 허는갑소이."

"하이고메 유식허고 유식헌거. 하여튼지 보배가 쌓이고 쌯여 서운상이맹키로 잘 한분 살아봇씨요."

하대치는 말에다가 가시를 박고 있었다.

"걱정 마씨요. 나도 요분 참에 잡은 밑천으로 그리 살 날얼 기엉코 맹글고 말 텅께."

피 서방의 말이 하대치의 뇌리에 부딪쳐오며 불똥을 튀겼다. 그래서 이놈이…… 하대치의 의식에 명확히 잡히는 것이 있었다. 그러나 하대치는 기분 변화를 감추고 천연스럽게 물었다.

"무신 존 일이 있었는갑제라?"

"아니요, 아녀. 존 일은 무신……."

피 서방은 당황한 기색으로 얼버무렸다.

"아 그러덜 말고 말혀 봇시요. 존 일이야 자꼬 말을 혀야 더 좋아지는 법잉께요."

"어허, 아무 일도 아니라는디 왜 그래쌓소."

피 서방은 화를 벌컥 내며 걸음을 멈추었다.

"알겄소, 알겄소. 가기나 싸게 갑시다."

하대치가 달래듯 했다.

두 사람은 황톳길을 말없이 빠르게 걷고 있었다. 봄하늘의 끝둘레에 땅기운이 부유스름하게 서려 있었고, 봄새들의 지저귐이 어디에선가 청량하게 구르고는 했다.

고흥을 지키는 수문장이라 일컫는 삼각뿔로 외로운 듯 서 있는 첨산을 왼쪽으로 지났다 싶으면 뱀골재는 시작되었다. 하대치의 걸음이 어찌나 빠른지 피 서방은 그 뒤를 따라잡느라고 성한 팔 하나만을 휘둘러대며 애를 먹고 있었다. 그러나 하대치는 피 서방과 보조를 맞추느라고 평소의 제 빠르기를 내지 못하고 있었다. 주력은 혁명전사의 생명이고 무기다. 발끝으로 걸어라. 뒤꿈치가 닿기 전에 빨리 다른 발을 내밀어라. 걸음은 걸을수록 빨라진다. 걸어라, 계속 걸어라. 염상진이 되풀이하고 되풀이하는 말이었고, 하대치의 주력은 염상진과 맞먹는 수준이었다.

뱀골재마루에 거의 다다르고 있었다. 하대치는 걸음을 멈추고 돌아서 피 서방이 가까워지기를 기다렸다. 멜빵에 걸쳐진 피 서방의 왼쪽 팔이 무겁고 거추장스러워 보였다.

"으쩌요, 걸을 만허요?"

피 서방이 가까워지자 하대치가 입을 열었다.

"아이고메 죽겄는거." 피 서방은 숨을 헐떡거리며 이마에 내밴 땀을 훔치고는, "나도 기운 에진간히 쓰고, 발 빠르단 말도 듣는 축인디, 당신겉이 발 빠른 사람, 나 보기럴 첨 보요. 뛰는 것인지 날르는 것인지, 산사람덜 발 빠르단 말이야 들었는디, 산사람 아닌 당신은 그 빠른 발로 천상 발심바람 해묵고 살게 타고났소." 힘이 들어

하면서도 할 말은 다 했다.

"요 몬뎅이럴 올라챘으면 벌교도 다 간 심잉께 담배나 한 대썩 꼬실림스로 다리쉼얼 헐께라?"

하대치가 인심 쓰듯이 입을 뗐다.

"아이고메, 지발 그럽씨다. 아무리 다급혀도 사람이 살고 봐야제, 요 폴이 천근만근이요."

피 서방이 왼쪽 어깨를 올렸다 내리며 엄살을 섞었다.

"그러기도 헐 것이요. 나도 땀이 꼰꼰하게 뱄는디 기왕 쉴라면 쩌그 저 바윗뎅이 그늘로 갑씨다."

하대치는 턱짓을 하며 발을 떼어놓았다. 그가 턱짓한 쪽은 큰길에서 서른 발짝 남짓 떨어진, 골짜기가 시작되는 지점이었고, 거기에는 큼직큼직한 바윗덩이들이 서로 등을 기대고 있었다.

"다리가 심들어 쉴라는 것인디 멀라고 한 발이라도 더 가고 그래싸라. 나넌 그냥 여그서 쉴라요."

피 서방은 선 자리에 그대로 주저앉으려고 했다.

"피 서방, 그러덜 말고 날 따라오씨요. 담배 꼬실리는 간격이 한참인디, 편허게 쉬고 담배맛도 지대로 보자면 자리가 좋아야 쓴다 그 말이요. 나 말 안 듣고 정 거그서 쉴라고 하면 나 그냥 가뿔라요. 워쩌겄소?"

"허기넌 손 요 모냥 해갖고는 나 혼자 담배도 못 몰 처지고, 그냥 가기보담이야 쉬는 것이 훨썩 낫겄제라아."

피 서방은 기운 빠진 소리를 늘이며 하대치 쪽으로 걸어왔다.

두 사람은 바위그늘을 골라 앉았다. 하대치는 쌈지를 꺼내 담배를 말았다. 피 서방에게 먼저 건넸다. 또 하나를 말아 자신의 입에 물었다. 성냥 하나로 불을 나눠 붙였다. 담배를 맛있게 빨아대고 있는 피보길의 옆모습을 하대치는 느긋한 마음으로 바라보았다. 그는 담배를 깊이 빨아들였다. 긴장이 안개 걷히듯 풀려나감을 담배맛과 함께 느끼고 있었다. 하대치는 담배를 새로 돋은 풀 위에 놓았다. 그리고 두 손을 입에 대고 둥글게 겹쳐 모았다.

　"풀꾹, 풀꾹, 풀꾹."

　풀꾹새 소리가 일정한 간격으로 세 번 울렸다.

　"먼 소리여?"

　피 서방이 놀란 듯 후딱 고개를 돌렸다.

　"짭짭혀서 한분 혀봤소."

　하대치가 씨익 웃으며 담배를 물었다.

　"무신 새가 요리 가차이서 운다냐 싶어 놀랬소. 영축없이 풀꾹새 소리요. 참말이제 별난 재주 다 지녔소이."

　"돈벌이도 안 되는 요런 것이 재주는 무신 재주겠소."

　"돈벌이야 발심바람으로 허고, 넘 못허는 그것이 을매나 용헌 재주요."

　"싸게 담배나 태우씨요."

　피 서방이 고개를 되돌리고 막 담배를 입에 물 때였다.

　"하 동무, 무사허셨구만이라."

　느닷없이 들린 목소리였다.

"머시……."

소리나는 쪽으로 황급히 고개를 돌리던 피 서방은 말을 멈춘 상태의 모양 그대로 입을 반쯤 벌린 채 뻣뻣하게 굳어지고 있었다.

"개 겉은 자석, 나가 누군지 알겄어?"

피 서방을 뚫어지게 내려다보고 서 있는 것은 강동기였다.

"싸게 뜨세, 강 동무."

하대치가 피 서방의 뒷덜미를 우악스럽게 잡아끌며 일어섰다. 피 서방은 마치 허깨비처럼 자기보다 키가 작은 하대치에게 끌려가고 있었다.

골짜기로 좀더 들어간 바위 뒤에 염상진이 기다리고 있었다.

"댕게왔구만이라. 요놈이 그놈이구만요."

하대치가 피 서방을 염상진 앞에 세우며 보고했다.

"수고했소. 그놈을 무릎 꿇려 앉히시오."

염상진의 말이 끝나기가 무섭게 피 서방은 스스로 무릎을 꿇고 앉았다.

"고개 들어. 너, 우리가 누군지 알겠지?"

바위에 걸터앉은 염상진이 찬바람 도는 엄한 얼굴로 피 서방을 쏘아보며 물었다.

"야아……."

"저 사람 알아보겠나?"

염상진이 강동기를 가리켰다.

"야아, 그때 그……."

"왜 잡혀왔는지 알겠나."

"모, 몰르겄는디요."

"지금부터 묻는 말에 거짓말하지 말고 대답해라. 만약 거짓말을 하면 죽는다."

"야아……."

"그날 서운상이를 해치운 게 저 사람 혼자였나, 그렇지 않으면 셋이 함께였나."

"저 사람 호, 혼자였구만이라."

"다른 두 사람은 뭘 했나."

"저 사람얼 말겠구만이라."

"그런데, 왜 경찰서에 가서는 세 사람이 합세를 했다고 거짓말을 했나?"

피 서방은 고개를 푹 떨어뜨렸다. 하대치는 바로 이 대목이라 생각했다.

"고개 들어. 죽고 싶으면 거짓말해도 좋다."

"아니구만요, 참말만 허겄어라. 긍게, 쥔아짐씨허고 쥔어런 동상 허고 둘이서, 쥔어런 원수를 갚아야 쓴께 자꼬 그리 말허라고 혀서……."

피 서방은 또 고개를 떨어뜨렸다.

"대장님, 아까 저놈이 설핏 말허는 것이, 한밑천 챙기고 헌 짓이 구만요."

하대치는 더는 참을 수가 없어 입을 열었다.

"고개 들어. 뭘 받아먹었는지 빨리 말해. 조금이라도 거짓말을 하면 당장 죽어."

"야아 첨에넌 그럴 맴이 하나또 읎었는디, 쌀가마니럴 줄 팅께 그리 허라는 말얼 듣고 봉께 지 맴이 요상허게 변혔구만요. 그런 그짓말혀 주고 쌀가마니 받을 수 있다면야 나 폴 뿌라진 값도 쳐받어야 쓰겄다, 고것 둘을 합친 값얼 톡톡허니 쳐받어 머심살이럴 면허자, 그리 생각이 돌아간께 지정신이 아니게 그짓말얼 하게 되았구만요. 살려주시씨요."

"못난 놈, 네놈이나 똑같이 불쌍한 처지에 있는 사람들을 돕지는 못할망정 네놈 혼자 잘살겠다고 그 사람들을 해치다니. 너 같은 놈은 서운상이보다 더 나쁜, 생매장감이다."

"아이코메, 살려주시씨요. 시키는 일이면 멋이든지 다 헐 팅께 살려만 주시씨요."

"그 말, 참말이냐!"

"하먼이라, 하먼이라."

"그래 네놈이 살아날 길은 딱 한 가지가 있다. 그것이 뭔고 하니, 앞으로 재판이 벌어지면 네놈이 또 증인으로 나가게 되니까, 그때 네 입으로 네놈이 한 말이 모두 거짓말이었다는 걸, 지금 한 것처럼 또박또박 말해야 한다. 할 수 있겠나!"

"하먼이라."

"하먼이라, 하먼이라, 쉽게 대답하고 또 마음 변하면 어떻게 되는지 알겠지."

염상진이 피 서방 눈앞으로 무언가를 불쑥 디밀었다. 권총이었다. 피 서방은 파랗게 죽어가고 있었다.

"또 거짓말을 하면 넌 우리 손에 죽는다. 약속해라."

"야, 야, 야아속……."

"똑똑하게 끝까지 말해!"

"야, 약속허겠구마안이라."

"됐어. 또 하나, 오늘 일을 죽을 때까지 입 밖에 내지 않겠다는 걸 약속해라."

"야, 약속허겠구마안이라."

"그 두 가지 약속을 지키기만 하면 넌 다시는 우리를 안 만나도 된다. 그러나 약속을 어기면 우리를 다시 만나야 하고, 넌 죽는다. 우리는 네가 하는 짓을 하나도 빼놓지 않고 다 안다는 걸 명심해라. 알겠나!"

"야아……."

"됐다. 아무 일도 없었던 것처럼 집으로 돌아가라. 어서 가."

"고, 고맙구만이라, 고맙구만이라."

피 서방의 목소리는 그대로 감격적인 울음이었다. 몸이 경직되었던 탓인지 목소리에 비해 그가 몸을 일으키는 동작은 더디고 힘들어 보였다. 그는 흔들리는 불안정한 걸음걸이로 골짜기를 내려가기 시작했다. 저것도 가엾은 인민의 한 모습이다……. 염상진은 피 서방의 뒷모습을 지켜보고 있었다.

"가자, 출발이다."

피 서방의 모습이 반쯤 가려졌을 때 염상진이 돌아섰다. 하대치와 강동기는 몸을 추슬렀다. 율어까지의 산길은 꽤나 먼 거리였다.

심재모 사령관님 각하 전상서
수업시 생각허고 또 생각허고 망서리고 또 망서리다가 종당애는 작심을 허기로 하였습니다. 타향사리허심스로 불편허지 안는 거이 업것지만은 사소헌 손수건 하나라도 지대로 장만이 되었는가 허는 걱정시러움이 마음에 자꼬 걸려서입니다. 여자가 먼첨 나대는 것이 숭잽히는 일이라는 거슬 다 암스로도 허는 일이니 숭보지 마시기 바랍니다. 지가 누군지 알라고도 마시고 보내는 손수건만 자알 써 주시면 지마음은 족허고 족헙니다.
항시 몸조심허십시요.

　　　　　사령관님을 멀리서 등대불로 삼고 있는 못난 여자가

심재모는 편지로 눈길을 보냈다가 손수건으로 눈길을 보냈다가 하고 있었다. 글씨는 그다지 잘 쓴 것이 아니었지만 또박또박 씌어진 한 자, 한 자가 얼마나 신경을 쓴 것인지 첫 느낌으로 알 수 있었다. 한창 유행하고 있는 가제손수건에도 글씨에 못지않은 정성이 들어 있음을 알 수 있었다. 그물처럼 얼금얼금하게 짜인 가제천의 올이 풀리지 않게 하려고 그 가장자리를 실로 감치게 마련인데, 기왕 감치면서 멋까지 내기 위한 이중효과로 색실을 쓰는 것이 예사였다. 그런데 책상 위에 놓인 손수건들은 그 색실이 각기 다른 다섯 가지였다. 빨강·주황·노랑·초록·파랑…… 두 색을 더 보태 사랑의 무지개를 만들지 그랬나, 이런 생각이 얼핏 떠오르자 심재모는 스스로에게 쑥스러워져 픽 웃었다.

편지와 손수건을 번갈아가며 보고 있는 심재모의 기분은 여러 가지로 묘했다. 그것이 여자로부디 생전 처음 받아보는 연애편지고 사랑의 선물이라는 사실로부터 시작해서, 그동안 자신이 모르는 사이에 한 여자의 주목을 받아왔다는 점이 그랬고, 자신이 어느 여자의 사랑의 대상이 되었다는 것이 그랬고, 그런 사실들이 결코 기분 나쁘지 않음이 그랬고, 결혼을 재촉하는 어머니의 편지를 받을 때는 무관심했던 마음이 낯 모르는 여자의 편지를 받게 되자 자신이 결혼 적령기를 넘기고 있음을 실감하는 것이 그랬고, 자신을 위해 색색의 수실을 써서 손수건을 만든 여자가 어떤 여자일까 하는 관심이 슬그머니 동하는 것이 그랬다.

심재모는 다시 편지로 눈길을 보냈다. '심재모 사령관님 각하 전상서.' 그는 빙긋이 웃음을 지었다. '각하'라는 존칭이 웃음을 자아냈다. '사모하는 심재모 씨'로 쓰고 싶은 마음을 참아낸 것이 아닐까 하는 생각이 들었던 것이다. '수업시 생각허고 또 생각허고 망서리고 또 망서리다가…….' 손수건을 만들면서, 만들어놓고도 보낼까 말까 마음을 정하지 못하는 여자의 심정을 그대로 느낄 수 있었다. '여자가 먼첨 나대는 것이 숭잽히는 일이라는 거슬…….' 심재모는 보일 듯 말 듯 고개를 끄덕였다. 자신이 정숙하지 못하고 얌전하지 못한 여자로 오해받을까 봐 염려하는 심정을 이해할 수 있었다. '지가 누군지 알라고도 마시고…….' 심재모는 눈을 내려감았다. 몇 번을 읽어도 이 대목이 마음에 걸렸다. 자신을 감추려는 여자가 안쓰럽게 여겨질 뿐만 아니라 심재모 자신으로서도 답답한 일이었다. '사령관님을 멀리서 등대불로 삼고 있는 못난 여자가.' 심재모는 다시 빙긋이 웃었다. 소설 같은 데서 본을 따 멋을 부리려 한 것이 웃음을 짓게 했다.

한지에 함께 싸인 편지와 손수건을 가져온 것은 사환아이였다. "누가 요걸 전해드리라고 허든디요." "그게 뭐지?" "몰르겄는디요." "누구였는데?" "워떤 아이요."

심재모는 사환아이를 부를까 말까 망설였다. 사환아이를 불러 그 아이가 누군지 아느냐고 물어보고도 싶었고, 사환아이가 모르기가 쉽다는 생각이 들기도 해서였다. 결국 사환아이를 부르지 않기로 마음을 정했다. 그 여자의 마음씀이 이번 한 번으로 끝날 것 같지 않은 예감이 들었고, 자연스럽게 알게 되면 몰라도 굳이 알아내려고 하기가 싫기도 해서였다.

심재모는 편지를 본래대로 접어 손수건과 함께 한지에 쌌다. 그 것을 책상 오른쪽 맨 아래 서랍에다 넣었다. 그러면서, 아무튼 앞으로는 읍내를 돌아다니며 전처럼 마음에 거리낌이 없지는 않을 거라는 생각을 했다. 연정을 가진 여자의 눈길이 어디서인지 모르게 자신을 살피고 있다는 사실은 기분 나쁜 일은 아닐지 모르나 신경이 쓰이는 일임은 분명했다.

김범우는 서울행 밤기차에 몸을 실었다. 기차가 움직이기 시작하자 그는 무심코, 오늘이 3월 16일이로구나, 하고 생각했다. 학기는 6월에 가서야 바뀌지만, '공부에 임하는 태세를 갖추라'는 아버지의 말씀에 밀릴 수밖에 없었다. "옛 어른의 가르침에, 공부는 빠르고 늦음이 없다고 했니라. 가서 공부에만 충실해라. 속이 차야 볼 것도 바르게 보는 눈이 생기고, 듣는 것도 바르게 듣는 귀가 생기는 법이다. 그라고…… 니는 이 집안의…… 장자 노릇을 해얄 사람잉께." 아버지의 말이었다. 아버지는 마침내 형이 이 세상 사람이 아니라고 체념하고 있는 당신의 생각을 입 밖에 낸 것이다. 그 대목에서 말을 두 번이나 멈춘 것은 당신의 괴로운 심중을 그대로 나타낸 것이었다. 어머니는 놀라는 표정을 지었지만, 아버지를 타박하지는 않았다. 아내처럼 심하지만 않았을 뿐 어머니도 자신이 때늦은 공부를 하러 집을 떠난다는 것을 별로 달가워하지 않았다. 같은 문제를 놓고 아버지나 어머니, 아내는 각기 그 생각하는 방향이 달랐다. 아버지의 뜻은 "가서 공부에만 충실해라" 하는 말에 함축적으로 들어 있었다. 중단한 공부를 시킬 겸 해서 불안정한 정치상황 속에서 움직이고 있는 자식을 그러한 상황으로부터 격리시키려는 의도였다. 아버지의 그런 이중적인 의도에 비해 반대입장에 선 어머니나 아내의 뜻은 순진하도록 단순했다. 어머니는 큰아들의 생사도 모르는 터에 작은아들이나마 옆에 두고 싶어하는 모성이었고, 아내는 남편 없는 시집살이를 꺼리는 여자의 마음이었다. 누구의 뜻이 어쨌든 간에 막상 중요한 것은 자신의 마음이었다. 자신이 아버지의 뜻에 따르는 것처럼 서울행을 작심한 것은 정작 아버지의 뜻과는 반대되는 계획이 있어서였다. 공부를 마저 마치겠다는 점은 같았지만, 혼란한 정치상황으로부터 격리당하는 것이 아니라 보다 더 광범위하고 다양한 또 하나의 현장을 찾아가는 기회로 삼기로 한 것이다.

학병에 끌려가면서 중단된 공부를 다시 이으려고 하는 사이에는 흘러간 5년 세월이 들어앉아 있음을 김범우는 새삼스럽게 상기하고 있었다. 그 5년, 결코 허송했거나 뜻 없이 보낸 세월이 아니라고 그는 생각했다. 공부는 중단되었을망정 그 세월은 많은 것을 겪게 했으며, 많은 것을 생각하게 했으며, 많은 것을 느끼게 해주었다. 그것은 공부가 가르치거나 일깨울 수 없는 것들이었다.

김범우는 벌교를 떠나오기 전에 서민영을 만났을 뿐이다. "공부가 끝이 있겠나만 정규과정을 끝내기로 한 건 잘한 일인 것 같군. 사람이 공부를 하는 건 사람으로서 뜻을 바르게 세우고자 함일 것이네. 자네 전공이 역사학인 만큼 그 점 특히 명심하시게." 서민영 선생다운 다짐이라고 그는 생각했다. "학교 신설문제는 어떻게 되어가고 있습니까?" 손승호를 생각하며 물었다. "교육법이 아직 통과되지 않아 금년에는 어려운 모양이네. 벌써 3월 아닌가. 교육법보다 더 시급한 농지개혁법도 통과가 안 되고 있으니 무리는 아니지." "농지개혁법은 곧 통과가 될 거라는 소식 아닙니까?" "그게 현 정권 유지의 근간을 이루고 있는 문제이니 도리가 없는 일이지. 허나, 그 실시는 진작 늦어진 거니까 이제 와서 시기는 문제가 안 되는 것이고, 문제는 방법인데, 그것 때문에 통과가 지연되고 있는 것이야 뻔하고, 무상몰수 무상분배가 아니고서는 그 어떤 방법으로든 농지개혁을 하나마나로 만들 것이네. 농민들의 호응을 받는 게 아니라 오히려 불평과 반감만 사게 될 테니까." 현시점에서 분단상황을 완화시키는 것은 사상대립을 완화시키는 일이고, 사상대립을 완화시키는 것은 농지개혁을 성공적으로 끝내는 일이고, 농지개혁을 성공적으로 끝내는 것은 무상몰수 무상분배의 방법을 택하는 일이고, 무상몰수 무상분배 방법을 채택하는 것은 지주계층의 와해와 함께 사회경제의 새 구조를 탄생시키는 일이고, 사회경제의 새 구조가 탄생되는 것은 민권회복과 인권회복을 동시에 이룩하는 일이고, 민권회복과 인권회복을 이룩하는 것은 절대다수의 의사로 좌우되는 진정한 민주주의를 탄생시키는 일이고, 진정한 민주주의가 탄생되는 것은 민족통일에 이르는 첩경이라고 서민영 선생은 말했다. "그러나 이게 다 잠꼬대 같은 소리에 지나지 않는다는 걸 내가 모르지 않으니 비애가 아니겠나. 현 상황으로선 내가 한 말의 반대방향으로 내닫고 있으니 암담할 뿐이네." 서민영 선생은 날이 갈수록 더해만 가는 분단상황의 경직화를 심히 우려했다. 현 정권의 주도세력인 친일 지주계층과 그 하수인 격인 민족반역자들이 장악하고 있는 경찰과 군대의 기존 조직에다가, 50만을 넘는 월남자 태반이 그 조직에 분산 가세했고, 그와는 반대로 농민들의 원한에 찬 생존욕구가 팽배해 있는 상태에 200만을 넘는 귀환동포가 거기에 흡수 가세한 점을 지적했다. "귀환동포라는 사람들은 그 의식이나 식견이 토착농민들과는 판이하게 다르네. 그들도 물론 고향을 떠나기 전에는 대체로 농민들이었는데, 고향을 떠나서는 여러 가지 직종으로 갈라지기 시작했네. 도시 막노동자, 공장이나 광산·부두 등의 하급노동자로 말이네. 물론 계속 농민생활을 한 사람들도 많은데, 문제는 그들의 생활환경이 우리나라와는 판이했다는 점이지. 우리 땅이 폐쇄적이고 통제적이었던 데 반해 그 사람들이 산 일본이나 간도·만주 등지는 훨씬 개방적이고 자율적이었던 게야. 그들은 직종과 생활환경의 변화에 따라 의식이나 식견이 달라지게 되었네. 경제에 대한 인식은 물론 사회주의나 자유주의 같은 사상적 영향도 많이 받게 된 거지. 그런 그들이 막상 고향에 돌아오니 어찌 되었지? 먹고살 땅이 있나, 잠을 잘 집이 있나. 의식이나 식견이 이미 달라져 있는 그들은 타관생활보다 더 나쁜 생계위협을 당하게 된 게 아닌가. 그들이 자구수단으로 할 수 있는 일이 무엇이었겠나. 월남한 숫자에 못지않게 월북한 사람들 대부분이 그들이고, 회정리 2구처럼 그들 중에 좌익 가담자가 월등히 많은 것 등이 어찌 우연이겠는가. 우리 사회의 이 대립적 갈등을 일거에 해소할 수 있는 방법이란, 내가 보기엔 무상몰수 무상분배의 원칙에 따른 농지개혁 단행밖에는 없네. 보게, 지금 농민들의 입장에서는 농토문제만 해결된다면 그 어떤 주의든 지지하고 따르게 되어 있는 상황이네. 이건 바로 갑오란 때와 똑같은 상황이란 말일세. 내가 전에도 말했지만, 동학이라는 종교사상이 갑오란을 일으켰느냐, 농민들이 그 종교사상을 행동의 계기로 삼았느냐가 문제인 것이네. 다시 말해, 어떤 사상이 다수의 사람을 의식화로 무장을 시키는 것이냐, 아니면, 다수의 사람이 공동으로 처한 생활의 악조건을 타개하기 위해 어떤 사상을 필요로 하느냐 하는 점일세. 그건 구분이 명확하지 않은 상호작용의 관계를 유지하는 게 보통이지만, 갑오년 농민항쟁의 경우에 있어서나 지금 우리의 상황에 있어서는 후자의 경우가 분명하네. 그 근거는 중국을 보면 확실해지네. 모택동의 공산당 정부가 지난 2월 북경으로 옮기지 않았나. 그건 중국대륙의 공산화 성공을 뜻하는 것인데, 그게 모택동이 이끄는 공산당의 능력이냐, 아니면 봉건사회의 변혁을 원하는 절대다수 민중들의 수용이냐, 하는 점인데, 그건 먼저 후자의 작용인 것이네." 이야기 중에 김범우는 손승호가 괴로워하고 있다는 사실을 말을 할까 말까 몇 번이나 망설이다가 결국 입에 올리지 않고 서민영 선생 앞을 물러나왔다. 손승호의 괴로움은 손승호의 것이지 서민영 선생이 안다고 해서 해결될 문제가 아니었던 것이다. 자신이 손승호를 다시 만나지 않고 벌교를 뜬 것도 그 까닭이었다. 학교를 그만두려고 할 정도인 손승호의 고민에 대한 대안은 그 누구도 마련할 길이 없었다. 이쪽에도 저쪽에도 발을 붙일 수 없는 손승호의 고민은 그야말로 철저한 개인적 문제였다. 왜냐하면 손승호는 김범우 자신이 생각하는 방법에도 동의하지 않기 때문이었다.

　김범우는 서민영 선생 곁을 어느 기간이나마 떠난다는 사실에 가슴이 허한 상실감을 느끼고 있었다. 아홉 시간 남짓 걸려 서울에 도착할 수 있는 밤기차는 어둠 속을 줄기차게 달리고 있었다. 이렇게 가고 있는 것은 잘 가고 있는 것일까……. 김범우는 창밖의 진한 어둠에 눈길을 던진 채 망연한 생각에 빠져들었다. 이 길이 여행일 수 있다면……. 갑자기 떠오른 그 생각이 어이없어 혜식은 웃음을 흘렸다.

인생은 여행이고, 여행은 인생이다. 여행은 새로운 체험의 보고이며, 아름다운 추억의 산실이다. 여행은 삶을 풍요롭게 하며, 영혼을 살찌운다. 여행을 이런 식으로 호들갑스럽게 미화하고 과장한 글들에 김범우는 아무런 실감도 동감도 느끼지 못했다. 여행이 새로운 곳, 미지의 세계를 보고 느끼는 것이므로 그렇게들 말하는 모양이었다. 그런 기준으로 본다면 자신은 단연코 여행을 많이 한 사람이었다. 지구를 완전히 한 바퀴 돌았으니 말이다. 그 교통수단도 다양해서 배와 비행기까지 다 동원된 것이다. 그런데도 여행에 대한 보드라운 감상이나 낭만적 정서 같은 것은 전혀 없었다. 그것은 아마 자의적 선택이 아니라 타의적 강요에 의해 이루어진 행위라서 그런 모양이었다. 일본에서 동지나해를 횡단해 버마에 이른 뱃길, 버마에서 이집트를 경유해 대서양을 건너 미국까지의 비행깃길, 샌프란시스코에서 하와이, 거기서 다시 인천까지 태평양을 횡단한 뱃길, 이렇게 따지고 보면 자신은 정작 가장 손쉬운 기차를 제일 짧게 탄 셈이었다. 중학 5년 동안 아침저녁으로 통학한 거리를 다 합친다 해도 어림없는 일이었다. 기차와 기찻길은 일본놈들이 시도 때도 없이 입에 올리던 자랑거리였다. "우리는 미개한 조선 전역에 기찻길을 놓아주었다. 그 편리한 시설로 걸어다니는 미개생활을 면하게 하고, 타고 다니는 문화생활을 하게 해준 그 한 가지 사실만 가지고도 조센징은 천황폐하와 대일본제국에 대대로 감사해야 한다." 일본놈들이 뻔뻔스럽고도 자신만만하게 지껄여댄 소리였다.

아시아 국가들 중에서 서구라파 제국이 이룩한 산업혁명을 선망과 동시에 열등감으로 바라본 유일한 나라가 일본이다. 좀더 구체적으로 말하자면, 일본이 부러움의 대상으로 삼은 것은 산업혁명의 성취가 아니라 그것과 더불어 이루어진 과학문명의 발달이었다. 그중에서도 특히 기차에 대한 일본인들의 관심은 대단했다. 지칠 줄 모르고 달리는 검은 철마, 그 신기한 기계에 대한 일본인들의 끈질긴 관심은 마침내 그들 자신의 손으로 그것을 만들어내게까지 되었다. 그들은 그 신기한 기계를 자신들이 소유한 모든 영토에 미친 듯이 설치해 나가기 시작했다. 본토와 한반도는 물론이고 만주대륙에까지 일본인이 가설한 철도는 끝없이 뻗어나갔다. 결국 서구라파 제국이 산업혁명의 결과로서 발전시켜 온 기차와 철도를 일본인들은 1차적으로 효과적인 식민지 수탈의 수단으로 이용했고, 2차적으로 대륙침략의 무기로 활용했다. 그러나 그것은 2차대전이 일어나기 전까지였고, 2차대전이 일어나게 되자 그 순서는 완전히 뒤바뀌어, 기차는 중국대륙을 본격적으로 침략하는 전투무기가 되었다. 일본은 본래 섬나라이기 때문에 식민지 조선에 수많은 항구를 개발해 해상교통을 극대화시켰지만, 만약 철도시설이 없었거나 빈약했더라면 조선의 수탈을 그렇게 잔인할 만큼 철저하고도 효과적으로 해낼 수 있었을 것인가는 결코 상상만의 문제가 아니다. 따라서 일본이 그 짧은 기간 동안에 그렇게 중국대륙 깊숙

이 침략을 감행할 수 있었던 것도 철도시설을 전제로 하지 않고서
는 이해될 수 없는 사실이다.

이것은 어느 외국학자의 별로 새로울 것 없는 글이었다. 그럼에
도 불구하고 해방 4년이 다 되어가는 최근까지도 일본놈들이 강변
하고 주입시킨 대로 철도시설을 '일본의 공이고 은혜'라고 주절거
리는 자들이 의외로 많음에 김범우는 암울해지고는 했다. 그는 얼
핏 스쳐간 소리에 생각에서 깨어났다. 기차가 멈추려는지 속력이
아주 느려져 있었다. 그때 안내방송이 들려왔다.

"저언주, 저언주, 여기는 전주역입니다. 내리실……."

아아, 전주! 김범우는 감정의 동요를 느끼며 자리를 고쳐 앉았다.
전주라는 소리를 듣는 순간 강한 감회가 가슴을 흔든 것은 그 땅에
어떤 추억이 있어서가 아니었다. 그것은 순전히 박두병 때문이었다.
속이 깊고 농담을 즐길 줄 알았던 박두병, 그는 잊을 수 없는 사람
이었다. 그와 함께한 고생, 그와 함께한 고뇌, 그와 함께한 결의, 그
와 함께한 체념, 그런 것들이 감정적인 면에서나 이성적인 면에서나
교직(交織)을 이룰 수 있었던 그와의 관계는 단순한 우정만으로 가
능한 것이 아니었고, 겸손한 양보만으로 가능한 것도 아니었다. 그
이상을 넘어선 상태의 어떤 결속감이 발휘해 낸 힘이었다.

그는 지금 무엇을 하고 있을까……. 불현듯 떠오른 생각이었고,
그 생각을 떠밀며 그가 보고 싶은 충동이 이성적(異性的) 그리움처
럼 일어났다. 그를 찾아보고 하루쯤 묵어가는 게 어떨까. 김범우는
자리를 차고 일어났다. 그때 그를 제지하듯 머리를 스치는 기억이

있었다. 두 차례의 편지가 오가고, 자신이 세 번째로 소식을 보냈을 때 그에게서는 답신이 오지 않았다. 배달 사고인가 해서 네 번째의 편지를 보냈지만 역시 그쪽에서는 소식이 없었다. 박두병과는 그것으로 연락이 두절된 채 오늘에 이른 것이 아닌가. 그가 전주에 살고 있으면서 말 한마디 없이 소식을 끊었을 리가 없었다. 그는 그럴 사람이 아니었다.

그는 어디서 무엇을 하고 있단 말인가……. 이 막연함이 그를 더 보고 싶게 했다. 김범우는 느릿느릿 걸어 기차를 내려섰다.

전주의 하늘은 어둠으로 차고, 어둠 그 깊고 먼 곳에서 별들이 반짝이고 있었다. 김범우는 깊게 빨아들인 담배연기를 그 하늘을 향해 자꾸 내뿜었다.

"서울행 추울바알, 서울행……."

기차가 덜커덩거리며 움직이기 시작했다. 어디서 무엇을 하고 살까……. 김범우는 같은 생각을 다시 하며 기차에 올랐다.

박두병은 법대를 다니다가 학병에 끌려나온 처지였다. 그는 보통 키에 비해 체력이 강했고, 평범한 얼굴에 코가 유난히 뭉툭하게 커서 그나마 개성을 유지하는 얼굴이었다. 약간 부족한 듯한 생김을 유감없이 보충하고 있는 것이 그의 목소리였다. 굵으면서도 맑은 울림을 가진 목소리에는 언제나 정감이 흐르고 있었고, 그 목소리로 부르는 틀이 잡힌 판소리는 그의 품격을 다시 느끼게 했다. 박두병의 소리에 정신없이 반한 것은 하와이 포로수용소의 도라지였다. 위법이 분명한데도 그녀는 두 사람을 지프차의 뒷자리에 태우고 해변으로 빠져나가고는 했다. 그럴 때면 그녀는 으레 소리를 청했고, 박두병은 수영을 즐기게 해준 것에 보답이라도 하듯 태평양의 동쪽 수평선을 바라보고 서서 소리를 뽑아댔다. 노래라고는 〈아리랑〉도 제대로 못 부르는 김범우 자신은 언제나 미안한 청중일 뿐이었다. 훈련 사이의 휴식시간에 농담들을 하다가 유태인 교관이 박두병의 코를 가리키며 '돼지코'라고 놀려대며, 별명을 삼자고 했다. 박두병은 코를 소중하게 만지작이며 능청맞게 응수했다. "그걸 별명으로 부른다면 나는 더없는 영광으로 알겠다. 너희 서양에서는 어떤지 모르지만 우리 동양에서는 코 큰 남자를 제일로 친다. 왜냐하면 코가 크면 남자의 상징인 그것이 크기 때문이다. 그건 단순한 속설이나 미신이 아니고 바로 내 물건이 그것을 증명한다. 내 물건은 보통사람의 두 배는 큰데, 네 눈으로 확인해 볼래?" 박두병은 벌떡 일어나 혁대를 풀었고, 유태인 교관은 갓 댐 어쩌고 소리치며 혼비백산했던 것이다. 배짱이나 농담이 언제나 그런 식인 박두병은 이미 아내와 자식을 거느린 몸이었다. 완고한 아버지의 주장에 따라 그는 중학교를 졸업하고 장가를 간 것이다. 박두병은 그런 몸으로 죽기를 각오해야 하는 OSS에 자원한 것이었다. 그 점이 박두병을 더욱 큰 사람으로 보이게 했다. 그는 식자가 좀 들었다는 사람들이 농민들을 무조건 무식하다거나 무지한 집단으로 몰아 무시하고 멸시하는 태도에 대해 무엇보다도 분개했다. "그건 글줄이나 읽었다는 자들이 저지르는 가당찮은 착각이고 자만이고 오해야. 인생살이 전체를 놓고 생각해 볼 때 유무식의 차이란 글줄을 읽고, 안 읽고의 차이가 아닐 것이네. 그건 인생살이의 진실이나 고통을 얼마나 아느냐, 모르느냐로 결정된다고 생각하네. 농민들만큼 인생살이의 쓰라림과 아픔과 슬픔을 깊이 느끼는 사람들이 또 누가 있나. 그리고 세상의 잘못 짜여진 구조에 대해서, 그것이 배웠다는 자들이 꾸미는 집단횡포라는 것에 대해서, 배운 자들의 교활과 위선과 자만에 대해서 그들은 다 느끼고 판단하는 이지를 가지고 있어. 그런데 배웠다는 자들은 그들이 느끼지도 생각하지도 못하는 바보나 천치들인 것으로 취급하려 들어. 그거야말로 큰코다칠 일이지. 배웠다는 자들이 번드르르한 말로, 그럴싸한 이론이라는 것으로 발라맞추는 대신 그들은 모든 것을 몸으로 부딪치고, 몸으로 깨닫고, 몸으로 말하네. 소리가 아닌 몸으로 하는 말을 배웠다는 자들이 알아듣지를 못하는 거야. 농민들은 인생살이의 옳고 그름이 무엇인지, 세상판세 돌아가는 잘잘못이 무엇인지 환히들 알고 있어. 그러면서도 식자라는 것들처럼 소리 내서 말하지 않을 뿐이야. 말을 해도 그들끼리만 낮게 말하고, 그들끼리만 몸으로 하는 말이 있지. 배웠다는 자들은 그것도 모르고 거지 동냥 주는 식으로 한다는 짓이 '농촌계몽'이야. 그거야말로 식자층이 일방적으로 농민들을 무시하고 멸시한 결과로 나타난 대표적인 행위지. 도대체 삶의 진정한 아픔이나 괴로움을 모르는 자들이 그것을 뼈저리게 체득하고 있는 사람들을 상대로 무엇을 계몽한다는 것인가. 글자 몇 자 가르치고, 허황한 소리나 지껄이다 마는 것이 계몽인 줄 아는 모양인데, 내가 알아본 바로는 그 계몽을 고마워하는 농민은 거의 없었다는 사실이네. 고달픈 삶을 온몸으로 겪고, 온몸으로 부대끼고, 온몸으로 말하는 사람들 앞에서 그따위 어설픈 짓들 하다가 언젠가는 크게 당하게 될 거네. 그런데 말이야, 농민들이 온몸으로 하는 말, 그것을 딱 한마디로 줄일 수 있는 말이 없을까? 나도 생각해 볼 테니, 자네도 한번 생각해 보게." 김범우는 하룻밤을 생각한 끝에 두 개의 단어를 조립해 낼 수 있었다. "이봐 전신언어나 생체언어가 어떤가?" "전신언어, 생체언어……? 응, 생체언어가 힘도 느껴지고 실감이 나서 더 좋은데. 그래, 생체언어, 그거 좋은 말이야. 농민은 생체언어로 사회에 발언하고, 생체언어로 삶의 진실을 표현하며, 생체언어로 역사에 참여한다. 됐어, 됐어, 아주 잘 어울리는군." 박두병은 소년처럼 기뻐했다.

그는 어디서 무엇을 하며 살까……. 김범우는 이 생각을 되풀이하다가 피곤이 변색해 가는 흐릿흐릿한 잠으로 젖어들고 있었다.

심재모가 여자를 율어로 들여보낸 것을 문젯거리로 제일 먼저 포착한 것은 토벌대장 임만수였다. 심재모는 그 일을 공개하지도 않았지만 그렇다고 비밀에 부치지도 않았다. 그래서 임만수는 그 일을 금방 알게 되었고, 심재모에게 줄곧 앙심을 품어오고 있던 그에게 그건 일대사건으로 잡히지 않을 수 없었다. 그 일의 내용을 알게 되었을 때 그는 큰 먹이가 걸려들었음을 직감했고, 가슴이 벌떡거리는 흥분을 주체할 수가 없었다. 아, 그 많은 사람들 앞에서 나를 그렇게도 무참히 병신을 만들더니…… 내가 그것을 한시라도 잊은 줄 아느냐. 네놈은 공포를 쏴질렀다만 나는 네놈 심장을 정통으로 쏘아맞히고 말 거다. 임만수는 전신을 떨어댔다. 피가 뜨겁게 끓어오르고, 힘이 팽팽하게 뻗쳐올랐다. 그는 흥분을 가라앉히고 침착해지려고 노력했다. 실수가 없도록, 일거에 공격을 가해 쓰러뜨릴 수 있도록 치밀한 계획을 세워야 했다. 빨갱이와 내통한 좌익분자— 이 죄목이야말로 결정타가 아닐 수 없었다. 아, 이런 기막힌 기회가 오다니, 이런 기회는 다시 잡을 수 없을 것이다. 그러므로 놓쳐서는 안 된다. 절대로 안 된다. 임만수는 차츰 침착을 회복해 갔다.

놈이 한 짓을 샅샅이 적어 상부에 보고하는 것이다. 한 곳만이 아니라 여러 곳에 보내야 한다. 그래야 문제가 커지고, 묵살되는 것을 막을 수 있다. 그런데, 나 혼자 이름으로 해야 하나? 혼자 하면…… 힘도 약하고, 결국 내가 한 일인 게 밝혀지지? 그 정도로 사형을 당할 리는 없을 거고, 심재모 그놈이 풀려나면 또 보복을 하려 들겠지? 안 되지. 후환을 남겨서는 안 되지. 놈이 꼼짝달싹 못하도록 큰 힘으로 밀어붙이면서 내 이름을 감출 수 있는 무슨 좋은 방법이 없을까?

그때 마침 떠오르는 얼굴이 있었다. 염상구였다. 그도 심재모에게 감정이 뒤틀릴 대로 뒤틀려 있었다. "지놈이 계엄사령관이면 다여? 나가 한분 종그기 시작허면 지놈 신세가 바가지 깨지대끼 헐 때가 있다는 것을 명심해야 써." 지난번에 염상구는 이빨을 갈아붙였던 것이다. 임만수는 지체 없이 염상구를 찾아나섰다. 경찰서를 거쳐 청년단까지 갔지만 염상구는 없었다. "개똥도 약에 쓸려면 없다더니……." 임만수는 짜증을 부리며 다시 차부 쪽으로 내려왔다. 다방에서 아가씨를 희롱하고 있는 염상구를 찾아냈다.

"대낮부터 이게 뭣 하는 짓이오, 점잖찮게."

임만수는 그를 찾아다니느라고 괴어오른 짜증을 그대로 토해냈다.

"허어 참, 장닭이 밤낮 개림스로 일헙디여? 몰르면 말이나 마씨요이."

염상구는 태연하게 대꾸했고, 옆자리에 앉았던 아가씨는 얼굴을 붉히며 달아났다.

"아니 임 대장, 워째 넘 청춘사업에 재 뿌리고 그러요? 저것이 새로 온 가시내라 입맛 다시고 있는 참인디."

"청춘사업이고 입맛이고, 사건이 생겼소."

"사건?"

염상구는 금방 반응을 나타냈다.

"혹시, 심재모가 어떤 여자를 율어로 들여보낸 사건을 알고 있소?"

"알제라." 의아한 얼굴을 한 염상구는, "그까징 거이 무신 사건이라고 그래쌓소. 나넌 나가 요리 태평치고 앉었는 새에 강동기라도 잡아뿐 줄 알었소." 그는 맥 빠진다는 듯 의자에 몸을 부려버렸다.

"염 부장!" 임만수는 염상구 앞으로 얼굴을 내밀어 그의 눈을 똑바로 쳐다보며, "그것이, 빨갱이와 내통한 좌익분자의 소행이라고 생각지 않소?" 낮으면서도 질긴 목소리로 말했다.

염상구의 얼굴은 긴장되며 잠시 생각하는 듯하더니, "맞소!" 소리 지르며 탁자를 내리쳤다. 임만수는 천천히 몸을 일으키며, 무식한 놈이 눈치 하나는 여우새끼처럼 빨라, 만족스러운 웃음을 입에 물었다.

"글먼 고것을 위째야 쓰겠소?"

염상구는 자리를 고쳐 앉으며 목소리를 한껏 낮추었다.

"염 부장이 말한 대로 이번 기회에 그놈 신세를 바가지 깨버리듯 하지 않겠소?"

임만수는 벌써부터 뒤로 물러서며 염상구의 옆구리를 긁어대고 있었다.

"하먼이라, 종그든 기회가 왔는디, 나가 당헌 만치 짭고 맵게 복수럴 혀야지라. 근디, 위째 임 대장은 넘 일 말허대끼 허고 앉었소?"

임만수는 그만 속이 뜨끔해졌다. 역시 만만한 놈이 아니라고 생각하며 태연을 가장했다.

"그래서 내가 이렇게 염 부장을 찾아온 게 아니겠소. 그런데 말이오, 심가 그놈이 꼼짝을 못하게 치려면 이쪽 힘이 클수록 좋고, 그놈이 아무것도 모르고 있는 사이에 감쪽같이 해치워야 하는데, 그게 문제란 말이오."

"걱정도 팔자요. 그놈 헌 짓거리에, 죄목할라 그리 근사허고 멋떨어진 마당에 그놈 손모가지에 쇠고랑 채우기는 목구녕에 넘긴 괴기요. 들어봇씨요." 염상구는 입을 야무지게 훔치고 다시 자리를 고쳐 앉더니, "심재모 그놈이 지 혼자 잘난 척험시로 꺼떡기레봤자 폴세부텀 지주덜헌테 미움을 살 대로 다 사고 있소. 임 대장도 다 알디끼, 지주덜 편에 거마리 붙디끼 찰싹 붙어야지 신간 편코, 지명도 질 것인디, 요것이 멀 믿고 사사건건 지주덜이 싫어허는 쪽으로만 일을 혀왔다 이것이요. 긍께로 지주덜이 그놈얼 바까치고 싶어허는 속맘이야 우리허고 피차 일반일 것 아니겠소. 긍께 요분 일얼 지주덜이 해치우게 허먼 워쩌겠소." 새로운 제안을 내놓았다.

그렇지, 좌익척결위원회가 있었지. 임만수는 그 단체가 동원되면 힘이 커지겠다고 생각하면서도 선뜻 마음이 내키질 않았다.

"염 부장은 좌익척결위원회를 생각하는 모양인데, 일은 심가가 모르게 깜쪽같이 해치워야 할 판인데 많은 사람들이 연관되다 보면 이야기가 새나가 심가가 미리 알아버릴 염려가 있단 말요."

"구데기 무서바 장 못 담겄소. 사람이 많다고 해야 위원장·부위원장·총무 세 사람이고, 그 사람덜이 세 살 묵은 아그덜도 아니겄고, 다 즈그덜 눈구녕에 백힌 까시 빼는 일인디 즈그 발등 찍는 해로운 입얼 워째 놀리겄소."

염상구의 말을 듣고 보니 그럴 법도 했다.

"그럼, 어쩌면 좋겠소?"

"워쩌긴 워째라. 고름이 살 안 되는 법잉께 당장 유주상이럴 찾아가야제라. 갑시다, 얼렁."

염상구가 의자를 거칠게 뒤로 밀며 일어섰다.

두 사람은 기세 좋게 금융조합을 향해 발을 맞추었다.

거만스러운 앉음새로 이야기를 다 듣고 난 유주상은 심각한 얼굴로 입을 열었다.

"이건 좌시할 수 없는 중대사요. 빨갱이를 소탕해서 멸공통일을 이룩해야 할 중차대한 임무를 띤 자가 빨갱이를 소탕할 생각은 않고, 빨갱이와 내통해 빨갱이의 새끼를 낳게 하다니, 이건 엄연한 용공·이적 행위요. 당장 좌익척결위원회의 이름으로 그자를 상부에 보고해서 처단해야 할 일이오. 오늘 저녁에 위원장님과 부위원장님을 모시고 결정을 내려야겠소. 남원장에서 7시에 회의를 겸한 저녁을 먹을 테니 두 분도 참석해 주시오. 그리고, 두 분께 당부할 말이 있소. 이 사실을 절대로 비밀에 부쳐야 한다는 것이오."

"하먼이라." 염상구가 머리를 조아렸고, "그것에 대해선 우리 두 사람이 먼저 염려했던 문젭니다. 사람이 늘어나게 되면 비밀 유지가 어려워지는 법이니까요." 임만수는 유주상의 지시하는 것 같은 꼴이 아니꼬워 말을 되받아넘겼다.

"아, 우리 쪽은 추호도 염려하실 게 없습니다. 그럼 이따가 다시 만나도록 하죠."

두 사람은 조합장실을 나왔다.

"염 부장, 나 염 부장 다시 봐야겠소."

임만수가 금융조합을 나오자마자 경멸적인 투로 말했다.

"먼 소리다요?"

염상구는 짚이는 것이 있으면서도 짐짓 모른 척했다.

"뭔 소리긴, 언제부터 유주상이한테 그렇게 꼼짝을 못하게 됐소? 염 부장, 배짱도 있고 오기도 있는 사람인 줄 알았더니 이제 보니 영 뼈도 없고 배알도 없는 사람이구만. 자기 자리 뺏어앉은 사람 앞에서 굽신거리기나 하고."

임만수의 말은 신랄했다. 염상구는 속으로 감추고 있는 사정이 있기는 했지만, 임만수에게 노골적인 무시를 당하게 되자 그만 성질이 치솟았다. 속사정은 속사정이고 임만수에게 그런 꼴을 당할 하등의 이유가 없었던 것이다.

"임 대장님, 사람 드런 입장 몰르고 말 막 해대지 마씨요. 나가 그러고 잡아 그러는지, 헐수할수없응께 그러는지 한분이락도 생각혀 보고 허는 소리요, 시방? 청년단도 조직잉께 분명히 질서가 있어야 헌다고, 심가고 서장이고 유가헌테 무조건 복종해야 헌다고 왈김스로, 안 그러면 감찰부장꺼지 띠뿐다고 허는디, 나가 워째야 쓰겄소. 아니, 임 대장이 나 입장이라먼 워쩌겄소. 배짱으로 허고 주먹으로 헌다먼야 나 이 시상에 무서운 놈 하나또 읎소. 임 대장은 넘 속도 몰르고 넘 아픈 디 푹푹 쑤셔대지 마씨요. 이해헐 만헌 사람이 그러먼 더 섭헌께요. 나가 임 대장보고, 워째 임 대장은 심재모헌테 꼼짝을 못허냐고 몰아대먼 임 대장 속언 좋겄소?"

염상구는 마침내 임만수의 약점을 덜퍽 물고 들었다.

"아냐, 아냐, 내가 그냥 한 소리요. 미안하게 됐소, 그만둡시다."

임만수는 손까지 저으며 말을 피했다.

염상구는 말은 그렇게 얼렁뚱땅 해치웠지만 속이 켕기는 것은 어찌할 수 없는 일이었다. 그는 이미 유주상이한테 뒷다리가 잡혀 있었다. 염상구를 마음대로 다스리지는 못해도 최소한 자기 편을 만들어야 했던 유주상은 그를 불러 돈다발을 내밀며 회유했고, 어차피 내놓을 수밖에 없는 자리 내놓은 것인데 의외의 돈이 생기자 염상구는 덥석 받아 챙기고 말았던 것이다.

최익달과 윤삼걸이 추가된 그들 다섯은 남원장 별실에 모여 앉았다. 술이 곁들여진 저녁밥상이었는데도 시중드는 여자는 없다. 유주상이 최익달과 윤삼걸을 상대로 일의 전말을 이야기해 나갔다.

"……좌익척결위원회의 이름으로 심을 고발조처하자는 건의인데 두 분, 위원장님과 부위원장님의 고견으로 결정을 내려야만 될 것 같습니다."

유주상은 윤기 도는 눈망울을 굴리며 달변을 끝냈다.

"고 싸가지없는 자석이 인자 그물에 걸렸구만!" 최익달은 이렇게 불쑥 내뱉으며 책상다리를 고치더니, "그놈언 용공·이적행위럴 헌 것이 아니라 바로 빨갱이질얼 헌 것이고, 빨갱이허고 내통헌 좌익분자가 아니라 바로 시뻘건 빨갱이여. 그렇지 않음사 그 자리 차고 앉어서 고런 짓거리럴 워찌 허겄어. 그놈이 그 짓거리 허면 글안해도 뻘건 물이 불그딕디그리허게 든 저 아랫것들이 워쩌고 나대겄냐 그것이여. 안 뒈여, 고런 놈헌테 우리 벌교럴 맽겨서는 안 뒈여. 더 말허고 자시고 헐 것 읎어. 당장 상부에 보고해서 그놈얼 처치혀. 그놈얼 갈치속젓 담대끼 짭고 짜운맛 뵈서 다시는 되살아나지 못허게 조사부러야 써." 그의 말은 흥분으로 출렁이고 있었다.

"열 분 백 분 맞는 말이요. 그놈얼 요분 참에 단단허게 몰아쳐서 비얌껍디기 벗기대끼 군복을 홀랑 벗겨서 다시는 못 걸치게 맹글어야 허요. 그 상녀러 새끼가 애시당초부텀 허는 뽄새가 삐까닥허고 야리꾸리혔는디, 고런 군인놈덜이 많앴다가는 우리 겉은 유지덜 볼장 다 보고, 이 나라도 결국 빨갱이 손에 엎어지고 말 것잉게 고런 종자덜언 뿌랑구부텀 쏙쏙 뽑아뿌러야 허요. 지금 시상이 워떤 시상인디 빨갱이 씨럴 받게 혀? 화아, 그놈이 뒤질라고 환장얼 혀도 열 분 혔지. 요런 일얼 알고도 그런 놈얼 조처허지 않으면 우리도 빨갱이고, 대역죄인 되는 것이요. 당장 일을 벌레야 쓰요."

윤삼걸도 최익달 못지않게 흥분했다.

"알겠습니다. 두 분의 결정이 내려졌으니 좌익척결위원회 이름으로 곧 일을 진행시키도록 하겠습니다."

유주상이 결론짓듯 말했다.

"가만있어 보씨요. 아까 말허기럴 심이 클수록 좋다고 혔는디, 저 토벌대 이름도 항꾼에 넣고, 유 조합장 이름으로 청년단도 넣고 해서 도장 쾅쾅 눌러야 더 심이 씨질 것 아니겠소."

윤삼걸의 지적이었다.

"그거 부위원장 말씸이 맞소. 이름이야 많이 붙을수록 심지고 좋은께로."

최익달의 맞장구였다.

"그것 참으로 좋은 생각입니다. 그렇게 하도록 하겠습니다."

유주상이 만족스럽게 고개를 끄덕였다.

이 느닷없는 결정에 임만수는 정신이 얼떨떨한 채 무슨 말을 해야 좋을지 모르고 있었다.

"짜아, 큰일을 결정했으니 인자 술 한잔썩 돌립씨다."

위원장 최익달이 술주전자를 들었다.

"다시 당부합니다만, 일이 성사될 때까지 절대 비밀이 지켜져야 합니다."

유주상이 좌중을 훑으며 못을 박았다.

"하면, 대사에는 함봉이 질잉께로!"

최익달이 눈을 똑바로 뜨고 다시 좌중을 훑었다.

에라, 될 대로 돼라. 술이나 마시자. 임만수는 상 앞으로 바싹 다가앉으며 술잔을 들었다.

14

물과 기름

남원장 별실에는 기생집에 어울리지 않는 애송이 손님 다섯이 모여앉아 있었다. 다섯 중에 넷은 밤송이머리라서 아무리 사복을 입었다고는 하지만 그 앳된 얼굴들과 함께 학생이라는 티를 그대로 드러내고 있었다. 두툼한 방석을 깔고 앉은 그들은 하나같이 어색스러운 태도와 불안정한 얼굴로 제각기 눈만 껌벅거리고 있을 뿐 말이 없었다. 다섯 중에 제일 느긋하고 편한 자세를 취하고 있는 것이 유일하게 머리가 긴 윤태주였다. 그는 등을 벽에 기대고 다리를 쭉 뻗은 자세로 담배를 뻐끔거렸다.

"야이 요런 촌놈들아, 원제까지 그 모냥들로 얼어붙어 앉았을래? 느그 시방 벌스냐, 도 딲냐? 여그넌 학교 훈육실도 아니고 절간도 아니여. 기분 좋게 술 마시고 재미지게 노는 술집이여, 술집. 아무리 떠들고 멋대로 혀도 간섭혈 사람 하나또 읎응께 기분 내, 기분."

몸을 일으킨 윤태주는 담뱃불을 끄며 방 안의 기분을 돋울 양
으로 목청을 높였다.

"치이, 성님이사 태평무사 암시랑 않컸지만 우리 겉은 빡빡대가
리가 요런 요상시런 디 들랑기리다가 잽히는 날에는 워찌 되는지
몰라서 허는 소리다요?"

현오봉은 큰 몸집에 어울리지 않게 눈을 흘기며 양쪽 볼에 불만
을 물었다.

"요런 빙신아, 니허고 성일이럴 퇴학당허게 헐라고 태주 성님이
역부러 욜로 끌어딜인 것 니 몰라서 허는 소리냐?"

살갗 속에서부터 돋아오르는 것 같은 진한 불량기가 얼굴에 맥
질된 양효석이 전혀 농담이 아닌 것처럼 말했고, 최서학은 빙긋이
웃고만 있었다.

"온냐, 효석이 말이 맞다. 니놈이고 성일이고 이 집구석에서 술
한잔씩 뿔고 팍 퇴학이나 당해뿌러라."

윤태주는 옹이 박인 말 뒤에 흐흐거리는 웃음을 매달았다.

"와따메, 넘 요리 옹색시럽게 맹글어놓고 에진간히 재미지겠소.
지길, 중국집서 모이잔께로 자꼬 일로 와갖고는……."

부자연스러움을 못 견디겠다는 듯 현오봉은 상체를 비비 틀며
투덜거렸다. 그 옆에서 송성일은 무표정하게 앉아 있었다.

"아니 글면, 느그 학교 교칙에는 중국집서 술 마시는 건 괜찮허
다고 돼 있냐?"

윤태주가 딴전을 부리고 있었다.

"와따 성님은 위째 등짝 긁으랑께 장딴지 긁고 그러요. 우리가 시방 기분이 몰뚝잖은 것이 그까징 것 퇴학당허고, 안 당허고 땀세요, 워디? 생전 첨으로 기생집 문턱 넘어스고 봉께 껄쩍찌근해이 지랄이제라. 다 성님이 저질른 죄요."

"온냐, 온냐, 다 첨에는 그리 몰뚝잖고 껄쩍찌근허고 그러는 법이니라. 니가 시방 날 원망허는 쫀디, 워디 오늘 한 번만 맛봐봐라, 그 원망이 통사정으로 휘까닥 바뀔 것잉께."

"아이고, 또 기생집 델다도라고라?"

"하먼. 성님, 성님, 나 기생집서 술 한번 더 믹여줏씨요, 험스로 통사정하고 매달리게 돼야."

윤태주는 자신만만하게 말했다.

"지길, 통사정헐 것이 잔생이도 읎등갑다."

현오봉은 코웃음을 쳤다.

"온냐, 코웃음을 치든, 콧방구를 뀌든 다 니 맘대로니께 머리 긴 체면에 더 말 않컸다만, 일단 오늘 한번 쪾어봐라. 나잇살 묵은 것들이 위째 기생집 뻔질나게 드나들고, 기생집이 장터거리 술집이나 중국집허고 어찌 달븐지도 알게 될 팅게로."

윤태주는 어른이 다 된 척 몇 살 더 먹은 나이를 한껏 과시했다. 현오봉은 더 말끝을 물지 않았다.

오늘의 주빈은 최서학과 양효석이고, 주연을 베푸는 것은 윤태주였다. 두 사람이 서울로 떠나기 전에 송별회를 열자고 의견이 모아지자 윤태주는 대뜸 그 장소를 남원장으로 정하고 나섰다. 술값

전부를 자기가 맡을 테니 송별회를 멋들어지게 한판 벌이자는 것이었다. 현오봉이나 송성일은 처음부터 그 제안이 별로 마음에 들지 않았다. 특히 송성일은 끝까지 반대입장을 취했다. 그는 하판석 노인을 죽인 죄의식에 시달려오며 그들과 만나는 것을 의식적으로 피했던 것이다. 그러나 송별회를 하는 자리까지 피할 수가 없어 응하기로 했지만 난데없이 기생집에서 술판을 벌이자는 것에는 동의할 수가 없었다. "요새끼, 선배럴 뭘로 알고 이려 이거. 정 싫으면 니 혼자 빠져!" 윤태주의 이 말 앞에서 송성일은 그만 입을 다물어야 했다. 윤태주는 멸공단 단장답게 송별회를 떡 벌어지게 차려 체면을 세우고자 했다. 사람을 하나 죽이는 바람에 활동을 중단당하고 말았지만 그는 아직도 스스로를 멸공단 단장으로 자처하고 있었다. 그는 그 활동을 중단당한 것을 못내 아쉬워하고 있었고, 언젠가 기회가 오면 다시 활동을 시작할 마음을 버리지 않고 있었다. 공부에는 전혀 뜻이 없는 그가 굳이 멸공단에 애착을 갖는 것은 공산당에게 아버지나 작은아버지의 원수를 갚기 위해서만이 아니었다. 그는 읍장은 한심스럽고, 군수는 시장스럽고, 도지사는 우습고, 국회의원이라면 한자리 해볼 만하다는 생각을 남모르게 품고 있었다. 그 먼 꿈을 위해 그는 멸공단 같은 어떤 조직을 필요로 하고 있었다. 그가 송별회를 굳이 남원장에서 걸판지게 벌이려는 것은 단순히 멸공단원이었던 양효석과 최서학의 서울 유학을 축하하기 위해서만이 아니었는데 그 속셈도 모르고 송성일이가 반대를 하고 나섰으니 통할 리가 만무였다. 아버지의 원수를 두고두고 갚기 위해 사관학교를 가겠다고 입버릇처럼 말해 왔던 그대로 양효석은 금년 7월부터 4년제 정규과정으로 바뀌는 육군사관학교를 택했고, 법관이나 정치가가 될 꿈을 가지고 있었던 최서학은 법대로 진학하게 되었다. 졸업반의 공부는 이미 흐지부지되고 있었으므로 그들은 서울을 익힐 겸 해서 미리 떠날 채비를 한 것이다.

"와따, 인자 모 심었다냐 어쨌다냐, 배꼽이 등까죽에 들러붙을 참인디 워째 깜깜무소식이여, 이거."

현오봉이가 헛입맛을 다시며 장지문을 꼬나보았다. 그 기세가 곧 소리라도 지를 것 같았다.

"요런 촌놈아, 진득허니 기둘려라. 기생집 출입 아무나 허는 줄 아냐. 상이 나올 때꺼정 점잖허니 기둘릴 줄 알아야 양반이다. 요것도 다 공부니께 잘 배워둬라."

윤태주가 그야말로 점잖게 말했다.

"아이고 성님, 그러고 봉께 성님 혼자 참말로 양반 겉으요이. 니기럴, 중국집 같았음사 열 번도 더 나왔겄다, 지랄."

"야, 야, 음식 같지도 않은 중국집 타령 그만허고 쪼께만 더 기둘려라. 진수성찬 채례갖고 꽃같이 이쁜 가시내덜이 상을 받쳐들고 곧 들어올 거이다."

윤태주가 팔다리가 찢어져라 기지개를 켰다.

"성님은 학교 그만두셨소?"

최서학이 불쑥 물었다.

"학교? 거 뭐 배울 것이 있어야제." 여기까지 말한 윤태주는 계속 밀려나오려는 말을 꿀떡 삼키고는, "갤치는 선생이 션찮다고 공부를 안 헐 수야 있겄냐. 신학기가 되면 또 시작혀야겄제." 사뭇 진지한 얼굴을 꾸미며 대답했다. 그런데 그가 꿀떡 삼켜버린 말은, 힘들고 성가시게 학교 나댕길 것 뭐 있다냐, 내라는 학비 제때제때 내놓고 졸업 임시에 몇 푼 더 써서 졸업장을 챙기면 꾀진 일이제, 하는 것이었다. 그러나 나이 어린 것들 앞에서, 더구나 원대한 꿈을 앞에 두고 있는 처지에 그건 결코 입 밖에 내서는 안 될 말이었다.

"짜아, 술상 모셔올립니다아."

판소리를 하듯 길게 뽑아대는 여자의 신바람 실린 목소리와 함께 방문이 양쪽으로 열리고, 허리를 굽힌 두 남자가 길고 큰 상을 받쳐들고 들어왔다. 그리고 그 뒤를 북이며 장구며 가야금을 제각기 든 여자들이 줄을 이었다. 그릇들이 겹칠 정도로 술안주가 빽빽하게 들어찬 상이 놓이고, 서로 다른 한복을 차려입은 여자들은 윗목에 악기들을 놓고, 그 앞으로 한 발짝씩 나서 줄지어 섰다.

"자아, 오늘의 주빈이 이 상좌로 오시고, 성일이하고 오봉이는 그쪽으로 앉고, 그렇지."

윤태주는 부산스럽게 자리 배정을 했다.

"자리덜 잡으셨으면 우리 아그덜 절 받으시씨요."

사십줄의 주인여자가 간드러지는 눈웃음으로 좌중을 훑으며 말했다. 그 눈웃음을 받은 건 윤태주뿐 밤송이머리들은 멋쩍고 어색스런 얼굴들로 엉뚱한 데에 시선을 돌리고 있었다.

"그려, 절 받아야지. 워디, 어떤 년이 질로 절을 잘허는가 보자아." 윤태주는 호기를 부리고 나서, "야, 야, 돌아앉아 절 받을 준비를 혀야지 절을 헐 것 아니냐." 그는 송성일과 현오봉에게 돌아앉으라고 빠른 손짓을 했다.

현오봉은 마땅찮은 얼굴로, 송성일은 시무룩한 얼굴로 느리게 몸을 돌렸다.

"그냥 절만 받는 것이 아니라 요건 선을 보는 순서야. 맘에 드는 여자가 누군지 속으로 정허는겨." 윤태주의 말이었고, "정허면 멋혀. 보나마나 우에서부텀 골라잡음서 내레올 것인디, 나나 성일이야 헛방치기제." 현오봉이 어눌한 듯한 목소리로 말했고, 눈을 내리깐 채 줄지어 서 있던 여자들 중에서 누군가가 킥 웃음을 터쳤다.

"못써!"

주인여자의 낮고도 엄한 목소리가 윗목으로 날아갔다.

"짜석, 걱정도 팔자시. 고것이 걱정시러우면 애초에 아무도 안 골를, 질로 안 이쁜 것을 니것으로 정허면 될 일 아니냐." 양효석의 말이었고, "그래, 니 말이 명언이다. 역시 육군 장교답게 시악씨 골르는 작전지시도 아조 그은사허다." 윤태주가 맞장구를 쳤다.

"와따, 하도 작전지시가 그은사혀서 그런가 방구가 다 나올라고 똥구녕이 간질간질허시."

현오봉의 목소리는 어눌한 느낌이 더해져 멍청스럽게 들릴 정도였다. 그는 마땅찮음을 일부러 그렇게 표하고 있었다.

"방구야 자연지출물이니 나올라 허면 뀌어야 순리제." 윤태주가 유식한 척 말했고, "참말이요?" 현오봉은 말을 하는가 싶더니 엉덩이를 들썩하며 방귀를 뀌어댔다. 부아앙도 아니고 빠아앙도 아닌 요란한 방귀소리는 한 번으로 그친 것이 아니라 소리가 약해지며 세 번이나 울렸다.

"쩌 자석 저것, 참말로 방구럴 뀌뿌네." 양효석의 어이없어하는 말이었고, "야, 야, 이 음식 먹기는 다 글렀다." 최서학이 얼굴을 찌푸렸고, "아이고, 방구 나올 준비가 그리 딱 된 줄 알았음사 나가 꾸라고 혔을 리가 옰지, 저 죽일 놈." 윤태주가 쩝쩝 입맛을 다셨고, 현오봉의 옆에 앉은 송성일은 고개를 돌려 코를 막고는 비로소 속 풀리는 웃음을 짓고 있었다. 그사이에 주인여자고, 윗목에 나란히 선 다섯 여자들이고 터져나오는 웃음을 참느라고 애쓰고 있었다.

"워쨌거나 이 좋은 날, 웃을 일 맹글었응께 좋다. 짜아, 싸게싸게 절혀라."

윤태주의 말에 다섯 여자가 몸가짐을 가다듬었다.

"여그 기신 분네들은 읍내서 질가는 양반댁 되련님들이시다. 얌전허고 곱게 절 올리거라."

주인여자가 엄한 소리로 일렀다. 오른쪽에 선 여자가 소리 없이 한 발짝 앞으로 나서더니, 느리게 느리게 몸을 아래로 낮추어갔다. 눈을 내리깐 채 가볍게 수그린 여자의 얼굴은 앉은 자리에서 약간 올려다보며 살피기에 딱 알맞았다. 여자는 절을 하고 일어날 때도 앉을 때와 마찬가지로 정성을 들인 느린 동작을 했다. 절을 하기 전의 자세로 돌아간 여자는 다시 한쪽 무릎을 세워 앉은 앉음새로 머리를 조아리며, "거울 경자, 달 월자, 경월이라 하옵니다" 하고는 얼굴을 드는가 싶더니, 그때까지 내리깔고만 있던 눈을 마침내 손님들을 향해 떴다. 그 눈이 뜨여짐으로 해서 인물이 보다 확실해지고 선명해졌다. 그러나 그 시간은 극히 짧았고, 여자는 몸을 일으키며 다시 눈을 내리깔았다. 똑같은 순서로 나머지 네 여자가 차례로 절을 했다.

"짜아, 인자 주빈부텀 골라잡아보드라고잉."

윤태주가 생기 도는 소리로 말했다. 그 말과 동시에 한 여자가 빠른 몸놀림으로 쪼르륵 와서 윤태주 옆에 앉았다.

"와따, 묏돼지 잡을 만치 날쌔기도 날쌔시. 저 시악씨 속으로 찍은 것이 누군지는 몰라도 속이 씨릿씨릿허겄다."

여자 고를 생각은 하지 않고 술상 쪽으로 돌아앉아버린 현오봉이 누구를 향한 것인지 모를 말을 능청스럽게 하고 있었다.

"니넌 워째 벌써 돌아앉았어."

윤태주가 얼굴을 찡그렸다.

"아, 다 골라잡은 남치기 둘이 성일이허고 나 것잉께 맘 편안허니 기둘려야제라."

"자식 참……."

윤태주는 더 탓하지 않았고, 고개를 빠뜨리고 앉았던 송성일도 그때서야 슬그머니 상으로 돌아앉았다. 그사이에 양효석과 최서학은 다투듯 여자 하나씩을 골라잡았다.

"야, 인자 니들 둘 차례다."

윤태주가 현오봉과 송성일에게 눈짓했다.

"나 눈에는 싹 다 각씨 삼고 잡고 이쁘고 이쁜께 아무나 앉어뿌러."

말을 내지르듯 하면서도 현오봉은 윤태주를 향해 히멀건하게 웃어 보이고 있었다.

"알았다, 너 이쪽에, 너 저쪽에."

윤태주가 손가락으로 두 여자에게 앉을 자리를 가리켰다.

"짝을 다 맞치셨응께 지는 그만 물러가겠습니다. 깨 쏟아지게 재미있게 노시고, 야들아, 되련님들 지성으로 잘 뫼셔야 쓴다아."

"어이, 어이, 월매는 인자 나가보소." 윤태주는 주인여자에게 건성으로 대꾸하고는, "속도 출출허고, 싸게싸게 술 따러." 아가씨들을 휘둘러보았다.

두 아가씨가 부리나케 술주전자를 집어들었다. 정종이 차례로 잔을 채워나갔다.

"짜아, 서울로 공부를 떠나는 우리 멸공단의 두 동지 최서학과 양효석의 양양한 앞길을 축하하는 뜻으로 다 같이 쭈욱 한잔!"

"고맙습니다, 성님."

최서학과 양효석은 합창하듯 하며 윤태주에게 고개를 꾸뻑하고는 술잔을 입으로 가져갔다.

"오늘 밤에는 나가 다 책임지기로 혔응께로 코가 삐틀어지든, 눈알이 돌아가든, 맘 놓고 마셔부러."

윤태주가 양효석에게 술잔을 건네며 큰소리를 쳤다.

"통금은 워쩌고라?"

현오봉이 술맛으로 찡등그려진 얼굴로 말했다.

"길바닥에 안 나스고 집 안에 들앉어 술 마시는디 통금이 그것 꺼정 간섭허냐?"

윤태주의 말에 송성일은 가슴이 덜컥 내려앉음을 느꼈다. 밤을 새워 술을 마실 작정인 모양이구나. 그렇게 술을 마실 자신이 없을 뿐더러, 아버지가 안 계시는 집을 술 마시는 일로 비운다는 것은 도저히 용납할 수가 없었다. 현오봉이 반대를 해주기를 바랐지만 더는 말이 없었다. 그렇다고 자신이 말을 꺼내지도 못한 채 송성일은 가슴에 차오는 무거운 어둠에 눌리고 있었다.

"아, 술잔 쫙쫙 비우고 두 선배헌테 싸게싸게 권혀."

윤태주가 현오봉과 송성일에게 눈길을 박으며 손짓했다. 그는 어느새 왼팔로 여자를 끌어안고 있었다.

"그럽씨다, 기왕에 틔운 물꼬, 씨언허게 터뿝시다."

현오봉은 술상머리로 몸을 밀어붙였다. 송성일은 그만 암담한 심정이 되고 말았다. 현오봉이 술을 마시기로 작정해 버리면 통금 전에 집에 들어가기는 틀린 일이었다. 현오봉은 덩칫값을 하느라고 술을 한번 입에 댔다 하면 나이에 어울리지 않게 막걸리 서너 되는 아무렇지도 않게 마셔버리는 주량이었다. 송성일은 현오봉의 다리라도 찔벅여 자신의 뜻을 알리고 싶었지만 사이에 끼여앉은 여자 때문에 이러지도 저러지도 못하고 있었다.

"우리 효석이야 떠억 장교님이 되실 것이고, 자넨 법대를 가면 법관나으리가 되시는 건가?"

최서학에게 술잔을 건네는 윤태주의 목소리에는 술기운이 묻어나고 있었다.

"마음이야 그렇지만 두고 봐야겠지요."

술기운이 불쾌하게 번지기 시작한 얼굴로 최서학이 말을 받았다. 말은 겸손한 듯했지만 그의 얼굴에는 자만이 차 있었다. 비웃음 같기도 하고, 찬바람 같기도 한 그 자만은 언제나 최서학의 얼굴에 감돌면서 하나의 표정으로 굳어 있었다.

"좋네, 좋아. 효석이가 장교로 앞에 나서서 빨갱이덜얼 소탕허고, 자네가 법관으로 뒤에 앉아서 용공분자들을 재판허고, 고거 얼매나 보기 좋고 자알 어울리는 일잉가. 그리 되면 억울허게 돌아가신 우리 아부지들 웬수럴 지대로 갚는 일이고…… 공산당 씨를 말려뿔 날이 훤히 내다보이네."

윤태주는 아가씨의 치마 밑으로 손을 디밀어 허벅지를 주물러대며, 두 사람을 소쿠리비행기 태우고 있었다.

"공산분자들을 깨끗허게 청소하자면 군인이나 경찰이 총을 쏴대는 것으로는 되지 않아요. 그것보다 먼저 법을 강력하게 시행하면서, 빨간 물이 든 민간인들을 하나도 빼지 말고 잡아내서 처단해얍니다. 군인이나 경찰은 그 법에 따라 움직이기만 하면 되는 거니까, 어디까지나 법이 앞이지요."

윤태주가 한 말의 순서를 뒤집고 있는 최서학의 말은 싸늘했다. 양반이면서 지주고, 권력을 가진 집안이라는 가문의식이 남달리 강한 그로서는 자기와 양효석을 동급으로 취급하는 것도 용납할 수 없는 일일 판인데 더군다나 양효석을 '앞'이라고 하고, 자신을 '뒤'라고 하는 말은 도저히 그냥 지나칠 수가 없었던 것이다. 그의 의식 속에 판박혀 있는 양효석은, 지질하게 돈푼이나 모은 보부상 출신의 쌍놈 집구석 자식일 뿐이었다. 거기다가 돌대가리에 주먹이나 휘두를 줄 아는, 경멸하지 않을 수 없는 존재였다.

"맞어, 니 말이 맞어. 높기로 치자면 판검사님허고 육군 소위허고 워쩌크름 비허겄냐. 판검사가 을매나 높으면 나이럴 고하간에 '영감님'이라고 존대럴 붙이겄냔 말여. 근디 육군 소위야 그냥 소위제 무신 존대가 따로 있드라고?"

양효석은 눈치 빠르게 대꾸하며 최서학에게 잔을 권했다. 최서학의 시험지를 보고 베낀 국민학교 시절부터 싹트기 시작한 양효석의 열등감은 나이가 들면서 지워진 것이 아니라 나이만큼 커져 갔던 것이다. 돈으로나, 뼈대로나, 권력으로나 최서학네를 이길 만한 것이 아무것도 없었다. 단지 주먹 하나가 있을 뿐이었는데, 최서학에게 주먹맛을 보였다가는 그 주먹만 박살나는 것이 아니라 온 집안이 박살난다는 것은 너무나 뻔한 일이었다. 최서학 앞에서는 무용지물인 주먹을 부르쥐며 양효석은 그저 최서학의 비위를 거스르지 않는 쪽으로 오래도록 스스로를 길들여왔던 것이다.

"내 말을 오해 말어. 높고 낮고를 따져 앞·뒤라고 헌 것이 아니라 빨갱이들허고 싸우는 싸움에서 전방이고 후방이란 뜻잉께로. 자네, 알아묵어?"

윤태주는 술기운 젖은 눈에 힘을 모으며 분명하게 말했다.

"압니다. 다 알 만한 성님이 그런 실수를 헐 리가 없지요."

얼굴이 불그레한 술기로 젖은 최서학이 만족스러운 웃음을 띠며 잔을 윤태주에게 내밀었다.

"와따, 술 묵음시로 재미없는 이약들만 골라서 허네."

부지런히 안주로 배를 채우고 난 현오봉이 투덜거렸다.

"맞어라, 술맛 나게 재미진 이약 잠 허시씨요."

현오봉의 옆에 앉은 아가씨가 날름 말을 받았다.

"어허, 말에 고물 묻을랑가 싶어 그리 얼렁 채 받치고 그요?"

여자를 내외하듯 한 앉음새 그대로 현오봉이 불쑥 내질렀다.

"하먼이라. 우리 서방님 말씸에 고물이 묻어서야 쓰간디라아."

아가씨는 감겨드는 콧소리를 섞어 말하며 현오봉의 어깨를 감싸안고 들었다.

"워따메 징헌 거!"

현오봉은 질겁을 하듯 소리치며 아가씨의 팔을 털어냈고, 모두는 웃음을 터뜨리기 시작했다. 웃지 않은 건 송성일 혼자였고, 그 옆에 앉은 아가씨는 다른 사람들을 따라 쿡쿡거리다가 그의 눈치를 살피고는 웃음을 잡았다.

"예 말이요, 젊은 서방님, 나가 벌거지도 아니고 귀신도 아닌디 머시가 그리 징허다고 인정사정없이 탈탈 털어내뿔고 그러시요. 나가 서럽고 무참혀서 더 못살겄소."

현오봉의 옆에 앉은 아가씨는 생글생글 웃어가며 신파연극 대사조로 읊어대고 있었다. 그녀는 하필이면 능수능란한 경월이었다.

"못살겄으면 죽어야제."

현오봉은 무뚝뚝하게 말했고, 모두는 와아 하고 다시 웃음을 터뜨렸다. 굳은 듯 앉아 있던 송성일도 픽 웃음을 흘리며 현오봉에게 눈길을 던졌다.

"어허, 우리 오봉이가 질이다." 윤태주는 손바닥을 맞때리며 흥겨워하면서, "오봉이허고 경월이가 천상 이 도령하고 춘향이다. 오늘밤 신방 차려뿌러라, 나가 장가밑천 댔다." 그는 있는껏 호기를 부렸다.

"와따 성님, 아무리 술이 취했어도 말은 바로 허씨요. 춘향이야 처녀였응께 이 도령이 좋아했어도 손해날 것 읎겠지만, 나야 손해날 것 뻔헌디 미쳤다고 신방 채려라?"

현오봉은 입술을 씰룩거렸다.

"음마, 음마, 우리 서방님이 이 나이 때꺼정 총각수절 허셨구만이라이. 아이고메 나 겉은 헌지집이야 발샅에 때만도 못허고말고라. 아까부텀 워디서 달치근허기도 허고, 시큼시큼허기도 허고, 꼬시름허기도 헌 냄새가 코끝에 잽힐 뚱 말 뚱, 잽힐 뚱 말 뚱 혀쌓길래, 요것이 무신 냄새다냐, 요것이 무신 냄새다냐 험시로 맴이 요상시럽게 싱숭생숭 할랑할랑해쌓등마 인자 알고 봉께 고것이 바로 우리 서방님이 솔레솔레 풍긴 총각냄새였구만이라. 아이고메 시상에나, 이 헌지집이 총각 옆에 앉았는 것만도 황송시럽고 죄시런거. 헌지집이 깨끔헌 총각헌테 때 묻힐라, 훠어이, 훠어이."

경월이는 무당 주문 외듯, 명창 사설 외듯 하고는, 현오봉의 몸에서 먼지 털어내는 시늉을 하며 주춤주춤 물러나 앉고 있었다.

"역시 경월이가 채를 자알 잡는다. 느그덜 워뗘냐, 총각들허고 요리 술상 받고 앉었는 기분이."

윤태주는 아가씨들을 둘러보았다.

"가심이 찌릿찌릿허구만이라."

양효석의 옆에 앉은 아가씨가 눈웃음을 치며 말했다.

"그 옆에 니년?"

"오늘 밤에 팍 그냥 애 배불고 잡으요."

최서학의 옆에 앉은 아가씨가 불쑥 말하고는 두 손으로 얼굴을 가렸다. 다시 웃음이 터지고, 최서학은 여자가 예뻐 죽겠다는 듯 덥석 끌어안았다.

"니, 니년!"

"우리 서방님이 원체로 점잖으셔논께 지야 그냥 짠뜩 심만 드는 구만이라."

송성일 옆에 앉은 아가씨가 과장되게 울상을 지어 보이며 대답했다. 송성일의 얼굴이 구겨졌다.

"술집에서 남자가 점잖 빼는 건 다 여자 책임 아니겄냐. 술을 더 믹이든지, 니가 딴 기술을 부리든지, 니 알아서 해라."

윤태주가 술자리 묘리를 통달한 것처럼 말했다.

"질 잘난 인물값 허니라고 그런가 으쩐가 삼대맹키로 영 뻐신디, 어설피 기술 부릴라다가 퉁이나 맞지 말고, 나 그냥 독수공방허는 거이 낫겄구만이라."

여자의 말에 또 웃음이 일어났다.

"경월이는 아까 길게 새살 깠고, 그려, 우리 숙향이는 워떠냐."

윤태주는 제 짝을 끌어안으며 물었다.

"워메 서방님, 양심 잠 소금물에 헹궈내고 말씀허시씨요. 넘덜이 총각이랑께 서방님도 도매금으로 총각행세허고 잡은갑는디, 지야 서방님 뜻 받들어 을매든지 그런 칙 헐 수 있는 일이제만, 서방님 총각 아닌 것이야 저 사람들도 훤히 다 아는 일일 것인디, 지가 속 힐라고 혔다가는 가부시끼로 웃음거리 된다니께요."

숙향이는 애교스럽게 눈을 흘기며 면박했고, "에라 이 의리 없는 년아." 팔을 치켜든 윤태주는 때리는 시늉 끝에 여자를 얼싸안았고, 술기운으로 웃어대는 소리가 술상에 빼꼭하게 들어찬 그릇들에 담기다 못해 넘쳐나고 있었다.

"기분이 알달큰허게 쪼온데 어디 돌아감서 노래나 한 자락씩 뽑아라. 경월이부텀!"

윤태주는 이제 혀가 말려드는 소리를 내고 있었다.

"소리로 헐께라?"

"아니, 아니. 그 먼지 탱탱 낀 구식 말고, 신식 노래로 불러, 신식."

최서학이 손을 내저었다. 술에 푹 담가진 듯 풀려버린 눈에, 그의 혀도 꼬부라지고 있었다.

"허먼, 멀로 불를께라, 귀국선?"

"쪼아, 쪼아. 울고 넘는 박달재도 부르고 말야."

경월이는 노래를 시작했다. 노랫가락을 따라 젓가락장단이 시작되었다. 윤태주나 최서학은 말할 것도 없고, 언제부터인가 양효석도 여자를 마음 놓고 주물러대고 있었다. 송성일은 흔들리는 시야를 바로잡으려고 애쓰며, 요런 더러운 놈들아, 네놈들이 끌어안고 있는 여자가 바로 네놈들 아버지가 끌어안았던 것들일 수도 있어, 이 미친놈들아, 욕을 해대고 있었다.

남인태는 순천행 열차에 몸을 싣고 있었다. 눈을 감은 채 기차가 흔들리는 대로 몸을 맡기고 있는 그는 사복 차림이었다. 얼핏 보기에는 잠이 든 것 같았으나 그는 자신의 신상문제를 중심으로 이런저런 궁리에 빠져 있었다.

그는 이번으로 광주에 네 번째 걸음을 했다. 손써서 퇴원날짜를 늦춰가며 병원에서 두 번 걸음을 했고, 일이 뜻대로 이루어지지 않아 광양으로 돌아가서 두 번째였다. 다소 무리를 해가면서 퇴원날짜를 늦췄던 것은, 퇴원을 하면서 바로 다른 곳으로 전출을 갈 수 있게 하기 위해서였다. 그리고 입원기간이 하루라도 길어지는 것은 신상에 그만큼 유리하기도 했다. 우선, 지옥 같기만 한 광양을 피해 안전을 도모할 수 있었고, 입원기간의 길이만큼 중상으로 변해갈 부상을 공로로 내세워 전출에 유리하게 이용할 수가 있었다. 그 계획이 별로 실현성이 없다는 것을 알면서도 일단 밀어붙여본 일이었다. 그는 광양에 정나미가 떨어질 대로 떨어져 있었고, 준비한 돈은 일을 꾸미는 데 자신감을 가져도 좋을 정도로 큰 액수였다. 인사관리과장은 돈에 군침을 흘리면서도 막상 시원한 결정을 내리지 못했다. "그게 떡 묵디기 쉽덜 않은 문제지요. 아시다시피 니나 나나 안전한 곳으로만 빠질려고 발싸심인데, 우리 전남지역 전체를 놓고 볼 때 안전한 곳보담은 불안한 곳이 더 많은 실정 아닌가요. 진작 안전한 데 자리 잡고 있는 사람들이야 다 줄이 든든한 사람들이고, 이러니 이거 원……." 과장은 액수를 더 올리기 위해 무슨 수를 쓰자고 하는 말이 아니었다. "형편이 옹색한 건 저도 잘 압니다. 허나, 안전한 곳도 등급이 있을 건데, 1등급을 원허는 것이 아닙니다. 2등급이고 3등급이고 간에 광양 같지만 않음사 어디든 좋겠습니다." 그는 몸이 달아 매달렸다. 목숨이 둘이 아닌 바에 다시 광양땅에 발을 딛고 싶지 않았던 것이다. "유념할 것이니 어디 기회를 봅시다." 만날 때마다 똑같은 과장의 말은 막연하고도 답답했다. 남인태에게 세상에서 제일 부러운 사람이 바로 그 과장이었다. 나이도 자기 또래밖에 안 되는 그 사람은 날카로운 눈매 하나를 빼버리면 살이 오른 허여멀쑥한 얼굴 그 어디에서도 경찰냄새를 맡을 수가 없었다. 총을 잡을 필요 없는 편하고 안전하고 돈 잘 생기는 자리에서 펜대나 굴리고 있는 팔자 좋은 사람의 모습이었다. 빌어먹을, 난 언제나 저런 자리에 앉아보나……. 과장을 만나고 돌아설 때마다 그는 자신도 모르게 투덜거리고는 했다. 그 부러움은 그의 마음속에서 열등감으로 직결되었다. 저놈이야 핏줄 잘 타고나 제대로 배운 데다 배경 좋아 저리 됐겠지. 그의 열등감은 다시 체념으로 연결되었다. 세월이 흐르고 직책이 올라가도, 가난뿐인 보잘것없는 근본과 사환으로부터 시작한 과거의 열등감은 없어지지 않고 가슴 그 어느 구석엔가 딱딱한 쇠붙이처럼 박혀 있다가 기회만 있으면 불똥을 달고 솟구치고는 했다. 그러지 않으려고 무진 애도 써보았지만 아무런 효과가 없었다. 자신의 마음이면서 자신의 마음으로는 어찌할 수가 없는 마음이었다. 그 열등감을 이기려고 남다른 열성을 바친 결과로 서장 자리까지 오르게 된 것일 수도 있었다. 도경국장이나 해야 그 마음이 없어질라나? 그는 혼자 고개를 갸웃거려도 보았다.

네 번째 걸음에서도 결말을 보지 못한 그의 마음은 까라질 대로 까라져 있었다. 광양을 생각하면 당장 경찰복을 벗어던지고 싶은 심정이었다. 백운산은 반란군 주력 일부와 전남도당까지 품고 있는 탓인지 광양이나 구례 일대는 난장판이었다. 아니, 지옥이 죽은 사람들이 살기가 제일 고약한 곳이라면, 산 사람들이 살기가 제일 고약스러울 것이 분명한 그곳은 생지옥이라 해야 옳았다. 더욱이 경찰에게 그곳은 생지옥이 틀림없었다. 반란군은 반란군대로 날뛰고, 읍·면 단위 야산대들은 야산대대로 설쳐대는 바람에 경찰은 어느 쪽 총에 맞아죽을지 모를 일이었다. 토벌을 한다고는 하고 있었지만 날마다 없애고 있는 탄알에 비해 성과는 그다지 신통하지 못했다. 낮에는 이쪽에서 쫓고, 밤에는 저쪽에서 덤비고 있는 공방전의 되풀이 속에서 날로 커가는 것은 생명의 위협이었다. 반란군이나 야산대의 소탕이 지지부진한 데는 두 가지 이유가 있었다. 산을 발판으로 삼고 있는 그들이 전진·후퇴를 신속하게 했고, 민간인들이 그들에게 음성적인 협조를 계속하고 있는 점이었다. 그런 상황에 대처하고 있는 이쪽에도 물론 문제점이 없는 게 아니었다. 먼저, 반란군이나 야산대를 일거에 소탕할 만한 병력 거의가 자신처럼 마지못해 총을 잡고 있는 형편이었다. 4·3사건의 진압을 위해 제주도에 집중되었던 군대병력이 여순반란의 돌발로 분산된 채 제주도는 제주도대로 전투가 계속 중인 데다가, 여순반란을 계기로 수많은 지역에서 공산당 지하세력이 노출되어 그대로 전투병력화하게 되자 갑자기 팽창된 전투지역을 충분한 군병력으로 채우기란 가능한 일이 아니었다. 군병력이 그러할 때 지역단위 치안유지 조직인 경찰병력은 더 말할 것도 없었다. 군의 단위부대 증원은 기대하지 않는다 하더라도 전사병력의 충원마저 제대로 이루어지지 않는 데 문제가 있었다. 그 원인은 병역이 의무제가 아니기 때문이었다. 그 대우에 있어서 군대 사병이 경찰 하급자와 다른 데다가, 현직 경찰마저 기회만 있으면 이직을 하려는 판에 제 발로 군대에 걸어들어올 놈은 하나도 없었다. 그래서 군인 모집은 모집이 아니라 강제적으로 시행된 것이 벌써 오래전부터였다. 지역별 할당에 맞춰 청년단이 앞장서고 경찰이 엄포를 놓아가며 만만한 젊은이들에게 그물을 씌웠다. 만만하다는 것은 으레 가난하고 관에 아무 연줄 없는 사람들이었다. 도둑으로 몰아 감옥살이를 면하게 해준다는 조건으로 군대에 밀어넣었고, 사촌이나 육촌이 입산한 것을 트집 잡아 군대로 내몰기도 했고, 별의별 방법이 다 동원되었다. 그렇게 억지춘향으로 군복을 입은 자들이 사기가 있을 리 만무했고, 원래 사상이 그랬던 것인지 아니면 오기나 반발로 그러는 것인지는 모르나 작전 중에 입산해 버리는 자도 적지 않았다. 그뿐만 아니라 그런 강압적인 방법은 경찰이나 청년단을 불신하고 경원하는 또 하나의 계기가 되었다. 일제시대의 경력 때문에 거의 모든 사람들에게 '똥 묻은 것들'로 불신당해 온 경찰은 계속 악명만을 덧붙여가는 꼴을 면할 수가 없었다. 그런 강압적인 편법을 쓰지 않으면서 사회적으로 불평 불만을 없애는 길은 병역을 의무화시키는 것이었다. 그런데 그 법을 만든다는 게 언제인데 그것은 통과되지 않고 엉뚱하게 반민특위법이 통과되어 그러잖아도 경찰 알기를 우습게 아는 사람들의 기를 더욱 세워주는 반면 경찰들은 일할 맛이 싹 떨어지게 기를 꺾고 말았다. 반민특위법이 전국적으로 엄하게 실시되는 한 현직 경찰치고 그 법에 안 걸릴 사람은 거의 없었다. 콩밥을 먹이게 만든 위치에서 콩밥을 먹어야 하는 신세가 된다는 사실은 생각만으로도 참담하기 그지없었다. 국회의원이란 놈들은 도대체가 믿을 수가 없는 놈들이었다. 제놈들 국회의원에 당선시켜 주기 위해서 경찰들이 얼마나 애를 썼는가 말이다. 그런데 고작 한다는 짓이 경찰 때려잡는 법이나 만들어내고 있었다. 그놈들이야말로 은혜를 원수로 갚는 놈들이었다. 그런 배신감은 자신만 가진 것이 아니었다. 조용히 모여앉은 자리에서는 으레 그 법의 시행에 공동의 관심이 모아지고는 했다. 그 법만 생각하면 그는 전출운동이고 뭐고 사지에 맥이 빠져버렸다. 그러나 당할 때 당하더라도 우선은 급한 불부터 끄지 않을 수도 없는 형편이었다. 광양에서 빠져나가는 것은 발등에 떨어진 불이었고, 그 법은 아직 강 건너 불이었다. 광양에서 느끼는 생명의 위협은 전투상황에서만 일어나는 것이 아니었다. 밤이 되면 어둠 속에 그 위협이 산재해 있었다. 그건 적의 공격에 의한 위협뿐만이 아니라 어둠과 함께 누가 적으로 돌변할지 모르는 데서 오는 위협이었다. 어두워지기 얼마 전에 굽신굽신하며 지나간 그 사람이 바로 어두워짐과 동시에 적으로 바뀌어 옆구리에 칼을 박을지도 모를 일이었다. 자신들이 보호하고 있는 사람들을 낮에만 믿고 밤에는 믿을 수가 없는 상황이었다. 민간인들과 그런 살벌한 불신관계가 조성된 것은 또 그럴 만한 이유가 있었다.

멸공이라는 정부의 다급한 정책이 앞선 문제였고, 그 지시를 물불을 가리지 않고 시행하려는 것이 뒤따르는 문제였다. 초반부터 밤은 이미 그쪽의 차지였다. 산을 등지고 야간공격을 감행했다가 다시 산으로 자취를 감추어버리고 하는 그들은 자연 공격적인 반면 이쪽은 수비 위주가 될 수밖에 없었다. 날이 밝으면 물론 이쪽에서도 공격을 시도했지만 산이라는 지형의 불리를 무릅써야 하는 공격이 공격다울 리가 없었다. 적이 산속에 진을 치는 경우 산은 또 하나의 적이었다. 퇴로를 산으로 잡은 적을 쫓아 산을 파고들었다가 엄청난 피해를 입었던 처음의 무모한 실수를 감안해 그 다음부터는 적극적인 소탕이 아니라 민간인 지역과 차단시키는 산중고립작전으로 나가게 되었다. 그럴 수밖에 없는 것이 산속의 유리한 지형을 확보하고 있는 그들을 적극전법으로 소탕하자면 그들보다 갑절 이상의 병력이 있어야 했다. 산중고립작전은 이중효과를 노리는 것이었다. 그들이 말하는 '인민'과의 접촉을 단절시켜 그들의 세포부식을 근절함과 동시에 민간인들의 음성적 협조를 차단하여 그들의 보급원을 동결하고, 그 난점 해결을 위해 그들의 공격이 더 적극화되면, 일부러 산으로 파고드는 위험을 겪지 않고도 그 기회를 역이용하는 것이었다. 그런 현지의 노력과는 별개로 멸공정책을 실현시키기 위한 강력한 지시가 거의 매일이다 싶게 하달되는가 하면, 그에 못지않게 전과보고의 독촉이 성화 같았다. '반란군의 완전소탕' '지역폭도 완전제거' '민간세포조직 완전근절'. 그런 지시 앞에서 가장 적극적이고 용맹스러운 활동을 전개한 것은 군대도 아니고 경찰도 아니고 서북청년단이었다. 명칭 그대로 이북 청년들로 구성된 그들은 여순반란사건이 일어나기 전에 이미 제주도의 4·3사건 진압대의 일부로 투입되어 그 용맹을 떨친 바 있었다. 그들이 가는 곳에는 그야말로 공산당의 씨가 마른다는 소문이 일찍부터 바다를 건너와 뭍에까지 퍼졌던 것이다. 공산당에게 모든 것을 빼앗기고 삼팔선을 넘어온 그들은 이남의 공산당을 뿌리 뽑는 데 누구보다 앞장서 용감무쌍하게 싸우는 반공투사들이었다. 그들은 공산주의라면 자다가도 벌떡 일어날 정도로 치를 떨었고, 공산주의자는 더 말할 것 없을 뿐만 아니라 공산주의의 혐의가 있는 사람에 대해서도 가차 없을 정도로 냉정하게 행동했다. 그들은 이미 여수와 순천에서 그들의 진면목을 충분히 보여주었다. 멸공이라면 그 누구보다 앞장서는 그들의 용맹스러운 열성은 반란군이나 지방 빨갱이의 수사·색출·체포·처단에까지 손을 안 뻗치는 곳이 없었다. 그들이 그렇게 솔선해서 나가자, 그렇지 않아도 인간관계로 얽히고설켜 냉정한 공무집행에 난색이 되어 있던 현지경찰은 그들에게 궂은일을 모두 떠넘겨주고 뒤로 물러서는 태도를 취했다. 일이 일단 그들의 손에 넘겨지자 반란의 뒷수습은 냉정하고도 신속하게 처리되었다. 그러나 그 대신 민간인들의 원성이 후유증으로 남게 되었다. 그들에 대해 민간인들 사이에서 '악독한 이북내기들'이라거나, '이북에서 내려온 악질들'이라는 욕이나 비난이 떠돌았고, 사실 어느 면에서는 억울한 사람들도 없지 않았다. 그러나 공산당을 박멸하고자 하는 열정적 일념으로 행동하는 그들이 그따위 욕이나 뒷소리에 신경 쓸 리 없었다. 그건 어떤 식으로든 공산당에 연관되었거나 공산당 냄새를 풍겼기 때문에 당한 자들의 피붙이들이 지껄이는 소리에 불과했고, 설령 다소 과했거나 실수가 있었다 하더라도 그건 국책을 수행해 나가는 데 의당 따르게 마련인 사소한 시행착오로 묵살되었다. 그후의 소탕작전에서도 계속 발휘된 그들의 용맹성은 끊임없이 하달되는 지시에 의해 더욱 촉발되고 있었다. 멸공이라는 말과 함께 빈번히 사용되는 소탕·제거·근절 같은 용어에 일맥상통하고 있는 뜻은 '무조건 죽여서 없애라'는 것이었고, 그들이 다소 과격한 행위를 저질렀다 해도 다 덮이게 되어 있었다. 이 기회에 남한의 공산당은 뿌리째 뽑고 말겠다는 대통령의 공공연한 결의와 공산당에 원한을 품은 그들의 복수심과는 아주 잘 어울리는 한 쌍의 마부와 말이었다. 그들은 군인도 아니었고, 경찰도 아니었으며, 그렇다고 민간인은 더욱 아니었다. 그들은 멸공전선에 나선 특수무장부대라고 할 수밖에 없었다. 그들 스스로도 그 특수성을 긍지와 자랑으로 여기고 있었다. 미군정의 막대한 지원으로 결성되었다는 소문이 초기에 파다했고, 결국 그들과 합동작전을 하는 입장이었지만 남인태 자신은 그들 조직이 어떻게 움직여지는 것인지 알 수도 없었고, 굳이 알려고도 하지 않았다. 그는 그저 그들의 용맹성을 앞세우고 이용해 자신의 안전을 도모하는 것으로 충분했다. 그런데 그들의 끝없는 용맹성은 민간인들 사이에서 끝없는 원성을 일으켰다. 물론 군대나 경찰도 원성의 대상에서 제외될 수는 없었지만 그들은 특히 심하게 지목을 받았다. 말을 바꾸면, 민간인들 중에서 공산당 가담자나 연루자가 그만큼 많았다는 이야기이고, 그 피해가족들에게는 그들의 용맹성이 잔인성이었던 것이고, 낮의 원성이 밤에는 살의로 바뀌는 위험이 어둠 속에 산재해 있었다. 이미 그런 식의 피해자가 생기고 있음이 문제였다. 적의 공격의 기미가 전혀 없는 밤에 행방불명자가 발생했고, 다음날 아침이면 처참한 시체로 발견되었다. 잘린 목이 바위에 달랑 올려져 있는가 하면, 긴 대나무 간짓대 끝에 꽂혀 있기도 했다. 그런 행위는 적의 특공대 잠입으로 볼 수 있었지만, 그러나 직감적 심증은 원한을 품은 민간인 쪽으로 더 기울어지는 것이었다. 또한 그것은 일벌백계주의로 치달은 이쪽에서 먼저 시범을 보이고 되받은 형국이었다. 목을 무참하게 자르는 처형은 반란 당시에 '백두산 호랑이' 김종원 대대장이 닛뽄도를 휘둘러 시범을 보인 다음부터 예사가 되었다. 목만을 친 것이 아니라 다시 그 목들을 모아 가마니에 넣고 다니며 동네마다 전시를 하는 것이 유행이었다. 썩어가는 흉한 두상들을 가마니에서 쏟아내 벽돌장이나 판자 위에 즐비하니 늘어놓고 사람들을 일삼아 끌어모아 구경을 시켰다. 빨갱이질을 하거나 그들에게 동조하면 다 이런 꼴이 된다는 시위였다. 그런 짓은 광양이나 그 언저리에서만 하는 것이 아니었다. 들리는 말로는 제주도에서도 마찬가지인 모양이었다. 아니 제주도에서는 그 정도가 훨씬 심한 것 같았다. 광양 근방에서야 한 마을사람들을 몰살시키고, 집들을 불질러버리는 짓 같은 것은 하지 않았다. 제주도에서는 그런 일이 예사로 저질러지는 모양이었고, 빨치산을 잡아다가 나무에 묶어놓고 마을사람들에게 대창으로 찔러죽이게 한다는 것이었다. 그 명령에 반항하는 사람은 물론이고, 대창으로 찌르지 못한 사람까지 처단해 버린다고 했다. 그러한 방법들이 효과를 거두는지 어쩐지를 알 수 없는 채로 적들도 똑같은 방법으로 보복을 가해오고 있었다. 논에서 멀쩡하게 일을 하고 있던 농부가 지나가는 경찰의 등을 낫으로 찍어 죽이거나, 풀숲에 감추어두었던 총을 갈겨대거나 하는 일이 끊이지 않는 걸 보면 오히려 역효과를 내는지도 모를 일이었다. 남인태는 자신도 벌교에서 몰악스럽게 한다고 했으면서도 그런 행위를 보고는 그만 오만정이 다 떨어지면서 생명의 위기를 급박하게 느껴야 했다. 그런 살벌한 상황 속에서 내 모가지를 내 모가지라고 장담할 수 있는 가장 현명한 방법은 그 난장판에서 한시라도 빨리 빠져나오는 길뿐이었다. 멸공이고 반공이고 내 한목숨 있고 나서야 할 일이라는 것이 남인태가 가지고 있는 확고부동한 생각이었다.

남인태는 두 팔을 뻗어올리며 눈을 떴다. 사복을 입고 광주행을 한 것은 남들의 눈에 띄지 않기 위해서였다. 옷이라는 것은 참 묘한 것이었다. 따지고 보면 똑같은 천에 색깔이나 모양이 다를 뿐인데 어느 것을 몸에 걸치느냐에 따라 마음이 생판 달라지고 말았다. 제복을 입으면 무언가에 억눌리는 깃 같은 입박감과 함께 알수 없는 힘이 전신을 버팅기고 있는 기분이었고, 사복을 입으면 무슨 짓이든 해도 좋을 것 같은 한없는 자유스러움을 느끼는 반면 어딘가 허전하고 힘이 빠져버리는 기분이었다.

남인태는 창밖으로 눈길을 보내며 담배를 빼물었다. 담배연기를 깊이 빨아들였다가는 천천히 내뿜었다. 제길, 사람 한평생 사는 게 뭐라고…… 피로감과 함께 그는 이런 생각을 했다.

그는 담배를 입꼬리에 문 채 변소로 향했다. 변소문을 열자 구린내와 지린내가 뒤섞여 왈칵 끼쳐왔다.

"바가야로!"

주춤하며 그의 입에서 터져나온 소리였다. 그는 스스로의 입놀림에 놀라 얼른 뒤를 돌아보았다. 뒤에는 아무도 없었다. 역시 형편없는 야만인들이야. 그는 오만상을 찌푸린 채 변소로 들어가며, 일본사람들의 말이 하나도 틀리지 않다고 생각했다. 지독한 냄새만큼 변소 안은 더럽고 지저분했다. 말라붙은 똥덩어리에 새 똥이 엉겨붙고, 변기 주변이나 바닥에는 오줌이 고여 있었고, 똥 묻은 신문지조각이나 담배꽁초 등이 어지럽게 흩어져 있었다. 그는 연방 '바가야로'를 내뱉으며 오줌을 깔기고 있었다. 기차가 흔들리고 있다고는 해도 아무 데로나 제멋대로 떨어지고 있는 오줌방울로 보아 그도 오줌줄기가 변기 아가리로 향하도록 물건을 조정하지 않고 있음이 분명했다.

진저리치며 물건을 거둬들인 남인태는 입꼬리에 물린 담배꽁초를 퉤 내뱉고 변소를 나섰다. 객실로 들어서 네댓 걸음을 옮기던 그는 숨을 들이켜며 우뚝 멈춰섰다. 어떤 낌새를 알아챘는지 상대방이 이쪽으로 빠르게 고개를 돌렸고, 두 사람의 시선이 맞부딪쳤다. 그리고 두 사람은 일시에 서로를 외면했다.

남인태는 그 자리를 지나쳐 허둥지둥 제자리로 돌아왔다. 가슴이 벌떡거리고 있었고, 머리가 터질 것처럼 부풀어오르는 기분이었다. 그는 자신이 총을 가지고 있지 않다는 사실을 새삼스럽게 깨우치고 있었다. 그놈은 하대치였다. 틀림없이 하대치였다. 그런데 총이 없는 것이다. 그리고 혼자인 것이다. 저놈을 어째야 하나. 헌데, 저놈이 무슨 배짱으로 벌건 대낮에 버젓이 기차를 타고 다닌단 말인가. 아무리 통행증이 없어졌다고 해도 믿을 수가 없는 일이었다. 허고, 그놈 옆에 앉았던 젊은 놈들은 누군가. 그게 일행이 아닐까. 그렇다. 아무리 배짱이 센 놈이라고 해도 혼자서는 기차를 타지 않았을 것이다. 그리고, 저놈들이 홑몸일 리가 없다. 보이게 무기를 갖지 않았을 뿐 무엇이건 호신용 무기를 지니지 않았을 리가 없다. 어설프게 저놈을 잡으려다가 내가 오히려 당할지도 모른다. 아이고, 그럴 수는 없다. 이쪽에서 먼저 건드리지 않는 한 저놈들이 먼저 이쪽을 건드릴 리는 만무하다. 이것은 호기가 아니라 위기다. 눈

딱 감고 못 본 척해 버리면 그만이다. 에라, 안전이 제일이다. 남인태는 단단히 팔짱을 끼며 눈을 내리감았다. 총을 갖지 않은 것이 오히려 잘된 일인지도 모른다고 생각했다.

하대치도 눈길이 맞부딪치는 순간에 남인태를 알아보았다. 그 순간 하대치의 머리를 친 생각은, 이제 죽었구나!였다. 총부리를 들이댈 줄 알았는데, 그런데, 남인태는 쫓기듯 휘적거리며 지나치고 말았던 것이다. 그때까지만 해도 하대치는 남인태가 부하들을 부르러 가는 줄 알았다. 그래서 그가 두 동료에게 뜨거운 핏덩이를 토해놓듯 한 한마디는 "쨀 준비!"였다. 여차하면 그대로 기차에서 뛰어내릴 작정이었다. 그런데 남인태 쪽에서는 아무런 기색이 없었다. 사람들 머리통 사이로 조심조심 살펴보니 남인태는 팔짱을 낀 채 눈을 감고 앉아 있는 게 아닌가. 그때 비로소 하대치는 무릎을 쳤다. 사복인 그는 무기도 없고, 일행도 없다는 직감이었다. 그러나 마음을 놓을 수가 없어 그는 남인태에게 눈을 박고 있었다. 보성역은 바로 코앞으로 가까워 있었다.

"기차가 정거허면 금방 내리지 말고, 출발허는 것 보고 내려."

하대치는 두 동료에게 일렀다. 기차가 정거하자마자 내렸다가는 남인태가 무슨 일을 저지를지 모를 일이었다. 뒤따라 나오며, 빨갱이 잡으라고 소리라도 질러대면 그보다 더 위태로운 상황은 없을 터였다. 남인태가 눈을 감고 있다고 하나, 눈을 감은 척하고 있을 뿐 이쪽의 움직임을 다 살피고 있다고 보아야 했다. 하대치는 광주의 병원에 맡겨졌던 네 명의 부상자 중에 장기치료를 받느라고 남아 있던 마지막 중상자 한 사람을 데리고 내려가는 길이었다. 처음에 두 명, 그 다음에 한 명을 똑같은 방법으로 아무 일 없이 본대에까지 데려갔었는데 끝걸음인 세 번째에 탈이 생기고 말았다. 꼬랑댕이가 질면 볿힌다등마, 지미럴…… 하대치는 떫은 입맛을 다셨다.

기차가 멈추었다. 과연 남인태가 허리를 곧추세우며 눈을 떴다. 하대치는 자지 끝에 찌르르 전기가 오르는 것을 느꼈다. 남인태의 눈길이 이쪽으로 일직선을 긋고 있었다. 그가 금방 어떤 일을 벌일 것만 같았다.

"단단허게 준비혀. 여차허면 쨀 것잉께."

하대치는 숨 가쁜 소리로 말했다.

사람들이 오르고 내리는 분주함 속에서 남인태는 이쪽을 그냥 보고만 있을 뿐 어떤 움직임은 보이지 않았다. 저놈이 무신 맘얼 묵고 있는고…… 하대치는 왼쪽 겨드랑이에서 땀방울이 떨어지는 것을 느끼고 있었다.

기차가 덜컹거리며 서서히 움직이기 시작했다.

"준비이, 가자!"

하대치의 말이 떨어지기 무섭게 두 사람이 자리를 박차고 나갔다. 하대치도 그 뒤를 쫓았다. 문을 닫으면서 뒤돌아본 하대치의 눈에 벌떡 일어서는 남인태의 모습이 잡혔다.

"기차가 가는 쪽으로 뛰내려!"

그 경황 중에서도 하대치는 소리치고 있었다. 기차의 속력은 뛰어내리기에 아직 별 지장이 없을 정도였다.

"와따따, 한바탕 똥줄 탔네. 근디, 쩌 자석이 순사질얼 그만둔 것 이다냐, 어쩐다냐?"

하대치는 멀어져가는 기차를 바라보고 서서 고개를 갸웃갸웃하 며 혼자 중얼거리고 있었다.

"아 참 천만다행이오. 그자가 경찰을 그만뒀을 리가 없소."

보고를 받은 염상진은 한마디로 고개를 저었고, 염 대장의 말이 옳다고 생각하며 하대치는 고개를 끄덕였다.

"하 동무, 수고했소. 쉬도록 하시오."

염상진이 일어섰다.

"오늘 작전이 있담서요?"

하대치가 따라 일어섰다.

"있소. 허나, 하 동무는 임무를 끝냈으니 쉬도록 하시오."

"고것이 무신 심든 일이라고 쉬고 말고 혀라. 지도 나갈라능마요."

하대치는 조르듯 하는 태도였고, 그런 그를 부러운 듯한 눈길로 바라보며 안창민은 가만히 웃음 짓고 있었다.

"그냥 쉬라는 게 아니라 여길 지키라는 것이오. 여길 지키는 것 도 큰 작전이란 걸 알지요?"

염상진이 하대치를 지그시 내려다보며 말했다. 그 눈에 혈연을 대하는 듯한 정이 담겨 있었다.

"야아, 알겠구만이라. 여그넌 철통겉이 지킬 팅께 꺽정 마시씨요."

하대치는 염상진을 올려다보며 티없이 웃었다. 아, 저것은 얼마나 아름다운가. 두 사람의 하는 양을 바라보며 안창민은 소리 죽인 감탄을 했다. 사람의 관계가, 그것도 남녀가 아닌 남자와 남자와의 관계가 '믿음직스러움'을 넘어 '아름답게' 느껴지기 시작한 것은 입산한 다음부터였다. 그 아름다움의 발견과 계속되는 확인은 피를 흘려야만 성취되는 혁명이 왜 가능한 현실인지를 증명해 주는 소리 없는 웅변이었다. 그것은 헤겔의 변증법의 문맥에서도, 마르크스의 『자본론』의 행간에서도 발견할 수 없는, 의지로운 뜻과 뜻을 합치시킨 인간과 인간 사이에서 생성되는 그 어떤 마력적인 힘이었다. 그건 염상진의 힘만이 아니었고, 하대치의 힘만도 아니었다. 두 사람의 힘이 합해짐으로써 피어나는 아름다움이었다. 그 아름다움은 염상진과 하대치 사이에서만 있는 것이 아니었다. 염상진과 오판돌, 하대치와 강동식, 강동식과 염상진…… 마치 그물코가 이어진 듯 그 아름다움은 사람과 사람의 사이사이에 매듭져 있었다. 다만 염상진과 하대치 사이에서는 그 아름다움의 색깔이 좀더 진하게 나타날 뿐이었다. 모택동이 이끄는 홍군에는 계급이 없다는데, 그 난해함이 바로 이런 인간관계의 엮음에서 비롯된 것은 아닐 것인가. 그리고 역사라는 것은 헤아릴 수 없이 많은 사람들의 삶의 베짜기이되, 그 분기점들은 의지로운 사나이들이 뜻을 합치시킨 슬기롭고 용기 있는 작당으로 이루어지는 것이 아닐까 싶었다.

안창민은 하대치의 자리에다 김범우를 놓아보았다. 염상진과 김범우—옆에서 지켜본 그들의 헤어짐은 사뭇 인상적이었다. "형님, 수염이 잘 어울립니다." "그런가, 짬이 없어서. ……편히 가게." 두 사람이 헤어지기 직전에 나눈 이 말에는 깊은 정이 서려 있었다. 그러나 그 정은 지극히 사사로운 것이면서, 과거가 있을 뿐이었지 어떤 결속감이나 현재가 없었다. 그들의 헤어짐이 인상적일 수는 있어도 감동적일 수는 없는 이유가 거기에 있었다. 염상진과 김범우가 헤어지는 장면이 한 장의 사진이라면 염상진과 하대치의 관계는 피가 맞통하고 있는 생존 그 자체였고, 염상진과 김범우가 언제라도 적대관계에 설 수 있음에 비하여 염상진과 하대치는 언제든지 서로의 생명을 대신할 수 있는 사이였다.

"강동기는 작전에 끼웠는게라?"

하대치는 염상진을 뒤따라가며 물었다.

"훈련을 더 받아야 되지 않겠소?"

"그렇제라, 안직 뺑아린디요. 허먼 댕게오시씨요, 대장님!"

하대치가 오른발을 옆으로 뻗쳐들어 왼발에 갖다붙이며 거수경례를 붙였다. 염상진이 절도 있게 돌아서며 경례를 받았다.

염상진은 고두만을 미리 기억했다가 오늘 밤 작전에서 제외시켰다. 그의 아내 칠동댁의 임신이 확인될 때까지 그를 위험지대로부터 격리시켜야 했다. 그가 배성오와 함께 전사한 고두일의 사촌형제라는 사실이 염상진에게는 또한 뜻깊게 느껴졌다. 염상진은 그들에게 방을 마련해 주기 전에 한약방을 찾아갔다. 어떻게 하면 임신을 빨리 할 수 있겠나를 묻기 위해서였다. "잉, 여자 뱃속에 애럴 하나 들앉힌다 허는 일이 말맹키로 그리 쉽딜 안혀. 그려서 그 처방이 수수십 가진디, 기왕에 합궁을 헌 부부에다 서로 무병허단께 그 많은 처방 일일이 다 들믹일 것 읎고, 간딴허게 남녀가 지킬 일 한 가지썩만 허겠는디, 남자는 다방사허지 말 일일 것이며, 여자는 조립좌허지 말라는 것이여. 요것이 무신 말인고 허니 남자가 밤마동 그 짓을 혔다가는 씨가 부실해져 애럴 맹글 수가 읎다 그 말이고, 긍께 최소한 사나흘 간격은 두고 방사를 허라아 그 뜻이고, 씨가 지아무리 영글고 튼실혀도 씨럴 받는 여자가 씨 귀허고 중헌 것을 알고 행동거지를 얌전코 진중허게 혀야지 촐랑이고 방정을 떨어서는 안 되는 일인디, 남자가 일단 방사헌 담에는 여자가 방정맞게 발딱 일어나서는 절대로 안 되는 일이고, 그저 뒤진 디끼 그대로 나자빠져서 남자 것이 한 방울도 새나오덜 못허게 모시는 디만 정신을 쏟아야 헌다 그 말인디, 잠자리가 지아무리 불편시러도 궁뎅이 밑에 비개 높직허니 받치고 하룻밤 전디는 찔긴 맘이 있어야는디, 오짐 매럽다고 발딱 일어나뿔고, 목말르다고 물 묵자고 발딱 일어나뿔고 혔다가는 다 허사여, 허사." 한약방 영감님의 말을 따라 고두만에게는 나흘마다 한 번씩 동침을 허락했고, 아내에게 조립좌하지 말고 베개를 받치고 자게 하라는 말을 염상진은 아주 엄숙한 표정으로 일렀다. 그 말을 하는 기분이 계면쩍고 우스울수록 그의 얼굴은 엄숙하게 변해갔다. 동침하는 밤을 빼놓고는 고두만은 물론 전과 생활이 달라진 게 없었고, 그의 아내 칠동댁에게도 방을 빌려주고 있는 주인집의 모든 일을 돕게 했다.

최근 들어 염상진의 마음은 한층 무거워져 있었다. 이미 예상하고 있었던 일이기는 하지만 '모두 최악의 기아상태'라는 이지숙의 보고를 받도록 그 문제의 심각성은 구체적인 무게로 가슴을 누르기 시작했다. 다름 아닌, 소작을 빼앗겨버린 동지들 가족의 생계 문제였다. 소작을 빼앗기지 않았다 하더라도 현재 겪고 있는 '최악의 기아상태'는 소작인이면 누구나 수십 년에 걸쳐 겪어온 연례적 삶이었다. 춘궁의 4월 고비는 배고픔이 사람의 정신을 돌게 할 정도로 극악한 상태에 달하는 시기였고, 굶어죽는 노인네와 아이들이 속출하는 것도 이 즈음이었다. 그런데 동지의 가족들은 그 최악의 기아상태를 지금만이 아니라 앞으로 더 심각하게 맞게 되어 있었다. 그 문제의 해결은 율어를 언제까지 장악할 수 있느냐에 달려 있었다. 율어를 오래도록 장악할 수 있다면 그 문제해결은 간단했다. 지주에게 빼앗기지 않는 상태에서 율어의 농사로 얼마든지 해결이 가능했다. 집집마다 배급을 할 수도 있었고, 그것이 장애를 받으면 일시에 율어로 이사를 시킬 수도 있었다. 그러나 율어를 언제까지 장악할 수 있느냐는 지극히 가변적이었다. 상대방과의 힘의 관계에 있어 언제든지 상황이 나아질 전망은 희박한 데 반해 저쪽은 체계적인 무장화 작업을 꾀해나가고 있었다. 무엇보다도 우울한 소식은 제주도 항쟁이 거의 막바지로 몰리고 있다는 점이었다. 이어진 줄기라고는 없는 외따로 떨어진 하나의 산이면서 섬인 그곳에서 벌써 만 1년 동안 투쟁을 벌여왔는데 그 결과는 절망 쪽으로 기울어 있었다. 그런 결과는 어디서 비롯되었는가. 구구법 산수처럼 간단명료하게도 힘의 약세 때문인 것이다. 그것은 승리를 위한 투쟁이었는가, 투쟁을 위한 투쟁이었는가. 염상진은 언제나 그

벽에 막혔고, 그 벽을 허물어뜨리지도 뛰어넘지도 못했다. 다만 마음의 짐을 덜어내고 생각을 단순화시키기 위해서 그가 할 수 있는 일은 보다 적극적인 투쟁이었다.

오늘의 작전지역은 보성이었다. 군수가 제 아버지의 칠순잔치를 흥청하게 벌인 뒤끝에 계엄군과 경찰을 모아 한턱을 낸다는 정보를 입수한 것이다. 기왕 차린 음식으로 잔치설거지를 할 겸 생색을 내자는 것이 군수의 속셈 같았다. 아들이 군수질해 먹게 가르쳤으면 그 애비가 일정치하에서 어떻게 살았는지는 보나마나 뻔한 노릇인데, 그렇게 오래 산 것이 또 무슨 대수라고 아들놈은 이 춘궁기에 잔치를 벌이고 흥청거리는 것인가. 염상진은 속이 뒤틀리면서도, 어찌 됐든 그런 절호의 기회를 만들어준 데 대해서는 군수가 고맙지 않을 수 없었다.

오판돌에게 조성과 보성의 중간 길목에 매복하게 하고, 염상진은 이해룡과 함께 보성으로 진입했다.

"정보대로라면 경찰서엔 보초 정도밖에 없을 거요. 그러나 사전에 정확히 탐지한 다음 행동하시오. 무기 확보가 완료되는 즉시 퇴각하시오. 지금부턴 독립작전이오."

염상진은 이해룡에게 지시했다. 아무리 술에 취하고 있는 적이라고 하나 접전을 예상하면서 그 임무를 이해룡에게 맡길 수는 없었다.

군수의 집은 향교 옆이었고, 정원수가 많은 널찍한 마당의 차일 밑에서는 낭자한 웃음과 함께 술판이 한창이었다. 두 개를 잇댄 차일 안이 다 찰 정도로 사람이 많았고, 여기저기에 총들이 기대어 있기도 하고 누워 있기도 했다. 상황으로 보아 기습적인 집중공격이 효과가 클 것 같았다.

따앙─.

염상진이 방아쇠를 당기는 것을 신호로 차일을 향해 집중사격이 가해졌다. 그림자들이 여기저기서 담을 타넘었다. 총소리와 비명이 뒤엉키고 엇갈리는 속에서 마당은 순식간에 수라장이 되었다. 얼마가 지나지 않아 비명소리는 사라져버리고 총소리만 울렸다.

"사격 중지!"

총소리가 뚝 멎었다. 널부러진 시체들 사이에서 흘러나오는 신음이 피냄새에 섞일 뿐 집 안은 적막에 덮여 있었다.

"빨리 저 총들을 들어라, 출발이다!"

염상진의 명령에 따라 그림자들이 재빠르게 움직였다. 그들이 골목의 어둠 속으로 묻히자 여자들의 외침과 울음소리가 터져올랐다.

15

어으허으 어어허야 어얼럴러 어으히야

심재모가 보성이 공격당한 사실을 알게 된 것은 자정 무렵이었다. 잠이 설핏 들어, 어디인지 모를 산중을 혼자 헤매는 궂은 꿈을 꾸다가 깨워 일으켜졌다.

"대장님, 대장님, 보성이 공격당했습니다."

잠과 꿈의 찌꺼기가 그대로 남아 있는 그의 정수리를 친 숨 가쁜 소리였다.

"뭐, 뭐라고!"

그는 왼쪽 손에 바지를, 오른쪽 손에 시계를 집어들며 소리쳤다.

"보성이 공격을 당했습니다."

"이 바보 같은 자식아, 똑같은 말 두 번씩 할 거야! 전체상황보곤 하란 말야, 전체상황!"

그는 바지를 꿰입으며 몸서리치듯 소리 질렀다.

"전 그것밖엔 모릅니다."

심재모는 그때서야 문득 정신이 들듯 문밖에 서 있는 것이 새까만 사병임을 깨달았다.

"알았다. 먼저 가라."

미안함을 표하기라도 하듯 그는 어조를 부드럽게 바꾸었다.

경찰서로 나온 심재모는 인명 손실, 무기 망실 등 상상할 수 없는 피해상황을 알게 되었다.

"이새끼들이 도대체 지금이 어떤 상황이라고 술을 처마시고 자빠졌어. 쌔끼들, 뒈져서 싸다."

하얗게 변한 얼굴의 부분부분이 푸들거릴 만큼 감정이 격해진 심재모는 책상을 걷어차며 외쳤다. 그런 그의 모습에서 한 인간의 괴로움과 절망스러움을 느끼며 권 서장은 그의 팔을 힘주어 잡았다.

"사령관님, 엎질러진 물입니다."

심재모는 어금니를 맞물며 숨길을 다잡았다. 팔에 지그시 가해지는 권 서장의 힘에서 심재모는 여러 가지 말을 듣고 있었다. 이제 흥분은 무용지물이었다. 타박도 무용지물이었다. 오로지 남은 건 사태의 수습뿐이었다.

"그런데…… 초저녁에 당한 놈의 일을 한밤중에사 보고를 하다니, 그놈들이 다 정신 나간 놈들 아닌가 말이오."

심재모는 진한 한숨을 토했다.

"아마도 피해 수습을 하다 보니 그리 된 것 같습니다."

권 서장이 심재모 앞으로 담뱃갑을 내밀었다.

"보고라도 빨리 했어야 거길 갈 수 있었을 게 아뇨."

"천상 첫 기차를 탈 수밖에 없습니다. 그동안 수습책이나 강구하시지요."

권 서장은 심재모가 도보행군을 강행할지도 모른다는 생각에서 그렇게 말했다. 아무리 속보행군을 한다 해도 도착시간은 기차를 타는 것이나 별로 차이가 나지 않을 거였다.

"도리 없지요."

심재모는 의자에 몸을 부렸다.

자애병원 전 원장을 동행시킨 심재모는 분대병력을 이끌고 첫 기차를 탔다. 잔칫집이 초상집으로 변해버린 현장의 모습은 참혹하고도 비참했다. 핏자국을 덮느라고 마당에는 색깔도 선명한 황토가 두껍게 깔려 있었다. 그런데도 속을 뒤집는 피비린내가 역하게 진동하고 있었다. 가마니때기를 뒤집어쓴 시체들은 담을 따라 즐비하게 누워 있었다. 시체는 보고받은 것보다 두 구가 더 많은 서른한 구였다. 왜 두 구가 더 많은지를 심재모는 묻지 않았다. 중상자가 사망자로 바뀌었을 것임은 묻지 않고도 알 수 있는 일이었다.

"추가된 두 구는 어느 쪽이요?"

심재모의 입에서 처음 튀어나간 말은 이랬다.

"예에?" 심재모의 옆에서 몸을 잔뜩 웅크리고 있던 경찰서장이 화들짝 놀라며 눈을 크게 떴고, "아, 네에, 군인이 아니고 경찰입니다." 그의 목소리는 떨려나왔는데, 핼쑥한 얼굴에는 안도의 빛이 짧게 스치고 지나갔다.

군인 열넷, 경찰 열일곱의 사상자를 낸 것이다. 열넷이면 보성 병력 반을 잃은 것이었다. 접전도 아니고 술을 퍼마시다……. 심재모는 다시 끓어오르는 분노와 안타까운 허망감으로 거적 쓴 시체를 바라보았다. 선임하사가 죽었으니 망정이지 만약 살았더라면 그를 그대로 살려둘 것 같지 않은 심정이었다. 그러나 경찰의 피해에 비한다면 죽은 선임하사에게 오히려 감사해야 할지도 모를 일이었다. 경찰은 7할의 인명 손실을 당한 형편이었다. 선임하사는 그나마 반은 야간근무를 시킨 것이었다. 무기 망실까지 합치면 경찰조직은 완전히 파괴된 것이나 마찬가지였다.

그런데 정작 잔치를 벌인 장본인인 군수와 잔치 참석을 선도한 경찰서장은 죽음을 면하고 살아 있었다. 두 사람은 마당의 아랫사람들과 섞이지 않고 대청마루에서 술상을 마주하고 앉았다가 사태가 벌어지자 혼비백산 방으로 뛰어들어, 다시 다락으로 기어올랐던 것이다. 그러니까 마당에서 술을 마시고 있던 사람들은 하나도 빠짐없이 몰살을 당하고 말았다.

심재모는 경찰과 구분되어 있는 부하들의 시체를 하나하나 거적을 들춰가며 확인했다. 사람의 죽은 모습은 언제 보아도 정떨어지게 마련이지만 특히 총을 맞고 죽은 사람의 모습은 그 도가 한층 심했다. 그리고 똑같은 수의 사람이 잠들어 누워 있는 것과 죽어서 누워 있는 경우와는 이상하게도 죽은 쪽이 훨씬 많은 것 같은 착각을 일으키게 했다.

"장례 준비는 어찌 되고 있습니까?"

"예에, 지금 목수를 불러모아 관을 짜고 있구만요."

"서두르시오, 시간이 없소."

심재모는 부대 점호를 하기 위해 밖으로 나왔다. 통제선을 벗어난 골목에서부터는 사람들이 법석거리고 있었다. "잉, 군인 대장인감마." "그러시. 속이 씨리씨리허겄네웨." "금메, 좋기사 헐라등가." "멀라고 뒷북치로 왔으까." "높은 사람잉께 뒷북치제." 이런 수군거림이 스치는가 하면, "음마, 저 사람 대장인갑는디, 꿈 잘 꿨네." "잉, 키도 질고 인중도 질어 명언 질겄네." "몰르겄네, 워쩔란지." 이런 뒷소리가 들리기도 했다. 심재모는 그 숨죽인 짧은 말들에서 묻어나는 야릇한 비아냥거림을 느낄 수 있었다. 한마디씩 놓고 보면 트집이나 흠을 잡을 데가 없는 말들인데, 그 어조나 말하는 분위기에는 가시가 들어 있었고, 거부의 감정이 섞여 있었다. 내가 과연 할일을 제대로 하고 있는 것인가. 심재모는 이 지역에 파견근무를 나온 이후 이런저런 생각 끝에 되씹고는 했던 생각을 다시 떠올렸다.

심재모가 보성에 머물러 있는 사이에 벌교는 염상진 부대에게 공격을 당하고 있었다. 염상진 부대는 읍내 중심부를 향해 들몰과 칠동 양쪽 방향에서 협공을 가해왔다. 상상할 수도 없었던 대낮의 기습인 데다가, 협공이었고, 지휘관도 없는 공백상태여서 읍내의 방어는 오래가지 못하고 밀리기 시작했다. 권 서장은 강 상사와 함께 병력을 집결시켜 적을 저지하려고 했지만 수적으로도 열세였고, 심리상태로도 열세였다. 양쪽에서 모두 밀리기 시작한 군인과 경찰은 결국 경찰서로 다시 집결하는 꼴이 되고 말았다. 총소리만 요란할 뿐 읍내 중심부에는 사람의 그림자 하나 얼씬거리지 않았다.

"어쩔랍니까!"

강 상사가 숨을 헐떡거렸다.

"여길 사수합시다."

권 서장도 숨을 헐떡이며 대답했다.

"미쳤습니까, 사수하게. 죽어서 지켜져야 사수지, 지금 형편으론 죽고도 뺏기게 생겼어요."

"그럼 어쩌잔 거요?"

"후퇴합니다."

"후퇴? 심 사령관도 없는데?"

"정신 차리시오! 현재의 지휘관은 서장님이요."

"좀 생각해 봅시다."

"아니, 적이 코앞에 닥쳤는데 뭘 생각해요. 좋소, 난 내 부하들 데리고 후퇴하겠소. 후퇴도 작전이요!"

강 상사는 매정하게 돌아섰다. 권 서장도 승산 없는 싸움을 할 생각은 없었다.

"기다리시오, 다 같이 후퇴할 테니까!"

그들은 철교를 목표로 삼아 방죽을 따라 후퇴하며 총질을 했다. 협공을 당하고 있었기 때문에 퇴로는 포구를 건너는 것이었고, 포구를 건너기에는 소화다리보다 철교가 더 가까웠다. 그런데 이게 어찌 된 일인가. 철교 쪽에서 갑자기 총소리가 요란하게 터져올랐다. 칠동 쪽에서 공격해 온 적이 퇴로를 차단하고 있었다. 방죽 양쪽에서 협공을 당하는 막다른 길이었다.

"물로 뛰어들어! 물로!"

강 상사가 방죽의 비탈을 뛰어내려가며 소리치고 있었다.

"물을 건너라, 물!"

권 서장도 소리치며 방죽을 굴러내렸다. 군인이고 경찰이고 우르르 방죽을 타고 내려 갈대순이 타박하게 돋아오른 뻘밭으로 뛰어들었다. 썰물 때라서 민물만 흐르고 있는 포구는 깊지 않았다. 제일 깊은 곳이 불두덩께였다. 총알이 물 여기저기에 박히며 물방울을 튀겨올렸다. 비명을 지르며 한 명이 물에 머리를 박았다.

"붙들어라, 붙들어!"

권 서장은 권총으로 물을 치며 외쳤다. 물을 벗어나 뻘밭을 돌파하는데 또 저쪽에서 한 명이 고꾸라졌다.

"이새끼들아, 끌어, 끌고 가아!"

강 상사의 발악적인 외침이었다.

그들이 방죽을 거의 타넘었을 즈음에 적들은 건너편 방죽에 그 모습을 드러냈다. 포구를 사이에 두고 방죽을 은폐물 삼아 그들은 대치하게 되었다.

"적을 더 추격할 필요 없다. 이 상대에서 적을 경계하고, 이상이 발생하면 즉시 보고하도록."

염상진은 어림잡은 적의 수와 맞먹게 병력을 배치하고는 나머지 병력을 뒤로 빼냈다. 그 병력을 둘로 나누어, 한쪽은 심재모가 나타날 것에 대비해 역을 중심으로 배치시켰고, 다른 한쪽은 소작권을 탈취한 지주들을 잡아오도록 풀었다. 벌교에 머무를 시간은 그다지 길지 못했다.

보성을 공격할 때 이미 염상진은 벌교 공격을 계획하고 있었다. 심재모를 보성으로 끌어낼 수 있는 것은 보성 공격의 성공과 직결된 문제였다. 보성이 공격당했다는 보고를 받으면 심재모는 지난번처럼 병력을 이끌고 보성으로 출동할 것은 확실한 일이었다. 그 기회를 이용해 벌교를 치기로 한 것이다.

그런데 보성 공격이 예상보다 큰 성과를 거두게 되자 염상진은 벌교 공격 실시에 더 자신감을 갖게 되었다. 지난번에 당했던 것과 똑같은 방법으로 허를 찌르는 것이었다. 다른 점이 있다면, 심재모는 과학화된 통신망을 이용해 기동성을 발휘한 것이고, 자신은 야산대의 생명인 주력의 기민함을 동원해 기동성을 발휘하는 것이었다. 그런 똑같은 방법으로 공략해서 타격을 입히지 않고서는 지난번에 입은 심신 양면의 상처가 아물지도, 잊혀지지도 않을 일이었다.

보성에서 퇴각한 염상진은 네 시간의 충분한 잠을 잔 다음 새벽 어둠살을 이용해 병력을 이동시켰다. 이지숙과 선을 대고 있는 칠동의 거점을 통해 역시 심재모가 보성으로 떠나고 없다는 사실을 확인했다. 염상진은 이번 공격에 또 하나의 의미를 새기고 있었다. 야산대는 밤에만 움직이는 것이 아니라 낮에도 움직인다는 과감성을 보이는 점이었다.

강동식은 네 명의 조원을 데리고 자신에게 맡겨진 세 지주를 찾아내려고 횡계다리 옆동네를 뒤지고 있었다. 첫 번째 집도, 두 번째 집도 발칵 뒤집었지만 찾고 있는 주인들은 없었다. 아침 일찍 나갔다고 하는가 하면, 어디 갔는지를 모른다고 했다. 찾고 있는 사람이 없는 한 아무 소용이 없는 말들이었다. 잡아가야 할 놈들을 잡아가지 못하는 초조감으로 강동식은 세 번째 집을 향해 발길을 서둘렀다.

"예 말이요, 외서댁 바깥양반이 맞제라!"

느닷없이 들려온 여자 소리에 강동식은 우뚝 걸음을 멈췄다.

"그런디, 누구요?"

젊은 여자가 황급하게 다가섰다.

"나 외서댁 동문디, 아까 지내갈 적에 설핏 본께 그런 것 같애서 기둘리고 있었소. 워찌, 외서댁 소식언 다 알고나 있으시요?"

"워찌, 무신 일 있소?"

강동식의 얼굴이 긴장되며 의혹의 빛이 드러났다.

"음마, 얼굴 본께 암것도 몰르는갑네. 갸가 염상구놈 애 배갖고 저수지에 빠졌다가 되살아난 거 몰르요?"

"머, 머, 머시여!"

말을 더듬는 강동식의 부릅뜬 눈에 불이 켜졌다.

"아이고 시상천지에, 공산당 허는 것도 좋제만 공산당 허다가 마누래 망쳐뿔고, 그 공산당 워디다 써묵을라요?"

"워, 워찌 된 일인지 세세허게, 세세허게 말혀 봇씨요."

"세세허게 말허고 말 것도 읎소. 아까 말헌 것이 다요. 죽을라고 저수지에 빠진 것 보면 둘이 서로 좋아 배가 맞은 거이 아닌 것이야 틀림읎고, 되살아나갖고 친정에 쪼깐 있다가 장흥으로 갔다요."

"장흥?"

"이모집이 있담서요."

강동식은, 언제 떠났느냐고 묻지 않았다. 필요하지 않아서가 아니라 더 이상 물을 기운이 없었던 것이다.

아내가 테러를 당했을 것 같은 염려 때문에 명령을 어기고 집을 찾아갔다가 안창민 동무가 총상을 입은 의외의 사건을 일으키게 된 다음부터 아내 생각에는 일체 문을 닫았었다. 조직의 규율도 규율이었고, 스스로 생각해도 마누라에 연연하는 것이 사내답지 못한 짓이라 여겨졌던 때문이다. 오로지 강하고 순결한 혁명전사 되기를 일념으로 삼고 생활하는 동안에 그런 기막힌 일이 벌어졌다는 것이다. 그것도 다른 사람이 아닌 대장의 동생 염상구와. 대장은 그 사실을 몰랐던 것일까…… 몰랐을 리가 없는 일이다. 대장은 모르는 것이 없는 사람이다. 더욱이 군내나 읍내에서 일어나는 일에 대해서는 더 말할 것이 없다. 대장은 다 알면서도 자신에게 감춰온 것이다. 안창민, 하대치도 모르고 있을까. 그들도 알면서도 함봉을 했을지 모른다. 대장의 명령이라면 그들은 능히 그랬을 것이다. 이 일을 어째야 좋은가. 염상구놈을 어째야 하는가. 그놈은 당의 원수인 악질 반동만이 아니라 내 개인의 원수가 아닌가. 그놈을, 그놈을…….

"강 동무, 이러고 있을 때가 아닌 상싶은디라……."

넋을 빼고 서 있는 강동식을 옆의 사내가 조심스럽게 일깨웠다.

"아, 알겄소. 어여 움직기립시다."

강동식이 앞서 걸음을 떼어놓았다. 그러나 그 걸음걸이는 아까의 걸음걸이가 아니었다.

어느 조나 마찬가지로 지주들을 하나도 잡아오지 못했다.

"집구석이란 집구석은 다 이 잡디끼 홀랑 까뒤집고, 부치기 부치대끼 엎어뿔고 뒤집어뿔고 험시로 눈얼 뒤집고 찾아도 요것덜이 땅으로 기어들어갔는지 하늘로 올라붙었뿌렀는지 꼬랑댕이도 뵈덜 않드랑께요. 아매 요것덜이 작년 10월에 똥줄 타게 혼난 뒤로 총소리만 났다 허면 워디로 째는 연십얼 날마동 헌 모냥이요. 그러덜 않고서야 절마당 검불 쓸대끼 요리 말끔허니 읎어질 리가 읎덜 않컸는가요?"

하대치의 긴 설명에 입을 꾹 다문 염상진은 그저 고개만 끄덕이고 있었다. 하대치의 말에 타당성이 있었던 것이다.

하대치의 판단은 정확했다. 작년 10월의 사건을 겪은 데다가 염상진이 율어에 진을 치고 있어서 무언가 켕기는 것이 있는 지주나 유지라는 사람들은 총소리만 울렸다 하면 뻘밭의 꽃게처럼 순식간에 몸을 감출 수 있는 자기들 나름의 피신처를 다 갖추어놓고 있었다. 염상진은 전혀 예상하지 못한 새로운 사실을 알아내게 되었다.

"자아, 우리 볼일은 다 끝났소. 그만 떠납시다."

적의 사살을 확인하지 못한 채 총 여섯 자루를 전리품으로 거둔 염상진은 부하들을 앞세워 퇴각을 시작했다. 그들이 읍내에 머문

시간은 두 시간이었고, 읍내는 두 시간 동안 그들의 해방구였던 셈이다. 그들은 아무런 추격도 받지 않고 장터길을 지나고, 쇠머리를 돌아, 국도를 따라 율어로 유유히 사라져갔다. 그들이 지나는 길목에는 몇몇씩 모여선 사람들이 묵묵히 그들을 지켜보고 있었다. 그들도 그 사람들 앞을 묵묵히 지나쳐갔다.

조성의 병력까지 모아 심재모가 역에 내려선 것은 그들이 떠나고 한 시간쯤 지난 뒤였다.

"사망 셋에 부상이 여섯입니다."

이 말을 끝으로 권 서장은 상황보고를 마쳤다.

심재모는 멍하니 앉아 있었다. 하루 동안에 당한 일이 꼭 꿈속에서의 일만 같았다. 보성 경찰서장도 염상진의 얼굴을 보았다고 했고, 이곳의 형사부장도 염상진의 얼굴을 똑똑히 보았다고 했다. 어떻게 보성을 치고 다시 벌교를 칠 수 있는 것인지 도무지 믿을 수가 없는 일이었다.

"대장님, 조성 병력은 어떻게 할까요?"

강 상사가 다가서며 물었다.

"빨리 돌려보내시오."

심재모가 앞만 바라본 채 말했다.

그때 목을 늘여뺀 염상구가 가느다란 눈을 깜박거리며 어슬렁어슬렁 사무실로 들어섰다. 그제야 권 서장은 그의 모습을 그동안에 볼 수 없었음을 상기했다. 그리고 그를 외면해 버렸다.

김복동의 홀아버지 김 노인이 눈을 감았다. 육십을 채우지 못한 쉰아홉의 나이였다. 열일고여덟에 장가를 가고, 서른고개를 넘으면서 서넛 자식들을 거느리고 소작생활을 꾸려가고, 마흔고개를 넘기면서는 억지기운을 쓰고 살아온 20년 세월이 삭신 마디마디를 갉아내려 마흔 중간고개를 넘어가지 못하고 불붙은 짚단 무너져내리듯 허망하게 푹푹 쓰러져가는 것에 비하면 쉰아홉의 나이는 그래도 아쉬울 것 없는 인생살이였는지도 모른다. 비록 환갑을 목전에 남기고 떠났을망정. 환갑 진갑 차려먹고 세상 떠나는 것을 천복 중의 천복을 누리는 것으로 여겨옴은 농사의 중노동과 소작의 가난에 시달리면서는 도저히 그 나이까지 삶을 이어갈 수 없었기 때문이다. 마흔이 넘으면서 손자를 보고, 마흔다섯이 되면 중늙은이로 불리며 손자 오줌으로 옷섶을 적시고, 쉰고개에서 늙은이가 되고 마는 궁핍한 인생살이에서 환갑 진갑상을 받아본다는 것은 기름지게 먹고사는 사람들에게나 해당되는 말일 뿐 소작살이를 면할 수 없는 가난한 사람들에게는 어둠 속에 멀리 있는 불빛처럼 까마득한 이야기였다.

김 노인의 초상은 초라하고 쓸쓸하기 그지없었다. 봄초상치고도 유별나게 냉기만 돌고 적막했다. 아들 김복동이라도 있었으면 그렇지는 않았겠지만, 그가 갇힌 신세이니 초상이 그리 되는 것은 어쩌면 당연한 일인지도 몰랐다. 그리고 그 집안형편으로는 김 노인이 죽은 것보다 김복동이가 갇혀 있는 것이 더 큰 문제였고, 김복동이가 갇히지 않았더라면 김 노인도 저승길을 그렇게 재촉하지는 않앉을 것이 분명했다.

"아덜 아부지가 순천으로 넘어가뿔자 노친네가 나보담도 더 애타허고 상심허고 허드랑께요. 땅뙈기가 있으니 뒷수발얼 허겄냐, 폴 몸땡이가 있으니 재판 비용얼 대겄냐, 혀쌈시로 맴얼 못 잡고 허둥기리고, 밤잠도 못 자고 그랬제라. 시상 뜰라니께 그리 맴얼 쓰싰는지, 그 일로 상심이 심혀서 시상얼 뜨싰는지, 몰를 일이구만요."

곡성도 내지 않는 장흥댁이 드문드문 찾아든 사람들에게 한 말이었다. 그녀가 곡성을 내지 않아도 그 누구도 그녀를 탓하지 않았다. 그녀가 무던한 며느리였다는 것을 감안해서가 아니라 남편 일로 그녀의 가슴에 들어앉은 근심의 덩어리를 다 헤아리고 있었던 터였다.

전 한 가지도 제대로 부치지를 못했다. 고기나 생선은 아예 엄두를 내지 않더라도 돈 안 드는 호박전이나 고추전이나마 부칠 수 있었으면 얼마나 좋았으랴. 호박이나 고추는 손바닥만 한 텃밭에 씨로 박혀 있는, 그 어디를 둘러보아도 찬거리나 전거리 하나 될 만한 푸성귀도 없는 지랄 같은 계절이었다.

그러나 아무리 거적쌈하듯 하는 장례라 해도 맹물로만 치러지는 것이 아니었다. 출상 전까지 끼니 따라 영전에 상을 차려야 하고, 바라는 것 아무것도 없이 궂은일 추슬러주는 남자들이 있었는데, 최소한의 술과 그에 따른 안주가 장만되어야 했다. 제일 만만한 것이 술로는 막걸리요, 안주로는 콩나물과 꼬막이었다. 그것 말고도 정작 관 하나는 장만해야 했고, 관 옮겨 묏자리 만들 인부를 사야 했다. 그런 것이 다 돈이고, 빚이었다.

마삼수의 아내 목골댁과 강동기의 아내 남양댁은 초상이 났다는 말을 전해듣자마자 장흥댁네로 와서 물일을 차고 나섰다. 이웃간의 정리로도 의당 그리 할 일이었는 데다가 그녀들 사이에는 같은 근심을 품고 있는 끈이 이어져 있었다. 마음 같아서는 돈으로든 곡식으로든 조의를 표하고 싶은 마음이 간절했지만 그녀들은 빈손으로 초상집 사립을 옆걸음으로 들어설 수밖에 없었다. 그래서 물일을 더 지성스럽게 말끔하게 해내려고 모두들 몸을 사리지 않았다.

그녀들은 서로 등지거나 마주 보거나 해가며 일을 하다가 번갈이를 하듯 한숨을 내쉬고는 했다. 그리고는 흠칫하며 상대방의 눈치를 훔쳤고, 상대방은 못 들은 척 물소리를 더 크게 내거나 삭정이를 힘쓰며 부러뜨렸다. 서로가 가슴에 찬 근심을 드러내지 않으려 마음 썼지만 근심이란 술 괴듯 하는 것인지 한숨은 무심결에 흘러나와버리고는 했다. 그녀들은 이렇듯 서로 마음 쓰면서도 어느 결엔지 자신들의 신세한탄에 입을 맞추고 있고는 했다.

"참말로 이적지 암 소식도 없으면 워찌 된 일이까이, 지닌 돈 한 푼 없이……"

"긍께 나가 죽고 잡은 맴뿐이란 말시. 워디럴 워쩌크롬 쏘대고 댕기는지, 살았는지 죽었는지, 요 땁땁헌 가심이 재가 다 되야부렀네."

남양댁은 진하고 긴 한숨을 물었다. 굶주림으로 살이라고는 없이 깡말라버린 그녀의 얼굴은 검게 타들고 있었다. 예쁘다는 말을 듣게 했던 제대로 생긴 이목구비도 그런 얼굴의 바탕에 파묻혀 전혀 드러나 보이지를 않았다.

"자네 맘 워찌 몰르겄는가. 내 속 짚어 넘 속이라고, 나가 요리 각다분헌디 자네 속이야 더 말헐 것 읎제. 그려도 맘 약허게 묵지 말드라고, 우리넌. 당허는 남정네들헌테 비허자면 우리야 용궁에 앉었는 심이고, 새끼덜 땀세라도 맘 독허니 묵어야제 워쩌겄능가."

목골댁의 말은 꼭 남양댁에게 하는 말이 아니었다. 스스로에게 하는 다짐이기도 했다. 기미가 두껍게 앉은 목골댁의 얼굴은 남양댁과는 반대로 살이 올라 보였다. 그러나 그건 살이 아니라 검누른 빛과 함께 돋아오른 부황난 부기였다. 굶기는 거의 비슷하게 했으면서도 목골댁이 먼저 부황기를 드러내는 것은 그만큼 체력이 약하다는 표시였다. 그러나 색이 검게 변하면서 살가죽이 말라붙는 것으로 보아 남양댁도 머지않아 부황기를 드러내게 될 조짐을 보이고 있었다. 그녀들은 이제 나이 스물넷의 동갑내기였다. 그러나 그녀들의 얼굴에는 나이 스물넷인 여자가 지녀야 하는 젊은 생기도 탄력도 없었다.

"면회는 안직도 못 갔제?"

남양댁은 뻔히 알고 있으면서도 물었다. 다른 말을 끌어내기 위해서였다.

"이, 돈도 없는다다가, 또 여그 장흥댁이 시아부님헌테 매여 있니라고."

"재판 뒷수발이야 못혀도 면회나 자주자주 댕기소. 갇힌 사람이 을매나 답답허고, 집걱정 되고 그러겄는가."

"맴이야 하로에 열 분도 가고 잡지만 거그가 읍내도 아니고 순천 인디 돈이 을매나 깨지겄는가."

"돈이 먼첨인가, 사람이 먼첨이제. 나야 냄편이 갇혀 있기만 험사 걸어서라도 면회 댕기겄네. 소식 몰르고 요리 깝깝허니 앉었응께 냄편이 하늘이란 말 인자 알겄고, 이리 맘이 씨리고 아픈디. 워디서 멀 허는지……"

남양댁의 목이 잠겨들었다. 그녀는 손등으로 눈을 눌렀다.

"그려어, 남정네 하나가 지집 목심이여. 외상이먼 소도 잡아묵는 판인디 냄편 구허는 일에 빚돈 무서바허겄는가."

그녀들은 더 말이 없었다. 서로가 남편 생각으로 빠져들고 있었다.

"어허어, 워째 뜸금없이 이 영감이 저승행차시여어. 아덜 워찌 되는지도 안 보고 말이시."

상갓집을 찾는 예절로서는 있을 수가 없는 커다란 목소리가 아무 거침이 없이 터져나오고 있었다. 상갓집에서 마신 술에 취해가지고 노래를 불러대는 놈처럼 그 말투나 목소리는 조문을 하자는 뜻이 전혀 없이 망나니짓이나 하자고 덤비는 놈 같았다.

"아니, 워떤 넋 나간 자석이여!"

남양댁의 얼굴이 싹 변하여 문 쪽으로 돌아섰고, 목골댁도 행주를 든 채 그 뒤를 따랐다. 그런데 문밖으로 고개를 내밀던 남양댁이 주춤하며 "문딩이!" 했고, 뒤따라 목을 내밀던 목골댁이 화답이라도 하듯이 "오살허네!" 하고 중얼거렸다. 그녀들의 눈에 띈 것은 마름 허출세였다.

"이, 두 댁네가 애쓰는구마. 하면, 그래야제. 모다 한배 탄 몸들잉께로."

합죽한 얼굴의 허출세는 눈에 얄궂은 웃음을 피워내며 그녀들에게 아는 체했다. 남양댁과 목골댁은 마지못해 눈인사를 하고 뒷걸음질로 그를 피했다.

"저 문딩이 웃는 거 참말로 징상시러바 못 보겄네."

남양댁이 어깨를 떨었다.

"그 염생이웃음이야 별호난 것 아니드라고, 즈그 마누래 속불 질르니라고."

목골댁은 예사롭게 대꾸했다. 허출세가 여자들만 보면 그 묘하게 피워내는 눈웃음은 여자들 사이에 소문이 나 있었다.

"별호난 것이야 허나마나 헌 소리고, 나 말은, 오늘 웃는 거이 더 징허고 징허다 그런 말이시. 자네넌 안 그리 생각킨가?"

"금메, 자네 말 듣고 봉께 그런 상싶으네. 쩌눔이 필경 남정네덜 없응께 염생이웃음 더 진허게 웃는 것이시."

"문딩이 잡것, 백여시맹키로."

남양댁이 혀를 찼다.

"쩌것이 참말로 백여시는 백여시여. 우리넌 소작은 소작대로 띠이고 요꼴할라 됐는디도 쩌놈은 새 쥔 따라감서 그대로 마름 자리물고 늘어져 있는 것 보면."

"쩌놈이야 살얼음판도 안 빠지고 건넬 놈 아니등가."

"금메, 그라고 보면 우리 남정네덜이 워디가 모지랜 것 아니까아?"

목골댁이 푸석푸석한 얼굴에 의문을 담으며 고개를 갸웃했다.

"그럴란지도 몰르제, 안직 젊은께."

남양댁이 한숨을 내쉬며 몸 무겁게 일어났다.

"아, 아, 세상 이치라는 것이 해가 뜨면 달이 지고, 달이 뜨면 해가 넘어가대끼 다 순서가 있고 상하가 있는 법이다 이것이요. 나라가 공산당이 나쁜께 허덜 마라 허면 아래서야 그 말 그대로 따라야 나라가 채가 슬 것인디, 요런 느자구없는 것덜이 공산당이 즈그할애비 위패도 아니겄고, 죽자사자 고것 떠받듬서 저 지랄발광들 잉께, 요것덜 씨럴 싹 다 몰레뿔자면 딱 한 가지 방법밖에는 없다 그것이요. 고것이 머시냐, 각지 빨갱이럴 붕어몰이 허대끼 싹 다 지리산으로 몰이럴 혀서, 거 히로시마에 떨어띠린 원자폭탄얼 딱 한방만 떨어띠레뿌는 것이요. 그러면 빨갱이는 씨도 안 남을 것인디, 그 간딴헌 방법을 나라가 몰르고 있다 그것이요."

영전에 건성으로 절을 해치운 허출세는 한장수 노인을 상대로 입에 거품을 물고 있었다. 한 노인은 무표정하게 앉아 있었다. 한 노인은 초상이 나자마자 김복동이가 없는 영전을 지키고 있었다. 사랑방에서 얽힌 끈끈한 정이 시키는 일이었다. 밑천이 없어 아직 장가도 못 가고 있는 지삼봉이가 주인에게 사정을 해 새경쌀 한 말을 미리 받아 선뜻 내놓은 것도 그 정이 시킨 일이었다. 지삼봉의 그 마음씀이 너무 고맙고 눈물겨워, "니가 사람이다, 니가 사람이다."

한 노인은 목이 메었던 것이다.

"나 말이 으쩌요? 사람이 말얼 혔으먼 쓰다 달다 무신 표식이 있어야제라."

허출세가 한 노인을 치떠보았다.

"존 생가 겉으요."

"금메요, 속으로는 벨로 안 존 것 겉은디라?"

한 노인의 무관심에 기분이 상한 허출세는 그렇게 오금을 지르고 나서, 홱 돌아앉아 두 다리를 토방으로 내렸다.

"나가 물려도 되게 잘못 물린 상싶은디, 위째, 재판은 위찌케 돼갈 눈칩디여?"

허출세는 고약스런 얼굴을 해가지고 토방에 서 있는 장흥댁에게 물었다.

"안직 면회럴 못 갔구만이라."

"위째라!"

허출세는 몸을 일으키며 버럭 소리 질렀다. 장흥댁은 고개를 숙였다. 부엌에서는 남양댁과 목골댁이 몸을 움츠러뜨리고 있었다. 그녀들은 그가 부리는 역정이 무엇 때문인지 너무나 잘 알고 있었다. 모두 소작이 떨어진 데다가, 하나는 어디론지 도망을 가버렸고, 둘은 갇혀 있는 신세니 빚을 못 받게 될까 봐 그는 몸이 달고 있었던 것이다.

"싸게 면횐지 쥐콧구멍인지 댕게와서 재판이 위떤 꼴로 돼갈란지 나헌테 알리씨요."

허출세는 이렇게 내지르고는 손바닥을 탁탁 털며 토방을 내려섰다. 그는 사립으로 걸어가면서 부엌 쪽을 옆눈질하고 있었다.

"호로자석 겉으니라고······."

한 노인은 여기까지 말하고 입을 꾹 다물었다. 상갓집에 빈손으로 오다니, 하는 말을 삼키고 있었다. 정작 자신도 빈손이었던 것이다. 그는 그것이 그렇게 면목 없고 죄스러울 수가 없었다. 그러나 마음이 죄가 아니라 가난이 죄라서 어찌하는 도리가 없었다.

상제도 없고, 특별한 조객도 없고, 구색 맞출 것도 없는 장례라서 격식에도 없는 이일장을 하기로 했다. 지삼봉과 함께 밤샘을 한 한 노인도 침통한 얼굴인 채 이일장 치르는 것에 고개를 끄덕였다. 지삼봉이가 지게에 관을 짊어졌고, 한 노인이 그 앞을 시름없이 걸어가며 요령의 울림도 없는 길닦음소리를 하고 있었다.

어으허으 어어허야 어얼럴러 어으히야
가네가네 나는 가네
인생육십 한평생을
못채우고 나는 가네
어으허으 어어허야 어얼럴러 어으히야
삼수갑산 넘을 적에
왜 왔느냐 물음 받고
내 뭐라고 답변할꼬
어으허으 어어허야 어얼럴러 어으히야

굵고굵어 왔다는 말
서럽고도 남새시러
득병했다 답할라네
어으허으 어어허야 어얼럴러 어으히야

　한 노인의 사설을 잇고 받치는 소리에 언제부터인가 지삼봉의
컬컬하고도 어기찬 목소리가 가락을 타고 있었다. 한 늙은이와 한
젊은이의 저 깊은 속에서부터 솟아올라 터지는 것 같은 그 길게
늘어지면서 감기고 다시 풀려 휘돌아 흐르는 소리는 서러운 울음
인 듯 괴로운 통곡인 듯 4월의 허기진 푸름 속으로 물굽이를 이루
며 퍼져나가고 있었다.
　허출세가 남양댁의 지게문을 흔들어대다가 끝내는 문에 구멍을
뚫고, 문고리에 꽂힌 숟가락을 뽑아낸 것은 그날 밤이었다.
　"소리 질를라요, 소리."
　"맘대로 혀. 나야 남자고, 배 맞춘 담이라고 소문내뿔 것잉께."
　허출세가 방으로 들어서며 내뱉었다.
　"금메, 워쩔라고 이러요, 워쩔라고."
　저고리섶을 틀어잡은 남양댁은 방구석으로 몰리며 숨이 잦아들
고 있었다.
　"남녀가 밤에 만냈으면 워쩌는지 몰라서 그러는겨? 몰르면 인자
부텀 갤차줘야 쓰겄구만. 강동기 잡겄다고 파수 보든 놈덜도 지물
에 기운 빠져 다 가뿔고, 인자 자네허고 나뿐잉께로 선선하게 허드

라고. 강동기가 빚돈 갚기는 다 틀려묵었응께 자네가 몸으로라도 갚어야 헐 것 아니겄어? 근디, 나도 사람인디, 그리 인정머리 없이는 안 허겄어. 나 말 얌전허니만 잘 들으면 새끼덜허고 죽 끓일 곡식은 줄 챔이여. 죽으면 썩을 몸땡이고, 한 바가치 물이면 깨끔허게 표도 안 나는디, 처녀도 아닌 몸에 정절 지키겄다고 새끼덜허고 굶고 부황 들어 뒤질 끼여? 나 말만 들으면 서로서로 존 일이고, 쥐도 새도 몰르는 일이여. 워쩔 끼여?"

허출세는 바득바득 다가섰다.

"무신 일이고 다 헐 팅께 지발……."

"아, 시키는 일이나 지대로 혀!"

허출세는 남양댁을 와락 끌어안았다.

"안 돼라, 죽어도 안 돼라."

그녀는 남자를 떠다밀었다. 그러나 남자가 떠밀린 것이 아니라 그녀가 이불 위로 나둥그러졌다. 그녀는 내리덮이는 남자의 어깨를 떠밀어내며 두 다리를 버둥거렸다.

"암컷이야 발광을 헐수록 맛난 법잉께. 항, 발광을 혀야 잡아묵을 맘이 동헌다니께."

남양댁의 허벅지를 타고 앉은 허출세는 이렇게 씨부렁이며 그녀의 두 팔목을 한 손에 몰아잡았다. 그리고 다른 손으로는 속곳을 끌어내렸다. 그녀는 다리를 비비 꼬았지만 이미 남자의 손이 불두덩 아래를 파고들었고, 굶주림에 지쳐 있는 그녀의 몸에는 더 이상 버팅길 힘이 남아 있지 않았다.

남자의 맨살이 닿는 감촉을 허벅지에 느낀 그녀는 상체를 벌떡 일으켰다. 그러나 때마침 떠밀려오는 남자의 몸에 부딪쳐 그녀는 힘없이 무너져내렸다. 남자의 몸이 실리는 압박과 함께 그녀는 하체를 뒤틀었다.

"어엄니……."

허출세는 옷을 챙겨입으며, "여자 조갑지 진짜 맛이야 아럴 한둘 뽑은 담부텀이란 것이 영축없는 말이고, 굶고 살아서 거그 살맛도 쩔게진 것잉가, 짠득짠득허니 묵을 만허시" 하고는 쩝쩝 입맛을 다셨다. 그리고 몸을 일으키며, "나가 곡식 들고 댕길 체면이 아닝께 요것으로 폴아다 묵소." 돈을 그녀 앞에 던졌다.

"가지가씨요. 그라고 다시는 오지 마씨요."

남양댁의 목소리에는 울음이 섞여 있었다.

"말 씹히지 말어. 굶고 살아지는 목심 없는 법잉께."

허출세는 큼큼 헛기침을 하며 방을 나갔다. 그의 발소리가 멀어지자 그녀는 잠자리를 수습하려고 등잔에 불을 당겼다. 방바닥에는 구겨진 지전 한 장이 놓여 있었다. 그건 쌀 한 홉 값에 불과한 10원짜리였다. 그녀는 그 돈을 와락 모아잡았다. 그러고는 무릎을 꿇고 머리를 방바닥에 박은 채 흐느끼면서 그 돈을 갈가리 찢어대고 있었다.

이틀이 지난 밤 허출세는 목골댁의 지게문을 흔들었고, 문을 열어주지 않자 구멍을 뚫었으며, 문고리에 꽂힌 숟가락을 뽑았고, 같은 말을 되풀이했고, 같은 액수의 지전을 던지고 나왔다. 그러나 그는 장흥댁을 찾아가지는 않았다. 장흥댁은 두 여자보다 열 살 가까이 더 먹었던 것이다.

　염상진네에게 읍내를 두 시간 동안 장악당한 사건은 이삼일에 걸쳐 지주들 사이에서 불만스럽게 오가던 말이 뭉쳐져 마침내 문젯거리가 되었다. 공개적인 책임추궁을 하자는 데로 의견이 모아진 것이다. 그 위기를 모면하게 된 사람들은 시간이 지날수록, 만약 미리 피하지 않았더라면 어떻게 되었을 것인가를 곱씹게 되었고, 잡혔으면 죽었다는 너무나 분명한 결론 앞에서 새삼스럽게 끼쳐오는 공포를 느껴야 했고, 먼저 염상진에게 치를 떨다가 그는 증오한다고 없어질 존재가 아니라는 사실을 깨달으며, 그놈이 어떻게 그럴 수 있었는가에 눈을 돌리게 되었고, 그러자 눈앞의 대상으로 잡힌 것은 당연히 심재모였고, 도대체 그놈은 뭘 하고 자빠져 있는 놈이냐고 일시에 의견이 모아지면서 그들은 자신들이 느낀 공포감과 두려움과 생명에 대한 애착과 염상진에 대한 증오심과…… 그런 것들이 뒤죽박죽된 감정풀이를 심재모에게 하려 들었다. 도저히 그런 놈 믿고 살 수 없으니 당장 갈아치우자는 것이 그들의 흥분된 의견이었다.
　그 움직임을 파악한 유주상은 그것을 또 하나의 효과적인 힘으로 사용할 수 있다는 점을 깨달았다. 그는 최익달을 앞세워 그런 사람들을 한자리에 모이게 유도했다. 물론 좌익척결위원회와는 전혀 상관없는 모임으로 했다.

중국집에 모여앉은 그들은, 말을 하다 보니 스스로의 말에 촉발되어 흥분하고, 타인의 말을 들으면서 군중심리에 말려 흥분하고 해서 중구난방이었다.

"염상진이 그놈이 지아무리 날고 긴다고 혀도 철통겉이 방비만 되았으면 워찌 시뻘건 대낮에 고런 일이 벌어질 수 있느냐 그것이요. 그놈 모강댕이럴 당장에 쳐뿌러야 허요."

"하먼이라, 당장에 쳐뿌러야 허고말고라. 다덜 생각혀 봅씨다. 대체 여그 뫼여앉은 우리덜이 다 뉘기요? 하늘 겉은 지체가 아니냐 그것이요. 근디, 그 지체, 그 체면 다 똥 묻혀감서 그 개녀러 빨갱이 새끼덜 피해 도망해야 허고, 그 호로쌍녀러 것들이 감히 워디라고 우리덜 집얼 그 꼴로 난장판얼 맹글 수 있냐 그것이요. 고것이 대체 누구 책임이겄소. 그놈얼 지끔 당장 잡아다가 우리 앞에 물팍 꿇칩씨다!"

"물팍만 꿇쳐? 부자지럴 훑어뿌러야제. 고런 빙신 늘고자 겉은 놈."

"여러 말 헐 것 없이 문제는 말이여, 쥔어런 잘못 모시는 종놈은 삭신 녹아내리게 매질당허고 내쫓기는 것이 법칙이다 그것이요. 지끔 보자먼 대체 이 나라 쥔이 누구요? 바로 여그 앉은 우리 겉은 사람덜 아니오. 워째 그냐. 나라 쥔이 한민당잉께 한민당얼 떠받치고 있는 우리덜이 쥔이고, 더 세세허게 따지자먼 여그 읍내 쥔이 바로 우리덜이다 그것이요. 허먼, 심가놈이 헐 일언 무엇이냐. 쥔인 우리럴 편안허게, 안전허게 받들어 뫼시는 것이요. 근디, 그 자석이 쥔이 위험허게 불편허게 잘못 뫼셨응께 잡아다가 매타작부텀 혀얄 것이요."

유주상은 제멋대로 쏟아놓고 있는 말들이 제각기 한 차례씩 돌아가기를 기다리며 입을 다물고 있었다. 한바탕씩 자기 말들을 해야 속이 풀릴 것이고, 그래야 계획대로 일을 몰아가기가 수월해질 터였다.

"되얐소. 다아 심가놈 때레잡자는 뜻으로 그 말이 그 말잉께, 워디 유 조합장 말얼 한분 들어봅씨다."

유주상의 눈치에 따라 최익달이 사람들의 말을 막았다.

"예에, 명색이 청년단장을 맡고 있는 입장에서 이번에 발생한 불미스런 사건에 대하여 면목 없고 죄송스럽게 생각합니다. 그러나 여러분께서도 아시다시피 청년단이란 보조역할일 뿐이지 작전권도 지휘권도 없습니다. 그리고 제가 이 자리에 나온 것은 청년단장으로서가 아니라, 제가 맡고 있는 소직도 큰 애국하는 자리는 못될지라도 빨갱이한테 미움 사는 자린 것은 틀림없고, 이 고장이 맘에 들어 제가 얼마 전에 논마지기를 장만하다 보니 저도 여러분과 같은 입장이 되어 여기 나온 겁니다." 유주상은 여유만만하게 꾸벅 인사를 했고, 사람들은 호의적인 얼굴로 고개를 끄덕였다. "여러분들이 하신 말씀을 경청했는데 하나도 틀린 데가 없는 당연하고도 지당한 말씀이었습니다. 심재모, 그 사람은 마땅히 책임져야 하고, 우리는 또 책임을 추궁해야 합니다. 그런데 그것을 어떻게 할 것이냐 하는 방법이 문제 아니겠습니까? 여러분들이 하신 말씀은 다 옳으나, 그러나 정말로 그 사람을 여기에 끌어다가 목을 비틀거나,

무릎을 꿇리거나, 매질을 할 수 있겠습니까? 그것이 우리의 솔직한 심정이기는 하지만 실제로는 그렇게 할 수가 없습니다. 그렇다면 이렇게 만나 우리끼리 한바탕 욕을 해대는 것으로 기분을 풀고 끝낼 겁니까? 그럴 수도 없습니다. 우리는 이 시점에서 감정을 누르고 냉정하게 이 일을 어떻게 처리할 것인지 방법을 강구해야 합니다." 숨을 돌릴 겸 뜸을 들이기 위해 유주상은 한 숨길 정도 말을 멈추었다. "에에, 그래서 제 생각으로는 우리의 그런 뜻을 말로 할 것이 아니라 문서로 꾸미자는 겁니다. 말로 하면 감정이 들어가기 쉽고, 또 날아가면 그만입니다. 그러나 문서로 꾸미면 감정이 안 들어가 점잖고 확실해지고, 날아가지 않고 언제까지나 남습니다. 제 생각이 어떻습니까?" 여기저기서, 좋소, 좋소, 하는 찬동이 나왔다. "에에, 그 다음이 일을 처리하는 방법입니다. 우리는 지금 이렇게 모여 앉기는 했지만 개인에 불과합니다. 이런 일은 개인들의 힘으로는 효과가 나지 않습니다. 그렇다고 갑자기 무슨 단체를 만들 수도 없는 일이고 한데, 마침 우리는 지난번에 결성한 좌익척결위원회라는 좋은 단체를 가지고 있습니다. 그 단체의 이름으로 일을 처리하게 되면 효과가 아주 크리라 믿습니다. 그 단체에서 일을 처리하도록 일임하는 게 어떨까 싶은데, 여러분 생각은 어떠십니까?"

유주상은 여기서 말을 끝냈다.

"쪼옳네, 쪼오와," 최익달의 선창으로, "말 한분 씨어언허게 자알 헌다." 윤삼걸이가 맞장구를 쳤고, "어허, 설익은 국회의원 뺨따구 맞겄네. 그리 헙시다." "금메 말이여, 인물맹키로 말도 청산유수시.

항, 그리 허드라고." 모두 흔쾌하게 찬동을 했다.

"에에, 저의 소견에 찬성을 해주시어 고맙습니다. 그러면 이렇게 다시 모이는 것도 어렵고 하니 일을 신속하게 처리하기 위해서, 일 임한다는 것부터 문서로 꾸미기로 합시다."

의견을 묻던 유주상의 태도는 이미 바뀌어 일방적으로 일을 밀어붙이고 있었다. 그는 미리 준비했던 백지를 탁자 위에 내놓았다.

"돌아가면서 이름을 적고 도장을 찍으십쇼. 도장이 없으면 지장도 좋습니다."

유주상은 만족스러운 기분으로 물컵을 들었다.

"워째 종이가 두 장이요?" 누군가가 물었고, "아, 예, 그 말을 깜박 잊었군요. 한 장은 보관해야 하니까 두 장에다 이름을 다 써야 합니다. 한 장에 한 번씩, 두 번입니다." 유주상은 아차 싶어 말을 힘주어 다지며 손가락 두 개를 펴 보이기까지 했다.

계획대로 일을 깨끗하게 마친 유주상은 중국집을 나온 그 길로 경찰서를 향해 바쁜 걸음을 옮겼다.

무거운 얼굴로 앉아 있던 심재모가 유주상을 맞았다. 요즈음 심재모의 심사는 말이 아니었다. 그 어이없는 병력 손실을 연대본부에 보고해야 하는 참담함을 겪었고, 욕설이 태반인 연대장의 노발대발을 그대로 뒤집어썼고, 염상진에게 보복당한 패배감에서 벗어날 묘안이 없는 채 신경이 삭아들고 있는데, 지주와 유지라는 사람들이 자신의 무능력을 따져 책임추궁하기 위해 모임을 갖는다는 전화를 유주상한테서 받았던 것이다. 그 전화는 연대장의 폭언보다 몇십 갑절 그의 자존심을 손상하고 모욕감을 느끼게 하는 일이었다.

"아이구 이거, 청년단장 노릇 해먹기 진땀납니다. 결론부터 말씀드려, 제가 유도한 대로 일이 무난히 끝났습니다."

유주상은 땀도 안 난 이마를 훔쳤다. 심재모는 아무런 반응 없이 담배를 빼물었다.

"그 사람들 그거, 처음엔 굉장했습니다. 서로 흥분들을 해가지고 사령관님을 욕해 대고, 면전에서 말씀드리기 안됐습니다만, 여기서 몰아내야 한다고, 자기네들의 생명과 재산을 빨갱이들로부터 지키려면 실력 있는 사람으로 바꾸는 수밖에 없다고 야단이 났었습니다. 그래, 그 사람들이 실컷 떠들다가 제물에 지치기를 기다려 설득작전을 폈습니다. 그 얘기야 제 낯내는 것 같으니까 생략하기로 하고, 어쨌든 좌익척결위원회에 일임한다아, 하는 쪽으로 귀결을 내렸습니다. 그 결과가 바로 요겁니다."

유주상은 양복 속주머니에서 기세 좋게 종이를 꺼내 심재모의 앞에 펼친 다음 손바닥으로 다리미질하듯 종이를 쓸어내렸다. 그것은 중국집에서 받은 두 장의 위임장 중 한 장이었다.

"이걸 찢으십쇼. 그럼 일은 없었던 걸로 깨끗하게 끝납니다."

"수고하셨소. 내 일에 관한 건데 내 손으로 찢고 싶지 않소. 유조합장께서 찢어버리십시오."

심재모는 담배를 끄며 씁쓰레하게 웃었다.

"그게 좋겠습니다."

유주상은 거침없이 종이를 박박 찢어대며, 짜식이 오기는 창창해서, 비웃고 있었다.

유주상은 통쾌한 승리감에 차서 경찰서를 나왔다. 이곳에서 내쫓기는 심재모의 비참한 꼴이 눈앞에 훤하게 보이고 있었다. 어리벙벙한, 시원찮은 놈은 당연히 없애버려야 한다. 그리고 우리 편에서 적극적으로 행동할 수 있는 자가 와야 한다. 프롤레타리아 혁명, 무슨 개뼉다귀 같은 소리냐. 엄연히 신분이 다르고 능력이 다른데, 어떻게 모두가 공평할 수가 있는가. 토지개혁, 어떤 날도둑놈들이 떠드는 개소리냐. 왜 남의 재산을 공짜로 나눠먹자는 거야. 공산주의는 단연코 쓸어없애야 하는 돼먹지 못한 정신의 문둥병이야. 유주상은 그 생각을 하면 언제나 그러는 것처럼 또 열이 치받치고 있었다.

지주들의 움직임을 알았을 때 유주상의 머리에는 그것을 심재모를 치는 또 하나의 힘으로 이용하자는 생각이 번개같이 떠올랐다. 영향력이 절대적인 지주와 유지 들이 그렇게 한 덩어리가 되어준 것은 절호의 기회가 아닐 수 없었다. 지난번에 띄운 고발장에 뒤따라 이번 일을 사건화해서 관계요로에 다시 보내게 되면 심재모야말로 죽은 목숨이 안 될 수가 없었다. 그러나 심재모가 그 사실을 알아서는 안 될 일이었다. 그래서 위임장을 두 장 만들어 그의 앞에서 한 장을 찢는 연막을 쳤던 것이다. 지난번 고발장은 육군본부·헌병사령부로부터 시작해서 국회의원 최익승, 도지사, 광주 고법까지 보낼 수 있는 데는 다 보냈다. 대통령 앞으로도 보낼까 말까를 놓고 말이 많았지만, 그 자리는 너무 높다는 데 의견이 모아져 결국 보류시켰다.

심재모는 아무리 감정을 자제하려고 해도 지주들이 벌이고 있는 소행에 울화가 치밀어 견딜 수가 없었다. 사람이 아닌 짓은 도맡아 하면서 큰소리는 또 도맡아 치는 그 뻔뻔스러움이 너무 파렴치하고 역겨웠다. 이번에 읍내를 장악당한 것은 상황의 불가항력이 작용했다 하더라도 결과적으로 변명의 여지가 없는 일이었다. 또한 구차스럽게 변명하고 싶지도 않았다. 그러나 염상진이가 또다시 지주들을 표적으로 삼은 것은 어디까지나 그들 자신이 자초한 일이었다. 소작을 그런 식으로 무자비하게 몰수하지 않았는데도 염상진이 그랬을 것인가. 현재의 상황으로 염상진은 군경과 대치하기에 여념이 없는 입장이었다. 그들은 자기네가 잘못을 저질러 당한 일까지 이쪽의 책임으로 떠넘기며 작당을 하고 있었다. 그들은 말할 것이다. 너희들이 방어를 철저히 했다면 우리가 그런 꼴을 당하지 않았을 것이다, 라고. 그렇게 되면 이쪽에서는 할 말이 없는 것이다. 대꾸할 말이 없는 것이 아니라 말이 통하지를 않는 것이다. 그들의 논리대로 하자면, 자기네가 무슨 짓을 하거나, 어떤 잘못을 저지르거나 간에 군인이나 경찰은 무조건 자기네들의 생명과 재산을 지켜야 한다는 것이다.

심재모는 언제나 그 대목에서 혼란과 회의를 느꼈다. 군대는 무엇을 하는 조직인가, 나는 누구를 위한 군인인가. 군대는 돈과 힘을 가진 소수를 위해 존재하는가, 나는 그들의 생명과 재산을 무조건 지켜주어야 하는 종인가. 이런 생각을 하면 으레 떠오르는 것이 손승호의 말이었다.

"심 사령관이 기왕 이곳에 근무하게 된 입장이고, 이렇게 마주 앉게 됐으니 하는 말입니다만, 이데올로기니 사상이니 하는 것들이 뭐 별겁니까. 식자나 좀 들었다는 사람들은 그걸 자기네들만 아는 무슨 거창한 이론이나 되는 것처럼 어렵게 말하려 하고, 그런 것은 그런 것대로 따로 있고, 생활은 생활대로 따로 있는 것처럼 생각하는 경향들이 심한데, 결국 그런 것이 필요하게 된 건 사람의 목숨이 살아가야 하는 가장 기본적인 생활 그 자체의 모순을 해결하기 위해서였습니다. 그러니까 이데올로기나 사상이란 것이 유식한 사람들이나 입에 올릴 수 있는 전유물도 아니고, 책상 앞에서 따지는 연구물도 아니라는 겁니다. 배우지는 못했을망정 기본생활 조건의 모순 속에서 끝없는 고통을 겪으며 살아온 수많은 사람들이 자신들이 왜 그런 고통에 시달려야 하는지 그 이유를 알고 있고, 그 잘못은 고쳐져야 한다고 생각하고 있고, 무슨 방법으로든 그것은 바뀌어야 한다고 마음먹고 있는데, 그것은 이미 하나의 이데올로기고 사상입니다. 식자가 든 사람들은 거기에 논리와 이론이 없으니 이데올로기나 사상이 될 수 없다고 합니다. 그건 식자층의 상투적인 용업니다. 그건 불교나 예수교는 체계적이고 논리적인 경전을 가졌으니 종교고, 무속은 그런 것을 갖추지 못했으니 미신이다, 하는 식과 똑같은 발상입니다. 그러나 우리 인간들이 살아가는 절대적인 삶이 생활로 살아가는 것이지 어디 이론으로 살아가는 겁니까. 제가 왜 이런 말을 길게 늘어놓느냐 하면, 이 지방에 사는 절대다수의 가난한 농민들은 자기들이 왜 가난한지, 가난을 면하는 방법이 무엇인지 다 알고 있고, 더구나 해방이 되는 것을 계기로 그들은 무슨 수를 써서라도 그 길을 뚫어야 한다는 생각을 품게 되었습니다. 그들은 일정시대의 억압 속에서도 끊임없이 소작쟁의를 벌여 그 길을 뚫으려 했고, 해방이 되자 이제야 때가 왔다 생각한 그들은 다 같이 힘을 모아 거세게 일어났습니다. 아시다시피 그게 바로 1946년 10월에 전국 규모로 일어난 농민항쟁 아닙니까. 그 항쟁은 결국 폭력 앞에 피만 뿌리고 좌절되었습니다만, 지금 그들은 침묵하고 있을 뿐 그들의 욕구를 포기하거나 망각한 게 아닙니다. 그들은 행동하는 이데올로기의 덩어리고, 사상의 덩어리인 겁니다. 그런 그들은 자기네들이 원하는 길을 뚫을 수 있는 그 무엇을 바라고 있습니다. 그것이 공산주의든 자본주의든 그들은 그것을 가리지 않습니다. 그들은 자기네들의 삶을 찾을 수 있는 것이면 무엇이든 환영하고, 선택합니다. 그들의 그런 행위를 우익적 식자들은 또 부화뇌동이니 비이성적 감정주의니 하는 유식한 문자를 써가며 무가치하고 무의미한 것으로 일축하려 할 겁니다. 그러나 그들의 행위는 삶의 절박함과 절실함 속에서 나오는 가장 이성적이고 현명하고 순수한 판단이고, 그들이 행사할 수 있는 절대적인 생존권임을 알아야 합니다. 그런데 지금 우리의 정치상황은 그들이 원하는 바와는 정반대로 치닫고 있습니다. 심 사령관은 바로 그 틈바구니에 끼여 있습니다. 사람들이 군인이나 경찰을 경원하는 것 같다고 아까 말씀하셨는데, 그 원인이 바로 거기에 있습니다. 제가 지금까지 말한 현상이 이 지방만의 특성은 물론 아닙니다. 지역적으로 다소의 차이가 있을 뿐 그건 남한 전역에 걸친 문제점입니다. 전 정치는 잘 모릅니다만, 옛날 봉건 왕조 때에도 잘하는 정치는 백성의 뜻을 따르는 것이라 했고, 다수의 백성이 원하는 바를 실천하는 임금을 현군이라고 했습니다. 그런데 지금은 봉건시대가 아니라 명색이 민주주의를 내세운 시댑니다. 그러니 정치가 어때야 하는지 더 말할 필요가 없을 겁니다. 어차피 군인이 되신 거, 현명한 군인이 되시기 바랍니다."

손승호의 말을 되새길 때마다 자신의 군인으로서의 출발이 너무 순진하고 단순했다는 사실을 심재모는 돌이키지 않을 수 없었다. 해방된 땅에서 무언가 바르게 한몫을 해보고자 하는 마음을 정했을 때는 이렇듯 복잡미묘한 사회구조가 제대로 보이지 않았던 것이다.

"무슨 생각을 그리 하십니까?"

권 서장이 눈치를 살피며 들어섰다.

"아, 예, 금융조합장이 다녀갔습니다. 일을 조용하게 끝냈다고, 좌익척결위원회에 일임한 위임장을 가져와 손수 찢고 갔습니다."

"아아, 네에에……."

고개를 끄덕이는 권 서장의 얼굴에는 미심쩍어하는 빛이 역연했다.

"아니, 왜 그러십니까?"

권 서장의 반응이 마음에 걸린 심재모가 물었다. 사실 자신의 마음에도 유주상의 협조적인 태도가 의문스럽게 남아 있었던 것이다.

"아, 아닙니다. 그 사람을 전혀 모릅니다만, 워낙 영리하게 느껴져서요."

"제 생각하고 같군요. 아주 똑똑한 사람 같기도 하고, 야심이 큰 사람 같기도 하고…… 그런데 그 사람을 보면 왠지 불안하고, 믿음이 가지 않고, 그렇지요."

"사람을 인상만 가지고 전부를 말할 수는 없습니다만, 인상이 꼭 틀리지만은 않거든요."

"서장님이나 저나 그 사람을 전혀 모른다고 할 수도 없지요. 그 사람이 여기에 온 후로, 그 짧은 기간 동안에 이것저것 분주하게 벌인 일들을 목격해 왔으니까요."

"글쎄요, 일단 그 일이 조용하게 끝났다니까 다행," 서장은 문득 말을 끊었다가, "성가시지 않아서 잘됐습니다" 하고 말을 고쳤다.

"그런 셈이죠." 피곤한 기색이 완연한 심재모는 느리게 담배를 뽑으며, "염상진 문제를 어떻게 했으면 좋을까요?" 고심하고 있는 문제로 화제를 바꾸었다.

"예에, 그게 머리에 이고 있는 화로 격인데…… 그걸 어째야 좋을지……."

권 서장은 힘준 손바닥으로 입술만 좌우로 문질러댔다.

"그걸 말입니다, 병력을 총동원해서 한바탕 밀어붙이는 게 어떻겠습니까……."

심재모의 갑작스러운 말이었고, 권 서장은 놀라움과 의아함이 뒤섞인 얼굴로 그를 쳐다보기만 했다.

"역시 승산 없는 무모한 일이겠죠?"

심재모는 희미한 웃음을 지었다.

"뭔가 대책이 있긴 있어야겠지만, 그 방법은 현실적으로 어렵지 않겠습니까. 다 아시다시피 그쪽 지형이 우리 쪽에 너무 불리합니다. 그건 지휘관의 능력이나, 부대의 전투력과는 별개 문제 아닙니까. 소극적인 생각이라고 하실지 모르지만 현재 상황으로선 무리한 공격보단 안전한 방어가 더 유리한 작전이 아닐까 합니다."

"그건 사실이죠." 심재모는 한동안 천장을 올려다보고 있다가, "이번 사건에서 제기된 문제는, 우리 속에 들어 있는 적의 세포활약과 상식을 초월하는 적의 기동성이었습니다. 우선 이 두 가지에 대한 대책 없이는 우린 계속 당하게만 될 겁니다. 이 문젤 급선무로 해결하도록 하십시다."

"그렇게 하죠."

"그리고, 이번에 집단음주를 한 건 상황이 지구전으로 계속되다 보니 마음들이 해이해진 탓일 겁니다. 계엄령이 다소 완화된 건 민간인들의 생업을 위한 생활상의 불편을 없애기 위한 것이지 작전 상황의 호전 때문이 아닌데, 그 점을 착각한 결괍니다. 이 점도 강력 주지시켜야 합니다."

심재모는 머리에 무거운 통증을 느끼며 일어섰다.

16

당신을 용공행위로 체포하겠소!

3월이 오는 봄이고, 5월이 가는 봄이라면, 4월은 머무는 봄이었다. 머무는 봄의 자태는 하늘과 땅 사이에 현란함과 황홀함과 혼미함으로 드리워져 있었다. 그건 아지랑이였다. 5월의 풋보리를 기다리는 4월은 죽 한끼를 제대로 넘길 수 없도록 춘궁이 극에 달하는 시기였다. 어른 아이 할 것 없이 굶주림에 비비 틀려 허깨비걸음을 걸으며 어지럼증에 휘둘리고, 부황기는 눈에까지 퍼져 흰자위가 누르스름하게 물들어 있었다. 그런 사람들에게는 움직임이 없는 모든 물체마저 흔들리고 어릿거리고 출렁거려 보였다. 그런데 하늘과 땅 사이를 가득 채운 아지랑이는 끝도 없이 아롱거리는 잘디잔 흔들림으로 피어오르고 있었다. 굶주림으로 무너져내리고 있는 사람들에게 그 아롱거림은 현란한 아름다움도, 황홀한 감상도, 혼미한 서정도 아니었다. 그건 어지럼증을 더해주는 어지러움일 뿐이었고, 귀울음을 더 깊게 해주는 귀울림일 뿐이었다.

아이들은 아지랑이를 헤치며 한사코 마을 뒷산으로 기어올랐다. 물오름이 한창인 산에는 그나마 생명의 불씨를 지켜줄 최소한의 먹이가 있었던 것이다. 아이들은 앞다투어 삐비를 뽑아먹었고, 솔가지를 꺾어 송기를 빨았으며, 솔순을 분질러 입에 몰아넣었다. 그러나 그런 허기 달래기도 마음 놓고 할 수 있는 일이 아니었다. 솔가지를 꺾어대는 것은 나무를 상하게 하는 일이었고, 새로 돋는 순을 분질러대는 것은 나무 자라기를 해치는 일이었다. 그래서 인심 사나운 집의 산에서는 산지기와 숨바꼭질을 해야 했다. 산에는 아이들만 오르는 것이 아니었다. 어른들도 눈치껏 산을 탔다. 여인네들은 죽거리나 찬거리를 삼으려고 산나물을 찾아 헤맸고, 남자들은 칡이나마 캐내려고 괭이질을 했다.

송기나 솔순은 한꺼번에 많이 먹어지는 것이 아니었다. 그런 것들은 아무리 먹어도 밥이나 떡처럼 배가 부르지 않을 뿐만 아니라 어느 만큼 먹으면 그 독하도록 진한 솔냄새가 비위를 틀어놓았다. 처음에는 이빨 사이에서 신 침이 흐르게 했던 솔냄새가 비위를 상하게 할 즈음이면 아이들은 하나같이 지쳐 있었다. 그들은 누가 먼저랄 것 없이 햇발 두터운 무덤가나 언덕배기로 흐느적이는 걸음들을 옮겨놓았다. 모여앉은 아이들의 얼굴은 마를 대로 말라붙은 채 마른버짐이 피거나, 누르께하게 들뜨거나, 검게 타들고 있었다. 그 굶주린 얼굴들의 입 언저리에는 분가루를 바른 듯 노오란 솔꽃가루들이 묻어 있었다. 아이들은 무거운 몸을 부린 채 숨 막히도록 아롱거리는 그 어지러운 아지랑이춤을 초점 잡히지 않는 눈길로 하염없이 바라보고 있었다. 아지랑이 속에서 짙푸른 보리밭도 아롱거리고, 자운영꽃 붉은 논도 아롱거리고, 검은빛 먼 산도 아롱거림을 바라보며 아이들은 어서 5월이, 그리고 6월이 오기를 기다렸다. 5월이 오면 보리서리 밀서리가 시작되고, 6월이 오면 감자서리 꽃게잡이를 하게 되었다. 여름이 되어갈수록 배를 채울 것이 많아진다는 것을 아이들은 알고 있었다. 아이들은 삐비나 솔순만 먹는 게 아니었다. 찔레순도 껍질 벗겨 먹었고, 뱀딸기도 따먹었고, 개더덕도 캐먹었다. 먹는 것인 줄 번연히 알면서도 그러나 아이들이 손대지 않는 것이 한 가지 있었다. 6월 들어 영글기 시작하는 목화다래였다. 보리서리 밀서리 같은 것도 어른이나 주인의 눈들을 피해 하는 것이었지만, 들키게 되더라도 어른들은 새 쫓듯이 먼발치에서 소리만 질렀는데, 다래를 따먹다가 들키면 어른들은 정말 화가 나서 머리통에 주먹질을 해대게 마련이었다. 주인이든 아니든 어른들이 그러기는 마찬가지였다. 어른들이 왜 그러는지를 아이들은 알았다. 보리나 밀은 사람이 먹고 사는 음식이었고, 다래는 솜으로 두고두고 써야 하는 물건이지 먹어 없애는 음식이 아니었다. 붉은 점이 돋아나기 전의 어린 다래는 달치근한 물기를 품고 있어 꽤나 먹을 만했다. 그러나 아이들은 인적이 전혀 없는 산밭을 지날 때도 초록빛 어린 다래에서 애써 눈길을 돌렸다. 모습이 보이지 않는 종달새는 아지랑이 가득한 하늘 그 어디에선가 맑은 소리를 굴리고, 허기진 아이들은 아지랑이에 취하기라도 한 듯 따스한 햇발

속에서 시름시름 잠에 빠져들어갔다.

어른들은 맹물을 마시고는 죽을 먹은 듯, 죽을 먹고는 밥을 먹은 듯 마음을 다잡아가며 몸을 놀려야 하는 것이 4월이었다. 소작을 부치고 있는 논밭농사 채비는 더 말할 것 없었고, 집안농사에도 세심한 신경을 써야 했다. 논밭농사 잘못 지으면 1년을 굶어야 하고, 텃밭농사 잘못 지으면 반년을 굶어야 한다는 말은 전혀 틀린 말이 아니었다. 논밭농사는 잘되면 잘되는 대로, 못되면 못되는 대로 소작료 바치고 나면 가슴 텅 비는 허망함만 남았다. 그러나 텃밭농사는 그것이 비록 곡식은 아닐지라도 그런 허망한 상실감 없이 내 손으로 지어 내 입에 넣는 옹골지고 알찬 맛이 있었다. 여름부터 가을까지의 반찬거리가 넉넉해지느냐 아니냐는 텃밭농사를 얼마나 알뜰살뜰하게 짓는가에 달려 있었다. 바깥농사가 남자가 채를 잡는 농사라면 텃밭농사는 순전히 여자가 책임지는 농사였다. 넓을 수 없는 텃밭에 농사를 지어 두 철에 걸친 반찬거리를 만들어내야 한다는 것은 가난한 살림살이를 꾸려가야 하는 농촌 아낙네의 부지런함과 슬기로움을 동시에 필요로 하는 일이었다. 텃밭농사에서 남자들이 거들어주는 대목이란 땅을 파엎고, 담이나 울타리 따라 듬성듬성 호박구덩이를 파고 거기다가 똥을 퍼다 넣어주는 정도였다. 그 다음부터는 여자가 도맡아야 했다. 작은 텃밭을 대여섯 뙈기로 나누고, 크기와 위치에 따라 씨앗을 구분했다. 여기서부터 여자의 슬기로움과 알뜰함이 작용하기 시작했다. 그러나 그 일이 처음 하는 것이 아니고 어렸을 적부터 보배워 익힌 것이라서 여자들은 누구나 어렵잖게 씨앗봉지를 들었다. 그중 큰 것이 상추밭이었고, 파 대여섯 골, 고추 열서너 골, 가지 대여섯 골, 쑥갓 서너 골이 되게 마련했고, 그늘이 드는 가장자리를 골라 오이씨를 박았으며, 북쪽 끝을 경계 삼아 들깨를 두어 골 뿌리고, 아욱은 동남쪽을 경계 삼아 한 줄박이를 했다. 습한 데가 있으면 토란이나 일년감을 심기도 했지만, 그런 것은 텃밭농사에는 어울리지 않았다. 텃밭을 단 한 골이나마 차지할 수 있는 씨앗들은 불문율 같은 공통점을 가지고 있었다. 잎이나 열매를 뜯어내고 따내도 계속 새잎과 새열매를 피워내고 매달아야 하며, 가을에 이르러서는 내년의 씨앗을 영글게 할 수 있어야 했다. 여자들의 집안농사는 텃밭갈이로 끝나지 않았다. 헛간이나 뒤란의 구덩이에는 박씨를 넣었고, 담장가의 구덩이에는 호박씨를 넣었으며, 울타리를 따라서는 완두를 박았다. 그때부터 오줌 한 방울, 개숫물 한 방울도 함부로 버리지 말아야 했다. 잘 삭은 오줌은 채소에 더할 수 없이 좋은 비료였고, 아침저녁 골 따라 부어주는 개숫물은 채소가 쑥쑥 자라게 하는 어디에도 없는 힘이었다. 텃밭과 담장가를 새끼 돌보듯 정성을 들이면 반찬 걱정은 따로 할 것이 없었다. 식은 보리밥에 상추쌈 풋고추면 제격이었고, 아욱국에 상추 겉절이면 또 한끼가 넘어갔고, 애호박을 썰어넣어 된장찌개 끓이고 호박잎 밥에 쪄내면 저녁밥이 배불렀고, 생깻잎 양념장에 절이고 가지무침을 올린 다음 완두콩 한 줌을 섞어 지은 보리밥을 놓으면 그 밥상이야말로 푸짐한 여름밥상이었고, 거기다가 아이들이 물푸기를 해서 잡아온 붕어라도 있어 방앗잎 얹어 얼큰하게 찌개를 해놓으면 보리밥도 별미였다. 농가에서 아무도 돌보는 일 없이 계절 따라 자라났다가 계절 따라 꽃을 피우고 계절 따라 스러져가는 몇몇 꽃이 있었다. 장독대 뒤쪽에 선 키 큰 접시꽃, 장독대 앞에 줄 선 맨드라미, 봉숭아, 채송화가 그것이었다. 그 꽃들은 누구에게 후대를 받는 일이 없이, 그렇다고 박대를 받는 일도 없이 가난한 초가삼간이 대부분인 농가의 유일한 치장물로 꽃피움을 하고는 제 계절을 무심한 듯 살다가 갔다.

남도지방의 여인네들이 텃밭농사에 못지않게 신경 쓰고 샘내는 농사가 있었다. 그건 삼농사였다. 삼은 더운 기운 속에서 물기 머금은 땅이면 어디서나 잘 자랐다. 손질이 별로 필요 없는 데다가, 농사를 지었다 하면 그대로 돈이 되는 것이 삼농사였다. 실은 실대로 돈이었고, 베를 짜놓으면 더 말할 것 없는 큰돈이었다. 삼농사는 여자들이 자기네들 손으로 올릴 수 있는 유일하고도 알토란 같은 부수입이었다. 그러나 너나없이 삼씨 뿌릴 땅을 원했으므로 삼농사를 손수 짓기란 그리 쉬운 일이 아니었다. 남도지방 처녀들이 예로부터 시집가기 전에 첫째 조건이면서 절대조건으로 '길쌈할 줄 아느냐'는 물음을 남자 쪽으로부터 받는 것이 길쌈이 농가부업으로 얼마나 큰 비중을 차지하는 것인지를 입증하는 것이었다. 무더운 여름이 긴 남도지방은 삼재배에 최적이었고, 논농사도 밭농사도 마땅하지 않은 땅에 삼씨는 뿌려져 삼베로 짜여졌고, 그 삼베 필들은 장마다 모아져 삼재배가 어려운 북부지방으로 실려가 귀한 물건이 되었다. 북쪽에서 귀함받기는 삼베만이 아니었다. 목화도 더워야만 잘되는 까닭에 무명베도 북쪽에 가면 귀히 여겨지기는 마찬가지였다. 그래서 북쪽지방에서는 피륙이 당당하게 돈 노릇을 대신했던 것이고, 남쪽지방에서는 쌀이 돈을 뒤로 밀치고 앞으로 나서서 모든 교환가치의 기준이 되었다. 먼 길 떠나는 나그네의 노자가 피륙이었던 것이 북쪽 관행이었고, 크고 작은 물건들을 사고파는 데 '쌀 몇 되 값이냐'로 따지는 것이 남쪽 관행이었다.

며느릿감 될 처녀를 놓고 '길쌈할 줄 아느냐'를 확인하는 것이 남도지방의 풍습처럼 되어버린 것은 단순히 부업을 시켜먹자는 의도만이 아니었던 것이다. "여자는 엉치가 실해야 하고, 남자는 어깨가 실해야 한다"는 말이 있었다. 그것은 곧 '여자의 힘은 엉치에서 나오고, 남자의 기운은 어깨에서 나온다'는 말과 맞통하는 것이었다. 여자에게 있어서 엉덩이가 실해야 한다는 데는 여러 가지 의미가 복합적으로 담겨 있었다. 엉덩이가 실하지 않고서는 먼저, 남자를 제대로 실을 수 없는 데다 애기집이 실할 리 없고, 애기집이 실할 리 없으니 애기가 실할 수 없고, 실하지 않은 애기를 실하지 않은 엉덩이가 무사하게 받쳐낼 리가 없었던 것이다. 그뿐만 아니라, 여자가 엉덩이가 실하지 않고서는 베틀에 올라앉을 수가 없었다. 베틀에 앉으면 날을 감은 도투마리와 수평을 이루어 힘을 받는 부티를 먼저 허리가 아닌 엉덩이에 둘러야 했다. 그래야만 서로 엇갈린 날들이 팽팽해지며 제자리를 잡게 되고, 베짜기가 시작되는 것이다. 베짜기란 베틀신을 꿴 다리를 뻗쳤다 당겼다 하는 동작에 따라 오른손에 든 북을 날 사이로 민첩하게 밀어던지고, 바디로 날과 씨를 쳤던 왼손은 재빨리 북을 되받아 오른쪽으로 보내야 하고, 그사이에 오른손은 바디를 치고 다시 돌아온 북을 받아야 하는, 팔다리가 동시에 움직이는 연속동작인 동시에 끝없는 반복동작이었고, 전신노동이었다. 그런데 그 전신노동의 중심을 이루는 힘을 부티를 두른 엉덩이가 지탱하고 있었다. 그래서 엉덩이가 부실한 여자는 베틀에 앉을 수 없었고, 베틀잡이 10년에 엉치 내려앉는다는 말이 생겨나게 되었다. 그러므로 며느릿감이 될 처녀에게 '길쌈할 줄 아느냐'고 묻는 것은 부업능력만을 따지는 것이 아니라 종합건강진단인 셈이었다.

삼농사는 산을 많이 끼고 있어 논농사를 하기 어려운 겸백면·율어면·문덕면·미력면에서 두루 했고, 특히 복내면이 삼시장과 함께 유명했다. 여자들은 손수 삼농사를 짓지 못한다고 해도 그다지 아쉬워하지는 않았다. 다소 이익이 축나서 그럴 뿐, 삼껍질을 사다가 실을 내서 베틀에 올리면 되었고, 그것도 여의치 못하면 삼실을 사다가 베를 짜서 장에 낼 수도 있었다. 삼실을 내는 삼껍질이나, 타래로 사린 삼실을 거래하는 새벽장으로 복내장과 조성장이 유명한 것은 삼 산지가 가까운 탓이었고, 정작 삼베 거래로 벌교장이 널리 알려진 깃은 빌교가 교통의 요지인 삼거리였기 때문이나.

여인네들이 짓는 농사로 또 한 가지가 있었다. 모내기가 끝나고 나면 논두렁을 따라가며 콩을 심는 일이었다. 제아무리 모진 지주라 하더라도 그 콩농사만큼은 절대로 손댈 수 없도록 되어 있었다. 그것은 목화밭 사이에 듬성듬성 콩을 심거나, 밭 둘레를 돌아가며 고추를 키워도 모른 척 묵인하는 것이나 마찬가지였다. 지주들의 입장에서는 그 정도의 부수입을 인정함으로써 작인들의 숨통을 틔워주는 불만해소책으로 삼았고, 작인들은 그런 부수입을 통해 식생활에서 제일 중요한 두 가지 양념인 된장과 고추장을 담글 수 있게 되었다.

일거리는 많아지되 먹을 것은 없는 고단한 4월이 저물고 있었다.

이른 아침식사를 마친 대원 40여 명이 교실에 모여앉았다. 염상진은 신문을 가지고 그들 앞으로 나섰다. 그들은 학습을 마치고 인민봉사에 나갈 대원들이었다. 농사철이 시작되면서 대원들을 3개 조로 나누어 하루씩 농사일을 돕게 한 것이다. 인민으로서, 인민을 위해 싸우는, 인민의 해방군인 진면목을 살리기 위한 교육이면서 봉사였다. 그들에게 인민에 대한 봉사는 적과 맞서 싸울 때의 용맹으로, 자신과 동지들의 생명을 지키는 보초근무 때의 열성으로 해야 한다고 교육되었다. 대원들은 그런 태도를 어김없이 잘 지켜 나갔고, 그들의 봉사는 해방구 인민들로부터 열렬한 환영을 받았다. 사상학습 및 토론은 매일 두세 시간씩 조별로 실시되어 온 오래된 일과였다. 인민해방군으로서 투쟁생활과 당의 군대로서의 정치생활이 균형을 이루게 하기 위해서였다. 정치생활이 없는 인민의 군대란 존재할 수 없고, 인민성이 없는 무력집단은 당의 군대가 될 수 없었다. 정치생활을 통하여 인민의 군대는 투쟁성을 확보하며, 그 투쟁성을 통하여 인민해방에 복무하며, 해방된 인민의 뜻으로 당의 건재는 확인되며, 당은 인민을 위한 부단한 혁명사업을 추진함으로써 그 존재이유가 있는 것이었다.

"오늘은 신문에 보도된 중대한 사실을 중심으로 하여 학습을 진행하기로 하겠습니다." 염상진은 잠시 말을 끊고 신문을 펼치며 대원들을 두루 살피고는, "그저께, 그러니까 4월 29일에 미제국주의의 괴뢰 이승만이가 그의 서양마누라 프란체스카를 데리고 비행기로 제주도를 방문했습니다. 여러분, 왜 이승만이가 고양이처럼 생긴 서양마누라까지 데리고 제주도를 찾아갔을까요? 제주도 경치구경을 갔을까요? 바닷가에서 뱃놀이를 하려고 갔을까요? 여러분, 그것이 아닙니다. 여러분들은 그동안의 학습을 통해서 제주도의 4·3투쟁이 얼마나 용맹스럽게 전개되어 왔는지를 잘 아실 것입니다. 또한, 그 투쟁이 섬에 갇혀 얼마나 어렵고 고통스럽게 계속되어 왔는지도 잘 알고 있을 것입니다. 제주도의 투쟁은 꼭 1년이 되었고, 이승만은 마누라까지 데리고 직접 제주도를 찾아감으로써 제주도의 투쟁이 그들이 쓰기 좋아하는 말로 '완전 진압'되었다는 것을 온 세상에 선전하려고 한 것입니다. 봐라, 제주도는 이렇게 안전하다, 공산폭도들은 완전히 죽여 없애버렸다, 하는 선전을 하려는 속셈입니다. 여러분, 그럼 과연 제주도의 실정은 어떨까요? 우리의 혁명동지들과 제주도 인민들이 지난 1년 동안 미제국주의자들을 몰아내고, 인민해방과 민족자주통일을 부르짖으며 피나는 투쟁을 해왔습니다만, 미제와 그 앞잡이인 경찰들이 인민들을 무자비하게 죽이고, 미제의 신식무기를 동원해 끝없이 공격을 퍼부어 우리의 혁명동지들이 수없이 죽어간 것이 사실입니다. 그러나 이승만이가 선전하는 것처럼 우리의 혁명동지들이 '완전 진압'되었거나 '완전 소탕'된 것이 아닙니다. 당의 조사에 따르면 아직도 삼사백 명의 동지들이 엄연히 남아 열렬한 투쟁을 계속하고 있습니다. 그런데 중요한 것은 제주도에 우리의 혁명동지들이 얼마나 남았느냐 하는 것이 아닙니다. 중요한 것은 인민의 적 이승만이가 한 말입니다." 그는 말을 끊고 입술을 축이며 신문을 펼쳐들고는, "이승만이는 반동들이 인민들을 강제로 동원해서 꾸민 환영대회에서 다음과 같이 말했습니다. 중요한 한 대목만 읽어보겠습니다. '정부를 수립하는 사이 대구폭동과 여순반란사건 등, 공산당의 파괴활동을 몇 번 경험했지만 제주도의 폭동과 같은 대규모의 반민족적 행위는 일찍이 없었다. 나는 한 사람도 남김없이 역적도배를 절멸하라고 군·경 수뇌에게 지시하고 있다. 폭동의 진압은 시간문제이다.' 여기까지가 이승만이 연설한 대목인데, 어려운 말은 '절멸'이군요. '절멸'이란 완전히 망해서 없어진다는 뜻입니다. 그러니까 멸망이나 같은 뜻이고, 여기서는 섬멸이나 박멸 같은 말과 똑같은 뜻으로 쓰인 겁니다. 또 알아듣기 어려운 말은 없습니까?" 염상진이 대원들을 좌우로 둘러보았고, "없구만이라." "인자 고런 정도 말이야 쌈빡쌈빡허니 알아묵어불제라잉." "와따, 그 빌어묵을 영감탱구가 누구보고 역적도배라고 주딩이 까는 것이여, 잡것!" "이, 역적도배야 지가 김스로." 여기저기서 터져나오는 말들이었다.

"여러분!" 염상진은 신문을 접고는, "방금 읽은 이승만의 말 중에서 중요한 대목은 어디겠습니까? 바로 '나는 한 사람도 남김없이 역적도배를 절멸하겠다'는 대목입니다. 이것은 앞으로도 계속해서 제주도의 인민들을 학살하겠다는 말입니다. 그리고 그건 제주도에서 끝나는 것이 아니라 바로 여기, 우리들을 향해서도 하는 말입니다. 이승만이 한 말은 바로 '멸공' 그것입니다. 인민해방의 적이며, 민족반역자인 이승만은 오히려 우리 인민과 우리 혁명전사들을 역적도배라고 하면서 남김없이 죽여 없애겠다고 떠들어대고 있는 것입니다. 여러분, 너무 슬프고 가슴 아픈 일이지만 우리는 냉정한 판단으로 제주도의 투쟁이 매우 어렵게 되어가고 있음을 인정하지 않을 수가 없습니다. 지난 1년 동안의 열렬한 투쟁을 통하여 수많은 혁명전사들과 혁명인민들이 아까운 목숨들을 아까움 없이 혁명전선에 바쳤습니다. 그 숫자가 자그만치 8만 명이 넘습니다. 8만 명! 8만 명이면 도대체 얼마입니까! 우리 군 전체, 어린아이에서부터 노인네까지를 하나도 남김없이 죽여버린 것이 바로 8만 명입니다, 여러분! 그것이 바로 이승만 도당이 미제국주의자들과 작당해서 저지른 만행입니다. 그런데 여러분, 이승만 도당은 그 많은 목숨들을 죽이기 위해서 투입한 수많은 군경과 병력을 머지않아 우리 전남지역에 투입하게 될 것입니다. 오늘의 학습을 통해서 강조하고자 하는 점이 바로 이것입니다. 제주도 병력이 우리 전남지역에 투입되면 우린 어떻게 해야 하겠습니까! 겁을 먹어야 하겠습니까? 도망을 가야 하겠습니까? 항복을 해야 하겠습니까?……"

"더 씨게, 십지게 싸와야제라." "제주도서 죽은 사람덜 웬수 갚아야제라." "하먼이라, 우리도 죽을 때꺼정 싸와야 허요." 대원들의 외침이 교실을 흔들었다. "예, 예, 여러분!" 염상진은 손을 들어 분위기를 가라앉히고는, "혁명전사 여러분들의 열렬한 투쟁의욕에 대하여 뜨거운 박수를 보냅니다. 바로 그것입니다. 우리는, 이승만 도당이 그렇게 잔악하게 나오면 나올수록 더욱 돌덩이같이 굳게 뭉쳐 불덩어리 같은 투쟁정신으로 더욱 용맹스럽게 혁명투쟁을 감행해나가야 하는 것입니다. 우리는 빛나는 인민혁명을 향하여 두 발짝 전진할 수는 있어도 그까짓 이승만 도당의 공격이 심해진다고 하여 한 발짝이라도 후퇴할 수는 없는 일입니다. 그렇습니다, 우리는 제주도에서 우리보다 앞서 죽어간 8만의 혁명동지들과 혁명인민들의 고귀하고 거룩한 죽음을 헛되게 하지 않기 위해서도 오늘부터 각오를 새롭게 하지 않으면 안 됩니다. 그분들의 죽음을 헛되이 하지 않는 오직 한 가지 길은 남은 우리가 그분들의 용맹까지 짊어지고 혁명을 완수해 내는 것뿐입니다. 여러분, 우리는 다시 한 번 지나간 역사의 투쟁기록을 가슴에 새겨봅시다. 10·1인민항쟁, 2·7구국투쟁, 4·3투쟁, 단선저지투쟁, 이런 혁혁한 투쟁을 통해서 얼마나 많은 투쟁인민들이 거룩한 피를 흘리며 죽어갔는지 여러분들은 이미 직접 겪기도 하고, 학습을 통해서도 똑똑하게 알고 있습니다. 그러한 투쟁들 다음으로 이어진 것이 바로 지금 우리가 싸우고 있는 여순투쟁입니다. 혁명전사 여러분, 지금 우리가 이 자리에서 앞서 죽어간 분들의 죽음을 다시금 가슴에 새기고 있는 것처럼 수많은 인민들도 앞서 간 분들의 죽음을 똑똑히 기억하고 있습니다. 이것이 바로 살아서 숨쉬고 있는 역사라는 것입니다. 다시 한 번 강조합니다. 역사는 무심하게 흘러가는 세월이 아닙니다. 역사는 우리들이 매일매일 전개하는 투쟁 속에서 여러분들의 손으로 만들어지고 있으며, 여러분들이 만들어내는 역사는 앞서 간 분들의 투쟁을 이어받고 있는 것입니다. 마찬가지로 우리가 오늘 당장 투쟁 전선에서 죽어간다 해도 우리의 투쟁은 또다른 전사들이 이어받으며, 우리를 기억하게 됩니다. 그러므로 여러분들은 오늘의 주인이면서, 역사의 선봉이고, 투쟁 중에 죽어간다 해도 그 목숨은 인민의 역사, 혁명의 역사에 영원히 살아 있게 되는 것입니다. 우리는 다시 한 번 우리의 위대한 지도자 레닌 동지의 가르침인 '무엇을 할 것인가'를 생각하면서, 오늘을 기하여 앞으로의 투쟁을 더욱 용맹스럽게 전개하고, 모두가 각오를 새롭게 다짐하기 위하여 지금부터 오늘의 학습에 대한 토론으로 들어가기로 하겠습니다."

염상진은 대원들을 바라보며 긴 숨을 내쉬었다.

"당신을 용공행위로 체포하겠소!"

헌병 중위의 입에서 터져나온 말이었다.

"용공행위라니!"

본능적인 방어태세를 갖추며 심재모의 입에서 튀어나간 말이었다.

"반항할 생각은 마시오."

중위의 말은 싸늘했다. 그의 양쪽 옆에는 두 사병이 심재모를 향해 칼빈총을 겨누고 있었다.

"좋소, 그 용공행위가 뭔지 자세히 밝히시오."

침착해지기 위해서 두 주먹을 으스러져라 말아쥐고 있는 심재모의 의식은 자신이 저지른 용공행위가 무엇인지 찾아내려고 극도로 긴장되어 있었다. 그의 머릿속에서는 자신이 이곳에 주둔한 이후 처리한 사건들이 빠르게 지나가고 있었지만 용공행위로 몰릴 만한 것은 짚이지 않았다.

"그건 내 소관이 아니오. 내가 아는 건 그 영장에 적힌 것뿐이고, 내 임무는 당신을 서울까지 호송하는 거요."

중위의 턱짓에 지배당하기라도 하듯 심재모의 눈길은 책상 위로 떨어졌다. 책상 위에는 접었던 자리가 선명한 체포영장이 놓여 있었다. 거기에는 아까 본 것과 한 자도 달라진 것 없는 자신의 인적 사항 아래 체포사유를 '용공행위'라고 적은 네 글자가 또렷하게 박혀 있었다. 심재모는 눈을 꼭 감았다. 그리고 한숨을 내쉬었다. 가슴이 허물어지듯 하는 그 깊고 진한 한숨을 따라 그의 어깨가 처져내렸다. 한숨의 숨결이 거기까지 미쳤는지 책상 위의 영장이 가늘게 떨렸다.

"시간이 없소. 10분 내에 사물을 정리하시오."

심재모의 체념을 눈치 챈 중위가 밀어붙이듯이 말했다.

"정리할 사물은 없고…… 전화나 한 두어 군데 했으면 좋겠소."

담뱃갑을 꺼내고 있는 심재모의 얼굴은 핏기 없이 딱딱하게 굳어 있었다.

"글쎄요, 그건 곤란한데요. 당신이 여길 떠나는 사유가 민간인에게 알려지는 건 군대기밀 누설이오."

"알겠소, 관두겠소."

심재모는 중위의 말끝에 자신의 말이 겹쳐지도록 빠르게 말을 해치웠다. 그건 중위의 거부에 대한 승복이 아니었다. 중위가 말하는 사이에 생각해 보니 막상 전화 걸 데가 없었던 것이다. 그가 전화를 걸려고 했던 데는 두 곳이었다. 서민영 선생과 김범우였다. 그러나 서민영 선생댁에는 전화가 없고, 김범우는 이미 서울로 떠나고 없다는 사실을 떠올렸던 것이다.

"권 서장을 만나고 떠나야겠소. 이건 공적인 업무요."

심재모는 담배에 불을 붙였다.

"좋도록 하시오."

순간적으로 멈칫했던 중위가 옆의 부하에게 눈짓을 했다. 사병이 문을 열었고, 밖에서 초조하게 서 있던 권 서장은 곧 안으로 들어왔다.

"서장님, 제가 떠나게 됐습니다."

심재모는 웃으려 했다. 그러나 그의 얼굴은 어색스럽게 구겨졌다.

"아니, 어찌 된 일입니까!"

권 서장은 다급하게 심재모의 책상 앞으로 다가섰다.

"나도 잘 모를 일이오."

심재모가 책상 위의 영장을 집어들어 권 서장 앞으로 내밀었다.

용공행위, 네 글자를 확인하는 순간 권 서장의 머리를 치고 지나가는 것이 있었다. 씨를 받도록 여자를 율어로 들여보낸 일이었다. 아, 그 일이 결국……. 그러나 권 서장은 그 말을 입 밖에 낼 수가 없었다. 총을 겨누고 있는 살벌한 분위기도 분위기였지만 그 말을 꺼내서 지금의 심 사령관에게 도움 될 것이 아무것도 없었던 것이다.

"그동안 저를 도와준 것, 고마웠소." 심재모는 손을 내밀며, "서민영 선생님한테, 못 뵙고 떠난다더라고 전해주시오." 그는 눈에 많은 말을 담고 있었고, 손을 맞잡은 권 서장은 그의 눈을 마주 보며 무슨 뜻인지 알겠다는 얼굴로 고개를 끄덕였다. "김범우 선생에게도……" 심재모는 권 서장의 손을 놓으며 흘리듯이 말했다.

"갑시다. 서울까지라면 천 리 길이요."

심재모는 모자를 쓰며 말했다. 그건 권 서장에게 자신이 잡혀가는 곳을 알리는 뜻이었다.

중위가 허리춤에 끼워져 있던 수갑을 뽑았다.

"도망갈 생각은 추호도 없으니 여긴 그냥 나가게 해주시오."

심재모는 헌병 중위를 똑바로 쳐다보았다. 중위도 심재모를 똑바로 쳐다본 채 잠시 침묵이 흘렀다.

"좋소. 당신 말을 믿기로 합시다."

중위가 수갑을 허리춤에 찌르며 말했다.

중위가 앞서고 심재모가 그 뒤를 따랐다. 심재모의 뒤를 두 사병이 총을 겨누고 따랐다. 일을 하고 있던 열서너 명의 경찰과 군인이 모두 차려자세를 취하고 있었다. 자세를 똑바로 갖춘 심재모는 앞만 주시한 채 걸어 밖으로 나갔다.

사무실을 나서며 심재모는 햇빛을 강하게 의식했다. 고개를 약간 들었다가 눈살을 찌푸리며 눈길을 아래로 내렸다. 당분간 햇빛을 못 보게 될지도 모른다는 강박감의 작용인지도 몰랐다. 심재모는 경찰서 앞에 대기 중인 지프차에 올랐다.

"사령관님, 다시 오셔야 합니다!"

차가 움직이자 권 서장이 소리치며 거수경례를 했다. 심재모는 그 경례에 답하며 무슨 말인가를 하려 했지만 차는 이미 권 서장의 모습을 뒤로 밀어낸 다음이었고, 막상 할 만한 말도 없었다. 심재모는 "다시 오셔야 합니다" 한 권 서장의 말을 "다시 오시게 하겠습니다" 하는 뜻으로 듣고 있었다. 그래, 다시 돌아와야 한다. 여길 올 때 이런 꼴로 떠나려고 온 것이 아니었다. 다시 돌아와, 처음 왔을 때처럼 당당한 모습으로 떠나야 한다. 심재모는 허리가 처져 내리며 전신이 내려앉는 것 같은 무거움을 느꼈다. 그는 몸을 부려 버렸다.

차는 소화다리를 건너고 있었다. 광주가 아니라 순천으로 방향을 잡은 것이다. 내가 정말 벌교를 떠나고 있구나……. 심재모는 마침내 자신이 잡혀가고 있다는 사실을 실감하고 있었다. 그는 왼쪽으로 눈길을 던졌다. 횡계다리와 낙안벌 일부와 옥산줄기가 한눈에 들어왔다. 자신이 이름 붙인 M1고지는 보이지 않았다. 오른쪽으로 빠르게 눈길을 옮겼다. 철교와 중도들판과 끝없이 긴 포구가 다시 한눈에 들어왔다. 어느 쪽을 보거나 경치가 아름다운 고장이라는 생각을 그는 되짚었다. 구룡 쪽에서 진트재를 걸어올라 마루에 서서 처음 벌교를 바라보았을 때의 느낌은 잊을 수가 없었다. 멀리로 바라보이는 벌교라는 생소한 이름의 읍은 절로 감탄이 흘러나올 만큼 아름다운 경치를 이루고 있었다. 서북쪽으로 반원을 그리며 이어져나간 산들과 동남쪽으로 긴 자취를 끌며 펼쳐진 들판과 포구, 그 가운데 감싸이듯 시가지는 아스라하게 멀었다. 그 아늑하고 포근한 느낌의 경치 속에서 좌우익의 피 흘리는 투쟁이 벌어지고 있다는 사실이 믿어지지 않을 정도였다. 벌교는 자신을 그렇듯 좋은 인상으로 맞아주었고, 자신은 그 첫 느낌으로 벌교라는 생소한 지명이 주었던 거리감이나 마땅찮음을 거의 해소시킬 수 있었던 것이다. 그리고 벌교보다 한 역 앞인 구룡에서 내리기를 잘했다고 생각했다. 부대는 벌교역에서 하차하도록 되어 있었다. 그런데 부하들의 긴장감을 고조시키는 한편 읍내사람들에게 시위효과를 높이기 위해 한 역 앞질러 내렸던 것이다.

소화다리를 벗어나자마자 차는 요동하기 시작했다. 도보행군으로 소화다리를 건널 때 자신이 용공행위의 혐의를 받아 이런 식으로 갑작스럽게 끌려갈 줄을 상상이나 했던가. 용공, 그건 지금 상황에서 가장 무서운 죄목이었다. 더구나 공산주의를 척결해야 할 임무를 띠고 있는 군인의 입장에서 그 죄목은 곧 죽음을 의미하는 것이었다. 내가 무슨 잘못을 저질렀단 말인가. 언제 용공행위를 했다는 것인가. 아무리 생각해도 그런 혐의를 받을 만한 일을 한 적이 없었다. 내가 아직도 흥분하고 있는 것인가. 무슨 꼬투리가 없이, 아무 근거가 없이 사람을 잡아갈 리는 없지 않은가. 그것이 무엇일까. 처음부터 차근차근 다시 생각해 봐야 한다. 주머니에 손을 넣어 그는 담뱃갑을 잡았다. 그런데 앞자리의 중위에게 신경이 쓰였다. 같은 중위이면서, 벌써 죄인이 다 됐나, 그는 자조적인 웃음을 물었다.

"담배 피워도 되겠소?"

"……좋도록 하시오."

심재모는 몸을 웅크리고 담배에 불을 붙였다. 몇 번이고 연기를 깊게 빨아들였다. 그런데도 담배는 가슴에 차는 만족감을 주지 못했다. 그다지 즐기는 담배가 아니었으므로 평소 같았으면 분명 부담이 될 만큼 빨아들인 연기였다. 그는 계속 담배를 깊게 피웠다. 벌교라는 곳은 여러 가지로 이상하고 특이한 데가 많았다. 규모나 인구가 군청소재지인 보성보다 배 이상인 것부터 시작해서, 농토를 중심으로 한 고읍들과 상업을 중심으로 하는 포구의 이중구조로 이루어져 있었고, 그 서로 다른 모습은 전형적인 농촌과 개화된 도시가 가깝게 붙어 있는 것 같았다. 보통의 읍단위에서 볼 수 없는 다양하고 규모가 큰 상점들, 솥공장·철공소·제재소·주정공장·정미소와 같은 시설들, 금융조합·우체국·공설시장·사진관 등의 규모가 그 어떤 도시와 거의 다를 게 없고, 소방서까지 갖추어져 있는 데는 놀라지 않을 수 없었다. "그게 바로 벌교의 상점이면서 문제점인지도 모릅니다. 이곳은 일정시대부터 도시화가 이루어졌습니다. 그래서 이곳 사람들은 다른 곳 사람들과는 많이 다릅니다. 지주는 지주대로 땅만 믿고 있는 재래지주가 아니라 사업을 겸하고 있는 신식지주가 많고, 농민들은 농민들대로 눈 열리고 귀가 열려 아는 것이 많습니다. 그러니 그 관계에 갈등이 자꾸 심해집니다. 가까운 보성이나 고흥의 보수성에 비하면 벌교는 너무나 진취적이고, 벌교의 진취성에 비하면 보성이나 고흥이 또 너무나 보수적이고, 그렇지요. 벌교를 순천이나 여수와 나란히 비교하는 것도 그 도시화 때문일 겁니다. 일정 때부터 여수나 순천의 잘사는 여자들이 입는 신식 옷을 이곳의 잘사는 여자들도 같은 시기에 입었습니다. 여수에서 뱃길로 반나절밖에 안 되는 때문이죠. 그래서 다른 고장 사람들은 벌교사람들을 영악스럽다거나 약빠르다고 나쁘게 말하기도 합니다만, 그건 반대로 말하면 영리하고 똑똑하다는 뜻이기도 할 겁니다. 그게 다 도시화의 영향이겠죠. 참 우스운 건, 보성군이나 보성에서 이러저러한 일이 있었다, 하고 공적으로 거론하는 사건들은 태반이 벌교에서 일어난 일들입니다. 그런데 행정단위 중심으로 사건 정리를 하다 보니 벌교는 감춰지고 보성이 드러나게 되는 거지요. 같은 군내에 있으면서도 두 지역 사람들의 감정이 서로 묘하게 뒤틀려 있는 게 결코 우연한 일이 아닐 겁니다. 심사령관이 이곳에 오기 전에 보성은 알았으면서도 벌교를 몰랐다는 것도 다 그 때문입니다. 이곳이 특히 좌익세가 강한 것도 다 그런 맥락에서 파악하면 될 겁니다. 화순에 좌익세가 강한 건 탄광이 있기 때문인 것과 같은 거지요." 김범우의 설명이었다. 벌교는 자신에게 많은 것을 깨우쳐주고 생각하게 한 곳이었다. 시골에 묻혀 있기는 아깝도록 해박한 서민영 선생, 무언가 깊은 생각에 빠져 있는 것 같은 언제나 우울한 빛의 손승호, 우익의 편은 분명 아니고 그렇다고 좌익의 편도 아닌 채 손승호와는 달리 행동성을 가진 김범우, 그런 사람들을 벌교라는 땅에서 만난 것은 뜻밖이었다. 그리고 얼굴을 마주 대한 적이 없는 염상진. 군당위원장이라는 간부직을 가졌음에도 불구하고 부대를 직접 지휘하며 작전일선에 나서고 있는 그는 특이한 존재가 아닐 수 없었다. 간부우선보호라는 그들의 원칙 뒤에서 몸을 사리지 않고 앞으로 나서서 위험을 무릅쓰는 그는 벌교사람이라서 그리 특이한 것인가……. 모를 일이었다.

차는 회정리 3구를 지나 장양리로 접어들고 있었다. 연대본부의 소환도 아니고, 서울로 체포를 당해가는 걸 보면 보통사건은 아닌 거다. 내가 도대체 무슨 잘못을 저질렀는가. 벌교에 주둔하는 동안 잘못한 일은 아무것도 없다. 사건이야 많았지만 그때마다 공정하게 처리했고, 치안유지에도 토벌작전에도 최선을 다했다. 그렇다면, 반란 직후의 대대적인 숙군 때처럼 누가 고문에 못 이겨 나를 걸고 들어간 것일까. 나를 알고 있는 그럴 만한 장교가 누군가. 그의 뇌리에는 함께 훈련을 받았던 면면들이 빠르게 스쳐지나갔다. 그러나 딱히 짚이는 얼굴이 없었다. 그는 다시 원점으로 돌아왔다. 차는 진트재를 오르느라고 속력이 느려져 있었다. 그는 오른쪽으로 고개를 돌렸다. 처음 보았던 그대로 벌교는 먼 경치로 드러나 보였다. 내가 이 꼴로 이 고개를 넘다니…… 오늘이 대체 며칠인가…… 5월, 5월, 그렇지 12일이지. 작년 11월 20일이었으니까…… 6개월, 그래 6개월을 살았군. 벌써 그렇게 되었나. 아! 손수건을 그대로 책상 속에 놓고 왔구나. 경황이 없었으니, 글쎄, 그 여자는 누굴까……. 차는 진트재 마루를 넘어서자 속력을 내기 시작했다. 차의 흔들림이 갑자기 심해졌다. 심재모는 어금니를 꾹 맞물며 눈을 내리감았다. 벌교의 원경이 그대로 망막에 남아 있었다.

심재모가 떠나자마자였다. 서장 권병제는 봉변 같은 일을 당하게 되었다.

"하! 속 시워언하게 됐다. 젊은 놈이 시건방지게 까불더니 결국 쇠고랑을 찼군. 내 그럴 줄 알았다 그런 말씀이야."

토벌대장 임만수는 통쾌해 죽겠다는 듯 마음껏 목청을 높여대며 몸부림을 하듯 팔다리를 뻗치고 휘두르고 했다. 심재모와의 첫 대면에서 그가 당한 일과 그 뒤로 죽어지낸 것을 생각하면 그럴 수도 있는 일이었다. 그런데 그는 그것으로 그치지 않았다.

"요새 같은 비상시에 토벌대장 권한이 서장보다 먼저란 건 당신도 잘 알겠지! 오늘부턴 내가 총지휘관이오. 당신, 심가놈한테 하는 걸 보니까 나이는 고하간에 직책 우선, 계급 차선이란 원칙을 아주 잘 지키던데그래. 나이 어린 심가를 그렇게 꼬박꼬박 잘 모셨으니 오늘부터 날 그렇게 모시리라 믿소. 허고, 미리 말해 두겠는데, 앞으로 계엄사령관이 어떻게 생긴 자가 올지 모르지만, 당신, 또 그렇게 군바리 편들면서 빌빌대지 말라구. 경찰이 언제부터 군바리 사타구니에 끼여 살았냐 이거야. 빨갱이새끼들 등쌀에 형편이 다급해져 임시변통으로 군바리를 앞세운 것뿐이지, 경찰은 엄연히 족보로나 권력으로나 군바리하고는 댈 게 아니다 이거요. 당신도 환히 알겠지만, 우리 경찰 족보라는 건 일정 때부터 창창하게 뻗어내려온 것이고, 권력으로도 이 나라를 세우는 데 앞장서 혁혁한 공을 세운 우리 경찰을 당할 게 어디 있소. 군바리 그것들이야 우리 손으로 다 만들어낸 우리 새끼들이나 다를 게 뭐 있냐 그거요. 근데 당신은 뭐야, 그동안 우리 경찰의 체면과 위신을 젊은 놈 앞에서 다 깎아내리지 않았나 말야. 앞으로 이 점 특히 조심하시오!"

심재모의 책상에 다리를 척 걸치고 앉은 임만수는 거침없이 쏟아놓고 있었다. 권 서장은 그 돌변 앞에서 아연하지 않을 수가 없었다. 그가 뭐라고 지껄이고, 어떻게 행동을 하든 간에 권 서장은 아예 탓을 하지 않기로 작정해 버렸다. 그가 아무리 설친다 해도 계엄사령관 자리는 곧 충원이 될 것이기 때문이었다.

권 서장이 심재모가 무슨 일로, 어떻게 모함을 당했는지 그 전모를 파악하게 된 것은 그 다음이었다.

"워메 씨언헌 거, 워메 씨언헌 거. 3년 묵은 체가 뚝 떨어지고, 10년 묵은 티눈이 쏙 빠진 거맹키로 씨언허고 씨언허다. 나가 종그는디 지눔이 안 당허고 성허겄어. 이 시상에 나가 종과서 성헐 눔 하나 또 읎응께로. 와따, 그동안 저놈이 원제 당헐 것이다냐, 원제 당헐 것이다냐, 기둘림스로 말 참아내니라고 목구녕에 곰팽이가 탱탱 쓸어뿌렀네. 아, 지끔이 워떤 시상이라고 지놈이 빨갱이새끼럴 배게 허냐 그것이여. 빨갱이 쳐읎애랑께 빨갱이새끼 배게 혀서 빨갱이 숫자 늘레주는 그것이야 영축없는 용공행위제. 와따, 고새끼 뺙따구 뿐질러질 생각허니께 참말로 속 씨어언허시."

염상구는 경찰서 안에서 마치 제 능력을 과시라도 하는 듯 떠들어댔던 것이다. 그런 염상구 앞에서 그 누구도 그런 행위에 대한 잘잘못을 지적하지 않았다. 다만 심재모가 끌려가게 된 이유를 모르고 있다가 그 내막을 확실하게 알게 되었고, 서로를 멍하니 바라보며 고개들을 저을 뿐이었다. 권 서장은 그때서야 임만수도 그 모함에 가담되어 있으리라는 사실을 깨달았다.

"내 성격이 워낙 과단성이 없어서 그렇지 나도 실은 속으로는 심재모가 마땅치 않았었소. 자리 때문에 마지못해 대해온 것뿐이지. 염 부장이 아주 큰일을 해냈소. 어디 속 시원히 그 이야기 좀 들읍시다."

권 서장의 유도심문에 염상구는 아무런 의심도 품지 않고 일을 꾸며간 내막을 신바람나게 다 털어놓았다. 권 서장은 그 음모에 분노하면서도 하루가 지나기 전에 사건 전모를 파악하게 된 것을 다행으로 여겼다. 뒷수습할 시간이 빨라질수록 그만큼 심재모에게는 유리해지는 것이었다. 만약 염상구가 임만수처럼 입을 봉하고 말았다면 심재모가 체포당한 이유를 알아내는 데만 며칠을 소모하게 되었을 것이다. 그런 면에서 염상구는 미우면서도 고마운 존재였다.

권 서장은 심재모의 집주소를 찾아내기 위해 사무실 책상과 하숙방을 다 뒤졌다. 하숙방 책상 서랍에서 집에서 온 서너 통의 편지를 찾아낼 수 있었다. 권 서장은 심재모의 신상에 일어난 일과 그 수습책에 대해서 쓸 수 있는 한 자세하게 써서 편지부터 부쳤다. 그리고 아무도 눈치채지 못하게 서민영을 찾아갔다.

고개를 약간 숙인 자세로 이야기를 다 듣고 난 서민영은 아무런 반응 없이 미동도 하지 않고 앉아 있었다. 지루할 정도로 그 시간이 길었다. 권 서장은 자신의 숨소리가 자꾸만 커지는 것 같아 숨소리를 죽이려고 애쓰고 있었다.

"그래요, 놀랍긴 하지만, 능히 있을 수 있는 일이오."

이윽고 서민영은 낮은 목소리로 말하며 고개를 끄덕였다. 그 끄덕거림이 또 한참이나 계속되었다.

"그게 왈 극우 테러의 본보긴데, 이 나라가 망쳐질 근원이 바로 그거요. 내 힘은 없소만, 심 사령관이 그자들의 희생물이 되게 방치할 순 없는 일이오."

서민영의 목소리는 여전히 낮았지만 거기에는 단호한 힘이 들어 있었다.

"선생님, 고맙습니다."

서민영의 능력을 경험한 바 있었던 권 서장으로서는 그 마음 결정이 그저 고마울 따름이었다.

"아니오. 이건 누가 누구한테 고마워할 문제가 아니라 서로가 힘을 합해 해결해 내야 할 문제요."

"예에, 최선을 다하겠습니다."

"그래요, 최선을 다하되 표를 내진 마시오. 권 서장도 그들의 표적이 될 테니까. 지금 우리 사회에선 공산주의가 무서운 게 아니요. 그런 무지막지한 극우세력의 폭력이 무서운 거요. 그 좋은 본

보기가 지난 1월에 세상을 경악케 한 특위암살음모사건 아니겠소. 친일경력자들이 다시 현직 경찰간부로 앉아서 특위 간부들과 그에 연관되는 국회의원들을 죽여 없앨 계획을 세우는 세상이니, 심 중위가 그런 모함당하는 것 정도야 여반장일 게요. 마땅히 처단되었어야 할 부류들에게 미국놈들은 권력까지 쥐여주었으니…….”

권 서장은 바늘방석에 앉은 기분이었다.

“전 이만 물러가겠습니다.”

“그러시고, 나와 긴밀히 연락 취합시다.”

서민영이 앉은뱅이책상을 짚고 일어섰다.

심재모가 잡혀간 사실은 읍민들을 놀라게 하는 사건으로 입에서 입으로 퍼져나갔다. 읍민들에게는 우선 계엄사령관이란 사람이 잡혀갔다는 사실 자체가 놀라움이었던 것이고, 그가 왜 잡혀갔는지를 자세하게 알고 나서는 더 놀라며 몸들을 움츠렸다. 죽은 사람 소원을 풀어주려고 그 며느리에게 씨를 받게 한 일이 뒤늦게 사람들의 입을 건너다녔고, 그 일이 인정가화로 칭송받는 것이 아니라 오히려 용공이라는 죄가 된다는 사실에 사람들은 의문을 품었고, 일단 용공이라는 이름이 붙었다 하면 그 정도의 일로도 권세 뜨르르하던 계엄사령관이 하루아침에 쇠고랑을 차는 세상인 것을 확인하며 사람들은 두려움에 진저리를 쳤다. 살인죄보다 더 무서운 죄가 용공이라는 것을 다시 깨우치며.

으레 남의 밥의 콩이 커 보이고, 죽은 사람에게는 관대해지게 마런이듯, 떠나버린 사람에게는 그리움만 남는 것인지 모른다. 더구나 심재모의 떠남은 예비된 것도, 예사로운 것도 아니었으므로 더 사람들의 마음을 차지하는 것인지도 몰랐다. 그런 뒤숭숭한 분위기 속에서 김복동과 마삼수는 무죄로 풀려나 집으로 돌아왔다. 틀림없이 살인죄인으로 몰려 평생을 감옥살이로 망치게 되었다고 절망에 빠져 있던 그들을 살려낸 건 서운상이네 머슴 피보길이었다. 그의 말 한마디로 살인죄인이 되었다가 다시 그의 말 한마디로 죄 없는 몸이 된 것이었다. 사람의 말 한마디는 그렇게 무섭고도 중했다.

"참말로 그 사람이 하늘 겉은 은인이요. 워찌 맘 고쳐묵고 바른 말 혀줬응께 요리 풀려났제 끝꺼정 그짓말혔음사 워찌 됐을 것이요. 그간에 쪅은 고상 다 잊어뿔고 그 사람헌테 고마와허씨요." 김복동의 아내 장홍댁은 눈물겨워했고, "하먼이라, 그 사람헌테 앙심 묵었든 거 다 풀어야제라. 이리 고맙고 고마운 일이 워디 또 있겄소. 자기도 몸 상헌 처지에 그리 바른말 혀주기가 워디 쉰 일이다요." 마삼수의 아내 목골댁도 감읍했다. 그들 네 사람의 옆에서 강동기의 아내 남양댁만 외로움을 타고 있었다.

법정에서 스스로의 증언을 번복하는 이유를 '차마 사람이 할 짓이 아니리'고 그럴듯하게 말한 피보길은 집으로 돌아오자마자 곧 보복을 당하게 되었다. 서운상의 아내와 그의 동생 서기상이한테 내몰림을 당한 것이다.

"저런 순 의리부동한 놈 겉으니라고, 머시가 워쩌고 워째? 고런 그짓말은 차마 사람이 헐 짓이 아니라고! 요런 대갱이럴 확돌에 다

글다글 갈아 죽일 놈아, 느그 쥔어런 원수 안 갚는 것은 사람이 헐 짓이드냐! 니놈보고 그냥 원수럴 갚으란 것도 아니것고, 대가를 다 톡톡허니 치룸시로 허란 일인디, 니놈이 무신 맘뽀로 다 된 잔치에 코 빠치는 거여, 빠치길. 나가! 당장 끼대나가!"

화가 머리꼭대기까지 치솟은 서기상은 발로 마룻장을 굴러대며 소리 소리 질렀다. 피보길은 이미 각오했던 일이라 태연하게 맞섰다.

"평양감사도 다 지 허기 싫으면 그만잉께라."

"쩌, 쩌, 저놈 말 받는 뽄새 잠 보소. 쎗바닥을 빼서 열두 토막을 낼 놈 겉으니라고. 한시도 니놈 꼬라지 보기 싫은께로 당장에 나가 그라, 당장에!"

"나도 인자 요놈에 집구석이라면 씬물이 나는 사람이여. 나도 사람인디, 인연 끊기로 헌 마당에 이놈저놈 허덜 말어! 애시당초 맘뽀 지대로 잘 썼드라면 고런 꼴 당혔겄어어? 다 죄는 진 대로 가고 공은 딲은 대로 가는 벱이여. 이거, 묵고살자고 머심살이허다 봉께 누구럴 생각할라 없는 빙신으로 알고 이려."

피보길은 마당에 침을 내뱉었다.

"요 못된 인종아, 썩 나가그라, 썩 나가! 워디다 대고 포악이냐, 포악이."

"쪼옹소, 나도 인자 떡 해놓고 빌어도 요런 드런 놈에 집구석에 넌 안 있겄어."

피보길은 가래를 돋우어 또 마당에 내뱉고는 기세 좋게 돌아섰다. 어차피 짐을 쌀 마당에 할 소리는 하자는 배포였고, 머슴살이 면할 기회를 잃어버린 바에는 머슴살이할 데는 얼마든지 있었던 것이다.

"저, 저 불쌍것이 어디다 대고, 어느 안전이라고 저 쌍것이, 저것이……."

서운상의 아내는 분을 못 참아 이빨을 응등물고 전신에 힘을 넣어 부들부들 떨어대다가 제물에 지쳐 마루에 털썩 주저앉았다. 어찌어찌 의식은 회복되었지만 전신이 마비된 서운상은 말도 하지 못하는 상태였다. 더 회복될 가망이 없으니 퇴원시키라는 말을 벌써 몇 차례나 듣고 있었다. 재판이 끝날 때까지만 치료를 해달라며 퇴원을 억지로 미루어왔던 것이다. 행여나 하는 마음 때문에 퇴원을 시킬 수 없었는 데다가, 두 놈을 징역 보내지 않고서는 병신이 된 남편을 그냥 집으로 실어오고 싶지 않았던 것이다. 남편이 병신이 된 만큼 앙갚음을 하게 되리라 철석같이 믿었었는데, 그런데 머슴놈이 미쳤는지 환장을 했는지 말을 뒤집고 만 것이다. 남편이 변을 당한 것이 첫 번째 날벼락이라면, 그건 두 번째 날벼락이었다. 재판장에 들어가기 직전까지 "알겄어라, 알겄어라" 하던 놈이 그렇게 느닷없이 말을 뒤집을 줄 상상이나 했었던가. 두 놈은 풀려나버리고, 병신이 된 남편만 집으로 실어올 수밖에 없게 된 것이다. 원통하고 분하고, 허망하고 기가 막혀 서운상의 아내는 제 가슴팍을 치고 저고리를 쥐어뜯었다. 소리 안 나는 총이 있으면 저놈을 팡 쏴죽여야 헌다, 이빨을 갈아붙이며.

"아니 금메, 받아논 밥상 엎어뿔기도 유분수제, 무신 생각으로 그런 반편이 겉은 짓거리럴 혔습디여, 금메."

피보길의 아내는 남편이 방으로 들어서자마자 다잡고 들었다.

"니 시방 워따 대고 고런 주딩이 놀리고 지랄이여, 지랄이. 반편이라니, 주딩이 찢어지기 전에 싸게 짐이나 싸!"

피보길은 험악하게 눈을 부릅뜨고 소리치며 반짇고리를 걷어찼다. 그는 아내의 입을 막기 위해서 일부러 행동을 과장하고 있었다.

"음마, 음마, 똥 싼 놈이 큰 체헌다등마 꼭 그 짱이시웨."

그의 아내는 까딱도 하지 않은 채 독 오른 눈길을 쏘며 코웃음을 쳤다.

"니 참말로 분질를껴!"

"아, 받아논 밥상 엎어뿔고 분질르는 것이 누군디 말얼 꺼꿀로 허고 그려요. 나 분혀서 못살겄는디, 워찌 그리 빙신짓거리 혔는지 들어야 쓰겄응께, 워디 말 잠 혀봇씨요."

그의 아내는 오히려 기를 세우며 대들었다. 피보길로서는 그런 아내의 심정을 충분히 헤아릴 수 있었다. 재판이 끝나면 쌀 열다섯 가마니를 받게 되어 있었고, 그것이면 머슴살이 신세는 깨끗하게 면하게 되어 있었다. 그러나 그 설레던 꿈을 목숨하고 맞바꿔야 했는데 죽을 때까지 입을 열지 않기로 했으니 마누라에게 그 사연을 털어놓을 도리가 없었다. 총구멍이 이마빡을 겨누었던 그날의 일이 꿈에 나타나 혼겁을 한 것이 어디 한두 번이었던가. 그동안 마누라에게 그 이야기를 할까 하고 몇 번 망설였지만 그때마다, 아들

하고는 목숨을 지켜야 할 비밀 이야기를 해도 마누라에게는 하지 말라는 말이 생각나 마음을 다잡고는 했었다. 마누라한테 이야기를 했다가 마누라가 말을 참지 못하고 입을 방정맞게 놀려 소문이 퍼지는 날에는 필경 그 총구멍 앞에 다시 서게 될 것이었다.

"멀 허고 섰소, 말얼 혀보랑께로오!"

그의 아내가 바짓가랑이를 잡고는 몸부림치듯 흔들어댔다.

"암탉이! 암탉이!"

피보길은 다리를 뒤로 내질러가며 소리쳤다.

"장닭이면 다여? 장닭도 장닭 같애야 장닭이제. 품안에 든 재산 다 헤쳐뿐 빙신이 무슨 장닭이라고 위세여, 위세가. 물건 하나 달랑 찼다고 장닭 위세 헐라고? 아이고메 가당찮고 시장시럽다. 고렇게는 안 뒤여, 나넌 사람 암탉잉께 그렇게는 안 뒤여."

피보길은 마누라의 말이 비윗장을 심하게 긁어내리는 걸 느꼈다. 고렇게는 안 되면 니년이 워쩔껴! 목숨이 아까워 말을 뒤집긴 했지만 쌀 열다섯 가마니를 생각하면 그의 심사도 편한 것만이 아니었다.

"요런 잡년이 말허는 것 잠 보소. 그렇게는 안 되면, 허면 니년이 워쩔껴! 나허고 끝판 보고 딴 놈 보겠다 그것이여?"

"하이고, 꼴에 장닭이라고 어떤 말귀는 밝네. 하면, 똑똑허고 실헌 장닭 쌔고 쌨는디 인자라도 팔자 고치로 나서야제."

"워메 요런 개잡년 보소. 누구 앞이라고 이년아, 고런 주딩이럴 놀리냐!"

피보길은 속이 뒤집혀 마누라의 머리채를 거머잡았다.

"오냐, 쥑여라아, 빙신짓 혼자 다 해놓고 머시가 잘났다고 머리채럴 잡냐."

그의 아내는 피하는 것이 아니라 오히려 대들었다. 쌀 열다섯 가마니에 집착하고 있는 그녀도 열이 받칠 대로 받쳐 있었다.

"이년이 뒤질라고 환장얼 혔구만. 죽었으면 어디 죽어봐라, 니년이 워디라고 뎀비냐, 뎀비길."

피보길은 와락 마누라의 머리채를 낚아채며 무릎으로 가슴팍을 내질렀다.

"쥑여라, 쥑여. 니까징 것이 남자냐."

뒤로 자빠진 듯싶었던 그의 아내는 어느새 몸을 일으켜 대들었다.

"그려, 오늘이 니년 제삿날이다."

피보길은 마누라를 향해 하나뿐인 주먹을 날리다가 발길질을 해대다가 더없이 거칠었고, 그의 아내는 방구석으로 몰려가며 바락바락 소리를 질렀다. 피보길이가 아무리 팔 하나가 불편하다 해도 남자의 힘이었다. 그의 아내는 걷어채이고 짓밟히고 해서 방구석에 처박히고 말았다.

"잡년이 넘 타는 속도 몰르고……."

피보길은 이 말을 내뱉으며 방문을 걷어차고 나갔다. 코피로 얼굴이 피범벅이 된 그의 아내는 그 말을 먼 소리로 들으며, 이놈아 니넌 빙신 중에 상빙신이여, 소리치고 있었지만 그것이 말이 되어

나오지는 못했다.

살인미수범으로 몰려 벌을 받아도 끔찍하게 받을 줄 알고 있었던 마을사람들은 김복동과 마삼수가 무죄로 풀려나게 되자 자기네들 일처럼 반가워했다. 그리고 지나간 일이 새롭게 입에 오르내리게 되었다. 사실 사람들의 입장에서는 그 사건의 결과만 알았을 뿐 장본인들이 바로 잡혀 들어가고 말아 일이 어떻게 벌어진 것인지 자세히 모르는 형편이라 새로운 사건이나 마찬가지였다. 김복동과 마삼수는 서로 다른 자리에서 서너 차례씩 그때의 정황을 세세히 이야기하지 않을 수가 없었다. 그때마다 '벌거지'라고 한 서운상은 죽일 놈이 되었으며, 그런 서운상을 삽으로 찍어버린 강동기는 역시 똑똑한 사내로 입들을 모았다.

"과시 동기가 물건은 물건이여."

"항, 고것이 강가 피 아니드라고."

"강가 피라고 그럴라등가. 다 지 하나 똑똑혀야제."

"우선 피부텀 지대로 타고나놓고 봐야 지 하나 똑똑허든지 말든지 허제."

"시끄럽네, 이 사람아. 자네는 워째 창아리도 없이 양반이란 것덜이 허는 소리 그대로 따라서 허고 그린가."

"금메 말시. 옆에서 듣자니께 영 삐시고 몰뚝잖은디. 지끔이 워떤 시상이라고."

"이약이 워째 요상허게 꼬랑댕이럴 튼단가. 근디 말이여, 어이 삼수, 동기가 참말로 서운상이럴 죽여뿔 맴이었으까?"

"허는 것 봉께로 필경 그렇등마."

"어허! 처자석은 워쩌라고 그리 막 치달아뿌렀으까?"

"저 짜잔허게 말허는 것 잠 보소. 사람보고 벌거지라고 허는 판에 처자석이 무신 소양 있었어. 자네가 그리 짜잔헌 맘 묵고 있응께 좌익 못허는 것이시."

"말조심혀, 이놈아. 니넌 그리 장헌 맘 묵어서 시방 여그 쪼글치고 앉었냐."

"와따, 이러다가 쌈 나겄다. 하여튼지 간에 동기가 그리 독헌 맘 묵은 것이야 우리보담 장허고, 서운상이가 그 꼴 되야분 건 속이 씨언헌 일이여."

"그려, 우리가 각단지게 동기맹키로 독헌 맘 묵고 일시에 들고일어나뿔면 지주놈덜 처읎애기야 간딴헌 일인디. 우리 수가 열 배는 더 많음스롱도 그 일얼 못해내는 건 다 우리가 빙신이라서 그런겨."

마삼수의 침통한 말이었다.

"쟈가, 쟈가, 똑 공산당 겉은 말만 허고 앉었네."

"고것이 워디 공산당만 헐 말이여. 순리로 공평한 시상이 안 된께 그런 말이 나오제. 여그 그런 맘 속으로 안 묵고 있는 사람 있으면 손 들어보소."

"어허, 말조심덜 혀. 순사가 우리 이약 들었다 허면 싹 다 공산당으로 몰아치게 생겼다니께."

"삼수 말이야 틀린 말이 아니제. 헌디, 고것이 워디 뜻대로 맘대로 되드라고. 일정 때부텀 을매나 소작쌈얼 혔고, 해방되고도 또 을매나 그 쌈얼 혔등가. 근디도 된 일이 있어야제. 작년 그그러게 11월에 그리 많은 사람덜이 일어났는디도 군정허고 경찰에서 워낙 이 씨게 몰아때레뿐께 워찌 되등가. 사람덜만 억울허고 불쌍허게 상허고 말었제. 총 막 쏴댐스로 막는디야 무신 장사가 당허겄어."

"참말로, 고때 시상이 엎어져뿌렀어야 허는디. 양코배기들도 순전히 개자석들이여. 많은 사람 편들어야제 워째 적은 사람 편들고 지랄이여, 지랄이."

"시장시런 소리 고만들 혀. 다아 죽은 자석 붕알 맨지긴께로."

그리고 강동기는 어디서 몸을 피하고 있으며, 머슴 피 서방은 왜 거짓말을 참말로 뒤집었을까, 하는 의문을 남긴 채 이야기는 끝나게 마련이었다.

그러나 그런 이야기를 한다고 해서 김복동과 마삼수의 속이 풀리는 것은 아니었다. 이야기를 하고 나면 허탈만 쌓일 뿐이었다. 그 이야기를 아무리 되풀이한다고 해도 떼인 소작이 되찾아지는 건 아니었던 것이다.

"나가 읎는 새에 뜨셔서 그렇제, 그만허먼 질게 사신 폭이제."

김복동은 아버지의 별세에 대해서 별다른 놀라움이나 슬픔을 나타내는 일 없이 담담하게 그렇게 말했을 뿐이다. 산다는 것이 지긋지긋하면 먼저 간 죽음이 오히려 다행스럽게 여겨지는지도 모를 일이었다. 아버지의 죽음을 대하는 김복동의 심정이 그러했다.

며칠이 지나면서 사람들의 관심은 엷어졌고, 결국 속 답답한 김복동과 마삼수 둘이만 마주 앉게 되었다.

"인자 워째야 쓰겄소?"

마삼수가 물었다.

"워쩌기는 워째, 막막허제."

김복동의 맥 빠진 소리였다.

"막막허기만 허먼 새끼덜 델꼬 죽소."

"금메 말시, 앞이 뻔히 뵈는디, 무신 방도가 있어야제."

"하늘이 무너져도 솟길 구녕 있드라고, 방도럴 찾아야제라."

"지기럴, 자네맹키로 젊기럴 허니 머심얼 살겄능가, 어쩌겄능가. 앞길이 땁땁허고 캄캄허시."

"성님!"

마삼수가 버럭 소리쳤다.

"워째 그려. 나 귀 안 먹었네."

김복동이 마삼수를 이윽히 쳐다보았다.

"워째 말얼 혀도 고렇게 허요. 머심살이가 머요, 머심살이가."

"하도 땁땁헌께로 허는 소리 아닌가."

"땁땁혀도 헐 소리가 따로 있제라. 봇씨요, 땁땁허다고 그리 밑으로 까라지는 소리만 허덜 말고, 우로 솟기는 쪽으로 생각얼 잠 돌리씨요."

"잔생이 솟길 디가 있어야 그러제."

"솟길 디가 있소."

"머시여!"

김복동이 고개를 번쩍 들었다.

"봇씨요, 성님. 허가눔이 우리 읊는 새에 서운상이가 폴아넴긴 우리 논 마름을 그대로 물고 있는 것 알제라?"

"알제."

"긍께 우리도 우리 소작 도로 찾을 수가 있다 그것이요."

"지길, 난 또 무신 하늘에 구녕 뚫을 수나 있능가 혔등마."

김복동은 맥 빠져하며 얼굴을 구겼다.

"와따 짐 빼지 말고 말이나 다 들어보고 하늘에 구녕얼 낼란지 못 낼란지는 판정허씨요."

마삼수의 기세에 김복동은 다시 고개를 돌리며 눈을 껌벅껌벅했다.

"무신 말인고 허니, 우리가 됩데 허가눔 붕알얼 잡아채고 뎀비자 그것이요. 요것이 무신 소린고 허니, 니가 마름을 그대로 해묵디끼 우리 소작도 내놓아라, 글안허면 니가 준 빚돈 우리가 싹 다 띠묵어뿔 것잉께 니 알아서 해라, 요러크름 몰아치고 든다 그것이요. 지놈이 빚돈 받을라면 우리 소작 찾아줄 것이고, 빚돈 띠일라면 안 찾아주고, 그렇겄제라. 이 방도가 으쩌요?"

"금메, 귀가 솔깃허긴 헌디, 근디, 그놈이 소작얼 안 찾아주면 참말로 돈얼 띠묵을 참이여?"

"허면, 성님은 갚을 참이요?"

"무신 수로……."

"긍께 밑져봐야 본전, 죽게 된 마당에 죽기 아니면 살기로 밀어붙이자 그것이요."

"그러세. 나도 인자 악뿐이 안 남었네."

"당장에 갑시다, 하늘에 빵꾸 뚫부러."

"어이, 하늘에 구녕 뚫불 만헌 수는 수시."

두 사람은 그 길로 허출세를 찾아갔다.

"풀렸단 말 진작 들었는디 인자사들 왔는감?"

허출세는 첫마디를 이렇게 내쏘았다. 김복동과 마삼수는 어이없는 얼굴로 마주 보았다.

"아재도 마름 자리럴 띠인 줄 알었등마 우리 없는 새에 도로 차고앉었습디다?"

마삼수가 주저하는 것 없이 말을 내지르고 나갔다.

"무신 소리여, 시방. 차고앉었다니, 워디다 대고 고런 싹수없는 말 버르장머리여!"

얼굴이 싹 변한 허출세가 소리쳤다.

"좌우당간에 나가 허고 잡은 말은 딱 한 가지뿐이요. 아재가 도로 마름 해묵디끼 우리가 부치든 소작도 도로 부치게 해도라 그것이요."

"아니, 저놈이 시방 먼 넋 나간 소리 허고 자빠졌는 기여. 나가 니놈 종이냐, 이놈아! 이래라 저래라 허게. 빌어도 안 될 일얼 그리 싸가지없이 혀?"

허출세는 짤막한 담뱃대로 놋재떨이를 신경질적으로 마구 두들겨대며 소리 질렀다.

"나도 아재 종놈이 아닌께 이놈저놈 허지 말고라, 우리 소작얼 찾아줄 것인지 아닌지만 딱 뿌러지게 말허씨요."

"아니, 이놈이 뒤질라고 환장얼 혔다냐 워쨌다냐. 이놈아, 될 일도 못혀주겄다. 알아듣겄냐."

"알아들었소. 허먼, 빚돈 받을 생각은 마씨요."

"머시라고! 머시라고!"

반주를 맞추듯 허출세는 말에 따라 담뱃대로 놋재떨이를 한 번씩 내리쳤다.

"빚돈 못 갚겄다 그것이요."

마삼수는 허출세를 응시한 채 분명하게 말했다.

"내 돈 띠묵었다 허먼 느그놈덜 다 감옥에 처박고 말 것이여!"

"맘때로 허씨요. 인자 감옥에는 이골이 났응께로. 헐 말 다 혔응께, 성님, 갑씨다."

마삼수를 따라 김복동이 일어섰다.

"쩌, 쩌, 망할 놈이……."

방을 나가고 있는 두 사람을 향해 팔을 뻗친 허출세는 분해서인지 당황해서인지 말을 제대로 못했다.

"우리가 금융조합장인지 유주상인지도 찾아갈 것이요. 가서, 그 자석이 삐까닥허게 나오는 날에넌 그 자석도 서운상이 꼴 맹글어뿔고 말 것잉께로. 인자 우리헌테 남은 건 악뿐이고, 시상에 무선 것은 암것도 읎다 그것이여."

마삼수가 내지르고 있는 컬컬한 소리였고, 허출세는 그 말들이 섬뜩섬뜩 가슴에 와 박히는 걸 느끼며 오금이 죄어들고 있었다.

17

새로 부는 바람

임만수가 자칭한 '총지휘관' 노릇은 나흘로 끝이 났다.

후임 계엄사령관은 오후 4시 기차로 도착했다. 그는 이미 두 시간 전에 순천에서 경찰서로 전화를 걸었던 것이다. 경찰서장을 확인한 그는, "나 새로 부임하는 계엄사령관이오. 16시에 도착이니까 역에 전군병력을 도열시켜 주시오. 이따 만납시다" 하고는 전화를 끊었다. 권 서장은 손에 들린 수화기를 멍하니 바라본 채 한참이나 서 있었다. 거기에서는 쇳소리를 내는 목소리가 계속 튕겨나오고 있는 것 같았다. 권 서장은 까닭 없이 침침해지는 마음으로 읍장과 임만수에게 그 소식을 알렸다. 그리고 강 상사를 불러 병력 도열을 일렀다. "역전 마당에다 할까요, 역 안에다 할까요?" 작별인사도 없이 심재모와 헤어지게 된 후로 계속 얼굴을 찌푸리고 다니던 강 상사는 더 얼굴을 구기며 물었다. "그거야 강 상사가 알아서 하시오."

2개 소대 병력은 노천 플랫폼에 기차 쪽을 향하여 네 줄로 서 있었다. 기차가 멈추고, 큰 가방을 든 군인 하나가 내렸다. 그리고 뒤이어 홀몸인 군인이 내려섰다. 허리의 권총과 손에 들린 지휘봉이 그가 계엄사령관임을 단적으로 드러내고 있었다. 강 상사가 그쪽으로 뛰어갔고, 기관장들이 서로의 눈치를 살피며 쭈뼛거렸다.

"강명호 상삽니다. 어서 오십시오, 사령관님."

강 상사가 경례를 붙였다. 중위는 경례를 받으며 눈은 군인들 쪽으로 보내고 있었다.

"강 상사, 병력을 도열시키란 말 못 들었나."

"들었습니다. 그래서……."

"강 상산 정렬과 도열도 모르는가. 저건 정렬대형이지 도열대형이 아냐. 가운데 통행로를 만들고, 두 줄로 서로 맞바라보게 도열대형을 만들어, 빨리!"

"옛, 알겠습니다."

강 상사는 황급히 돌아서서 뛰었다. 병신, 그 가운데로 제놈이 지나가겠다 그것이지, 내 참 드러워서. 강 상사는 뛰면서 중위의 의도를 알아채고 있었다. 강 상사가 지시대로 '도열대형'을 허겁지겁 만들고 돌아섰을 때 중위는 느린 걸음으로 걸어오고 있었다. 강 상사는 다시 중위를 향해 뛰어갔다.

"도열대형 완료시켰습니다."

"좋아. 내가 부대 앞에 서면, 강 상사는 받들어총 구령을 한다. 나는 받들어총을 받으며 가운데를 지나 반대편에 도착해 경례를 받는다. 그런 다음 부대 세워총, 나를 향해 좌향좌, 우향우다. 차질 없도록. 기관장들과는 내 말이 끝난 다음 인사한다."

"알겠습니다."

강 상사는 부대원들에게 요령을 빠른 말로 설명하고, 기관장들에게 설 위치를 알려주었다. 그러고 돌아서니 중위는 바로 앞에 와 있었다.

"부대, 열주웅쉬엇, 차리이엇. 사령관님을 향하여 받들어이총!"

구령에 맞추어 병사들이 절도 있게 움직였다. 양쪽으로 늘어선 병사들이 받들어총을 하고 있는 가운데를 지휘봉을 든 중위는 똑바른 자세로, 그러나 느린 걸음으로 걸어가고 있었다. 보통 키인 그의 몸에는 군살이라고는 붙어 있지 않았다. 그런데 그의 얼굴은 유난히 작아 보였다. 얼굴이 그렇게 보이는 것은 폭이 좁기 때문이었다. 얼굴이 좁은 것처럼 어깨도 좁은 데다가 몸에는 군살이 전혀 없었으므로 키나 체구가 실제 크기보다 작아 보였다. 그런데 이상하게도 그 얼굴이 볼품없거나, 체구가 왜소해 보이거나 하지 않았다. 좁으면서 가무잡잡한 얼굴이 단단하다 못해 딱딱한 느낌이 들 정도로 야무져 보이는 것처럼 몸도 무슨 운동으로 다져진 듯 짱짱한 탄력이 느껴졌다. 예사롭지 않은 냉기가 흐르고 있는 그의 얼굴을 야무져 보이게 하는 건 눈과 입이었다. 눈은 작은 편이면서 위꺼풀은 각이 져 있는 데다, 눈동자는 위로 치우쳐 있었다. 그리고 입도 작았는데, 그 꼭 다물린 작은 입 언저리에는 묘한 힘이 모아져 있었다.

반대편에 도착한 중위는 일단 걸음을 멈추고 뒤로돌아를 한 다음 경례를 받았다.

"부대, 세우워총!"

개머리판이 일제히 땅을 치는 소리가 플랫폼을 울렸다.

"일이소대, 좌우향우!"

"본관은 계엄사령관 백남식이다. 장병 제군들, 그동안 근무에 수고가 많았다. 그러나 전 지휘관이 사상이 불온했음을 생각하면 나로서는 제군들의 군기 및 사기를 의심하지 않을 수 없다. 내가 내세우는 복무정신, 복무태도, 복무목적은 하나서부터 열까지 멸공, 멸공이다. 그 목적달성을 위해 나는 수단방법을 가리지 않으며, 그 어떤 희생도 불사한다. 장병 제군들은 이런 나의 방침에 맞춰 앞으로 재무장시킬 것이다. 오늘은 이만."

받들어총의 경례를 받은 백남식은 기관장들 쪽으로 돌아섰다.

"읍장 이병줍니다. 우리 읍에 부임하신 걸 환영합니다. 마음 든든합니다."

"고맙습니다."

읍장은 희멀건하게 웃었고, 그는 냉기 흐르는 딱딱한 얼굴 그대로였다. 토벌대장, 경찰서장을 지나 최익달에 이르렀다.

"좌익척결위원회 위원장 최익달이라고 헙니다. 연설이 아조 심지고 근사허구만이요."

"아, 최익달 위원장님. 안녕하십니까?"

백남식은 비로소 웃음 지으며 최익달을 아는 체했다.

"워쩌크름 나럴 아신당가요?"

최익달은 당황한 기색과 함께 의아해했다.

"나를 불러주셨으니 알지요."

최익달은 그때서야 고발장을 생각해 냈다. 그는 기분이 아주 그럴듯해졌다. 금융조합장, 세무서장 순으로 인사가 이어졌다.

"워쩌신가요, 오늘 밤에 환영식을 겸해 우리가 모시고 잡은디요."

최익달이 은근하게 말했다.

"글쎄요, 첫날이라 어떨는지……."

의외로 부드러운 반응에 최익달은 금방 그 심중을 꿰뚫었다.

"사령관 오셨응께 더 정신덜 바짝 채려 근무 잘헐 것이고, 환영식이야 날 지내갈수록 맥 빠지는 법이제라. 쓸 만헌 집이 있응께 객고도 풀어야 쓰고, 오늘 당장 허도록 헙씨다."

"그래 볼까요, 그럼."

백남식은 마지못한 듯 대꾸했다.

기관장들에게 에워싸이듯 해서 대합실을 나오고 있는 백남식을 나무 뒤에서 염상구가 가는 눈을 더 가늘게 뜨고 살피고 있었다. 비록 말석일망정 저 사람들 사이에 끼지 못하고 떨어져나와 있는 그의 심정은 말이 아니었다. 저들의 사이에 끼였던 날이 꿈만 같았고, 감투가 얼마나 중요한 것인지를 또다시 느끼고 있었고, 그럴수록 유주상이에 대해서 속 깊이 이빨을 갈았다. 와따, 저것이 요상시럽게 생게묵었네. 싸납기도 허겄고, 독허기도 허겄고, 쩌 자석이 저것, 몸 움직리는 것 봉께 운동도 한 가락 허는갑는디. 워쨌거나 심재모허고는 영판 달븐다. 염상구는 어떤 긴장감을 느끼고 있었다.

어둠살이 다 차기도 전에 남원장에서는 술판이 벌어졌다. 다른 손님은 일체 들이지 말라는 엄명이 내려진 속에. 술상은 여느 때 없이 걸게 차려졌고, 기생들도 유난스레 진한 화장을 하고 있었다.

"거 심재모라는 자가 이것도 저것도 아니게 일을 혀서 빨갱이 기는 기대로 세워놓고, 아랫것덜 버르장머리는 버르장머리대로 베레놓고, 우리 유지고 지주들 체면이고 안전이고 다 망처뿌러 이 바닥이 시방 쥔이 누군지 몰라보게 뒤죽박죽이 되야뿌렀소. 우리야 인자 백 사령관만 믿웅께 단단허게 채럴 잡아줏씨요. 믿어도 되겄소?"

최익달이 백남식에게 술잔을 내밀었다.

"공산당에 대한 내 생각은 아까 말한 대로고, 지금 큰소리치지 않겠습니다. 행동으로 직접 보여드리겠습니다."

백남식은 눈을 더 각지게 뜨며 말하고는, 잔까지 입에 던져넣는 것처럼 한 동작으로 술을 비웠다.

"예에, 말씀 한번 시원하게 해주셨습니다. 그런데에, 존함을 무슨 자, 무슨 자를 쓰시는지요?"

유주상은 더할 수 없도록 정중함을 꾸며내며 술잔을 권했다.

"예, 남녘 남(南)에, 심을 식(植)잡니다."

"역시 그럴 줄 알았습니다!" 유주상은 신바람나는 소리를 터뜨리며 무릎을 쳤고, 그 갑작스러움에 좌중의 시선이 일제히 그에게 모아졌는데, "남쪽에 남아의 뜻을 심어야 한다는 뜻인데, 우리 군으로 오신 게 그냥 우연이 아니란 생각이 듭니다." 그는 태도를 바꿔 마치 점괘라도 풀듯 무게 실린 목소리로 말하고 있었다.

"아하, 그러고 봉께 그렇구만. 은제 봐도 유 조합장은 아는 것이 많히여."

최익달이 과장되게 손뼉을 치며 좋아라 했고, 사람들은 짧은 한마디씩으로 호의를 표했으며, 백남식은, 원 별말씀을, 어쩌고 하면서도 기분이 나쁠 것 없어 그저 허허거렸다.

권 서장은 스스로가 민망해서 차마 유주상도 백남식도 쳐다볼 수가 없어 술을 마시는 척하고 있었다. 그는 술집으로 오기 전에 이미 기분이 상해 있었다. "이걸 어디 사령관 숙소라고 할 수 있겠소. 당장 넓고 큰 것으로 구하시오." 심재모가 썼던 방을 보자마자 백남식이 내쏜 말이었다.

그들이 술에 젖어들며 허물어져가고 있는 시간에 서민영은 등잔불빛 아래서 심재모의 무고를 주장하는 긴 탄원서의 끝손질에 몰두해 있었다. 그는 권 서장의 조사결과를 보고서야 심재모가 두 가지 일로 모략당한 것을 알았고, 거기에 맞설 수 있는 탄원서의 내용을 꾸미느라고 꽤 많은 시간을 소모했다. 오늘 밤으로 탄원서를 끝내놓고 내일부터는 전체 읍민을 상대로 도장을 받을 작정이었다. 그러나 그것의 효과를 확신할 수 없는 것이 문제였다. 모략을 한 상대는 유지에 지주세력인 데다가 친정부적 단체들을 앞세우고 있었다. 그런데 탄원서에 도장을 찍을 사람들은 그저 평범한 읍민들로서 탄압적 권력을 행사하는 입장에서는 얼마든지 무시하고 묵살해 버릴 수 있는 존재들이었다. 더구나 문제가 되고 있는 것이 '용공'이었다. 거기에 맞서는 단 하나의 방법이란 가능한 대로 많은 사람들의 도장을 받아내는 일이었다. 탄원서가 어떤 결과를 나타내든 간에 1차로 서둘러야 할 일이었다. 서민영은 이미 김범우에게 편지를 보내놓고 있었다. 손이 닿는 데까지 도와야 한다는 것을 강조한 내용이었다.

한편, 손승호는 서민영 선생을 통해서 심재모가 당한 사건전말을 알게 되었다. 심재모가 떠난 다음날이었다. 손승호로서는 충격이 아닐 수 없었다. 그 무색무취한 일이 정치조작으로 뒤집어진 것이 충격이었고, 자신이 시작한 일로 엉뚱하게 심재모가 피해자가된 것이 충격이었다.

"자네 탓이라고 괴로워하거나 고민할 것 없네. 자네나 범우, 심사령관이 판단하고 행한 그 일은 내 생각으로도 옳아. 사상이니 이데올로기니 하는 걸 제아무리 거창하게 확대해석하고 미화시키고 해도 결국은 인간 이상일 수는 없어. 그러니까 그 여잘 받아들인 염상진이도 옳아. 옳지 않은 건, 그런 순수한 일을 자기네 이익을 위해 정치적으로 악용하는 부류들이야. 이런 현상은 왈, 이데올로기의 정치종속이고 수단화지. 중요한 건, 지금 우리가 그것과의 싸움에 맞닥뜨려 있다는 사실이네. 이런 싸움은 진작부터 이 나라 도처에서 일어났고, 앞으로는 더 심해질 거라는 사실이지. 그 결과는 이성적이거나 양심적인 비판세력의 말살로 나타날 것이고, 모든 국민은 정치지배의 수단이 된 이데올로기의 울타리 안에 갇혀 순종하는 가축이 돼야 하겠지. 하여튼 그 결과야 나중 문제고, 우리에게 시급한 일은, 벌어진 싸움에서 이겨야 하는 것이네. 심 사령관을 구덩이에서 건져내야 한단 말일세. 이 시점에서 우리가 해야할 일은 행동이네. 적극적으로 말야."

그러면서 서민영 선생은 탄원서 제출을 첫 번째 방법으로 꼽았다. 이의가 있을 리 없었다. 손승호는 다음날부터 일과가 끝나기 바쁘게 사람들의 도장을 받으러 다녔다. 자신이 심재모를 위해 할 수 있는 일은 그것뿐이었고, 일의 효과를 살리려고 그는 학부모들부터 찾아다녔다.

오늘 밤에도 통금 직전까지 쏘다니다가 돌아와 늦은 저녁을 먹은 손승호는 온몸이 가라앉는 것 같은 피곤에 눌려 벽에 몸을 부린 채 멍하니 앉아 있었다. 끌려가며 나를 얼마나 원망했을 것인가……. 손승호는 또 그 생각에 붙들려 있었다. 그리고 신학기를 앞두고 사표를 내지 않았던 것이 천만다행이라 싶었다. 현직을 떠났더라면 도장 받기가 그렇게 수월하게 진척되지는 않았을 터였다. 그러나 손승호는 헤설픈 웃음을 흘리고 말았다. 사표를 내지 않은 의미를 그런 데서 찾고 있는 자신이 한심하고도 가소로웠던 것이다. 망설임 끝에 결국 사표를 내지 못했던 것은 막상 다른 생활방편을 찾지 못했기 때문이었다. 사표를 낼 이유보다는 부양가족 많은 생활현실이 더 무거운 비중으로 그를 눌렀던 것이다. 그러나 그의 마음에서 사표는 당분간 보류된 것일 뿐 안이한 생활의 수단으로 교직을 이용하려는 생각은 없었다. 정치색으로 오염되기 시작하고 있는 학교는 그렇게 편안한 일자리일 수 없었고, 그것을 편안한 일자리로 만들려면 일하는 자가 솔선해서 스스로의 의식을 오염시키는 방법밖에 없었다. 그는 그 짓만은 할 수가 없었다. 심재모는 잡혀가면서 나와 범우를 원망했을까. 아니면 스스로의 결정이라고 자기 책임으로 받아들였을까. 그리고 그는 군인의 입장에서 그런 결과를 예측하지 못한 것일까. 아니면 예측하면서도 자신이 옳다는 자각으로 행동을 일으킨 것일까. 예측하지 못한 행동이었다면, 후회할 것이다. 원망할 것이다. 내가 예측하지 못했듯 그도 예측하지 못했을 것이 거의 확실하다. 정치의식은 간교하다, 상상이나 예측을 비웃을 만큼. 그것은 내부에 도사리고 있는 적이다. 아니다, 이미 적수의 상태를 넘어서버린 폭력인지 모른다. 일방적인 폭력을 휘두르는 무법자, 그리고 그 집단. 그 폭력 앞에서 심재모는 무엇인가. 일개 육군 중위―체포 상태―수레바퀴 아래 깔리는 한 마리의 개미. 손승호는 순간 벌떡 몸을 일으켰다. 어디선가 심재모의 비명이 들려오는 것만 같았다. 그를 그렇게 망치려고 한 것이 아니었는데⋯⋯. 손승호는 두 손으로 머리를 감싸잡았다.

남원장에서 경찰서로 출근한 백남식은 책상에 앉자마자 지시했다.

"빨갱이 명단을 전부 가져오시오. 가족현황까지 포함해서."

이어서 두 번째 지시를 했다.

"애 배러 들어간 그 집 것은 따로 뽑으시오."

그리고 세 번째 지시가 떨어졌다.

"빨리 가서 그 집 식구들을 하나도 빼지 말고 전부 잡아오시오."

그 지시는 임만수를 거쳐 권 서장에게 재지시되었다. 백남식이 고발장을 통해서 최익달을 기억하는 것처럼 임만수의 경우도 마찬가지였는데, 지난밤 술자리를 거치게 되면서 그 예비된 호감은 동지애로 둔갑하고 말았다.

숨 가쁘게 지시를 내린 백남식은 임만수가 자리를 뜨자 느긋한 기분으로 담배를 피워물었다. 의자에 등을 기댄 그는 몸을 뒤로 지그시 밀치며 담배연기를 길게 내뿜었다. 이런 구석에 그리 좋은 술집이 있을 줄이야……. 그는 눈을 사르르 내려감았다. 지가 지대로 뫼셨는지 걱정스럽구만요. 시키는 대로, 원하는 대로 다 했으면서도 그렇게 아양을 떨던 눈 서글서글하고 입술 달던 계집애의 얼굴이 환하게 떠올랐다. 전라도, 살아볼수록 살맛이 나는 땅이었다. 처음에는 고향 경상도와는 말부터 생판 달라 살아질 것 같지가 않았었다. 그런데 몇 개월 보내다 보니 정 붙는 데가 한두 곳이 아니었다. 첫째는 가짓수 많고 맛이 좋은 음식상이었고, 둘째는 묘하게 감기고 이상하게 정겨운 여자였고, 셋째는 돈 잘 쓰고 기분 잘 내는 지주들이었고, 넷째는, 넷째는……. 빨갱이가 득실득실 많다는 생각이 떠올라 백남식은 그만 눈을 떠버렸다. 그건 정 붙는 항목 네 번째가 아니라 정떨어지는 항목 첫 번째였던 것이다. 제기랄, 대구 빨갱이도 유명하지만 전라도하고도 이 지방 빨갱이도 그만 못하다면 서러워하겠지? 하긴, 경상도 전라도 빨갱이 빼면 남한 빨갱이 뭐 있나. 무슨 팔자가 빨갱이굴에서 태어나서 빨갱이굴로만 굴러다니나. 그래도 빨갱이한테 감사해얄 팔자기도 하지. 그놈들 덕에 다 권세 누리고 호강하고 있는 거 아닌가. 아버지는 남 부러워할 것이 아니라, 남들이 다 부러워할 만큼 돈을 벌었으면서도 항시 출세와 권세를 부러워하셨지. 장사로 돈을 벌었으면서도 정작 아버지가 싫어하신 건 장사였으니까. 장사를 천하게 여기는 세상 풍습 때문이었겠지. 아버지 소원을 쉽게 풀어드릴 수 있게 군인이 내 기질에 딱 맞았던 것은 참 다행한 일이었지. 육사생활, 아주 근사했어. 일본놈들의 차별만 빼면 말야. 그래도 난 기계체조 실력으로 차별이 아니라 우대를 받았지만 말야. 중학교 때부터 도(道) 대표였으니 육사 내에서야 날 당할 일본놈들이 있을 수가 없었지. 난 천상 일급 황국신민이었는지도 몰라. 육사교복을 입은 내 생김만 보고는 일본년들도 순종인 줄 알았으니까 말야. 그 빌어먹을 놈의 말을 하게 되면 들통이 나지만. 육사생에, 기계체조 선수에, 일본놈 같은 생김에, 어쨌든 그 덕에 반닥하게 생긴 일본년들, 떡은 쉽게 칠 수 있었지. 그 다음, 해방이 될 때까지 관동군 시절, 고생도 많았지만 지금 생각하면 재미있기도 했어. 관동군 앞에서는 만주벌판이고 중국대륙이고 무법천지였으니까. 물건도, 여자도 맘만 먹으면 내 것이었으니까. 상부에서야 금하는 일이었지만 그 넓은 천지에서 그런 맛 없으면 무슨 재미로 고생하고, 무슨 재주로 부하들보고 싸우라고 하나. 그러고 보니 나는 서양년만 빼놓고는 중국년 일본년 조선년을 골고루 다 잡숫지 않았나. 흐, 흐, 흐, 그게 다 능력인 거라, 능력. 그런데 그 만주벌판에 산적떼처럼 쫓겨다니며 독립운동을 한다는 놈들, 그것들 참 이해가 안 되는 것들이었어. 제대로 먹지도 입지도 못하고 더구나 무기도 제대로 없는 것들이 대일본제국을 상대로 싸워 독립을 하겠다니, 그 멍청한 것들이 그래도 동족이라서 가만히만 있으면 이쪽에서도 모른 척할 텐데 하, 이것들이 겁도 없이 기습을 가해 피해를 입히고 하니 가만둘 수가 있나. 그 독종들, 죽어가면서도 대한독립만세였지. 눈앞에 대일본제국이 버티고 있는데 어찌 그리 가망 없는 생각을 찰떡같이 할 수 있는 건지 도무지 이해가 안 돼. 근데 말쓤야, 독립운동한다는 것들의 거의가 소련 앞잡이 공산주의자들이라고 했거든. 그것들이 그리 독했던 건 공산주의를 해서 그런 것 아닌가. 어쨌든 빨갱이들은 그때부터 지금까지 말썽이라니까. 뭐니 뭐니 해도 제일 간 떨어진 일은 대일본제국의 패망이었지. 아이고, 그때 그 막막하고 암담함이란, 평생에 두 번 겪을까 겁나는 일이었지. 한마디로, 일장기 찢어지면서 해도 없어진 캄캄한 세상이었으니까. 일본으로 갈 수도, 만주에 남을 수도 없는 그 앞뒤가 콱콱 막힌 속에서도 살아날 구멍이 있었으니, 역시 세상살이는 그때그때 머리를 잘 돌려야 해. 어느 놈이 알게 뭐냐, 독립군으로 입국하자! 이 얼마나 멋들어지고 기막힌 생각이었던가. 독립군 행세로 서울까진 거칠 것 없이 왔지만, 고향까지는 갈 수 없었지. 친일전력을 가진 사람들은 고향을 도망 나오는 실정이었으니까. 그 시절, 얼마 동안 사람대접 받으며 기세 올린 자들은 독립운동으로 감옥살이하다가 풀려나 고향 찾아간 것들뿐이었지. 고향에도 못 가고 서울에서 세상 돌아가는 눈치 보며 빈둥거린 서너 달이 두 번째로 막막한 기간이었어. 그런데 다시 때는 오고야 말았지. 고맙고 고맙게도 미군정은 모든 사람들의 친일 전력을 깨끗이 덮어준 거야. 배운 도둑질이니 당연히 군대에 들어갔고, 거기서는 관동군 출신이란 게 하나도 죄스러울 것도, 부끄러울 것도 없었지. 그저 드글드글했으니까. 오히려 우리의 전투경력은 우댈 받지 않았던가. 결국은 일본이 미국으로 바뀐 것뿐이었어. 하는 일이야 총질하는 것이니 마찬가지고. 서른두 살에 중위, 곧 진급이 되도록 돼 있으니까 그리 늦은 건 아니지. 아니야, 스물두 살짜리 중위가 있는 판에 난 중령은 돼 있어야 하는 거 아닌가. 빌어먹을, 다나까 그놈의 새끼 땜에 인생을 망쳤지. 쫄병새끼가 감히 장교 애인을 덮쳐 정을 통하다니. 두 연놈을 쏴죽이지 않을 수가 없었지. 연놈을 첩자로 몰아 간신히 발뺌은 했지만, 소문 때문에 계속 의심을 받아 진급할 수가 없는 꼴이 되고 말았지. 소위로 해방이 되고, 다시 군대에 들어가면서 대위쯤으로 슬쩍 속이려 했는데 관동군 출신들이 드글드글하는 판에 족보가 다 드러나게 되지 않던가. 그놈의 사건을 생각하면 뭘 해. 다 죽은 자식 불알 만지기지. 3년에 두 계급 진급이면 괜찮은 편이야. 앞만 보고 뛰는 것이다. 앞만 보고, 장군을 향해, 번쩍거리는 별을 단 장군을 향해 뛰는 것이다. 거기에 빨리 도달하는 길은 남보다 혁혁한 전과를 올리는 일이다. 빨갱이를 때려잡아야 한다, 남보다 많이 때려잡아야 한다. 백남식은 의자에서 벌떡 일어서며 주먹을 불끈 쥐었다. 그의 작은 입은 더 작게 오므라지고, 입술 가장자리에는 질긴 힘이 모아져 있었다.

사령관실 앞에서 쭈뼛거리던 염상구는 입맛을 다시며 서장실로 걸음을 돌렸다. 어제 눈여겨보았던 그 차고 독한 인상이 신경에 걸렸던 것이다.

"밤새 안녕허신게라, 서장님. 엊저녁 술언 맛있었고라?"

　실내에서는 어울리지 않는 염상구의 목소리가 서장실의 잠잠한 분위기를 흔들어놓았다.

"어서 오시오."

　권 서장은 염상구를 힐끗 보고는 하던 일을 계속했다.

"와따, 사령관이 바꿔져서 그런가 영 바쁜개비요이."

　염상구는 의자에 털퍽 앉으며 말했고, 권 서장은 아무 반응이 없이 서류 정리만 하고 있었다. 저 짜석이 저거, 사람 말얼 멀로 알고…… 역에도, 술자리에도 끼지 못해 심사가 뒤틀릴 대로 뒤틀려 있는 판에 권 서장의 태도는 그의 감정을 더욱 자극했다. 저걸 그냥 카악 받아뿌러! 뜨거운 감정의 덩어리가 목을 치받고 올랐다. 그러나 염상구는 감정을 터뜨리는 대신 담뱃갑을 거칠게 꺼냈다. 식은 밥인 저까짓 서장을 상대로 신세에 금가게 할 필요는 없었다. 저것을 이용해 원하는 목적만 달성시키면 될 일이었다.

"읍내 뒤집어질 사건이 생겼든디요!"

　염상구의 목소리는 컸고, 권 서장은 반사적인 반응을 나타냈다.

"사건?"

"위째, 인자사 사람이 눈에 띠요?"

　염상구는 시비조였고, 권 서장은 의아한 얼굴이 되었다가 곧 알았다는 표정으로 바뀌었다.

"아, 미안하게 됐소. 백 사령관이 급히 봐야 할 서류가 있어서 정신이 없었소. 근데, 또 무슨 사건이요?"

"중대헌 사건인디, 똑같은 말 두 차례씩 허기 입 아픈께로 사령관 앞에서 항꾼에 혀뿔게 서장님이 앞장스씨요."

염상구는 담배를 짓눌러 끄고는 일어섰다.

"그럽시다, 인사도 할 겸 잘됐소."

권 서장이 서류를 챙겨가지고 일어섰다. 하면, 요리 돼야 일이 순조롭제. 무담씨 나 혼자서 들어가, 나가 누군디 어쩌고 해쌓다 보면 사람가치 떨어지고 근천시러바지고 그렇제. 서장이 소개럴 혀서 당당허게 인사럴 허고, 그 담에 사건을 보고허먼 첫 대면으로 사람값얼 톡톡허니 쳐받을 수 있을 것잉께. 생각대로 일이 풀려 염상구는 기분이 알큰하게 좋았다.

"사령관님, 청년단 감찰부장 염상구입니다. 인사도 드릴 겸, 새로 발생한 사건보고도 드릴 겸 해서 찾아왔습니다."

권 서장이 인사를 시켰다.

"아, 그래요? 나 백남식이요."

백남식은 쏘듯 하는 눈길로 염상구를 쳐다보며 손을 내밀었다.

"감찰부장 염상굽니다."

염상구는 군대식 신고를 하듯 힘찬 소리를 지르며 번개 치듯 거수경례를 하고는 백남식의 손을 맞잡았다.

"염 부장은 무슨 운동했소?"

백남식은 땅꾼이 땅꾼 알아보고, 백정이 백정 알아본다는 식으로 염상구의 손을 놓으며 물었다.

　　"머 특별허니 헌 것언 없고, 그냥 이것저것 닥치는 대로……."

　　너무 갑작스럽고 의외의 물음이라 염상구는 얼버무리지 않을 수 없었다.

　　"그래도 그중에서 특히 잘하는 게 있을 거 아뇨. 앉읍시다, 앉어 얘기하쇼."

　　염상구는 의자에 엉덩이를 붙이며 생각했다. 초면인 사람에게 칼던지기라고 할 수는 없었다. 그리고 그건 운동이라고 말할 성질이 아니었다. 사부님의 말씀대로 그건 엄연히 도였다.

　　"예, 뽁씽이구만요."

　　대답을 안 할 수는 없고, 염상구는 나오는 대로 내뱉어버렸다.

　　"아, 나도 그럴 줄 알았소. 그 체형에 딱 어울리는 운동이오." 백남식은 호감이 담긴 웃음을 짓고는, "새로 발생한 사건이라니, 뭐요?" 그는 금방 표정을 바꾸며 권 서장을 쳐다보았다.

　　"염 부장, 말씀드리시오."

　　"예, 긍께 고것이 다른 거이 아니라," 염상구는 엉덩이를 들먹하고는, "머시냐 심재모럴 구해내자는 탄원서를 맹글어갖고 시방 동네방네 도장을 받고 댕기는 판이구만요." 그는 한달음에 말을 해치웠다.

　　권 서장의 가슴이 쿵 울렸다.

　　"뭐가 어쩌고 어째! 그새끼가 도대체 어떤 새끼야."

백남식이 사무실이 깨지도록 악을 썼다. 권 서장의 가슴은 또 쿵 울렸다.

"저어 서민영이라고……."

"그놈이 누군지는 이따 알아도 되고, 당장 잡아들여, 체포해!"

권 서장의 가슴은 이제 와르르 무너지고 있었다.

"혼자가 아니라 여럿인디요."

"글쎄, 깡그리 잡아들이라니까."

"알겠습니다."

염상구가 상기된 얼굴로 벌떡 일어섰다.

"권 서장님, 경찰병력도 출동시키시오."

"예……."

힘없는 대답을 하고 일어서는 권 서장의 눈앞에 서민영과 손승호의 얼굴이 엇갈리고 있었다. 이 일이 어찌 될 것인가……. 솟기는 한숨을 누르며 권 서장은 백남식의 방을 나왔다.

임만수는 며느리를 율어로 들여보낸 노인네 일가족 다섯을 잡아왔다. 자식 넷이 딸이라서 잡혀온 것은 모두 여자였다.

"저것들 사상조살 철저히 해야니까 모두 가두시오."

겁에 질려 서로 엉겨붙고 있는 그들을, 뒷짐을 지고 멀리 바라보고 선 백남식이 명령했다.

"저어, 미성년자는 제외하는 게 어떨까요?"

권 서장은 조심스럽게 말했다. 막내로 보이는 아이는 열서너 살에 불과했던 것이다.

"모르는 소리 마시오, 빨갱이물이 성년, 미성년 가리는 줄 아시오? 그리고, 수사 효과는 미성년자한테서 나타난다는 걸 잊지 마시오."

백남식이 싸늘하게 내치는 말이었다.

"맞습니다. 어른들이 감추는 말을 애들은 털어놓거든요."

옆에 선 임만수가 잽싸게 귀에 단 말을 발라맞췄다.

"두 분, 똑똑히 들어두시오. 이건 앞으로 우리가 해얄 일인데, 1단계로 입산자 가족 전원의 사상 재검토 실시요. 2단계로는 읍민 전체에 대한 사상 검토 실시요. 지금 읍내서는 분명 세포활동이 진행 중에 있을 것이며, 세포부식이 이뤄지고 있을 거요. 그것을 근절하지 못하고서는 입산 빨갱이를 소탕할 수 없소. 그리 되면 우리 목표인 멸공은 도로아미타불이요. 1단계부터, 내일부터 실시하겠소. 보조를 맞추기 바라오."

말을 마친 백남식은 홱 돌아서더니 자기 방으로 들어갔다. 그 몸짓에서 찬바람이 일어났다. 권 서장은 그의 동작에서 전형적인 일본 군인의 냄새를 물큰 맡았다.

"어떻소, 심재모하고 비교할 때."

임만수가 턱짓을 하며 물었다.

"뭐가요?"

권 서장은 딴전을 피우며, 목에 걸리는 신트림으로 얼굴을 찡그렸다.

"앗싸리한 게 진짜 군인 맛이 나지 않소?"

"그렇지요, 예에……."

권 서장은 건성으로 고개를 끄덕이며 가슴을 쓸었다.

"왜, 어디 아프오?"

"체를 한 모양이요."

권 서장은 자기 방 쪽으로 돌아섰다. 간밤의 술이 제대로 풀리지 않았는지 속이 거북하더니만 시간이 갈수록 위로 치밀고 있었다.

염상구와 형사부장에게 잡혀온 것은 서민영만이 아니었다. 손승호, 이지숙, 또 한 남자까지 모두 넷이었다. 손승호는 오전반 수업을 마치고 일을 시작하다가 잡혔고, 이지숙은 서민영의 부탁을 받고 약간은 미묘한 감정인 채 도장을 받고 다니다가 붙들렸다. 낯선 남자는 서민영이 농장에서 불러낸 노 서방이었다.

"요것이 압수헌 도장 받은 종인디요."

염상구가 말아쥔 종이말이를 백남식 앞으로 기세 좋게 내밀었다. 권 서장은 차마 서민영을 바라볼 수가 없어 허공에 망연한 눈길을 던지고 있었다.

"수고했소. 저것들 앉히고, 염 부장과 형사부장은 나가 쉬시오."

종이말이의 끝을 잡고 털어 펼치며 백남식이 말했다.

"일로 앉으씨오, 일로."

염상구가 빠른 몸놀림으로 의자 넷을 백남식의 책상을 향해 줄 세웠다. 벽을 등지고 무표정하게 서 있던 서민영이 먼저 자리를 잡자 손승호, 이지숙, 노 서방 순서로 의자에 가 앉았다.

"흥, 용공분자를 구해낼 탄원서를 만들었다아." 백남식은 코웃음을 치고는, "그럼 이것들도 용공분자 아닌가! 당장 처넣어버려." 갑자기 소리를 빽 질렀다.

"말씀을 삼가시오. 심 사령관은 용공분자가 아니오. 모략을 당한 것이오."

서민영의 말이었다.

"뭐, 뭐라구. 어디서 함부로 지껄여!"

백남식의 감정은 순간적으로 폭발하고 있었다. 그런 대꾸가 나오리라고는 전혀 예상하지 않고 있던 그는 서민영의 태도를 자신에 대한 도전으로 받아들였다.

"우리에 대한 말투도 고치시오. 당신이 그렇게 함부로 말할 이유가 없소."

"아니, 저 짜식이 저게!"

백남식은 의자를 뒷발질하며 앞으로 팅겨나왔다. 그를 권 서장이 붙들었다.

"왜 이러십니까, 사령관의 체면이 있지요."

권 서장은 그 급박한 상황 속에서도 서민영을 두둔하는 눈치를 보여서는 안 된다는 사실만은 놓치지 않고 있었다. 그의 말은 효과를 나타냈다. 그가 붙들고 있는 백남식의 두 팔에서 힘이 풀려가고 있음을 느낄 수 있었다.

"권 서장도 생각해 보시오, 내가 열 안 받치게 생겼나. 죄짓고 잡혀온 작자가 따따부따 아가릴 놀려대니 말이오."

"그렇더라도 조금만 참으십시오. 사령관으로서 위신도 있고, 이게 또 부임하시고 첫 사건이고 하니까 말입니다."

권 서장은 유리그릇 다루듯 하고 있었다.

"좋소, 권 서장 말대로 내가 한 번 참도록 하겠소. 허나 내 성질에 두 번은 참지 않소."

"그리 하십시오." 권 서장은 친근한 웃음을 지어 보이며 고개까지 끄덕이고는, "여러분은 지금 조사받는 입장에 있습니다. 앞으로는 묻는 말에만 답해야 합니다." 네 사람 쪽으로 돌아서서 말했다. 그는 일부러 서민영을 쳐다보았고, 서민영의 눈은 곤궁한 입장 다 안다는 뜻을 담고 있었다.

"탄원서를 만든 이유가 뭐요."

백남식이 물었다.

"심 사령관이 억울하게 모략을 당했기 때문이오."

서민영이 대답했다.

"그 근거를 대시오."

"이미 소문이 다 퍼져 있소."

"소문이라니, 소문이 무슨 근거요?"

"그 모략에 누가누가 가담했는지 이름까지 다 알려져 있으니 당사자들을 불러다가 조사해 보시오."

백남식의 뇌리에는 고발장을 낸 얼굴들이 떠올랐다. 그들을 조사대상으로 삼다니, 어림도 없는 일이었다. 일단 심재모의 행위는 자신으로서도 용납할 수가 없었다.

"그건 조사하나마나 한 일이오. 심재모란 자가 한 행위는 직업상, 직책상 도저히 용납할 수 없는 행위요. 그자의 용공행위 여부는 수사기관에서 밝혀낼 문제지, 당신네들이 간여할 문제가 아니오. 그리고 한 가지 분명히 밝혀두겠는데, 현재는 계엄상황으로서 당신네들의 이런 집단행위는 엄연히 범법행위요. 계엄사령관의 직권으로써 이 범법행위를 즉각 중단할 것을 명령하오."

말을 끝냄과 동시에 백남식은 들고 있던 종이다발을 북 찢었다.

"안 돼, 찢지 마!"

소리치며 앞으로 뛰쳐나간 것은 손승호였다. 그러나 다음 순간 손승호는 벌렁 뒤로 나자빠졌다. 백남식이 내뻗은 주먹에 정통으로 얼굴을 얻어맞은 것이었다.

"이새끼가 어디로 덤벼들어, 덤벼들길. 어디 또 덤벼봐라. 대갈통을 박살내고 말 테니까."

질긴 힘이 모아진 작은 입으로 느릿느릿 말을 하며 백남식은 많은 사람들의 도장이 찍힌 여러 장의 종이를 갈기갈기 찢고 있었다. 종이쪽들은 높은 하늘에서 떨어지는 작은 삐라들처럼 아래로 흩어져 날리고 있었다.

코피를 흘리는 손승호를 서민영과 이지숙이 부축해 일으켰다. 코피는 심하게 흘렀다. 이지숙이 저고리 소매 속에서 손수건을 꺼내 손승호의 코에 갖다댔다. 서민영은 그것을 지켜보고 있다가 백남식 쪽으로 고개를 돌렸다.

"그걸 찢어도 아무 소용없소. 우리는 또 만들 것이오."

서민영의 목소리는 담담했다.

"명령이오. 명령을 어기겠다는 게요!"

"우리가 하는 일이 옳기 때문이오."

"옳긴 뭐가 옳아. 명령이야."

"명령도 통하지 않는 데가 있소."

"뭣이 어쩌고 어째. 안 통하는가 볼까! 네가 지금 명령을 거부하는, 그것부터가 죄야. 거기다가 계엄하의 집단행위, 민심선동, 유언비어 날조, 이상 죄목으로 너희들을 체포한다! 권 서장, 이것들을 끌고 나가 가두시오."

"아니, 사령관님……."

"내 말 들리지 않소!"

백남식은 권 서장을 향해 각진 눈을 부릅떴다.

서민영 일행은 이미 의자에서 일어나고 있었다. 권 서장은 그들의 뒤를 따라 사령관실을 나왔다.

"권 서장, 우리 농장 사람들을 여기로 다 모이라고 연락 좀 취해주시오."

서민영이 나직하게 말했다.

"어쩌실려고……."

"정말 집단행위가 뭔지 보여주고, 세상 무서운 걸 가르쳐 저자의 버릇을 고쳐놔야 되지 않겠소?"

"예에…… 알겠습니다."

권 서장은 대답을 하면서도 마음은 착잡하게 가라앉고 있었다.

서민영의 공동농장 사람들 40여 가구 160명 남짓이 경찰서 앞에 진을 친 것은 해가 징광산 마루에 한 뼘쯤 남은 무렵이었다. 정연하게 줄을 선 그들은 경찰서를 향해 힘차게 구호를 외쳐댔다.

"서민영 선생을 석방하라!"

그들을 선도하고 있는 건 스물네댓 나 보이는 젊은 남자였다.

"저건 또 뭐야. 하나도 남기지 말고 전부 잡아들여."

열이 받친 백남식은 이렇게 소리 질렀다. 그러나 정면으로 나서는 권 서장의 반대에 부딪쳤다.

"안 됩니다. 잡아들이는 게 능사가 아닙니다. 저 사람들을 잡아들이면 그때는 전 읍민이 들고일어납니다. 이 상태에서 수습해얍니다."

"그게 무슨 병신 같은 소리요. 시범쪼로 강력하게 몰아쳐요. 강하게 몰아칠수록 약해지는 법이니까."

"아닙니다, 그건 좀 곤란합니다. 저 서민영이란 사람 문제는 그렇게 해서는 더 복잡해집니다. 권 서장 말대로 하는 게 좋을 겁니다."

임만수의 말이었다.

"아니, 그런 다리병신이 뭐가 그리 대단하다는 게요."

백남식이 임만수를 노려보았다.

"그 병신 다리가 예삿것이 아니라, 일정 때 고문당한 거랍니다. 어쨌든 한마디로, 그 사람을 잘못 건드려선 안 됩니다."

"아주 재수 없는 새끼로군, 일정 때부터 나대다니……."

이렇게 말하고 있는 백남식은 상대방을 더 강하게 몰아치고 싶은 적의를 느끼고 있었다.

그러는 사이에 경찰서 앞길은 몰려든 사람들로 완전히 막히고 말았다. 그런데도 사람들은 자꾸만 불어나고 있었다.

"서민영 선생을 석방하라!"

공동농장 사람들은 구경꾼들이 몰려들수록 기세를 올리며 구호를 외쳐댔다. 이미 농장 사람들과 구경꾼들은 구분이 안 되도록 뒤섞였고, 구경꾼들 중의 상당수는 구호를 따라 외치고 있었다. "도장 받은 거이 죄란당마." "허면 도장 눌른 사람도 죄 아니라고. 글면 나도 죄인이시." "긍께로 말이시. 경찰서도 불타고 읎는디 그 많은 죄인 워디다가 가둘랑고." 이런 말이 오가는가 하면, "지길, 씨받게 혀준 그 존 일이 워찌 죄여, 인간만사 중에 지고선행이제." "누가 아니라등가. 용공이란 것이 만병통치 다이야찡 가리시. 워디다 때레붙여도 다 제까닥제까닥 죄가 된께." "근디 그 일얼 용공으로 몰아때린 잡녀러 새끼덜이 있담시로?" "글타는디, 그런 인종지마덜이 누굴까?" "고것이야 금세 알게 될 일이고, 고런 싹수머리없는 인종덜언 가쟁이럴 찢어뿌러야 허네." 이런 말을 주고받는 사람들도 있었고, "새로 온 물건이 누군디 서 선생얼 가두고 난리까? 그 사람 뱃보가 영 씬갑네이." "뱃보가 씨서 그런당가, 여그 물정은 몰르고 지 권세 씬 줄만 알고 설레발치는 것이제." "하면, 늘어진 말자지에 회초리질 헌 격이제. 썽난 말굽에 밟혀 뒤지는 건 바로 지놈잉께." "해필허고 워째 늘어진 말자지여, 씽시럽게. 따른 존 말 다 두고." "어이, 나야 무식헌께로 그러시. 워디 자네가 존 말 골라서 혀보소." "벌집 쑤셨다고 허든가, 자는 호랭이 수염 뽑았다고 허든가, 깨끔헌 말이 을매나 많은가." "워따 공자님 아덜이 여그 있는지 몰랐네. 나가 고런 말 몰라서 말자지라고 헌 줄 아는가. 깨끔허고 지랄이고, 고런 말언 기분이 지대로 안 나고, 심도 지대로 안 받친다 그것이여."“자네 말도 알아묵겠는디, 허면, 자지 닐이고 있는 말은 누구인 심이제?”“워메, 워쩌끄나!” 말들은 빠르게 입에서 입으로 건너다니며 구경꾼들을 차츰차츰 서민영의 동조자로 만들어가고 있었다.

이런 사태를 전해들은 유주상은 좌익척결위원회 간부회의를 긴급소집했다. 그건 바로 자신들의 문제였던 것이다.

"서민영이 허는 짓거리럴 막은 것이야 잘허는 일인디, 갇우기꺼지 헌 것은 낭패로시."

최익달이 방정맞을 정도로 빠르게 혀를 찼다.

"사령관이 우리 편에서 야물딱지게 허는 것이야 존디, 물정 몰르고 몰아치면 문제요. 서민영이야 읍내 두통꺼리고, 그 물건이 독 부렀다 허먼 읍내가 시끌시끌해져뿌요."

윤삼걸이도 고개를 내저었다.

"서민영이럴 그리 건디리는 것은 긁어 부시럼이요. 고 물건이야 죽으나사나 아랫것덜 편이고, 우리 지주덜 알기럴 순전헌 도적놈으로 아는 놈잉께로. 아랫것들도 묵고살기는 우리덜 전답에 붙어묵고 삼스로 정작 맘이 가 있는 것은 그놈헌테. 쭉쟁이 하나 못 얻어묵음시롱도 말이요. 똥이 무서바 피허간디."

최익달의 얼굴은 쓰디쓰게 일그러져 있었다.

"그놈이 예수쟁이라서 그렇제 속이야 수박 속맹키로 뻘건헌 것이 염상진이놈허고 하나또 달븐 디가 읎는 놈이랑께요. 재작년 그러게 11월에 아랫것들 앞장서서 설레발친 것이나, 그 일 뒤로 지 농토 공동농장 맹근 것이나, 다 빨갱이가 헐라는 짓거리 그대로요. 그 물건 땀세 우리덜 위신이고 체면이고 다 깎이고, 하여튼지 간에 그 물건은 죽이지도 살리지도 못헐 우리 눈에 백힌 까시요."

윤삼걸이도 못내 마땅찮은 얼굴이었다.

"그럼 일이 더 확대되기 전에 이 상태에서 빨리 대책을 강구해얄 것 아닙니까. 무슨 좋은 방법이 없을까요?"

불안한 기색으로 유주상이 말했다.

"방법이고 자시고 뭐 있겠소. 싸게 서민영이럴 내보내는 방도밖에야."

최익달이 버럭 소리를 질렀다.

"그럼 전화로라도 그 뜻을 전하시지요."

유주상이 최익달의 눈치를 살폈다.

"에이 빌어묵을, 워떤 주딩이가 방정얼 떨어갖고……."

최익달은 혀를 차대며 전화기로 다가앉았다.

백남식은 처음에는 자신의 위신과 체면을 내세워 최익달의 말을 들으려 하지 않았다.

"글씨, 그리 휘일 줄 모르고 뻣뻣허게만 나갔다기는 서민영이 비르장머리럴 고치기 전에 백 사령관이 해럴 입게 된다 그 말이요. 우리가 을매나 잘 알면 이리 권허겠소."

최익달이 이렇게 말을 해서야 백남식은 기가 수그러들었다.

그러나 문제는 그것으로 해결되지 않았다. 오히려 서민영이 유

치장 나가기를 완강히 거부했다. 백남식이 찢어버린 도장 받은 종이를 원상복구해 놓지 않으면 나갈 수 없다는 것이 서민영의 말이었다. 백남식으로서는 그 똥배짱에 그만 기가 찼다. 그것이야말로 겁도 없이 덤벼드는 정면도전이었던 것이다. 치솟기는 성질대로 하자면 총 한 방으로 팡 쏴죽여 버리고 싶었다. 그러나 서민영이란 자는 이미 개인이 아니었다. 백남식은 최익달에게 전화를 걸 수밖에 없었다.

"고런 죽일 놈 허는 짓거리가 똑 물에 빠진 놈 건져주니께 보따리 내노라는 놈 심뽀시. 고것이 죽인 목심 살려내라는 소리허고 똑겉은 억지제. 한분 찢어내뿐 종우때기럴 워쩌크름 원상복구허란 것이여, 원상복구가. 빙신이 육갑허드라고 택도 읎이 억지 쓰는 그 자석얼 죽이든지 말든지 백 사령관 맘대로 혀뿌시요."

최익달이 이렇듯 감정을 쏟아놓게 되자 유주상은 더 듣고 있을 수가 없어 수화기를 낚아채듯 했다.

"여보세요, 전화를 바꿨습니다. 유주상입니다. 예, 예, 옆에서 다 들었는데, 그건 서민영이가 억지소리를 하는 게 아닙니다. 그 억지 같은 말 속에 든 저의가 무언지 알아야 합니다. 그 사람이, 한번 찢어버린 종이를 원상복구시킬 수 없다는 걸 모를 정도의 바보는 아니잖습니까? 그럼 바라는 게 뭐겠어요. 나가서 다시 도장을 받아야 하는데, 그 일을 방해받지 않고 하려는 계산속인 겁니다. 그러니까 백 사령관께서는 그자가 노리고 있는 계산대로, 원상복구는 불가능하니 나가서 다시 만들면 될 게 아니냐, 하는 식으로 유도하세요."

"아니 그럼, 도장 받는 걸 용인하란 거요? 날 도대체 뭘로 보고
하는 소리요!"

수화기 속에서 백남식은 소리치고 있었다.

"아하! 이건 작전이오. 그걸 막을 방법은 얼마든지 있으니까 우
선 이 일부터 처리하십쇼. 그럼, 그 방법에 대해선 술 한잔하면서
차분히 말씀드리지요."

유주상의 말은 적중했다. 찢은 건 미안하게 됐으니 나가서 다시
만들라는 백남식의 말을 듣고서야 서민영은 뱀이 또아리를 틀듯
했던 가부좌를 천천히 풀었다.

허출세는 무릎이 시도록 이틀 동안 작인들 집을 쏘다녔다. 미리
부터 다루기에 만만한 집들을 고른다고 골랐지만 막상 말을 꺼내
놓고 보면 하나같이 만만하지가 않았다. 그도 그럴 것이 모두 다
죽느냐 사느냐 하는 생계문제였던 것이다.

김복동과 마삼수가 분탕질치듯 하고 가버린 다음 허출세는 분
을 못 이겨 혼자서 한동안 펄펄 뛰다가 제물에 지쳐 마루에 걸터
앉았다. 마삼수놈의 말이 정신을 혼란하게 했고, 그 독기서린 목
소리가 귓속을 쟁쟁하게 울리고 있었다. 허우대는 컸어도 양순한
편이었던 마삼수가 그리도 심하게 변해버린 것이 우선 믿을 수 없
는 일이었다. 그놈이 강동기의 그 풀 믹인 성질머리럴 대신허자는
것인가, 하는 생각이 들었다. 쥐도 다급해지면 고양이를 물고 덤빈

다는 말이 생각났다. 그러고 보면 변한 것은 마삼수만이 아니었다. 마삼수가 그리도 막 나대는데 옆에서 말 한마디 하지 않고 앉아 있던 김복동이놈도 생판 달라진 꼴이었다. 전에 그런 일이 벌어졌다면 김복동이는 우선 말리고 들었을 것이 아닌가. 그려, 고것덜이 꾕이 물고 뎀비는 쥐새끼 기여. 앞날 캄캄해져뿐께 죽기 살기로 뎀비는 것인디…… 나가 물리고만 앉어서 생때겉은 돈얼 띠믹혀? 그것은 안 될 말이었다. 돈을 떼먹히지 않을 무슨 방도를 강구해야만 했다. 돈을 떼먹기만 하면 감방에 처넣겠다고 큰소리치기는 했지만 그것이야말로 큰소리에 지나지 않았다. 사사로운 돈거래로 감방살이를 시키고 돈을 떼이는 것보다야 감방살이를 시키지 않고 돈을 받아내는 것이 두말할 것 없는 상책이었다. 그러자면 마삼수가 요구한 대로 소작을 주어야 했다. 그러나 소작은 이미 다 주인이 생겨 농사 준비가 한창이었다. 허출세는 다시 원점으로 돌아와 난감해지고 말았다. 해결책을 찾아내지 못한 허출세는 연방 담배를 곰방대에 몰아넣었다가 반도 다 태우지 않고 놋재떨이를 두들겨대고 하며 하루 종일 속을 끓였다. 그러다가 저녁밥상머리에서 아내의 눈치 살피는 물음을 받게 되었고, 그는 밥 대신 김복동과 마삼수 두 놈을 씹어대는 기분으로 마구 욕질을 해가며 그 이야기를 했다.

"음마, 당신은 고까진 일로 왼종일 속 끓이고 그랬소?"

그의 아내는 헛김 새는 웃음을 코끝에 달았다.

"무신 소리여, 시방?"

"아, 고까진 것이야 간딴허제라. 한 집서 한 마지기썩만 띠내서, 넉 집 잡고 너 마지기면, 두 집에 두 마지기썩 줘서 급헌 불 끄면 될 일 아니겄소." 그의 아내는 힘 하나 들이지 않고 말했고, "이, 고런 존 임시변통이 있었구만 그랴." 그는 얼결에 무릎까지 치고 나서, 자신의 감정노출이 심했음을 깨닫고는 큼큼 콧소리를 내며 안색을 바꾸었다.

그런데 막상 그 방법을 실현시키는 데는 생각보다 많은 어려움이 따랐다. 어느 집에서고 실랑이를 벌이듯 많은 말이 오가야 했다.

"금메 봇씨요, 우리가 새끼덜만 넷인디, 한 마지기럴 보태도 서러운 판에 한 마지기럴 띠내뿔면 워쩌크름 살아지겄소. 우리보고 농새짓지 말라는 소리고, 농새짓고도 굶어죽으라는 소리요. 우리보담 식구 작은 집보고 내노라고 혀줏씨요, 존 일 헌다고."

"어허, 이 사람 심뽀 한분 고약허시. 글먼 자네 혼자 살자고 복동이고 삼수네넌 다 굶어죽어뿌러도 좋다 그런 말이여, 시방? 자네 고런 심뽀 복동이허고 삼수가 알면 워쩔랑가."

"아이고메, 누가 듣겄소. 농새럴 애초에 안 지었으면 몰라도, 농새럴 질 대로 다 짓고 굶어뿔게 생겼응께 하도 땁땁허고 땁땁혀서 허는 소리제라. 아재도 생각혀 봇씨요, 너 마지기 농새지나 닷 마지기 농새지나 심들기야 고것이 고것이제만, 첨부텀 묵고살기에 모지랜 논에서 한 마지기럴 띠내뿔면, 바로 거그서 나는 소출로 목구녕에 풀칠혀얄 판인디, 우리넌 워쩌겄냐 그것이요. 사람이 복통해 죽을 일 아니요."

"어허, 자네가 시방 날 갤치는 것이여, 머여? 만일에 유 조합장 어런이 자네 소작얼 당장 걷어 복동이나 삼수 앞으로 넴게줘라 허먼, 자네 워쩔랑가? 꼼지락달싹 못허고 소작얼 뺏겨야겄제? 근디, 우리 유 조합장 어런이 원체로 심덕이 곱고 맴이 넓은 양반이라 골고로 골고로 좋게 허자고 요런 방도럴 취허신 것이여. 복동이고 삼수고 다 그 땅 소작얼 짓든 사람덜인디 워찌 몰른 척헐 수 있겄느냐 허는 뜻이란 말이시. 윗사람이 고런 즌 뜻을 냈으먼 아랫사람은 고것얼 얼렁 받들어야 도리제, 자네년 자네 욕심만 채림서 콩이야 퐅이야, 워째 그리 말이 많어. 그리허고, 조합장 어런이 고런 뜻얼 안 냈다고 허드라고 한동네 사는 정리로 보나, 인정으로 보나 자네가 먼첨 내놀 만도 헌 일인디, 자네 맘 쓰는 것이 고것이 머시여. 자네 고런 심뽀 나가 조합장 어런헌테 말허먼, 조합장 어런이 자네 에진간히 이뿌다고 허겄네."

"아이고, 아재, 다 아재 말대로 허겄소. 아재 맘대로 뜻대로 다 허씨요."

"이 사람아, 말 골라감스로 혀. 요것은 나가 자네 못되라고 허는 내 뜻이 아니고, 모다 골고로 잘되게 허자는 쥔어런 뜻이다 그것이여. 똑똑허니 알아둬!"

"아이고메, 이러나저러나 논 뺏기기는 매일반인디, 고런 것 알아 워디 쓰게라."

허출세는 네 집을 돌며 이런 식의 말을 지어붙이고 뜯어붙이고 하면서 진을 빼야 했다. 돈을 모으기도 어렵지만, 빌려준 돈을 받기도 어렵다는 사실을 그는 새롭게 경험하고 있었다. 그가 겪은 어려움과 고생은 김복동과 마삼수를 향한 앙심으로 변했다.

그러나 허출세의 일은 그것으로 끝난 것이 아니었다.

"아니, 서운상이놈맹키로 아재 눈에도 우리가 벌거지로 뵈요?"

허출세의 말이 끝나기 무섭게 마삼수가 내지른 말이었다.

"자네, 고것이 먼 소리여?"

허출세는 잠시 어리둥절해졌다.

"아, 우리가 벌거지가 아니면 비렁뱅이로 뵌께 고까진 두 마지기럴 농새라고 지라고 허제, 지대로 사람으로 봤음사 워디 그럴 수가 있겄소?"

허출세는 그때서야 말뜻을 알아차렸다. 그 순간 속이 뒤집어졌다.

"머시가 워쩌고 워째? 다 죽게 된 놈덜 살길 맹글어준께 고맙다는 절은 안 허고 됩데 치고 뎀벼? 요것덜이 보자 보자 헌께 싹수머리가 하나또 읎네."

허출세는 곧 눈을 찌르거나 콧구멍을 낚을 것처럼 삿대질을 해대며 펄펄 뛰었다. 그러면서도 싫으면 당장 그만두라는 말은 용케도 참아내고 있었다.

"아재, 아재도 너무 그리 지주티 내지 마씨요. 아재나 우리나 따져놓고 보면 다 같은 처진께요. 서운상이가 워째 그 꼬라지가 된 줄 아시요? 사람얼 사람대접 안 혀서 그리 되얐소. 딴 지주고 마름이고 그 꼬라지 안 되란 법 있는 줄 아시오? 동기가 따로 있는 거이 아니다 그 말이요."

마삼수는 아주 태연하게 말하고 있었다.

"니가 시방, 니가 시방, 나헌테 협박질허는 것이여? 동기가 서운상이 찍대끼 니가 나럴 찍겄다 고것이여!"

허출세는 등줄기에 찬바람이 도는 걸 느끼며, 그 섬뜩한 기분을 이겨내기라도 하려는 듯 소리소리 질렀다.

"기왕지사 찍자먼 큰 괴기럴 찍제 작은 괴기 찍겄소? 나도 동기만 헌 좆 달린 사내새끼디."

마삼수는 입에 비웃음을 물었고, 초조한 기색의 김복동은 연상 눈짓을 보내고 있었다.

"워따 뱃보 한분 커서 좋다. 사람이 죽을라먼 맘부텀 변허는 것인디, 느그가 지 명대로 다 못 살고 죽을라고 환장덜 허는갑다."

"바로 뚫린 입 달고 말 바로 허씨요. 환장헌 것은 우리가 아니라 이놈에 시상이요. 갈수록 살기 에로와지는 이놈에 시상이 다 누구 땀세요. 악독헌 지주놈덜이 쥔 행세 허니께 그런 것 아니냐 그 말이요. 요런 시상 바로잡자먼 지주놈덜얼 싹 다 서운상이 꼴로 맹그는 방도밖에 없소. 우리도 다 생각 있고, 속이 있는 사람인디, 우리가 환장헌 것이 머시가 있소."

"온냐, 니 입이 바로 뚫린 입이라 그런가 말 한분 똑떨어지게 자알헌다. 고 말 나헌테 허덜 말고 염상진이 앞에 가서나 혀라. 아조 이뿌다고 험시로 '동무' 삼자고 보듬아줄 거이다. 페일언허고, 나가 말헌 두 마지기썩얼 받을 챔이여, 안 받을 챔이여. 나도 고상혈 만치 혀서 장만헌 것잉께, 딱 뿌러지게 말혀."

김복동은 마삼수를 향해 더 급하게 눈을 깜박거렸다.

"근디, 워째 동기 몫아치는 읎소?"

마삼수의 느닷없는 말이었다. 김복동은, 쟈가 미쳤다냐, 하고 생각했다.

"자네 참말로 정신 나간 것 아니여? 죄짓고 쫓기는 놈 몫아치꺼지 챙기게. 그라고, 주자고 혀도 농새질 사람이 없는디, 워쩌라고 줘."

"고것이야 걱정 마씨요. 우리가 한 마지기썩 맡어서 농새지줄 참잉께 동기 몫아치도 두 마지기럴 맹글어내씨요."

"못혀, 고것은 못혀!"

허출세는 자리를 차고 일어섰다.

"글먼 우리도 안 받겄소."

"머시여! 니 맘대로 혀. 나야 느그 두 놈얼 당장에 감옥에 처박을 것잉께."

"고것이 그리 뜻대로 맘대로 안 될 것인디라. 재판이야 걸리겄지만 사사로이 빌레쓴 돈으로 징역살이허는 법이야 없응께로. 아조 자알 되얐네그려. 농새도 없이 짭짤헐 판인디 재판이나 험시로 소일허고, 빚돈은 홍시감 따묵디끼 똑 띠묵고 말이여. 그 맛 참말로 꼬시고 오지겄다."

마삼수는 느물느물 말하고 있었다.

"저, 저, 쳐죽일 놈이, 저놈이……."

허출세는 푸들푸들 떨었다.

"아재, 삼수 말도 영 틀린 것이 아니요. 동기가 죄진 몸이라고 혀도 남은 세 목심언 워쩔 것이요. 셋이 한자리서 일 저질러놓고 우리 둘만이 풀려난 것도 미안시런 일인디, 거그다가 농새할라 우리 둘이만 따묵고 동기네 식구야 몰라라 혀뿔면 고것이 워디 사람이 혈 짓이겄소. 인정상 의리상 그리 못헐 일이고, 동기 빚돈도 받어야 허지 않겄소? 애쓴 짐에 아재가 쪼깐만 더 애쓰먼 서로서로가 그보담 더 존 일이 워딨겄소. 아재, 앉어서 의논헙씨다."

처음으로 입을 연 김복동의 말이었다.

느그놈덜이 염려 안 해도 나가 다 믹여살리고 있는 참이여, 곧 터져나갈 것만 같은 이 말을 허출세는 입 안에 가득 물고 있었다. 그런데 허출세는 김복동과 마삼수가 갑자기 풀려나오게 되자 남 모르게 가슴이 죄어들었던 것이다. 그리고 마삼수의 마누라야 더 말할 것 없고, 강동기의 마누라한테도 그 짓을 그만해야 되겠다는 위기감을 느꼈던 것이다.

"그려, 같은 말얼 혀도 그리 예절 챙겨감서 조단조단 의논지게 혀야제, 삼수 저놈 허는 짓거리는 머여, 보배운 디 읊이."

허출세는 한 발짝 뒤로 물러서며, 그래도 체면은 유지시키려고 했다.

"저것이 다 나이 젊어서 그러는 것이제라. 아재, 우리도 하로이틀 얼굴 대허고 산 정리가 아닌디, 서로 가심에 못박어감시로 살어서 쓰겄는가요. 앉으시씨요, 앉어서 존 맘으로 우리 뜻 받아주씨요."

김복동이 허출세의 소매를 끌어당겼고, 허출세는 못 이기는 척 주저앉았다.

"서로서로 존 일잉게 아재가 한분 더 애 잠 써줏씨요."

김복동이 다시 청하는 자세로 말했다.

"근디 말이시, 농새야 자네덜이 지어준다고 혀도, 고것이 소문나불면, 도망가고 없는 죄인헌테꺼정 소작 띠줬다고 소문나불면 다른 작인덜이 가만있지 않을 것이고, 고것을 조합장이 알면 나넌 워찌 되겄냐 그 말이시."

"아재, 그것이야 우리만 아는 비밀이제라. 겉으로야 으당 우리가 짓는 소작이고라."

"단단허게 약조허소."

"약조허제라. 나넌 마누래헌테도 말 안 헐 작정이요."

마삼수가 불쑥 말했다.

"되얐네, 고런 맴이면. 나가 또 한바탕 일얼 추슬러보제."

허출세가 기세 좋게 말했고, 김복동과 마삼수는 거의 동시에 머리를 숙이며, "아재, 고맙구만이라" 하고 인사했다.

"자네 참말로 장허시. 워찌 그리 속 깊은 생각얼 혔등가. 나잇살 더 묵은 나가 체면이 말이 아니시."

허출세와 헤어져 돌아오며 김복동이 말했다.

"성님, 그리 생각 허덜 마씨요. 성님이 읎었음사 요 일이 워찌 성사가 되얐겄소. 나야 말만 뱉었제 성사야 다 성님이 시킨 것이제라."

마삼수는 김복동을 보며 정 깊은 웃음을 씨익 웃었다.

"워디가, 워디가, 다 자네 공이시. 워쨌거나 동기가 오늘 밤부텀은 잠자리가 편헐 것이네."

"그렇것제라."

"하로이틀도 아니고 동기는 워디로 피해댕기는고. 빌어묵을 놈에 시상……."

김복동이 중얼거리며 긴 한숨을 쉬었고, 마삼수는 땅을 내려다 본 채 묵묵히 걷고 있었다.

18

반민족행위특별조사위원회 습격

무엇보다 급선무는 심 중위의 거처를 파악해 내는 일일 것이네. 헌병에게 체포되어 갔으니까 물론 헌병대에 수감되어 있으리라 믿어지나, 심 중위에게 씌워진 죄목이 죄목인 데다가, 그런 죄목을 다루는 특별수사기관이 따로 있는 실정이니 그 거처를 알아내는 일도, 군인이 아닌 민간인의 입장에서는 막연지난한 일이 아닐까 싶네. 그런고로 그 일에 도움을 줄 지인 한 사람을 여기 소개하는 바일세. 그 사람이 누구인고 하니, 《서울신문》 기자직에 임하고 있는 민기홍일세. 민 군은 나의 제자로, 사네보담 서너 해 연장이 아닌가 하네. 의롭고 심지가 굳은 사람으로, 기자직을 택한 것도 다 그런 마음에서 연유된 것이니, 연락을 취하면 최선을 다해서 도움을 주리라 믿어 의심치 않네. 이런 일이 아니고서도 소개를 할 만한 사람이니 허심탄회하게 도움을 청하고, 친교를 맺기 바라는 바일세. 내가 민 군 앞으로 따로이 편지 쓰도록 하겠네.

김범우는 서민영 선생의 편지 중에서 이 대목을 다시 읽었다. 민기홍, 민기홍, 언제인가 들어본 이름 같기도 하고, 아닌 것 같기도 해서 김범우는 편지 속의 이름을 몇 번이나 되뇌었다. 그러면서 그는 엉뚱하게도 《국도신문》의 이학송을 떠올리고 있었다. 정치부 기자인 이학송에게 연락하면 일이 금방 해결될 것 같은 기분이 들었던 것이다. 이학송과는 이미 술도 서너 차례 나눈 데다가, 그가 정치부에 몸담고 있다는 사실이 김범우의 마음을 끌어당기고 있었다. 민기홍은 《서울신문》 어느 부에 소속되어 있을까. 혹시 학예부 같은 데는 아닐까? 김범우가 지레 이런 생각을 하는 것은 이학송을 만나면 일이 쉽게 풀릴지도 모른다는 예감 때문이었다. 일을 쉽게 해결할 수 있는 사람을 두고 면식이 없는 사람을 굳이 찾아가 일을 부탁한다는 것이 어딘지 번거롭고 부담스럽게 느껴졌던 것이다. 그러나 서민영 선생의 편지 한 구절이 마음에 걸렸다. 민기홍에게 따로 편지를 쓰겠다고 한 대목이었다. 서민영 선생은 자신에게 편지를 띄우면서 민기홍이란 사람에게도 동시에 편지를 띄웠을 것이 거의 틀림없을 것으로 여겨졌다. 편지를 받은 민기홍은 연락이 오기를 기다릴 것이고, 자신이 연락을 하지 않을 경우 서민영 선생과 민기홍, 양쪽에 결례를 범하게 될 입장이었다.

어려운 일일수록 도움을 청할 사람이 많은 게 좋다. 이렇게 생각한 김범우는 두 사람 다에게 일을 부탁하기로 마음먹었다. 두 신문이 차지하고 있는 사회적 영향력이 분명 차이가 남에도 불구하고 이학송 쪽으로 먼저 마음이 기우는 것은 어찌할 수 없는 일이었다. 김범우는 서민영 선생의 편지를 주머니에 넣고 하숙집을 나섰다. 전화는 어차피 전차 종점에 나가야 빌려쓸 수 있었다. 학교가 가까운 안암동 근방에 자리 잡지 않고 돈암동에 하숙을 정한 것은 시내로 연결되는 교통 편의 때문이었다. 돈암동에서 종로4가로 직결되는 전차는 더없이 편리했다. 그렇다고 돈암동의 하숙비가 안암동보다 비싸지도 않았다. 돈암동 뒷산을 넘어다니는 학교길은 운동 삼아 걷기에 적당했다.

담배를 사며 얼굴을 익히게 된 상점에서 전화를 빌렸다. 교환대로 통하는 발신손잡이를 돌리면서 김범우는, 그가 자리에 있을까, 하는 우려를 하고 있었다. 정치 만개(滿開)의 시절답게 정치부 기자 이학송은 언제나 분주해서 통화하기가 그리 쉽지 않았다.

"네에, 교환입니다."

"예, 소공동 국도신문 부탁합니다."

"아, 국제신문사요? 기다리세요."

교환수는 입에 익은 대로 '국제신문사'라고 했다. 그 세련된 음성에서는 전혀 그런 감정을 느낄 수 없었지만, 그녀는 내심으로 왜 '제'자를 '도'자로 바꿔 일하기를 복잡하게 만드느냐고 짜증스러워할지도 모를 일이었다. 《국제신문》은 모종의 '오보사건'에 얽혀 서너 달 전에 제호를 변경하지 않을 수 없게 되었던 것이다. 교환원은 그 사정을 모르고 있기가 쉬웠다. 개인이고 집단이고 간에 좌익

적 냄새를 풍기거나 색깔을 드러내게 되면 무사할 수가 없었고, 그
선명도를 의심받게 되는 경우에도 결과는 다름이 없었다. 그 강경
일변도는 여순사건을 기점으로 더욱더 전국적인 양상을 드러내고
있었다.

"이 기자요? 지금 없는데, 아닙니다, 저기 옵니다, 기다리세요."

이렇듯 성급한 말바꿈을 들으며 김범우의 마음도 예민하게 명암
이 바뀌고 있었다.

"여보세요, 전화 바꿨습니다. 이 기잡니다."

울림이 좋은 굵은 목소리가 들렸다.

"안녕하십니까, 이 선배님. 저 김범웁니다. 한 가지 특청이 있는데
요, 뵐 시간이 있을지요."

김범우는 기자의 생리에 맞추어 용건부터 털어놓았다.

"김 형이 나한테 특청이라, 이거 영광인데. 특청이라면 전화로는
얘기가 안 될 게고, 점심시간에 만나도록 합시다. 그동안에 난 처리
할 기사가 한 건 있으니까. 어떻소?"

"그렇게 하겠습니다. 그럼 12시까지 길 건너 다방으로 나가겠습
니다."

김범우는 맑고 개운한 기분으로 전화를 끊었다. 일부러 '특청'이
라고 강조했는데도 이학송은 싫어하거나 귀찮아하는 기색을 전혀
보이지 않았던 것이다. 그의 둥글넓적하게 생긴 얼굴이 떠올랐다.
남자답지 않게 흰 얼굴에는 언제나 웃음이 감돌고 있었다. 여성적
으로 느껴지는 그런 안온한 얼굴을 가진 사람이 속으로는 사회주

의적 열정을 품고 있다는 사실이 믿어지지 않을 정도였다. "이승만 정권이야말로 반민주적이고 반민중적인 양키들의 모조정권이오. 이건 김일성이나 공산당 입장에서가 아니라 역사의 입장에서 그렇소. 정치에서 현실만 강조하는 것처럼 아둔한 인식도 없소. 정치는 현실과의 씨름이면서 역사와의 대결이오. 이승만 정권이 그나마 모조성을 면하느냐, 못 면하느냐는 특위 활동의 성패에 달려 있소. 허나, 돌아가고 있는 기류로 봐서는, 글쎄, 가망이 점점 희박해지고 있소." 술을 마시고 이런 말을 하면서도 그의 얼굴은 웃음을 머금고 있었다. 그의 말과 얼굴이 걸맞지 않아 김범우는 처음에 묘한 혼란을 겪어야 했다. 진정을 말하고 있는 것인지, 사회양심이 있는 척 직업적 가장을 하고 있는 것인지 도무지 식별할 수가 없었던 것이다. 더구나 그런 혼란이 심해진 것은 어조 때문이었다. 그의 목소리는 아주 울림이 좋았는데, 그 목소리는 말의 내용과는 전혀 상관없이 아무런 어감도 담지 않은 채 나직한 흐름을 일정하게 유지했다. 그러나 유심히 살펴본 결과, 그의 내부감정을 표출해 내고 있는 곳이 한 군데 있었다. 그의 큰 눈과 짙은 눈썹이었다. 평소에는 선량하게 보이던 큰 눈에는 열기가 가득했고, 얼굴의 치장물에 지나지 않은 것 같던 짙은 눈썹은 말을 따라 꿈틀꿈틀 움직였다. "그 사람, 진중하면서도 정열을 가진 사람이오. 타향생활에서 믿을 만한 말벗이 될 수 있을 것이니 사귀어보도록 하시오. 여러모로 서로가 유익할 테니." 서울로 올라가게 되었음을 알리자, 법일스님이 한동안 고개를 끄덕이고 있다가 입을 열어 꺼낸 이학송에 대한 소개

말이었다. 그가 진중하면서도 정열을 가진 사람이라는 법일스님의 말은 자신의 혼란을 정리하고, 그를 이해하는 데 도움이 되었다. "해방 직후부터 1년 가깝게 제가 그분 밑에서 심부름을 했죠. 그분은 뜻 맞는 사람들과 순천 주변에서 읽히는 신문을 발간하셨는데, 전 그때 홍콩이나 오끼나와 등지에서 발신하는 단파방송을 청취해서 번역해 가지고 그분에게 올리곤 했죠. 그러니까 뭐랄까, 외신부 기자 노릇을 한 셈인가요? 허허허……." 이학송의 헛웃음에서 김범우는 이상하게도 섬뜩한 기분을 느껴야 했다. 그건 얼핏 헛웃음으로 들릴 뿐 비웃음이 분명했다. 시대를 향하여 터뜨리는 야유와 조롱이 섞인 소리나는 비웃음. "국제신문에 근무하게 되어 서울로 올라온 것도 다 그 인연 때문이고요." 김범우는 서울로 와서야 법일스님이 그 사회의식이 강했던 신문의 발행인의 한 사람이었다는 사실을 알게 되었다. 그것은 적잖은 놀라움이었다. 그 신문이 순천에서 자취를 감춘 것은 공산당 활동 불법화 그즈음이었다. 그것이 혹시 좌익의 지하신문이 된 것은 아니었을까. 그럼, 지하신문 발행 자금으로 금융조합의 돈까지 끌어댔다는 처남과 법일스님과의 관계는? 그리고 법일스님은 승려의 몸으로 어떻게 그런 적극적인 행동을 할 수 있었을까? 그분은 서민영 선생과는 다른 차원의 입장에서, 종교를 이미 버린 것이 아니었을까? 자신의 이런 의문에 대해 이학송의 말은 명료한 해답이 되었다. "그 신문은 재정난으로 발행이 중단됐구요, 그분은 공염불이나 일삼는 상식적인 승려도, 해탈이나 꿈꾸는 몽상적인 승려도 아니었습니다. 그분은 남다르게 투철한 실천불교 사상을 가진 분으로, 우주의 질서에 의한 생명의 생성과 소멸은 믿되 내세니 극락이니 지옥이니 하는 부분은 믿지 않았습니다. 그분은 이타와 자비를 석가모니의 제일 큰 가르침으로 파악하고 있었고, 석가모니의 평생에 걸친 고행을 그 가르침의 몸소실천으로 해석했습니다. 그리고 석가모니의 그 행위는 중생제도라는 말로 다시 표현되는 시범적 인간혁명으로 받아들였습니다. 그래서 진정한 중생제도란 당대의 가장 중요한 인간의 문제를 석가모니 같은 태도의 실천으로 해결해 나가는 것이라고 했습니다. 해탈은 그런 몸가짐 마음가짐이 일치하여 행동할 때 얻어지는 기쁨이나 보람, 그것이 곧 해탈이지, 해탈을 하겠다고 면벽하고 앉았으면 무릎만 곯아가고 엉덩이에 군살만 박힌다는 것이었습니다. 인간의 절박한 생존문제의 해결을 위해서 종교가 부인된다면 그것도 당연한 현상으로 받아들여야 한다고 했습니다. 애초에 인간을 위한 종교였지, 종교를 위한 인간이 아니었으므로 인간의 종교부정은 얼마든지 있을 수 있는 일이며, 인간의 다면적인 속성은 어느 땐가는 또 종교를 필요로 하게 된다는 것이었습니다. 그분은 승려로서 두 가지 후회를 가지고 있었습니다. 혜초와 같은 순례의 길을 떠나지 못한 것과, 불교를 민족을 위한 진정한 종교로 그 체세를 개혁할 기회를 놓친 거라고 했습니다." 빗장뼈가 부러진 몸으로 가부좌를 틀고 앉아서, 인생 사고(四苦)에다 아고(餓苦)를 하나 더 첨가해야 한다며, 그 이유를 설명하던 진지하면서도 처연하게 느껴지던 모습이 새삼스럽게 떠올랐다. 법일스님은 종교적 입장에서 사회개혁의지를 실천하고자 한 것이지 처남과는 관계가 없는 것이 분명했다. 그러나 순천이 진압된 직후 며칠에 걸쳐 경찰·군인·서북청년단·피해자 가족·반장들까지 동원되어 좌익합동색출에 나섰고, 읍민들 중 5만여 명이 동네단위로 북국민학교 운동장에 끌려나와 심사를 받는 수난을 겪었는데, 손가락질 하나로 무수한 사람들이 즉결처분을 당하는 그 수라장의 위기를 법일스님이나 처남이 어떻게 넘길 수 있었는지, 새삼스럽게 신기하고 그저 기적 같을 뿐이었다.

이학송은 김범우보다 네 살이 위였다. 그래서 한차례 술을 마시는 것을 계기로 하여 '이 선배'와 '김 형'으로 서로의 호칭을 합의했던 것이다.

이학송은 5분쯤 늦게 나타났다.

"김 형, 우리 밥을 먹으면서 얘기하는 게 어떻소."

이학송은 자리에 앉지도 않고 약간 큰 키를 구부정하게 숙인 채 말했다.

"그러지요, 그럼."

김범우는 지체 없이 일어섰다.

둘이는 설렁탕을 시켰다.

"자아, 특청이 될 일인지 어디 얘길 들읍시다."

이학송의 얼굴이 사람 좋아 보이게 웃고 있었다.

"예에, 다름이 아니라……."

김범우는 그동안에 요약 정리해 둔 이야기를 시작했다. 이야기

중간에 설렁탕이 나왔고, 김범우는 설렁탕에 양념을 치면서도 이야기를 계속했다.

"……그러니까 그 사람이 어디에 갇혀 있는지를 알아달라는 거지요. 이만하면 특청감이 됩니까?"

김범우는 이학송을 건너다보았다.

"될 만한데. 결국 이 일을 꾸민 주범은 김 형이로구만?"

"그런 셈이죠. 그 정도 일이 어디 이런 식으로 확대될 줄을 알았습니까?"

"충분히 가능한 일이오. 김 형 얘길 듣자니까 그 심 중위란 사람이 구해낼 만한 가치가 있는 군인 같은데, 잘못했다간 몸뚱이에 얼병깨나 들게 생겼는데 수사에 어떻게 대처하고 있는지 모르겠소. 우선 어디에 갇혔는지 알아보도록 합시다. 필동 헌병대가 아니면 조선호텔 앞 대륙공사일 테니까."

"대륙공사요?"

"아, 특무대를 위장하느라고 붙인 간판 이름이오."

"혹시, 서울신문의 민기홍 기자라고 아십니까?"

"예, 사회부에 있지요. 아는 사이요?"

"아닙니다. 어느 분이 이 일을 부탁하라고 소개를 했는데, 찾아가야 할지 어쩔지 몰라서요."

김범우는 다시 망설임이 생겼던 것이다.

"그 민 형이 나와는 의식이 일치하는 입장은 아닙니다만, 동문이고 해서 아는데, 사람은 믿을 만하니 만나도록 하시오. 세상이 이렇게 엉망진창인 판에다가 용공으로 얽혀들었으면 힘을 합칠 사람이 많을수록 좋소. 보아하니 혼자 찾아가기가 옹색한 모양인데, 내가 연락을 취해 함께 만나면 어떻겠소?"

"폐가 되겠지만, 그리 해주시면 더 고마울 게 없지요. 초면에 부탁을 해야 하는 입장이 돼놔서……."

말을 얼버무리고 있는 김범우의 얼굴에는 반가운 빛이 역연하게 드러났다.

"이거 참, 세상이 갈수록 쑥밭이오. 온통 사바사바에 빽이면 안 통하는 일이 없고, 미운 놈은 빨갱이로 몰아치면 깨끗하게 제거되고, 이거 볼장 다 본 세상이오. 갑시다, 민 기자나 만나러."

이학송은 한숨을 푹 쉬며 자리를 차고 일어났다.

민기홍 기자는 작은 체구에 안경을 낀 것이 안창민과 흡사한 모습이었다. 그러나 얼굴 생김은 차이가 많이 났다. 한눈에 보아 미남이라고 할 만큼 잘생긴 얼굴이었다. 그 얼굴에 사색이 깃든 무게감 같은 것이 담겨 있었다.

"그러잖아도 김 선생 연락을 기다리고 있었습니다. 서 선생님 편지를 통해서 사건내용이나 제가 해야 할 일은 알고 있습니다."

민기홍이 초면 같지 않게 친근한 느낌이 들도록 말했다.

"예, 그러셨군요. 제가 연하인데 말씀을 낮추시지요."

"민 형, 자네도 나처럼 하게. 그래야 서로의 입장이 다 편해질 것 아닌가."

이학송이 김범우의 말을 거들었다.

"서로가 편해진다면 그리 하세."

민기홍은 엷은 웃음을 지었다.

"그런데 말야, 민 형, 심 중위가 갇힌 델 알아내는 거야 별로 어려운 일이 아닌데, 문제는 빼내는 것 아니겠어? 자네 혹시 그만한 빽 가지고 있나?"

자신이 바라는 바를 미리 헤아려 말하고 있는 이학송의 마음씀에 김범우는 더없는 고마움을 느꼈다.

"글쎄…… 나도 그 문젤 잠시 생각해 봤는데 좀 막연한 형편이네. 군부 쪽 문제가 돼놔서 쉽지가 않네."

"그래, 자네도 나나 비슷하겠지. 우선 소재부터 파악하기로 하세. 나는 나대로, 자넨 자네대로 헌병대부터 뒤져보는 게 어떻겠나?"

"그리 하세. 이 형하고 별일을 다 함께하게 됐군."

민기홍이 빙긋 웃었다.

"이게 다 세상살이 아닌가. 요새도 술은 멀리하나?"

"뭐 그저 그렇지."

"어떤 멍청한 작자가 조선 크리스천한테만 술을 못 마시게 전돌했는지 원. 그 말을 그대로 순종하는 신자들은 더 멍청하지만 말야. 기자라는 직업도 자넬 술 마시게 만들진 못하는 모양이군."

"너무 서운해하지 말게. 한두 잔씩은 마시게 만들었으니."

"그래? 그게 언제부턴가?"

이학송은 놀라움을 과장해 보이며 큰 눈을 더 크게 떴다.

"꽤 오래됐네."

"이런, 그러고 보니 우리가 못 만난 지도 벌써 언젠가."

"이 사람아, 솔직하게. 내가 예수꾼이라고 일부러 안 만나려고 한 거 아닌가."

"어쨌거나, 자네가 술을 한 잔이라도 할 수 있다니 이젠 됐네. 이 일부터 해결해 놓고 우리 한잔해 보세."

"제가 모시도록 하겠습니다."

김범우가 말했다.

"김 형은 술을 잘하시오?"

민기홍이 물었다.

"말 말게, 내가 꼼짝을 못하는 판이야."

이학송이 몸을 돌리며 손을 저었다.

"아이쿠, 그럼 대단하신 모양인데……."

민기홍이 놀라워하며 안경을 밀어올렸다. 김범우는 민망한 웃음을 흘렸다.

한편, 헌병대에서 조사를 받고 있는 심재모는 '범죄사실'을 모두 시인하고 있었다. 순천에서 기차로 갈아탄 심재모는 자신이 왜 용공혐의를 받게 되었을까를 줄곧 생각하다가 서울이 가까워져서야, 혹시 여자를 율어로 들여보낸 일 때문이 아닐까 하는 생각을 어렴풋이 했던 것이다. 그런데 헌병대에서 조사가 시작되자 그 어렴풋 했던 추측이 확실한 현실로 나타나게 되었다. 자신이 모함을 당했다는 사실과 함께 심재모는 대처방안을 신속하게 생각했다. 그것이 엄연한 모함이었지만 일단 혐의를 받고 갇혀 있는 입장에서는 혼자의 힘으로 그 모함을 벗어날 길이 없었다. 해명은 변명이 될 것이고, 용공부인은 용공시인의 폭력을 부를 터였다. 자신이 모함에서 벗어날 수 있는 가장 효과적인 방법은 그 모함을 물리칠 만한 현지의 응원이었다. 그것이 탄원서가 됐든, 진정서가 됐든 현지로부터 어떤 힘이 작용되어야만 신빙성이 확보되고, 자신의 결백도 입증될 수 있었다. 심재모는 권 서장을 믿었고, 서민영 선생을 믿었다. 더구나 거기에는 당초에 일을 시작한 손승호가 있었다. 그 사람들이 자신을 위하여 힘을 모아줄 것이고, 그 사람들의 힘이라면 유지들의 모함을 능히 물리칠 수 있을 것을 그는 믿었다. 그 시간을 요령 있게 벌어야 했다. 그 요령이 모든 '범죄사실'의 시인이었다. 어설프게 해명하거나 부인하고 들었다가 폭행을 자초해 몸을 망가뜨릴 이유가 없었다. 경찰의 고문도 일제시대 그대로 무지막지하게 자행되는 실정이었지만 헌병대의 고문도 그에 못지않다는 소문은 세상이 다 아는 사실이었다. 더구나 좌익이나 용공혐의자에게 가해지는 고문이 극악하다는 것은 더 말할 필요가 없었다. 심재모가 그런 식으로 해서 풀려나는 것에만 정신을 집중한 데는 또 하나의 이유가 있었다. 그는 이미 현재와 같은 상황 속에서 군인생활을 한다는 것에 근본적으로 회의를 느꼈던 것이다. 군부 안에서 관동군 출신들이 판을 치고 오히려 광복군 출신들이 수세에 몰리는 것까지는 그나마 수적인 열세로 보아넘겼던 것인데, 계엄사령관으로 근무하게 되면서 무엇을 위한 군인이며, 누구를 위한 군인인지 회의가 자꾸 깊어져갔던 것이다.

"이새끼 이거, 딱 총살감이구면."

조사관이 이렇게 말할 정도로 심재모는 '빨갱이'가 되어 있었다.

그들의 모함을 일거에 뒤엎을 수 있을 정도로 강력한 탄원서를 만들기 위해 몇천 명이고 도장을 받으려 했던 서민영의 의도는 무참하게 좌절되고 말았다. 경찰서에서 풀려난 서민영은 지체 없이 다음날부터 도장 받기를 시작했는데, 사람들의 태도는 이미 달라져 있었다. 서민영이 나서기 전에 벌써 경찰과 청년단원들이 동네마다 들쑤시고 다니며 엄포를 놓았던 것이다. 도장을 찍는 자는 빨갱이이기 때문에 무조건 잡아들인다는 것이었다. 백남식이 내린 그 명령은 서민영의 행동을 완전히 봉쇄하다시피 하는 효과를 나타냈다. 두려워하고, 난처해하고, 주저하는 사람들을 대하면서 서민영은 도장을 찍어달라고 할 수가 없었다. 그것은 강요였을 뿐만 아니라, 젊은것들 서넛이 자신의 뒤를 멀찍이 따라붙는 노골적인 감시를 하고 있었던 것이다. 그런 악랄한 수법이 동원될 줄은 서민영으로서는 미처 예상하지 못한 일이었다. 서민영은 도장 받기를 일단 중지할 수밖에 없었다. 집으로 발길을 돌리는 서민영의 심정은 난감하기만 했다. 계엄사령관이란 자를 찾아가 항의를 한다고 될 일이 아니었고, 자신이 직접 나서지 않고 다른 사람들을 시켜 은밀히 도장을 받아낸다는 것도 될 일이 아니었다.

서민영이 집으로 돌아오니 이지숙이 먼저 돌아와 있었다. 서민영은 고개를 끄덕이는 것으로 모든 말을 대신했고, 생략했다. 이지숙은 아무 말 없이 서민영을 뒤따라 방으로 들어갔다. "쩌년이 저거, 어지께 그리 혼쭐나고도 도장 받으로 나선 것 봉께로 배짱이영 씨시?" "긍께로 빨갱이허고 연애치는 것 아니겄냐?" "글고 봉께 그러시." "빨갱이허고 연애치는 사인디 쩌것은 삘건 물 안 들었을끄나?" "재판받고 나온디다가 야학선상 허는 것 보먼 고것이야 아닌갑제." "그건 그려. 근디, 쩌것이 처녈끄나 아닐끄나?" "고것이야 지 혼자 알 일이제. 근디, 위째서?" "잉, 쩌년이 우리 고상시킴서 정 도장 받으로 댕기먼 우리 둘이서 착 뒤집어놓고 돌림빵을 혀서 버리장머리럴 고칠 수도 있다 그것이여." "허! 고것 존 방법이시." 뒤를 따르고 있는 두 녀석이 일부러 들으라는 듯 떠벌리던 소리가 아직도 귓속에 남아 있었다.

"손 선생은 언제 끝나는지 아시오?"

자리를 잡은 서민영이 무겁게 입을 열었다.

"오전수업이라고 했습니다."

"이리 오도록 연락을 좀 취해주시오."

"네…… 다녀오겠습니다."

이지숙은 잠시 망설이다가 일어섰다. 손승호와 자리를 함께하게 되면 자연히 나올 말이었으므로 물을 필요가 없었다.

서민영 앞에 나타난 손승호의 얼굴은 말이 아니었다. 코 언저리가 어찌나 부어올랐는지 코를 찾을 수가 없을 지경이었다.

"자네 얼굴이 어찌 그런가? 코가 크게 상한 것 아닌가?"

놀란 서민영이 연거푸 물었다.

"예, 좀 부은 것뿐입니다."

손승호는 얼굴을 수그리며 손으로 코 부분을 가렸다.

"부은 것만이 아니군요. 아직도 피가 흐르고 있잖아요."

이지숙이 날카로운 눈빛으로 상처 부위를 주시하며, 꼬집어내듯이 말했다.

"뭐, 그저, 조금씩 흘러요."

손승호는 감추려는 기색이 완연한 채로 말을 얼버무리듯이 하고 있었다.

"어허 이 사람아, 그때가 언제라고 여태 코피가 흐르게 둔단 말인가. 당장 병원으로 가세."

서민영이 안타까운 얼굴로 몸을 벌떡 일으켰다.

"선생님, 아닙니다. 정말 조금씩밖엔 안 흐릅니다. 솜을 반 시간에 한 번 갈아끼울 정도밖에 안 됩니다."

"어허, 아무리 소량으로 흐르는 피라도, 피가 계속 흘러서는 사람이 살 도리가 없는 법 아닌가. 일어나게, 어서."

"예, 병원엔 곧 가도록 하겠습니다. 아까 이 선생이 써놓고 간 편지를 보고 일이 방해받고 있다는 걸 알았습니다. 그에 대한 선생님 말씀부터 먼저 듣고 싶습니다. 선생님, 그리 하게 해주십시오."

손승호는 일어날 낌새라곤 없이 완강한 자세로 앉아 있었다.

"선생님, 그렇게 하시는 게 덜 번거롭지 않을까 싶습니다."

이지숙의 말이었다.

"사람들 참……." 서민영은 자리에 앉기가 바쁘게, "사람들 도장을 가능한 한 많이 받기로 한 계획은 어려울 것 같네. 그렇다고 탄원서를 내기로 한 걸 포기할 수도 없는 일 아닌가. 그러니 받을 만한 사람한테서만 받아 일단 탄원서를 내고, 그 다음 방도는 더 생각해 보도록 하는 게 어떻겠나?" 그의 말은 평소보다 한결 빨랐다.

"사람 수가 적어 효과가 안 나면 선생님께서 하신 수고만 허사가 되겠군요."

손승호의 맥 빠진 소리였다.

"꼭 그렇진 않네. 처음부터 사람 수가 많다고 해서 효과가 보장되어 있던 일은 아니었으니까. 사람 수를 될 수 있는 대로 많이 하려고 했던 것은 우리의 계획일 뿐이었고, 묵살하려 들면 사람 수의 다과를 상관하지 않고 묵살해 버릴 것일세. 용공사건인 데다가, 군부를 상대로 한 민간인들의 탄원서고, 거기다가 시골구석 사람들의 소리 아닌가."

손승호는 갑자기 할 말이 없어지는 걸 느꼈다. 이미 그런 장애요인들을 다 파악하고 있으면서도 탄원서 만들기에 발 벗고 나선 선생님의 마음이 야릇한 슬픔과 진한 고마움으로 가슴을 적셔오는 것을 느끼고 있었다.

"나한테 한 가지 생각이 있으니 그걸 마음에 정할 때까지 기다려보게나. 자아, 얘기 다 끝났으니 어서 병원으로 가세나."

서민영은 일어날 자세를 취했다.

"선생님, 제발 앉아 계십시오. 병원엔 저 혼자 가도 되잖습니까."

"자네가 미련하게 또 안 갈까 봐서 그러는 게지."

"아닙니다, 지금 당장 가겠습니다."

"그러게, 당장 가게. 코는 얼굴의 중심이고, 남자 인물을 좌우하는 맥일세."

"선생님, 저는 어차피 코가 못생겼는걸요."

손승호는 씨익 웃으며 일어섰다. 이지숙이 손으로 입을 가렸다.

"이 사람아, 못생겼으니까 탈이 나면 더 안 되지."

서민영의 얼굴에도 웃음이 감돌았다.

전 원장은 부어오른 콧등을 조심조심 눌렀고, 그럴 때마다 손승호는 등줄기로 맞통하는 자극적 아픔에 몸을 떨었다. 콧속까지 몇 번씩 들여다보고 난 전 원장은 고개를 저었다.

"내가 보기엔 코뼈가 부러진 것 같군요. 코뼈는 원래 연골이라 부러지기도 잘하고, 붙기도 잘하지요. 그런데 붙는 데 문제가 있습니다. 부러진 자리끼리 잘 붙어주는 게 아니라 근육의 방해로 제멋대로 붙어버리거든요. 코가 이상하게 휘어지거나 구부러진 사람들이 더러 있는데, 다 치료를 받지 않고 방치해서 그리 된 겁니다. 제 진단은 손끝으로 만져본 것에 불과하니까, 전문의한테 가서 뢴트겐 사진을 찍고, 부러진 부분을 정확히 찾아 치료를 받아야 되겠습니다. 출혈도 그 때문에 생기는 겁니다."

"어떻게, 원장님 손으로 안 되겠습니까?"

손승호는 귀찮다는 생각이 앞서고 있었다.

"제가 할 수 있는 일은 아까징끼 정도 발라드리는 것뿐입니다. 좀 멀더라도 광주로 가서 치료를 받도록 하세요. 제가 좋은 의사를 소개해 드리겠습니다."

"그냥 둬버리면 어떨까요?"

"그건 좀 곤란합니다. 뼈가 잘못 붙어 외관상 보기 싫은 거야 둘째 문젭니다. 우리의 모든 기관은 복합기능을 갖게 마련인데, 뼈가 잘못 붙게 되면 그 기능에 장애가 생기게 되고, 그에 따른 후유증이 병을 일으키게 됩니다. 한 가지 예를 들면, 뼈가 잘못 굳어지는 과정에서 콧구멍이 비정상으로 좁아지게 됩니다. 그 구조 변화로 콧물의 배설이 지장을 받아 축농증이 생기게 됩니다. 뿐만 아니라 코만으로는 호흡곤란이 일어나니까 자연히 입호흡을 하게 되고, 그 기간이 길어지면 기관지에 탈이 생기고, 폐가 나빠지게 됩니다. 이러니 치료를 안 받으시면 곤란합니다."

"빌어먹을 자식!"

손승호의 입에서 불쑥 튀어나온 소리였다. 전 원장은 그렇게 심하게 다친 연유가 궁금했지만 차마 물을 수는 없었다. 단지 자신의 호기심을 채우기 위해 그런 것을 묻는다는 것은 손승호에 대한 지나친 결례라는 생각이 들어서였다.

"어떻게 하시겠어요, 제가 소개장을 쓸까요?"

"예에, 고맙습니다."

부어오른 손승호의 얼굴은 울상이 되고 있었다.

바로 그날 전투복 차림이 아닌 정장 차림을 한 남인태가 느닷없이 경찰서에 나타났다. 그는 문을 걷어차듯 하는 기세로 사무실로 들어섰다.

"그간 자알들 있었나!"

어리둥절해하기도 하고 의아해하기도 하는 옛 부하들을 향해 그가 거침없이 던진 말이었다. 그리고 그 말 뒤에다 그는 너털웃음을 길게 매달았다. 그가 보성 경찰서장으로 부임해 가는 길이라는 사실을 알고 나서야 옛 부하들은 고개를 주억거렸다.

보성 경찰서장은 잔칫술을 마시다가 기습당한 사건으로 문책당하게 되었고, 그 결과 남인태와 자리가 맞바뀐 것이었다. 마침내 소원성취를 하게 된 남인태는 보성으로 가는 길에 마음이 급해서 벌교를 그냥 지나칠 수가 없었던 것이다. 자신의 금의환향을, 실속이야 벌교만 못하지만 행정단위로는 엄연히 상위인 군경찰서장으로 영전하여 되돌아온 자신의 당당한 모습을, 자신을 몰아낸 김사용을 위시해서, 자신이 떠날 때 그리도 냉정했던 기관장들이며 유지라는 것들에게 한시라도 빨리 보여주고 싶었던 것이다.

"내가 바로 남인태요. 보성경찰서로 부임하게 됐소. 오늘은 업무 지시차 순시가 아니니 안심하시오."

남인태가 권 서장에게 내던진 말이었다. 권 서장을 노려보듯 하는 그의 얼굴에는 자만과 비웃음이 뒤섞여 있었다.

그런데 읍내는 작년 10월 하순처럼 살벌한 기운 속에 뒤집어져 있었다. 신임 사령관 백남식의 명령으로 좌익세포 색출과 전체 읍민의 사상 재검토가 실시되고 있었던 것이다. 반장과 이장들은 백남식 앞에 불려와 세포 색출의 책임량을 할당받았고, 입산자 가족들은 백남식에게 직접 취조를 받아야 했다. 장흥으로 떠난 외서댁까지 불려왔고, 소화도 제외될 수가 없었다. 백남식은 취조라는 것을 하다가 걸핏하면 지휘봉 끝으로 여자들의 가슴을 마구 찔러 대거나, 목줄기를 사정없이 후려치고는 했다. 그러다가 소동이 벌어진 것이 염상진의 아내 죽산댁을 다루면서였다. 죽산댁은 그녀의 기질대로 억세게 나갔고, 백남식의 지휘봉은 점점 자주, 그리고 세차게 그녀를 갈겨댔다. "온냐 이놈아, 나럴 쥑여라아. 부부지 간이면 정이나 통허제 사상할라 통허는지 아냐, 요런 돌대그빡, 문딩이 자석아아!" 눈을 부릅뜬 채 이런 소리를 부르짖으며 죽산댁은 순식간에 백남식에게로 덤벼들었다. 아무리 몸이 날랜 백남식이었지만 덤벼들리라고는 전혀 예상하지 못하고 앉아 있다가 그대로 오른쪽 팔을 덥석 물리고 말았다. 엉겁결에 몸을 일으킨 백남식은 왼팔을 휘두르며 죽산댁을 갈겨대기 시작했다. 그러나 그가 갈겨댈수록 어느새 두 팔로 그의 허리까지 감아잡은 죽산댁은 부들부들 떨며 이빨에 힘을 가하고 있었다. 백남식은 발로 걷어차려 했지만 허리가 잡혀 있어서 발을 쓰기가 거북했고, 이빨이 살을 파고드는 아픔이 갈수록 심해져 정신을 차리기 어려웠다. 그는 신음을 악물며 여자를 더욱 난폭하게 갈겨댔지만 여자는 떨어져나가는 것이 아니라 오히려 더 악착스럽게 달라붙고 있었다. 이러다가는 살점이 떨어져나가고 말 것 같은 생각이 들었고, 백남식은 더는 고통을 견뎌낼 수도 없었다. "뭣들 하고 있는 거야! 이년을 떼내, 빨랑!" 마침내 백남식이 소리 질렀다. 그가 주먹질을 멈추고, 서너 명이 달려들어 뜯어내서야 죽산댁은 물고 늘어졌던 팔을 놓았다. 옷 위로 물었는데도 백남식의 팔에는 이빨이 박혀들다가 빠진 자국이 횟가루로 만든 본처럼 뚜렷하게 찍혀 있었다. "내 참 드러워서. 허 참 드러워서." 백남식은 연방 이런 소리를 내뱉었고, 아랫사람들은 그의 눈을 피해가며 키득거리고 웃어댔다. "허어, 고것참, 우리 사령관 각하님이 짠허니 되았네그랴. 우리 형수씨가 진돗개 중에서도 싸납디싸나운 진돗개라는 것을 나가 살짝허니 갤차줬어야 허는 것인디, 암것도 몰름시롱 뎀비다가 기엉코 당해부렀구마잉. 그려도 천행이다. 붕알 안 물린 것이 천행이여. 크크……, 짠혀서 으쪄까, 짠혀서." 염상구는 여기저기에 얼굴을 내밀며 이런 소리를 능청맞게 지껄였고, "내가 재수가 좋았지. 그 망신 당하고 그걸 죽일 거야, 살릴 거야." 토벌대장 임만수가 맞장구를 쳤다. 백남식이 함부로 매질을 하다가 체면손상을 한 것도 체면손상이었지만, 또 하나 불찰을 저질렀다. 이빨에 물린 자리를 치료하지 않고 그냥 넘긴 것이었다. 하룻밤을 자고 나자 통통 부어 올랐고, 약간 나아지는 듯하다가 며칠이 지나자 견딜 수 없도록 욱신대기 시작했다. 그때서야 병원을 찾아갔다. "이거 째야 되겠습니다." 전 원장이 무표정하게 말했다. "째요?" 백남식이 놀라서 물었다. "수술을 해얀단 말입니다. 속으로 곪았어요." "개쌍년!" "곪은 부위는 마취가 안 듣습니다. 좀 아프더라도 참으세요." "아니, 그냥 살을 쨌단 말입니까?" "그럼 수술을 안 받으시겠어요? 이대로 두면 팔을 절단하게 됩니다." "아, 알겠어요. 개쌍년!" "자아, 이빨을 악무세요." "우악! 아우아, 아―아……." 백남식이 발악적으로 지르는 비명이 병원을 흔들었다. 전 원장도 새삼스럽게 불려가 백남식에게 조사를 받았던 것이고, 손승호의 코가 그 지경이 된 것은 백남식의 주먹질 때문이라는 걸 알게 되었다. 전 원장은 백남식을 환자로 대하면서도 자신도 모르게 싸늘해져 있었다.

심재모의 면회는 물론 되지 않았다. 김범우는 이학송과 민기홍을 통해서 사태 변화를 들을 수 있을 뿐이었다. 처음에는 심각한 상태였다가 탄원서가 접수되면서 다소 호전되기는 했지만 벌을 면하기는 어려운 상황이라고 했다. '심각한 상태'라는 것은 총살형을 의미했으므로 사태가 호전되었다 하더라도 중형을 받게 될 것이었다. 심재모가 왜 처음부터 용공 사실을 다 시인했는지에 대해 두 기자는 의문을 표시했다. 심재모에 대해 김범우가 무언가 잘못 알고 있는 게 아니냐는 말까지 했다. 김범우 자신도 그 점을 이해할 수 없었기 때문에 두 기자의 의문을 풀어줄 수가 없었다. 다만, 무슨 이유가 분명 있을 것이라는 말만 강조했던 것이다. 그런 것이야 어찌 됐든 간에 김범우의 관심은 심재모가 벌을 받지 않고 풀려나는 것에 집중되어 있었다.

"뭐 여러 말 할 것 있겠소. 강력한 빽을 동원할 수밖에. 탄원서 정도 가지고는 어림없소. 직격탄이야 물론 군부 빽이고, 그 다음으로 곡사화기가 될 만한 빽으로는 장관이나 국회의원 정돌 거요. 도지사 정도로는 벌써 화력이 약하고. 심, 그 사람 집에서도 손을 쓰고 있는 눈치던데, 합동작전을 전개해도 괜찮지 않겠소?"

이학송의 말이었다. 김범우는 전부터 혐오를 느껴왔던 '사바사바'니 '빽'이니 하는 말을 이제 실감 있게 뇌며, 그럴 만한 사람을 찾고 있는 자신을 발견해야 했다. 사바사바는 '통역정치' 또는 '요정 정치'라고 불리었던 미군정의 음성적 정치로부터 유행하기 시작한 말이었고, 빽은 이승만 정권이 세워지면서 연줄과 돈이면 안 되는 것이 없는 풍조 속에서 생겨난 유행어였다.

김범우는 수원으로 심재모의 집을 찾아갔다. 그의 부모를 대하게 되자 김범우는 자신의 죄의식이 한층 깊어지는 것을 느꼈다. 심재모의 아버지는 벌써 국회의원과 도지사를 동원하고 있었다.

"때맞춰 잘 오셨소. 그러잖아도 그쪽 사람들과 선을 댈 수 없어서 애를 태우던 참이었소. 필요한 말만 하자면, 이쪽 국회의원만 가지고는 안 된다는 게요. 보증을 서야 하는데, 그쪽에서 일어난 일이니 그쪽 국회의원이라야 된다지 않소. 내, 비용은 얼마든지 댈 테니까 그쪽 국회의원을 움직여주시오. 그게 장자요, 장자."

심재모의 아버지 말은 절박했다.

"예, 알겠습니다. 꼭 그렇게 하겠습니다."

김범우는 다짐했다. 서울로 돌아오며 그의 가슴은 우울한 안개로 덮여 있었다. 심재모가 당하는 고생과 최익승 같은 인물을 필요로 해야 하는 처지와, 그런 부류들이 영향력을 행사하는 현실과…… 그런 모든 것들이 안개의 미립자로 가슴속을 어지럽게 떠돌고 있었다. 심재모가 왜 용공을 다 시인했는지 수원에 가서야 비로소 알게 되었다. 맹목적이고 우격다짐인 현실을 감안할 때 그건 현명한 판단이고, 결정이었다. 아니, 그의 판단과 결정이 현명하게 되려면 그가 예상했던 바대로 이쪽에서 적극적인 구출작업을 펼쳐야 하는 것이었다. 그 믿음을 전제로 해서 심재모의 행동은 이루어진 터였다. 심재모의 그 믿음은 곧 자신에게 지워진 책임임을 김범우는 느끼고 있었다.

김범우는 늑장을 부리는 편지에 의지할 수가 없어 권 서장에게 전화를 걸었다. 어떤 방법으로 최익승을 신원보증인이 되게 할 수 있을 것인지 서민영 선생에게 알아보아달라는 내용이었다. 최익승과는 흥정이 있을 뿐이었다. 그가 만약 신원보증인으로 나선다면, 그는 그에 상응하는 그 무엇을 요구할 것이 틀림없었다. 돈, 그리고…… 표, 둘 중에 하나가 되리라고 김범우는 생각했다.

전화가 오가며 며칠이 지나자 김범우의 그 예측은 적중했다. 전화로 서민영의 부탁을 받은 최익승은 대뜸 그 대가가 뭐냐고 물었고, 서민영이 미처 말을 꺼내기도 전에 최익승은 다음 선거에 자신을 적극 지지하면 부탁을 들어주겠다고 했고, 서민영은 이미 예상하고 있던 바여서 그러겠다고 하자 최익승은 말로는 소용없으니 서약을 하라고 했으며, 그럼 서약서를 써서 보내겠다는 서민영의 말에 최익승은 자기와 마주 앉아 써야 한다고 했다.

"최익승이 덕에 서울 구경을 하게 생겼네. 자세한 얘기는 만나서 하세나."

멀게 들리는 서민영 선생의 목소리에 실린 웃음기가 전화를 끊고서도 김범우의 가슴에 여운을 끌며 남아 있었다. 그 웃음은 자조적인 것 같기도 했고 허탈한 것 같기도 했다.

김범우는 이튿날 저녁 무렵 서민영 선생을 마중 나갔다. 무질서하게 앞을 다투어 쏟아져나오던 승객들이 뜸해진 다음에 서민영 선생은 다리를 절룩이며 모습을 드러냈다.

"선생님, 접니다."

김범우는 앞으로 나서며 허리를 깊이 숙였다.

"응, 나왔나. 건강은 하지?"

서민영은 피곤해 보이는 얼굴에 웃음을 지었다.

"네에. 선생님, 피로하시겠습니다."

"아닐세, 내내 잠만 자고 왔네."

"민 기자도 나오기로 했었는데 갑자기 취재할 사건이 생기고 말았습니다."

"아니네, 안 나오기 잘했어. 헌데, 자네 혜화동 쪽 잘 아나?"

"네, 좀 아는 편입니다."

"잘됐네, 최익승이를 오늘 밤에 만나기로 했으니까 어둡기 전에 집을 찾아야지. 보성중학교하고 혜화국민학교 사이, 목욕탕 옆골목이라고 하더군. 그 근방에 와서 아무 가게서고 자기 이름을 대면 다 안다더구만."

"그 정도 위치면 쉽게 찾을 수 있을 것 같습니다. 몇 시에 만나기로 하셨습니까?"

"9시께라고 했네."

"아직 시간이 있으니까 시장하실 텐데 식사부터 하시지요."

"아닐세, 나 시장하지 않아. 집부터 찾아놓고 먹세."

"그러시죠. 그럼, 가실까요."

아무리 시장하더라도 일을 앞에 놓고 밥부터 먹을 서 선생이 아님을 김범우는 익히 알고 있었다.

"서울이 변한 건 사람이 늘어난 것뿐인 것 같구먼."

서민영은 길을 건너며 말했다.

"네, 월남한 사람들에, 지방에서 몰려드는 사람들에, 서울의 인구문제가 현실적으로 심각한 모양입니다. 150만 명이 들끓고 있으니까요."

"그렇겠지. 갑자기 인구가 늘어나니 주택난에, 실업난에, 교통난에, 어디 문제가 한둘이겠나."

김범우는 서민영 선생을 부축해서 종로행 전차를 탔다. 퇴근시간이어서 그런지 전차 안은 몸 돌리기도 어렵게 사람들이 차 있었다. 다리가 불편한 분이 서 있어야 하는 것이 김범우는 너무 마음에 걸렸다. 그렇다고 누구에게 자리 양보를 부탁할 수도 없었다. 그건 서 선생이 용납할 일이 아니었다. 농사일도 해내시는 분이니까, 김범우는 마음을 편한 쪽으로 먹기로 했다.

"선생님, 최익승이가 자기와 마주 앉아 서약서를 쓰자는 건…… 무슨 까다로운 조건을 제시하려는 게 아닐까요?"

김범우는 꺼림칙하게 마음을 차지하고 있던 생각을 조심스럽게 내놓았다.

"아마도 자네 생각이 틀리지 않을 것 같구먼."

서민영은 무심한 듯 창밖을 바라본 채 고개를 끄덕였다. 전차는 덜컹거리며 남대문을 돌고 있었다.

"심 중위를 구하는 것도 중요하지만 선생님께서 그자의 선거운동원이 될 수는 없는 노릇 아닌가 합니다."

"너무 심려 말게나. 최야 이번 기회에 날 옭아매서 선거에 최대한 이용하려 들 게고, 난 그와는 반대입장으로 그의 힘을 빌려 심 중위 일을 해결하되 선거에는 최소한만 이용당하려는, 일종의 줄다리기싸움 아니겠나."

"선생님, 그렇지만…… 그자를 최소한이나마 돕게 되면 선생님의 위신이나 체면이…… 이 타협은 근본적으로 다시 생각하는 게 어떨는지요."

"자네의 신중한 생각 잘 아네. 허나 한 가지 가정을 해보세. 다음 선거에 나와 최가 경합을 한다고 치세. 자네 생각엔 누가 당선될 것 같은가? 그거야 물론 최네. 그게, 이미 돌이킬 수 없게 된 현실적 힘이네. 그러니 그와 타협해서 심 중위를 구해내는 건 양심적으로나 사회적으로나 욕될 게 없네. 나 하나 위신과 체면을 위해 궁지에 빠진 무고한 젊은이를 외면하는 게 오히려 위선이고 비겁이지. 최도 다음 선거에 자기가 당선되리란 걸 누구보다 잘 알고 있네. 그런데 왜 나와 거래하려 하는가? 돈도 힘도 안 드는 신원보증을 서주고, 심정적인 반대파 하나를 없애자는 거지. 그가 절대로 필요로 하는 건, 될 수 있는 한 선거를 쉽게 치르는 거니까. 나도 타협할 선을 정하고 있으니까 너무 걱정 말게나."

종로4가에서 전차를 갈아탔다. 혜화동에 내렸을 때는 날이 어둑어둑해지고 있었다.

"참 문제로군. 서울엔 일본놈들이 남기고 간 흔적이 너무 많아. 외관이 동경과 비슷하니 원."

서민영은 혜화동 쪽으로 길을 건너며 혼잣말처럼 하고 있었다.

집은 쉽게 찾을 수 있었다. 혜화국민학교의 담을 마주 보고 있는 골목길을 꺾어들어 오른쪽 네 번째의 한옥에 최익승의 문패가 붙어 있었다. 골목길이라고 하기에는 너무 넓은 길 양편으로 한옥들이 정연하게 자리 잡고 있었는데, 그 집들의 대문은 하나같이 크고 담 또한 높았다.

"소문대로 부자동네구먼."

눈을 껌벅이며 서민영이 중얼거렸다.

"예, 최익승 같은 사람이나, 부재지주, 신흥부자 들이 몰려 산다고 하더군요. 경복궁을 중심으로 해서 효자동·가회동·재동·팔판동이 서울 토박이 양반동네라면 명륜동이나 혜화동은 각지에서 모여든 부자들이 주를 이룬다고 합니다."

김범우는 이학송에게 들은 말을 그대로 옮겼다.

"각지에서 모여든 부자라…… 가세, 요기를 해야지."

서민영이 다리를 절룩이며 앞서 걸었다. 저 양반, 대단하신 분이야……. 김범우는 뒤따라 걸으며, 서민영 선생의 절룩거리는 다리에서 발산되는 이상한 마력이 자신을 압박해 오는 걸 느끼고 있었다.

서민영 선생은 고기를 굳이 마다하고 곰탕을 시켜 국물 한 방울

남기지 않고 비웠다.

"역시 곰탕은 서울음식이로군. 자알 먹었어." 서민영은 만족스러운 얼굴로 입을 훔치고는, "얘기가 길지 않을 것이니 자넨 어디서 좀 기다리게나. 필시 최는 누가 옆에 있는 걸 꺼릴 테니까." 그는 의미 있는 웃음을 지었다.

"그러믄요. 저하고는 감정이 있는 사입니다."

김범우도 따라서 웃음 지었다.

최익승은 서민영을 기다리고 있었다. 형식적인 인사가 오가자 서민영은 바로 본론을 꺼냈다.

"전화로 대강 말씀드렸으니 심 중위에 얽힌 일은 재론할 필요가 없겠고, 바로 서약서를 작성하도록 하지요."

"그거 좋습니다. 헌데, 서약서를 쓰되 막연하게 날 지지하겠다 해서는 곤란하다 그런 말입니다. 어떤 방식으로 날 지지할 것인가를 구체적으로 표시해야 합니다."

최익승은 주도권을 잡고 있는 사람답게 거드름을 피우며 느릿느릿 말했다.

"좋습니다. 그 구체적인 사항을 말씀해 보시지요."

"에에, 딱 잘라 말하자면," 최익승은 마른침을 삼키며 자리를 고쳐 앉고는, "날 지지하는 연설을 최소한도 두 번은 해야 한다 그것이오." 그는 상기된 얼굴로 서민영을 똑바로 쳐다보았다.

"좋은 말씀이오. 허나 내가 제의하는 바는, 내가 출마를 포기하는 것으로 최 의원에게 협조하려고 하오."

서민영도 최익승을 똑바로 쳐다보며 말했다.

"아니, 그게 도대체 무슨 소리요?"

최익승은 깜짝 놀라는 한편 어리둥절한 얼굴이었다.

"어려울 것 없는 말이오. 최 의원도 아시다시피 지난번 선거에 많은 사람들의 출마종용을 받고서도 나서지 않았던 걸 난 후회하고 있소. 그래, 다음번에는 출마하려고 내심으로 작정하고 있었소."

저놈이 날 이용만 해먹고 제놈 몸 더럽히지 않으려고 여우 같은 수를 쓰는 거지, 저거. 이놈아, 감히 누굴 홀리려고. 저놈을 엎어치기로 넘기려면 배짱으로 나가는 수밖에 없지. 헌데, 저놈 말이 사실이면 어쩐다? 저놈이 나서면…… 그거야말로 골치 아파진다. 허나, 아무나 출마하나. 일단 배짱으로 밀어붙여라. 최익승은 머리를 빨리 회전시키고 있었다.

"하아! 듣던 중 해괴한 소리요, 그거. 얼마든지 출마하시오. 우리 얘기는 끝났소."

"좋소. 어디 한번 겨뤄봅시다, 누가 이기나."

서민영이 다리가 불편한 사람답지 않게 자리를 차고 일어섰다. 그 순간 최익승의 의식은 헝클어졌다. 저놈이 저거 참말인 모양이네. 저놈을 그냥 보냈다기는 병신 오기를 부릴 텐데, 내가 실수했구나. 저걸 어쩐다? 서민영은 거침없이 방문을 열어젖히고 있었다.

"서 선생, 나 좀 봅시다!"

최익승은 소리치며 일어섰고, 서민영은 그대로 대청으로 나서고 있었다.

"서 선생, 서 선생, 내가 잠시잠깐 잘못 생각한 것 같소. 앉읍시다. 앉아서 얘기합시다."

서민영을 붙든 최익승의 목소리는 더없이 다급했다.

　서약서.

　본인은 차기 선거에 불출마함과 아울러 최익승 후보를 성심껏 후원할 것을 이에 서약하는 바이다.

한지에 먹으로 쓴 서약서 내용이었다.

돈암동으로 가는 전차 안에서 자초지종을 다 듣고 난 김범우는 자꾸 웃음이 나오려고 했다. 서 선생이 손상당할 것 아무것도 없이 최익승을 이용하게 된 것이 더없이 통쾌할 뿐만 아니라, 최익승의 허점을 정통으로 찌른 작전이며, 최익승의 거부로 방을 나설 때의 서 선생의 심정이며, 다시 서 선생을 붙들어세운 최익승의 모습이며를 생각하는 김범우의 얼굴에는 웃음이 어리고 있었다.

"심 중위가 갇힌 것이 한 스무 날 되나?"

"예, 그렇게 됩니다."

"그간 고생 많이 했구먼. 조사받는 기간에 비하면 정작 옥살이는 마음이 편한 법이지. 내일 당장 보증을 서기로 했으니 곧 풀려나겠지."

"다 선생님 노고 덕입니다."

"싱거운 소리. 그래, 공분 할 만허등가?"

갑자기 화제를 바꿔버리는 서 선생의 솜씨가 최익승의 허점을 찌른 것과 같다고 느끼며 김범우는 고개 숙여 웃기만 했다.

김범우의 하숙에서 잔 서민영은 다음날 떠났고, 사흘 뒤에 심재모는 풀려났다.

"심 중위님, 죄송합니다. 저 때문에 너무 고생하셨습니다."

김범우는 심재모와 악수를 나누며 말했다.

"그 무슨 서운한 말씀입니까. 제가 오히려 감사해야지요. 그런 혐의로 헌병대에 들어가서 이렇게 말짱하게 나온 건 아마 나 하날 겁니다. 이게 다 누구 덕입니까."

약간 파리한 안색의 심재모가 구김살 없이 말했다.

"아직 근무지 결정은 안 됐겠죠?"

"마음 같아서는 예편을 하고 싶은데 그게 뜻대로 안 될 것 같고, 명령대기 하라니까 당분간 집에서 쉴 작정입니다."

그와 헤어지고 나서도 예편을 하고 싶다는 그의 말이 오래도록 김범우를 우울하게 했다. 심재모의 그 말에, 교직을 떠나고 싶다는 손승호의 말이 겹쳐지고 있었다. 떠나고 싶은 사람이 어디 그 두 사람뿐일까. 그들은 떠나고자 하지만 정작 갈 곳은 그 어디인가. 그들을 떠나고 싶게 만든 세상, 그 세상이 떠나야 하는 게 아닌가.

6월 6일 아침 8시 30분경 명동 입구를 중심으로 한 남대문로에는 기마경찰대 20여 명이 한국은행 방향과 을지로 방향, 두 쪽으로 갈려 정연하게 줄을 서 있었다. 그들은 말에 올라탄 채 말들을 인도에 세우고 있었으므로 차량 통행에는 별다른 지장을 주지 않았다. 그러나 인도는 반으로 줄어든 형편인 데다가 기마경찰대가 내뿜고 있는 삼엄한 분위기 때문에 사람들은 지레 방향을 바꾸어 그 앞 지나가기를 꺼렸다. 그래서 인도는 자연스럽게 교통통제가 이루어지고 있었다. 일정시대의 기마경찰들은 고등계형사들만큼이나 공포의 대상이었다. 말발굽소리, 긴 가죽장화, 번쩍이는 닛뽄도, 큰길이고 골목이고 가리지 않고 누비는 기동성, 말 위에서 닛뽄도를 내리쳐 사람의 목을 날리는 포악함, 그런 것에 기 질린 사람들은 기마경찰을 먼발치에서 보아도 진저리 치며 미리 피했다.

그런 상황 속에서 반민특위 본부는 정사복 무장경찰관들에게 완전히 포위되어 있었다. 권총이나 카빈총을 제각기 든 경찰관들은 하나같이 살기에 찬 눈들을 번뜩이며 금방이라도 총을 쏴댈 수 있는 태세를 갖추고 있었다. 그 살벌한 경계 속에서, 출근을 하는 특위 관계자들은 정문에 들어서자마자 무장해제를 당함과 동시에 수갑을 차게 되었다. 경관들의 수나 그들의 기세가 워낙 살벌했으므로 저항하는 사람은 별로 없었으나, 어쩌다 무기소지증을 내보이며 저항하는 사람에게는 여지없이 폭행이 가해졌다. 어떤 사람은 개머리판에 맞아 이마가 터져 수갑을 차기도 했고, 어느 사람은 옷이 찢겨져 안으로 떠밀려 들어가기도 했다.

그때 한 남자가 특위 정문의 맞은편에서 길을 가로질러 뛰어오고 있었다. 그는 길을 건너 뛰어온 속도 그대로 정문을 통과할 것 같은 기세였다.

"서라, 누구냐!"

경찰 두 명이 소리치며 총으로 그를 가로막았다.

"기자요, 기자."

숨을 헐떡거리는 남자는 토하듯 대꾸하며 앞으로 내달을 기세였다. 그는 《국도신문》의 이학송이었다.

"이새끼 이거, 기자면 다야!"

경찰 하나가 총으로 이학송의 가슴팍을 떠밀며 외쳤다.

"기자새끼들 꼴도 보기 싫다. 피 보기 전에 당장 꺼져!"

다른 경찰이 잔인한 얼굴로 내뱉었다.

"비키시오. 기자한테 이러는 법이 어딨소."

얼굴이 땀범벅인 이학송은 그들을 밀치며 안으로 들어가려 했다. 언제나 감돌고 있던 웃음은 간 곳이 없고 그의 얼굴은 창백하게 굳어 있었다.

"이새끼, 뒈지고 싶어!" 경찰 하나가 째지게 소리쳤고, "이새끼야, 법 여깄다." 다른 경찰이 맞받듯이 소리치며 개머리판을 휘둘렀다. 개머리판은 이학송의 옆볼을 후려쳤고, 그는 윽 소리를 토하며 비틀거렸다.

"이새끼, 떡대값 하네."

그 경찰이 침을 내뱉으며 다시 개머리판으로 이학송의 어깻죽지를 내리쳤다. 이학송은 푹 주저앉았다.

"거기 뭐야!"

뒤에서 들려온 외침이었다.

"옛, 기자놈이 뛰어들려고 해서 막고 있는 중입니다."

개머리판을 휘두른 경찰이 부동자세를 취하며 보고했다.

"새끼, 냄새도 빨리 맡았군. 이리 끌고 와."

이학송은 혁대를 틀어잡혀 사복을 입은 사내 앞으로 끌려갔다. 그제야 눈앞이 겨우 트이는 것을 이학송은 느끼고 있었다. 또다른 사복 차림 하나가 서류를 한 아름 안고 있었다.

"얌마, 뭘 먹겠다고 여길 기어들어. 우리 경찰이 니놈들 밥인 줄 아냐." 사복은 손등으로 이학송의 볼을 탁탁 치며 말하고는, "이새 낄 저쪽 방에다 함께 가둬. 그리고 딴 놈들도 나타나면 모조리 잡아들여." 그는 정문보초에게 명령했다.

이학송은 총부리에 떠밀려 꼼짝없이 특경대원들이 갇혀 있는 방으로 걸어야 했다. 이곳은 특위 결성 후 자주 드나들었던 본사 무실 뒤에 있는 형무관실이었다. 거기에는 20여 명의 눈에 익은 얼굴들이 수갑을 찬 채 붙들려와 있었고, 방아쇠에 손가락을 건 경찰 네 명이 그들을 향해 서 있었다.

이학송은 그 현장을 두 눈을 뜨고 똑똑히 보고 있으면서도 특경대원들이 그 꼴이 되어 있는 것을 도저히 믿을 수도, 납득할 수도 없었다. 그들은 다 총을 휴대하고 있었고, 어제까지도 친일범죄자들을 잡아들이던 특수임무 수행자들이었다. 그들이 무기를 다 빼앗기고 쇠고랑을 찬 신세로 겁 질리거나 풀 죽은 모습들로 흐트러져 있었다. 어둡지도 않은, 해가 떠 있는 시간에 그런 일이 벌어지고 있었다. 그건 반민족행위특별조사위원회가 무너지고 있는 현장의 모습이었다.

이학송은 그들을 더 볼 수가 없어 눈을 감아버렸다. 정말 이럴 수도 있는 일인가……. 그는 절망감과 참담함을 주체할 수가 없었다. 이학송은 머리를 감싸잡으며 어금니를 맞물다가 하마터면 소리를 지를 뻔했다. 그때서야 그는 왼쪽 어금니자리 전부가 화끈거리고 욱신거리는 통증을 의식했다. 그뿐이 아니라 왼쪽 귀도 먹먹한 채 모기 우는 소리가 연이어 울리고 있었다.

"새끼야, 개소리 치지 말고 처박혀 있어!"

"이 자식들이 이거, 내가 누군지 알어!"

"아가리 닥치라니까!"

이학송의 눈길은 반사적으로 문 쪽으로 날아갔다.

"아이쿠쿠……."

경찰이 한 남자의 등을 개머리판으로 찍었고, 그 남자가 비명을 토하며 고꾸라지는 것이 이학송의 눈에 한 장면으로 잡혔다.

"개새끼, 과장이면 다냐. 우리 과장들을 개좆으로 알고 잡아들일 때 이런 꼴 안 당할 줄 알았냐. 특위새끼들 씨를 말리고 말 거다!"

고꾸라진 채 꼼짝을 못하고 있는 남자를 경찰은 한 번 더 걷어차고 밖으로 나갔다.

그 뒤로도 열네댓 명이 더 잡혀 들어왔다. 사람이 늘어남에 따라 이학송은 구석으로 밀려가며 잡혀 들어오는 한 사람, 한 사람을 똑똑히 지켜보고 있었다. 그들 중에 기자가 세 사람 끼어 있었다.

"기자새끼들 일루 나와!"

문을 박차고 들어온 경찰이 독촉하는 몸짓으로 팔을 휘둘러대며 소리쳤다. 기자 넷은 서로 눈짓만 하며 밖으로 끌려나갔다.

"이새끼들, 꼼짝 말고 저기, 저쪽에 서 있어."

경찰이 총대를 가로잡아 그들을 밀어붙였다. 네 사람은 뒷걸음치며 벽 쪽으로 밀렸다.

"너희들은 꼼짝 말고 여기 서 있어. 움직이면 쏴버린다."

경찰은 협박하고 돌아섰다.

잠시 후에 갇혀 있던 사람들이 떠밀려나왔다. 아까보다 많아진 수십 명의 경찰들이 말없는 속에 제각기 움직이고 있었다. 끌려나온 사람들은 줄지어 정문을 나갔다. 그리고 건물 뒤에 대기하고 있던 두 대의 스리쿼터에 실려졌다. 그 스리쿼터는 40명의 경찰들이 타고 왔던 것이었다.

"밀어박어라, 빨리, 빨리."

사복 차림이 권총을 휘두르며 소리쳤다. 수갑을 찬 40여 명은 짐짝 실리듯 스리쿼터 안으로 밀어붙여졌다.

"각자 최대한 빠른 속도로 본서로 귀대한다. 행동개시!"

사복 차림이 명령하자 정사복의 무장경찰들은 잠깐 멈췄다가 일시에 작동하는 기계들처럼 민첩하게 움직여 삽시간에 자취를 감추었다. 이학송은 아까부터 경찰들과 잡혀가는 특경대원들의 수를 헤아리고 있었다. 경찰의 수는 밖의 기마경찰까지를 합하면 60여 명이 될 것 같았다.

이학송은 재빨리 몸을 움직였다.

"이 형, 어딜 가오?"

뒤에서 들리는 소리에는 아는 척 않고 이학송은 특위 사무실로 뛰었다.

특위 사무실은 난장판이 되어 있었다. 책상들은 엎어지고 뒤집 어지고 해서 제대로 놓인 것이 거의 없었고, 의자들도 부서지고 넘어져 아무 데나 나둥그러져 있었고, 서류장들이 열어젖혀진 채 종이들이 어지럽게 흩어져 있었다. 그 수라장 속에 두 사람이 박힌 듯 서 있었다. 그건 의외였다. 이학송은 두 사람을 향해 걸음을 빨리 옮겼다. 그는 두 사람을 금방 알아볼 수 있었다. 한 사람은 특위 부위원장 김상돈이었고, 또 한 사람은 검찰총장이며 특위 검찰청장인 권승렬이었다.

"안녕하십니까, 전 국도신문 기자 이학송입니다. 이게 어찌 된 일입니까?"

이학송은 김상돈 앞으로 다가서며 물었다. 그때 세 기자가 우르르 뛰어들어왔다. 그들은 제각기 신분을 밝혔다.

"아무 할 말이 없소. 경찰이 특위를 습격한 것이고, 여러분이 목격한 그대로요."

김상돈은 중얼거리듯 말하며 의자에 주저앉았다.

"특위 부위원장으로서 한 말씀 해주십시오. 이건 중대한 위법사건이고, 폭력사태입니다."

어느 기자가 격한 어조로 말했다.

"공식발언은 위원장께서 할 것이고, 일개 경찰이 검찰총장에게 총을 겨누고 위협하며 총을 탈취하는 판이니 이건 위법 정도가 아니고 무법천지요."

김상돈의 얼굴은 비참하게 일그러져 있었다.

"검찰총장님께서 한 말씀 해주시지요."

"낸들 무슨 할 말이 있겠소. 이 사건이 일어나게 된 배경이야 당신네들도 잘 알고 있을 테니, 목격한 대로 쓰도록 하시오."

"앞으로 특위 활동은 어떻게 되겠습니까?"

"거기에 대해서도 공식적인 발표가 있을 것이오."

김상돈의 말이었다.

"그들은 어느 경찰서 소속이었습니까?"

"중부경찰서요."

권승렬이 대답했다.

"지휘는 누가 했습니까?"

"서장 윤기병이오."

"그럼, 그 사람들도 중부서로 잡아갔겠구만. 이만 실례하겠습니다."

이학송이 다급하게 자리를 빠져나갔다.

19

그리고, 친일파·민족반역자들의 승리

　무장경찰이 반민특위를 기습공격한 사건이 신문들에 보도되자 그 충격은 전국으로 퍼져나갔다. 반민특위의 구성에 환호하고 그 활동에 갈채를 보내며 기대가 컸던 만큼 사람들이 받은 충격의 강도 또한 그만큼 컸던 것이다. 거리에서 파는 신문은 연일 동이 났고, 사람들이 모여앉은 곳이면 어디서나 그 사건을 입에 올리고 분노하고 규탄했고, 그러나 끝내는 서로서로 절망을 확인하고 탄식을 주고받으며 흩어지고는 했다. 특히 습격을 직접 지휘한 중부서장 윤기병, 그 위에서 명령을 내린 시경찰국장 김태선이 일제의 특별고등경찰 출신이며, 그보다 더 위인 치안국장 이호와 내무부 차관 장경근은 친일 공무원이었고, 현장에서 난동을 부린 60여 명의 경찰들 모두가 친일경력자들이라는 사실이 사람들을 분노하게 만들었다. 더구나 장경근이 발표한 담화 내용이나, 김태선이 발표한 성명서 내용이 사람들을 더욱 자극시켰다.

　국회에서의 결의가 내무부 차관 이하 책임자의 면책 사직을 요구하고 있다는데, 도대체 이번의 특경 무장해제에 있어서 무슨 책임 문제가 있다는 것인지 의문시하지 않을 수 없다. 원래가 특경대의 존재가 불법적이요 따라서 오래전부터 그 해산을 요망하여 왔는데 끝내 듣지 않으므로 이번 경찰에서 실력행사로 그 무장을 해제한 것이니 이것은 당연한 일이다. 다만 일부 경관의 미숙으로 상사인 검찰총장의 권총을 압수도 하고 또 특경대의 주소록 등을 압수한다는 것이 다른 서류도 같이 압수한 일이 있어 이런 것은 추후 곧 돌려보내는 동시 깊이 사과한 바이다. 여하튼 어디까지나 무기의 불법소지인 특경대를 해체시킨 것이지 특재니 특검에는 하등 상관없는 일이니 일반은 오해 없기를 바란다.
　이번 사건은 내무부의 지시로 어디까지나 질서정연하게 계획대로 진행된 것이요, 결코 경찰 반동이라든가 쿠데타는 아니다. 또 최 사찰과장의 보복수단이라고 일부에서는 곡해하고 있는데 이것은 다만 동씨(同氏)의 검속이 있었기에 그를 계기로 착수한 것이지 그 계획은 오래전부터 있었던 것이다. 도대체 건국 초기에 있어서 삼권분립이 엄연히 되어 있음에도 불구하고 입법부에서 사법권을 행사한다는 것이 부당하다. 좀더 헌법을 솔직히 지켜서 건국에 이바지하도록 하여야 할 줄 안다.

이것은 장경근의 담화였다.

   6월 4일 특위에서 돌연 최 사찰과장과 조 종로서 사찰주임을 불법 구속한 사실은 현하 내외정세에 비추어 반민특위의 본질에 배치되는 불법행위로서 이는 국가 발전을 위함이 아니라 반정부적 도배와 일맥상통하는 행동이라 아니할 수 없다. 서울시 관하 9천 경찰관은 특위의 불법처사에 분격하는 한편 신분보장에 대한 대책 없이 현 기구하에 어찌 멸사봉공하느냐는 이유하에 총퇴진을 단행하게까지 되었다. 6일 서울시경찰국이 특위 특경대의 무장해제와 구속을 한 것은 당연 이상의 당연한 처사라 하겠다. 이 사건의 너무나 중대함에 비추어 여러분 앞에 진상을 천명하는 바이다.

이것은 김태선의 성명서였다.
이 두 사람의 담화문과 성명서에 바로 잇대어 무슨 효과음이라도 내려진 것처럼 〈남로당원 대량 검거〉라는 제목의 기사가 실려 있었다.

   얼마 전 북한 김일성대학을 졸업하고 월남하여 오던 남로당원 20여 명을 검거, 군부에 이송시킨 청량리 철도경찰에서는 이번 또다시 동 사건에서 발각된 남로당원 김임일 이영생 등 일당 46명을 지난 5월 28일부터 6월 8일 사이에 검거하였다 한다. 이 중 37명은 합동정보국에 이송되었다 하며 나머지 아홉 명은 엄중취조 중이라 한다.

일방 동 경찰에서는 남한 각지에 형사를 파견하고 이들 관계자를 속속 검거 중에 있다 하는바 검거 범위는 더욱 확대될 것이라 한다.

사람들의 분노와 규탄이 절망과 탄식으로 바뀐 것은 무기를 지녔던 특경대원들이 경찰서로 끌려가서 당한 참상을 확인하고, 맨주먹일 뿐인 자신들의 속수무책을 발견하면서였다.

중부서로 끌려가 구타당한 사람은 서른다섯이고, 열여섯 사람은 적십자병원에 입원을 해야만 했다.

"피해범위가 광범해서 외과면 외과 단독으로 진단할 수 있는 정도가 아니므로 각과의 종합적인 진단이 필요하다. 그런고로 아직 전체진단의 결과는 작성되지 않았으며 오늘(8일) 오후까지 걸려야만 겨우 끝날 것이다. 현재까지 본 몇몇 부상자에게 있어서는 둔기로 구타당한 타박상이 가장 많으며 늑골이 부러진 환자가 있는 듯하나 뢴트겐 사진을 찍어야만 알겠다. 대체로 본 타박상의 치료는 약 3주일의 치료를 요하는 정도이며 두부와 안면 부상자 중 현재 세 명을 진단했는데 그중 두 명이 양쪽 고막 파열상을 입었으며 한 명이 한쪽을 파열당했다. 이의 치료에는 약 1개월 내외를 요한다. 상반신이 진자색으로 멍이 든 타박상에는 내상 유무를 검진해 봐야만 알겠다."

담당 의사의 말이었다.

"살아서 다시 하늘을 볼 줄은 몰랐다. 뭇사람이 수족을 결박해 놓고 그저 내려갈기는데 내 정신을 가질 수 있을 리 만무하고 아득

한 가운데, 남로당에 언제 가입했느냐, 뇌물을 얼마 먹었느냐, 등등의 소리를 들었다."

어느 특경대원의 말이었다.

"끌려가자마자 양엄지손가락에다 마이너스 플러스 전선을 하나씩 감아 전기고문을 당하면서 등덜미 머리 할 것 없이 린치를 당했다. 까무러쳤다가 얼마 후 정신을 차려보니 무의식중에 똥을 싸고 있었다. 살 줄은 정말 몰랐다."

다른 특경대원의 말이었다.

반민족행위특별조사위원회는 법률 3호로 국회를 통과한 반민족행위처벌법과 반민족행위특별조사기관조직법을 근거로 하여 설치되어 독자적으로 국법을 운영하는 국가기관이었다. 이 엄연한 사실에도 불구하고 내무부 차관의 담화나 시경찰국장의 성명은 그런 식이었다. 반민법은 농지개혁법과 함께 국회에 상정될 때부터 친일파집단인 한민당을 중심세력으로 하여 각종 친일세력들의 방해와 저지를 받아야 했다. 그러나 그 두 가지 문제는 민족적 삶을 위해 풀지 않으면 안 될 숙제였으므로 결국 반민법이 먼저 국회를 통과한 것이다. 그 법이 국회를 통과하게 된 것을 계기로 친일집단은 기가 꺾이거나 수그러든 것이 아니라 오히려 그 법의 시행을 노골적이고 적극적으로 방해 저지하고 나섰다. 일제 특별고등경찰 출신으로 수도경찰청 수사과장인 노덕술이 지휘하다가 지난 1월에 사전노출된 특위위원암살음모가 그것이었다. 그 음모자금 뒤에는 친일매판재벌 박흥식이 숨어 있다는 혐의가 드러났고, 또 그 뒤에는 한민당이 작용하고 있다는 풍문이 진하게 퍼졌다. 그런 조직적인 대규모 살인음모가 노출되기 전에 벌써 특위 관계자들은 전화나 편지를 통해서 온갖 협박 공갈을 무수히 받아왔던 것이다. 특위는 그런 위험에 굴하지 않고 박흥식을 필두로 하여 반민족행위자들의 색출과 검거에 박차를 가해나갔다. 마침내 특위는 6월 4일 서울시 경찰국 사찰과장 최운하와 종로서 사찰계주임 조응선을 검거했다. 이 사건을 계기로 다음날 시경찰국 사찰과를 중심으로 하여 각 경찰서 사찰계원 440명은 '우리의 신분을 보장해 주지 않는 이상 정부를 신뢰하고 일할 수 없다'는 이유를 내세워 경찰국장에게 집단사표를 냈다. 그리고 다음날 아침 경찰은 특위를 기습공격한 것이다. 따라서 구속되어 있던 최운하와 조응선은 오후 2시에 풀려나오고 말았다.

이학송은 이비인후과병원을 들러 민기홍·김범우와 약속한 장소로 발길을 서둘렀다. 특위사건이 나고 김범우한테서 두 번이나 연락이 왔었다. 그가 만나기를 바라는 건 심 중위의 일을 끝낸 데 대한 술자리 마련이기보다는 그 사건에 관한 궁금증이 더 크게 작용하고 있으리라는 걸 헤아리면서도 도저히 짬을 낼 수가 없었다. 워낙 사건이 사건이어서 뒤따르는 기사를 줍느라고 사방팔방으로 뛰어다니다 보니 나흘이 지나가버렸고, 닷새 만에야 겨우 숨을 돌릴 수 있게 된 것이다. "아직 과음은 금물입니다이" 의사의 말에, "소음만 하겠습니다이" 대꾸했던 것이다. 치과는 이틀 다니는 것으로 통증이 가라앉았는데, 귀는 앞으로도 열흘 정도 더 다니라고 했다.

모기 우는 소리는 거의 가셨는데, 갑자기 찡 울리는가 하면, 예리한 쇠꼬챙이로 깊이 쑤시는 것 같은 순간적인 아픔이 진저리를 치게 했고, 어느 때는 바람이 가득 찬 듯 부풀어오르는 느낌으로 왼쪽 귀에는 아무 소리도 들리는 것 같지가 않았다. 그런 증상은 고막이 파열상을 입었기 때문이라고 했다. 터져버리지 않고 금이 간 것이 그나마 다행이라고 여겨야 했다. 얼마나 마구잡이로 무지막지하게 볼을 갈겨댔으면 적십자병원에 입원한 환자 중에 고막 터진 사람이 열을 넘었을 것인가. 물론 그들은 고막만 터진 것이 아니라 다른 타박상도 입고 있었다.

약속한 다방에는 민기홍과 김범우가 먼저 와 있었다.

"벌써들 나왔구먼. 아니지, 내가 10분 늦었군."

이학송은 건성으로 시계를 보며 자리에 앉았다.

"자네 혼자 기자 같군. 시간 좀 지켜."

민기홍이 안경을 밀어올리며 꼬집었다. 김범우는 눈인사를 하며 웃었다.

"이 사람아, 너무 그러지 말게. 그놈의 알량한 기자질 땜에 병원 들러 오느라고 그랬네."

이학송은 무의식 중에 왼쪽 귀로 손을 올렸다.

"왜, 자네 특위에 겸직했었나?"

그래서 구타라도 당했느냐고, 민기홍은 영리하게 생긴 모습에 어울리게 재치 있게 물었다.

"그리 됐네. 그날 아침에 정문을 돌파하려다가 개머리판 세례를 받았지."

"저런, 아직도 병원엘 다니면, 심하게 다친 것 아닌가?"

민기홍은 트집을 잡으려던 장난기를 버리고 정색을 했다.

"괜찮네. 고막에 금이 갔다는데, 과음은 안 돼도 소음은 허락받았으니까."

이학송의 얼굴에는 전과 다름없는 그 웃음이 인상 좋게 감돌고 있었다.

"빌어먹을, 그놈들이 배워먹은 짓이란 사람 두들겨 패는 것밖에 없으니 원."

민기홍이 쓴 입맛을 다시며 자리를 고쳐 앉았다.

"왜 이러나 이 사람아, 그 기술로 공산당 때려잡은 위대한 애국자들이셔. 이 나라 치안확보를 담보로 대통령한테까지도 큰소리 탕탕 치는 분네들 아니신가." 이학송은 민기홍의 무릎을 가볍게 치며, "어쨌거나 앞길이 양양한 나라니까 우린 술이나 마시러 가세." 그는 김범우에게 일어서자는 눈길을 보냈다.

세 사람은 청진동을 향해 걸었다. 여름이 완연했다. 해가 길어졌고, 어스름이 내리는데도 무성한 가로수 잎새들은 그대로 더위를 물고 있었다.

"김 형, 미안하게 됐소. 워낙 정신없이 바빠서 그만."

이학송이 나직하게 말했다.

"그럼요, 잘 알고 있습니다. 저어, 심 중위가, 다시 고맙다는 말 전해달라고 하더군요. 한번 찾아뵙겠다구요."

"아, 그분 다시 만났소? 어떻게 됐어요?"

"심 중위 부친께서 굳이 자리를 만들어서 만났습니다. 아직 그냥 쉬고 있는 상탭니다."

"글쎄, 그 사람도 군대생활 해나가기는 어려울 게요. 군부에서도 벌써 광복군 출신이나 학병 출신들은 한직이나 난직으로 밀리고 있어요. 우리 사회에서는 어느 분야에서나 그레샴의 법칙이 철저하게 적용되고 있잖소, 악화가 양화를 구축하는."

"예에……."

김범우는 아직 잔영이 남은 서쪽 하늘로 먼 눈길을 보냈다.

저녁 요기를 겸해서 안주는 빈대떡과 비지감자탕을 시켰다. 김범우는 민기홍과 이학송의 잔에 술을 따랐다. 잔을 차오르는 막걸리의 그 틉틉한 질감이 문득 염상진과 손승호와 안창민을 떠오르게 했다.

"하아, 과연 많이 발전했군. 주저 없이 술잔을 턱 받는 걸 보니 비로소 사람으로 뵈는군."

이학송이 민기홍의 잔에 술을 따르며 말했다.

"그럼, 전에는 짐승으로 뵌 모양이군."

민기홍이 코웃음을 흘리며 받아넘겼다.

"아니지, 잘못 태어난 예수의 사생아로 보였지. 자아, 들세."

"흥, 그 말 괜찮군."

민기홍이 술잔을 들며, 안경 너머로 꾸짖듯 한 눈길을 이학송에게 보냈다.

"자아, 우리들 친일파의 더욱 큰 번성을 위하여."

이학송이 말했고, 김범우는 쿡 웃었고, 민기홍은 쯧쯧 혀를 찼다.

"앞으로 특위는 어떻게 될 것 같습니까? 신문에는 활동을 재개한다고 났던데요."

김범우가 깍두기를 집어들며 입을 열었다.

"글쎄요, 그게 세상 모든 사람들의 관심사일 텐데, 김 형도 예측하고 있겠지만, 내 생각으론 마지막 몸부림이 아닐까 싶소."

이학송의 신중해진 어조였다.

"그건 너무 비관적인 생각 아닌가?"

술을 찔끔 입에 댄 민기홍이 말했다.

"나도 그랬으면 좋겠는데, 돌아가는 사태는 이미 끝장난 것이나 마찬가지니 어쩌나. 국회의 권위나 기능이 경찰력에 좌지우지되고 있는 실정 아닌가. 이번 사태를 계기로 이 나라는 본래 개념과는 별개의 경찰국가임을 유감없이 보여주었네."

"그건 또 무슨 소린가?"

"자아, 술 받으시오."

이학송은 민기홍의 말에는 대꾸할 생각도 하지 않고 김범우에게 잔을 건네고, 술을 따랐다. 김범우도 이학송에게 잔을 건넸다. 이학송은 술을 반나마 비우고, 빈대떡에 김치를 얹어 한입 가득 몰아넣고는 느릿느릿 씹고 있었다.

"귀 아프다더니 잘만 먹는군." 민기홍이 습관인 듯 코웃음을 흘렸고, "위가 아픈 게 아니니까요." 김범우의 말에 이학송은 푹 웃음을 터치며 손으로 입을 가렸다. 그가 안주를 느리게 씹고 있는 건 무슨 생각인가를 정리하는 것이라고 김범우는 짐작했다. 그는 아무 서두름 없이 소가 되새김질하듯 안주를 씹고 있었다.

"술을 권하지 못해 죄송합니다."

민기홍이 김범우에게 불쑥 말했다.

"아, 아닙니다. 천천히 드시죠."

그 갑작스러움에 김범우는 엉덩이를 들었다가 놓았다.

"예수꾼들 저리 뻔뻔스러운 것에 나 비위 상한다니까. 못 마시면 말이나 말지." 안주를 다 넘긴 이학송이 민기홍에게 눈총을 쏘고는, "그게 다른 말이 아니라, 문자 그대로 경찰집단이 정치 개입을 감행할 정도로 그 세력이 막강해졌다는 뜻이네. 특위가 늦게나마 발족된 것은 소망스럽고 다행한 일이었지만, 그러나 오늘의 운명에 처하게 된 건 처음부터 정해져 있던 길이었어. 이건 체념론이나 운명론의 입장에서 지껄이는 희떠운 소리가 아니고, 실천론에 입각해서 분석을 할 때 그런 결론이 나온단 말일세."

김범우는 술잔을 기울이며, 법대 출신다운 어법이라고 생각했다.

"말 계속하게."

민기홍이 술을 찔끔 마셨다.

"세상을 살아갈수록, 어떤 일을 성사시키는 덴 적기가 있다는 걸 느끼게 되는데, 큰일일수록 더 그렇지. 반민특위는 그 적기를 찾지 못했네. 특위를 발족시킨 뜻이야 백 번 천 번 좋았지만, 뜻만 가지고 일이 되나. 특위 활동이란 애초부터 흉기 든 강도 맨손으로 잡겠다는 식이었고, 토끼가 호랑이한테 덤비는 격이었지 뭔가. 한민당을 중심으로 해서 정치권력이, 경찰을 중심으로 해서 무장세력이 확고하게 조직된 현실에서 글쎄, 무슨 수로 그들을 처단한단 말인가. 민족반역자들을 처단하여 민족정기를 세우고 민족정의를 살리자, 이 얼마나 당연한 일인가. 그러나 백번 당연한 명분만으로 일이 되는가. 특위 활동이란 무슨 계몽운동이나 순화운동이 아니라, 죽이고 죽는 목숨을 내건 싸움이었단 말이네. 특위 활동을 시작하면 친일반역자들이 꼼짝을 못할 줄 알았다면 그거야말로 어리석도록 순진한 감상이지. 그들이 그 정도 양심을 가졌다면 아예 친일도 반역도 하지 않았겠지. 그 목숨을 내건 싸움의 폭발이 이번 사태고, 특위는 당연한 패배를 한 셈이지. 물론 그전에도 도전이야 무수히 많았잖았는가. 노덕술이 지휘한 특위위원암살음모, 전화나 편지질의 공갈 협박, 친일파들에게 돈을 받고 동원된 사람들이 하필이면 파고다공원에서 매일 특위해체를 외친 데모, 그런 것들이 효과가 없으니까 이번엔 경찰이 직접 나선 것 아닌가. 군정의 비호 아래 이승만·한민당·경찰이 상호 협력관계를 긴밀히 유지하며 만들어낸 첫 번째 작품이 단정수립이고, 그 두 번째 작품이 이번 사건인 특위박멸이겠지. 그리고 사실 이번 사건이 터지기 전에 이미 특위는 유명무실해지지 않았나. 박흥식이가 103일 만에 병보석으로 풀려나버리고, 재판 결과는 무죄 아니었나. 특위가 죽을 고생해 가며 잡아들이면 뭘 해. 재판에서 다 그 지경 만들면 도로아미타불이지. 그런데도 특위는 역시 그들 세 세력한테는 마땅찮은 존재였던 거지. 민중들의 관심이 집중되어 있고, 여론이 조성되는 곳이었으니까. 편안한 권력유지를 위해서 그들은 마땅히 특위를 깨부숴야 했던 거야."

이학송은 목이 마른지 술잔을 단숨에 비웠다.

"기자로 썩기 아깝게 언변 한번 좋네마는, 그럼 자네 말은 뭐야. 그러니까 특위는 애당초 만들 필요가 없었다 그건가?"

민기홍의 눈이 안경 속에서 예리한 빛을 띠고 있었다.

"아니야, 그 반대지." 이학송은 허리를 곧바로 세우며 고개를 단호하게 젓고는, "아까 적기라는 말을 했는데, 우리에겐 그 기회가 딱 한 번 있었네. 친일반역자들의 처단은 해방이 된 그날부터 민중들의 손에 의해서 감행됐어야 했던 거야. 그자들은 거의 몸을 숨겨 스스로의 죄를 입증했으니까 골라내고 말고 할 것도 없었지. 미군이 점령하기 전까지 우리 민중들에겐 20일이 넘는 절호의 시간이 주어져 있었어. 거기다가 건준이 신속하게 조직구성을 했지. 그런데 민중들도 그 아까운 시간을 허송했고, 건준도 전국 방방곡곡에 자생적으로 만들어진 민중조직을 결속시켜 그 일을 단행하는 데 소홀히 하고 말았어. 그나마 나라나 민족을 생각한다는 사람들이, 친일세력을 제거하지 못한 것이 미군의 비호 때문이라고 쉽게 말해 버리는데, 물론 미군이 우리 민족문제에 개입해 저지른 범죄야 엄연하고 용서할 수 없는 일이지만, 그에 앞서 우리들 스스로는 그 기막힌 20일 동안을 뭘 했느냐고 냉정하게 우리 스스로를 비판해야 한다 그거네. 난 그때를 계기로 우리 민족이나 민중들의 의식과 역량을 새삼스럽게 회의하게 됐고, 여운형을 근본적으로 불신하게 됐지. 만약 불란서 국민들이 우리 같은 상황이었으면 그 20일을 우리처럼 허송했을 것인가를 생각하며, 과연 우리 민족에게 혁명을 수행할 능력이 있는가를 회의하지 않을 수가 없었네. 내가 이렇게 말하면, 민 형 자넨 극단론이다 논리주의다 하고 공박하겠지만, 난 그때 20일을 잘못 살아 영원히 고향에 돌아갈 수 없는 몸이 됐다네."

이학송은 술잔을 들었다.

"아니, 그럼?"

민기홍이 다급하게 안경을 밀어올리며 눈을 휘둥그렇게 떴다.

"묻지 말고 적당히 상상하게."

이학송은 눈을 사르르 내려감으며 술잔을 기울였다. 김범우는 그런 그에게 깊은 눈길을 모으고 있었다. 그의 논리도, 영원히 고향에 돌아갈 수 없을 만큼 어떤 행동을 했다는 것도 놀라움이 아닐 수 없었다. 그의 유한 생김 속에 그런 열정과 과단성이 들어 있다는 것은 참으로 믿기가 어려웠다.

"제길, 나만 지껄이고 있군. 김 형, 얘기 좀 하쇼. 김 형 말솜씨가 좋던데."

이학송이 잔을 내밀며 김범우의 눈을 직시했다. 그 눈길이 맵고 차가움을 김범우는 느꼈다. 저 눈이…….

"하던 말씀을 다 끝내야 제 차례가 오지요. 저도 말 좀 하게 해주십시오."

김범우가 잔을 건네며 비식 웃었다.

"이 자리에 말 못하는 사람 없다니까. 자넨 여태 한 잔쟀가?"

"아니네, 다 마셔가네. 어서 얘기나 계속해, 감독까지 하지 말고."

민기홍이 술잔을 기울여 보이며 말했다.

"아아, 장하네. 바야흐로 예수의 적자가 돼가는군." 이학송은 김범우의 담뱃갑에서 담배를 뽑으며, "우리 저 친굴 앞으로 주정뱅이를 만들 때까지 노력을 바치도록 합시다." 짓궂게 웃었다.

"그거참 좋은 생각입니다."

김범우가 성냥을 켜주며 흔쾌하게 대꾸했다.

"악동들이로군. 자아, 술 받게."

민기홍이 기세 좋게 이학송 앞으로 술잔을 내밀었다. 그의 얼굴은 한 잔 술에 불그레하게 물들어 있었다. 잘생긴 얼굴이 더 돋보였다.

"황공무지로소이다."

이학송은 두 손을 모으고 머리까지 조아리며 민기홍의 잔을 받았다. 그런 그를 김범우는 물끄러미 바라보았다. 그런 모습에서는 더욱이 그의 내면은 철저하게 감춰지고 있었다.

"물론, 예기치 못했던 해방이 너무 갑자기 와 민중들은 얼떨떨한 상태에서 우왕좌왕하며 그 중요한 시간을 놓쳐버렸고, 일본 경찰은 계속 무장상태에 있었으며, 건준에서는 미군점령에 대비한 국가기구를 만드느라고 그 문제를 처리할 시간이 없었다고 말할 수도 있겠지. 또 어떤 창백한 인도주의자는 법적 처벌기준도 없이 그 짧은 기간에 어떻게 그런 엄청난 일을 하라는 거냐고 공박하고 들 수도 있겠지. 그럼, 일본놈들이 우리 민족을 살해하고 착취할 때 어떤 법적 기준을 가지고 했던가? 제멋대로 아니었는가 말야. 그런 일본놈들에게 붙어서 그놈들과 똑같은 만행을 자행한 민족반역자들을 처단하는 데 무슨 법이 필요하단 말인가. 우리에게 해방의 의미는 외적으로 일본의 지배에서 벗어나는 것이었고, 내적으로 민족혁명의 시작이었던 것이네. 민족혁명이란, 민족반역자들을 남김없이 처단하는 인간혁명과 사회제도 전반을 뒤엎어 새로 창출하는 정치혁명, 그 두 가지가 평행적으로 완성되는 걸 말하는 것이지. 혁명은 개조도, 개선도, 변모도, 변화도 아니야. 완전한 새로움의 탄생이야. 그러므로 혁명은, 혁명 그 자체가 법이야. 그러나 민족반역자들을 극형처단해야 하는 근거가 꼭 필요하다면 얼마든지 댈 수 있지. 일본놈들이 36년에 걸쳐 직접 살해한 우리 동포의 수가 얼마며, 착취를 해서 굶어죽게 한 간접살해는 또 얼만가를 따져보세. 수백만 명 아닌가. 민족반역자들을 대략 150만으로 추산하고 있는데, 일제치하에서 죽어간 동포의 수를 300만으로 줄여 잡더라도 그놈들은 하나 앞에 두 사람씩을 죽인 게 아닌가 말야. 그런 살인자들을 어찌 그냥 살려둘 수가 있겠나. 그런데 우린 그 절호의 기회를 놓쳐버렸고, 미군에게 점령당했고, 오늘날과 같은 엉망진창의 꼴이 되고 말았지. 그리고 '혁명'이라는 말만 써도 좌익으로 몰아붙이는 우습지도 않은 상황이 되지 않았나. 더구나 특위까지 저리 되고 말았으니 이제 끝장난 나라 아닌가."

이 말을 하는 동안 이학송의 얼굴에서는 웃음기가 가시고 짙은 눈썹은 심하게 꿈틀거렸다. 긴 한숨을 쉬고 난 그는 술을 벌컥벌컥 들이켰다. 김범우는 천천히 술잔을 기울이며 그의 말을 되새기고 있었다. 미국의 남쪽 점령 목적이 제국주의 세력확장이었고, 그 목적 달성에 필요한 정권을 세운 결과로 보아 그의 파악은 정확하고도 명료했다.

"난 자넬 만나면 말야, 설득당한 것 같아서 기분 나빠. 김 형, 안 그렇소?"

민기홍은 기분 나쁜 척한 얼굴로 김범우에게 눈을 돌렸다.

"저처럼 동의해 버리면 기분이 좋아집니다."

"하, 내가 동지를 구하려다가 적을 만났네." 민기홍은 반듯하게 잘생긴 이마를 가볍게 치고는, "어쨌든 양키들이 틀려먹었어" 하며 상을 찡그렸다.

"이 사람아, 그런 소리 쉽게 하지 말라니까. 그런 생각이야말로 무책임한 책임전가야. 뭘 좀 안다는 사람들이 힘 하나 안 들이고 그런 소리 하며 편안해하는 걸 보면 난 울화통이 터져 못 견디겠어. 똑같은 발상으로, 분단도 강대국 책임이다, 하고 앉았는데 다 넋 나간 작자들이야. 미국놈들이나 쏘련놈들이나 다 우리 땅 집어삼키려고 들어온 도둑놈들인데, 도둑놈들이 무슨 책임을 지느냐 그 말이야. 책임이야 주인한테 있는 거지. 아까 말한 대로 우리가 해방되자마자 친일반역자들을 모조리 말살했어 봐, 미국이고 쏘련이고 자기네들 뜻대로 못했어. 민족이 이미 한 덩어리가 된 데다가, 속으로 붙어먹고 싶은 자들이라도 잘못 붙어먹었다간 친일반역세력자처럼 또 죽어가야 한다는 걸 아는데 누가 감히 붙어먹겠나 말야. 추종세력이 없는데 그놈들이라고 도리가 없는 일 아닌가. 목적을 포기하고 물러가야 하고, 우린 떳떳한 자주 독립국가를 세우는 거지."

"에이, 그건 너무 환상적 당위론이네."

민기홍이 습관적인 코웃음을 흘렸다.

"그래?" 이학송의 목소리가 갑자기 커지며 얼굴이 경직된 듯하더니 이내 풀어지며, "그래, 자네가 그렇게 말하지 않으면 자네답지가 않지. 자넨 이 땅의 모범적 지식인이니까. 자네가 어떻게 말하든 난 그것이 환상적 당위론이 아니라 우리의 역사가 필요로 한 실제적 방법론이었다고 믿고 있고, 우리가 저지른 역사에 대한 직무유기는 앞으로 두고두고 우릴 괴롭힐 것이고, 그 괴로움을 벗어나려 한다면 필연코 그 방법론을 통과하지 않으면 안 된다는 것도 믿고 있네. 다시 말해 그건 우리 역사가 우리에게 지운 짐이고, 풀기를 요구하는 숙제지. 자넨 역사허무주의나 역사초월주의 입장에 있는지 모르지만, 난 역사발전주의와 역사창조주의를 믿네." 그의 울림 좋은 목소리는 낮게 흐르듯 하고 있었다.

"자네, 귀에 과음한 건 아닌가?"

민기홍이 전혀 눈치 보는 기색 없이 시계를 들여다보며 물었다.

"그런지도 모르겠군. 내가 괜히 공자 앞에서 문자 쓴 것 아닌지 모르겠소?"

이학송이 김범우에게 말했다.

"무슨 말씀을 그리 하십니까."

김범우는 손까지 저었다.

"슬슬 일어나 봅시다."

이학송의 말에 따라 술자리를 끝냈다.

술집 앞에서 민기홍과 먼저 헤어졌다.

"어디 가서 한잔 더 하시겠습니까?"

"우리 폭음 말고, 자주 마시도록 합시다, 김 형."

"그러시죠, 그럼."

큰길에 이르러 두 사람은 헤어졌다.

김범우는 술기운에 몸을 맡긴 채 약간씩 흔들리는 걸음걸이로 종로4가 쪽을 향해 걷고 있었다. 그의 의식 속에서는 수없이 많은 말들이 분열현상을 일으키고 있었다. 그것은 이학송이 한 말들의 의미가 그의 의식의 단층들에 부딪치며 의미 확산이 되고 있는 것이었다. 이제 끝장난 나라지…… 그래, 그건 정답일지도 모른다, 아니, 정답일 것이다, 아니, 아니, 정답이다, 정답. 한 번 배신한 자 두 번 배신하고, 한 번 거짓말한 자 두 번 거짓말하는 법이다. 그건 습관성이 아니라 자기 방어와 자기 합리화를 위한 필수행위다. 그러므로 그런 자들은 마땅히 죽여야 한다, '옳소!'다. 그런데 그런 자들을 다 살려놨다. 그러므로 직무를 유기한 바보들은 그자들에게 되잡혀 먹히게 된다, '옳소!'다. 불란서 국민들이 우리 같은 상황이었으면…… 보나마나 가차없이 비질을 해버렸겠지. 그들은 이미 해 보였어, 2차대전이 끝나고 그들도 우리와 비슷한 상황 아니었나. 나

치스 협조자, 레지스탕스 밀고자부터 처단하지 않았나. 그들은 우리와 달라, 인종에 우열이 있는 게 아니라 역사가 달라, 그들은 인간의 삶이 바로 역사고, 역사는 인간의 힘으로 뒤바뀌고 창조된다는 것을 알고 믿어, 그런 체험을 했으니까, 혁명을 일으켰고, 성공시켰거든. 우린 그린 역사적 경험이 없어, 그러니 역사에 대한 존엄도, 신뢰도, 책임도, 냉엄도, 두려움도, 아무것도 없어. 그래서 역사적 행위를 한 이학송은 영원히 고향에 돌아갈 수 없는 악인이 된 거지. 해방과 동시에 친일반역자들을 민중의 힘으로 말살하지 못한 건 우리 역사가 우리에게 지운 짐이고, 풀기를 요구하는 숙제라고? 옳은 말이고, 무서운 말이야. 이 선배, 그런 사고정리를 할 수 있는 당신은 상당한 사람야, 아냐, 정직한 사람야, 당신은 역시 민기홍하곤 달라, 당신은 역사의 한가운데 서 있으려 하고, 민기홍은 한사코 역사를 피하려 하고 있어. 그러나 당신 조심해, 국회의원도 빨갱이로 잡혀 들어가고, 특위도 빨갱이소굴로 몰아치는 세상이야, 기자라는 게 방패가 못 돼, 구타도 당했잖아. 왜 당신을 보고 염상진 선배 생각이 날까, 염상진…… 염상진…….

"인석 씨, 인석 씨, 저 사람 봐요, 저 사람!"

남자와 나란히 걷고 있던 여자가 빠르게 속삭였다.

"어? 어디, 어디?"

"바로 앞. 슬쩍 봐요, 슬쩍."

여자가 얼굴을 피하듯 하며 더 빠르게 속삭였다. 그들과 김범우가 엇갈려 지나쳤다.

"저 사람, 김범우 아나?"

인석이라 불린 젊은 남자가 걸음을 멈추고 돌아서며 약간 놀란 얼굴이었다.

"김범우가 뭐예요, 김 선생님이지."

젊은 여자가 입술을 삐쭉하며 눈을 흘겼다. 그녀는 송성일의 누나 송경희였다.

"날 지금 가르치는 것도 아니고, 나이가 몇 살 차이 난다고 선생님이야?"

"어머, 예의 없고 상스러. 근데…… 저분이 서울엔 어쩐 일일까?"

송경희는 고개를 갸웃거렸다.

"무슨 볼일이 있어서 왔겠지 뭐. 가자구, 빨리. 경희 바래다주고 돌아가려면 나 시간 없어."

젊은이가 송경희의 옷길을 끌었다. 그는 최익달의 큰아들이었다.

아아, 멋져…… 고개를 숙이고 약간씩 비틀거리며 멀어져가는 김범우의 뒷모습을 바라보며 송경희는 생각하고 있었다. 그녀는 걸음을 옮기면서도 김범우를 생각했다. 다니러 왔을까, 이사를 왔을까. 최인석만 없었으면 아는 체를 했을 텐데. 그냥 아는 체할 걸 그랬나. 최인석이 어째서. 아냐, 최인석이 아니라 그 어떤 남자였더라도 남자와 함께 가는 내 모습을 보이고 싶지 않았던 거지. 그분은 여전히 근사해. 결혼을 해버려 파이지만. 계집애들이 다 그걸 아까워했었지. 어쨌거나 근사한 건 근사해. 서울에서 밤에 보니 더 멋있어.

"아직도 김범우 생각해?"

최인석이 퉁명스럽게 물었다.

"그래요, 무슨 일로 오셨을까 하구요."

"제길, 그럼 인살 하지 그랬어."

"인석 씬 내가 김 선생님 생각하는 게 기분 나빠요?"

"기분 나쁘긴, 답답해서 그러지."

"답답할 거 없어요, 잠시 궁금했을 뿐이니까."

송경희는 자기 감정을 눈치 채이거나 의심받기가 싫어서 자르듯 말했다.

그녀는 서울로 올라온 다음에도 정하섭에 대한 감정의 갈등으로 한동안 괴로움을 겪어야 했다. 아버지를 죽인 한패거리로서의 증오감과 마음을 맡기고자 했던 이성으로서의 사모감 사이에서 그녀는 스스로를 고문했다. 전처럼 그를 만날 수 있다면 차라리 해결이 빠를 것 같았다. 그러나 그는 어디서 무엇을 하는지 자취도 없었다. 증오를 한다고 복수를 할 것도 아니었고, 마음을 그대로 간직한다고 합해질 것도 아니었다. 결국 그 두 가지를 다 버려야 된다는 결론에 이르렀다. 그녀는 그 실천을 스스로에게 확인시키기라도 하듯 전부터 관심을 표해왔던 최인석의 접근을 허용하게 되었다. 최인석은 정하섭에 비해 인물도 모자랐고, 정서감도 부족했다. 정하섭 앞에서는 자신이 잘났다는 생각이 전혀 안 들었는데, 최인석 앞에서는 으레 자신이 잘났다는 생각이 드는 것이었다. 그녀는 그 차이를 마음으로 극복할 수 없는 채로, 그의 아버지가 부자니까, 그의 큰아버지가 국회의원이니까, 하며 그 부족감을 상쇄하려고 했다.

김범우는 전매청 앞에서 걸음을 멈추었다. 불을 환하게 켠 전차가 돈암동과는 반대방향으로 가고 있었다. 불빛으로 전차 안이 환히 드러나 보였다. 얼핏 투명한 내장을 들여다보는 기분이었다. 미쳤군, 그럼 저 속에 있는 사람들은 회충이나 촌충이란 말이냐. 김범우는 자신에게 말하며 비식 웃었다. 어설프게 마신 술이 갈증을 일으키고 있었다. 술을 입에 대면 곤죽이 되도록 마셔야 직성이 풀리는 못된 병이 도지려 하고 있었다. 술을 마시고 싶은 만큼 술을 함께 마실 누군가도 간절했다. 역시 술을 잘 마시고, 술에 지지 않는 사람은 염상진 선배였다. 손승호도 곧잘 마시는 편이었지만 끝장에 허물어지기 일쑤였고, 안창민은 술을 잘 마셔보려고 애는 썼지만 향상이 없는 낙제생이었다. 그러나 그는 제법인 노래 솜씨로 그 모자람을 채우는 능력이 있었다. 좀체로 하지 않아서 그렇지 염선배의 노래 솜씨도 보통은 아니었다. 불렀다 하면 〈아리랑타령〉이었는데, 특히 *끄응끄응끄으응* 아라리가아아 나으읏네에에, 하는 대목이 절창이었다. 아리랑, 아리랑, 그 뜻 모를 말에 실리는 속 깊은 회한과 한스러움과 구성짐과 서리움과 눈물겨움과 아슴함과 그러면서도 휘드러져 감기고 다시 풀려 흐르는 그 유연함은 무엇일까. 염 선배, 그는 남이 듣지 않게 가슴 깊이로만 그 가락을 읊조리며 오늘도 그 가락처럼 흐르는 어느 산줄기를 타고 있을 것인가. 지금쯤은 조직의 선에 의해서 그도 특위사건을 알고 있을지 모른다. 알았다면 뭐라고 했을까. 당연한 결과라고 비웃었을 뿐일 것이다. 그리고 혁명의 당위성을 더욱 확신했을 것이다. 그래, 역사는 허무한 것이 아니다. 치열하지 않은 삶이 없듯 역사 또한 치열하다. 그 치열함의 응집으로 역사는 창조의 힘을 얻는다. 서민영 선생의 말로는 새로 온 사령관이 극우적 망나니라던데, 염 선배는 상대적으로 어떻게 될까. 막상 더 싸울 맛이 날지도 모르지. 그런 위인의 통제 아래서는 산에 있는 사람들보다는 남겨진 가족들이 더 문제지. 가만있자, 지난 5일엔가 만들어진 또 하나 반공조직이 뭐더라? 응, 그렇지, 국민보도연맹. 공산당에겐 그게 또 복병이 되겠지. 어쨌거나 갈수록 분단은 굳어져. 가자, 집으로, 아니, 하숙방으로. 혼자 마시는 술이 어디 술이냐, 독이지. 나도 술 좀 참을 줄 알아보자. 김범우는 부족한 술기운마저 가셔가는 걸 느끼며 길을 걸었다.

국민보도연맹 결성이 전국화되면서 벌교에서도 새로운 문제가 발생하기 시작했다. 멸공을 위해서는 수단과 방법을 가리지 않는다는 말을 입버릇처럼 하며 읍민들의 불평과 비난은 아랑곳없이 전체적인 사상 검토를 위해 읍내를 발칵 뒤집을 정도로 열성적인 백남식에게 국민보도연맹 벌교지부 결성은 신바람나는 일이 아닐 수 없었다.

국민보도연맹은 새로운 관제반공조직으로, 그 목적은 폭력적 방법과 병행한 비폭력의 방법으로 공산당 활동을 저지 또는 무력화시키는 데 있었고, 그 방법은 이미 전향한 사람들을 중심으로 결성하여 과거 경력 때문에 불이익을 당하는 일이 없음을 입증함으로써 새로운 전향자들을 유도해 내는 것이었다. 그 '관대한' 처사는 이미 전향의 뜻을 품고는 있지만 불안감 때문에 행동으로 옮기지 못하고 있는 사람들이거나, 사상적으로 회의를 가지게 된 사람들에게는 파급효과를 나타낼 만도 한 방법이었다. 그건 일종의 심리전이었다.

지부 결성으로 제일 먼저 곤욕을 치르게 된 사람은 손승호였다. 백남식은 손승호에게 지부위원장을 맡으라고 명령한 것이다.

"저는 그런 일을 맡을 만한 능력이 없습니다. 다른 사람을 골라 보시지요."

손승호의 태도는 공손했고 목소리는 간곡했다. 코가 말끔해진 그의 얼굴은 핏기 없이 굳어져 있었다.

"능력이 따로 필요 없소. 일이야 우리가 다 알아서 하는 거니까 당신은 감투만 쓰고 앉았으면 되는 거요."

백남식이 내질렀다.

"말이 그렇지 일단 일을 맡고 나면 어디 그렇게 되겠습니까. 이런저런 모임도 있을 것이고, 잡다한 일이 생기게 마련 아니겠습니까. 저는 아이들 가르치는 것만도 힘에 벅찬 입장입니다."

"아하! 하라면 했지 무슨 잔말이 그리 많소."

백남식이 책상을 쳤고, 손승호의 감정은 꿈틀 요동쳤다.

"무슨 말을 그리 막 합니까! 본인의 의살 무시한 이런 강압적인 방법이 어디 있습니까."

손승호의 어조가 바뀌면서 태도가 도전적으로 변했다.

"당신 정말 이따위로 나올 거야, 이거. 멸공전선에 서는 데 본인 의사가 뭐 말라빠진 본인 의사야. 당신 하는 꼴 보니까 사상이 의심스러. 전향 이거 위장전향 아냐!"

"맘대로 생각하시오, 난 못하니까."

손승호가 순식간에 문을 박차고 나갔다.

"이새끼, 거기 서! 쏴죽이기 전에 거기 서!"

백남식이 소리 질러댔고, 손승호는 아무런 주저 없이 사무실 중앙을 걸어나가고 있었다. 그때 권 서장이 자기 방에서 황급히 나와, 막 문밖으로 튕겨나오고 있는 백남식을 막아섰다.

"사령관님, 잠깐만 참으십시오. 일이 되도록 해얄 게 아닙니까. 저 사람이 원래 좀 저렇습니다. 사령관님 체면에 저런 사람 상대로 이러시면 됩니까."

권 서장은 급한 김에 손승호를 몰면서 백남식의 비위를 얼러맞추었다. 백남식을 제지하는 데 '사령관님 체면'이 썩 잘 통한다는 것을 권 서장은 간파해 놓고 있었다. 권 서장은 그 말을 곧잘 써먹었고, 그 말이 효과를 나타내는 걸 보며 속으로는 고소를 금치 못했다.

"빨갱이질이나 해처먹은 놈을 사람대접해 주겠다니까 이새끼가 되레 배짱으로 나오는데, 권 서장, 저새끼 저거 사상이 불온한 거 아뇨? 위장전향 아니냔 말요."

"글쎄요, 그런 것 같진 않습니다만……"

권 서장은 얼버무렸다. 모양도, 색깔도, 냄새도 없고 그래서 잡히지도, 보이지도 않고 꼭 바람 같기만 한 그놈의 사상문제에 대해서는 쉽게 큰소리치거나 장담할 수가 없었던 것이다.

"제놈이 싫어하면 싫어할수록 기어코 그 자리에 앉히고 말 테니까, 어디 누가 이기나 보자."

백남식은 작은 입을 더 작게 오므려붙이며 돌아섰다. 권 서장은, 저놈의 오기가 사람 잡겠구나, 생각하며 도대체 백남식이가 어떻게 손승호를 그 자리에 앉힐 생각을 했는지가 궁금했다. 권 서장은 그걸 확인해 볼 마음이 없는 채로 어렴풋이 염상구를 떠올렸다. 권 서장의 추측은 정확했다. 손승호를 그 자리에 앉혀 염상진과 싸움을 붙이면 재미있는 구경거리가 될 거라고 생각한 염상구는 권 서장도 거치지 않고 백남식에게 직접 귀띔을 했던 것이다.

손승호는 이번이 벌써 두 번째였다. 처음에는 이번처럼 험악해지지는 않았지만 서로가 기분이 언짢게 헤어지기는 마찬가지였다. 집으로 돌아가고 있는 손승호는 앞이 꽉 막혀버린 것 같은 암담함을 느끼고 있었다. 두 패로 갈라진 거대한 편싸움의 틈바구니에서 으깨져 죽을 수밖에 없는 자신의 꼴을 보고 있었다. 자신의 앞에는 선택을 강요하는 폭력이 있을 뿐이었다. 그것은 피할 수 없는 길이었다. 목숨을 지탱하려면 그것에 굴복해야 했고, 목숨을 포기하려면 그것에 대항해도 좋았다. 두 이데올로기의 충돌을 실감하는 것이 아니라 자신의 목숨의 구차함을 실감하고 있었다.

저녁에 권 서장이 찾아왔다.

"손 선생님, 제가 어쩔 수가 없어서 이렇게 찾아뵈었습니다. 제가 이런 말씀 드리지 않을려고 저대로 무진 애를 썼습니다만 사령관이 전혀 말을 듣지 않습니다. 자기가 사령관으로 앉았는 한 손 선생님을 그 자리에 앉혀야겠다는 거지요. 그러니 어쩌겠습니까. 현실 아닙니까. 선생님 괴롭히지 않도록 제가 보장할 테니 이름만 올려두도록 하시는 게 어떻겠습니까. 저를 믿어주시고, 그렇게 해주시지요."

"절 위해 애쓰신 것, 고맙습니다. 제가 밤새 생각해 보고 내일 연락드리도록 하겠습니다."

손승호의 담담한 대꾸였다.

어머님 보옵소서.

자세한 말씀 못 드리고 떠나는 소자를 용서하십시오. 제 걱정은 절대 하지 마시고, 저를 찾으려고 하지 마십시오. 모든 것 제가 다 알아서 할 것입니다.

창숙아, 어머님께 이 편지 잘 읽어드리고, 내가 없는 동안 어머님 잘 모시거라. 그리고 여기 사표는 학교에 전해라.

어머님, 부디부디 건강하십시오.

불효자 승호 올림

손승호는 편지를 다시 읽었다. 어머니와 동생들의 얼굴이 뒤죽박죽되며 코허리가 찡하니 울려왔다. 굳이 편지를 남긴 것은 어머니 때문만이 아니라 식구들이 백남식에게 당할 고초를 없애기 위해서였다.

손승호는 소리 없이 집을 빠져나왔다. 아침안개가 자욱하게 끼어 있었다. 손승호는 그 안개 속으로 묻혀들어갔다.

손승호와 백남식 사이에 그런 말썽이 오가고 있던 동안에도 국민보도연맹에 대한 홍보가 날마다 각 마을로 퍼져나가고 있었다. 반민족적 행위를 저지르며 불안에 떨지 말고 하루빨리 자수하여 대한민국 국민으로 충성하며 떳떳하게 살아가자 하는 것이었고, 이웃이나 친척 친지 중에 그런 사람들이 있으면 자수를 권해 다함께 웃으며 살아가도록 협력하자는, 두 가지 내용이었다. 그리고 보도연맹원이 될 사람들의 명단이 작성되었다. 거기에는 병원사건으로 재판을 받았던 전명환 원장, 간호원, 이지숙이 들어 있었고, 정하섭사건에 관계되었던 정현동 사장, 소화, 들몰댁도 끼여 있었다. 경찰에서는 사건별로 사람들을 불러들였고, 그들은 백남식 앞에 서서야 자신들이 왜 불려왔는지를 알게 되었다.

"이게 무슨 당찮은 말씀이오. 난 의사로서 할 일을 한 것뿐이지 공산당 활동을 한 게 아니오."

전 원장은 불쾌한 표정을 감추지 않으며 꾸짖듯이 엄하게 말했다.

"딴소리 마시오. 증거가 엄연히 있소."

백남식이 옆눈으로 쏘아보며 냉정하게 말했다.

"그게 뭐요, 도대체."

"당신네들은 무죄가 아니라 집행유예란 말요, 집행유예! 무죄 판결이 죄가 없는 거지 집행유옌 엄연히 죄에 대한 처벌이다 이 말이오."

"아니 그건……."

"시끄럽소!"

전 원장이 헉 숨을 토했고, 간호원은 물론 이지숙도 입을 꼭 다물고 서 있었다.

이지숙은 이 사실을 염상진에게 전했다. '수용하시오' 하는 지령이 돌아왔다. 이지숙은 그동안 확장해 왔던 조직보호를 위해 초긴장 상태로 들어갔다.

"내 아덜놈이 빨갱이지 난 빨갱이질 헌 적이 꿈에도 읎소. 난 빨갱이라면 치가 떨리는 사람이오. 그놈은 내 새끼가 아니라 철천지 웬수요, 웬수. 당장 날 빼씨요, 빼."

그때까지도 이사를 못 가고 발이 묶여 있던 정현동 사장은 펄펄 뛰었다.

"활동자금을 댄 건 당신이 아니라 귀신이었나?"

백남식은 차갑게 비웃었다.

"그거야……."

"잔소리 말앗!"

정 사장은 "사령관 각하!" 하며 책상을 붙들었고, 소화와 들몰댁은 굳은 듯이 서 있었다.

이삼일이 지나도 손승호의 행방을 밝혀내지 못하고 있는 경찰서의 분위기는 살벌하기만 했다. 열에 받친 백남식은 수시로 자기 방을 들락거리며 결과를 확인했고, 그때마다 책상이고 의자고 닥치는 대로 걷어차며 빨리 잡아들이라고 고함을 질러댔다. 그런데 그 소동을 멈추게 할 만한 의외의 일이 생겼다. 책방주인 문기수가 제 발로 백남식을 찾아와 자수를 하게 된 것이다. 그의 자수로 까무라칠 만큼 놀란 것은 토박이 경찰들이었다. 본정통에 책방을 차리고 앉아 있던 그가 작년 10월에도 노출되지 않은 그리도 오래된 세포라는 사실의 충격은 너무나도 컸다. 경찰들의 놀라움은 즉각 백남식에게 영향을 미쳤다. 백남식은 전향자 제1호인 문기수를 위원장에 앉히기로 결정 내린 것이다. 그리고 문기수가 작성하는 전향을 위한 자술서에 커다란 기대를 걸었다. 읍내의 세포조직을 일망타진할 절호의 기회라고 생각했던 것이다. 그러나 그 설레이던 기대는 여지없이 깨어지고 말았다. 시시콜콜히 적어내려간 자술서 내용은 그가 말단 독립세포일 뿐이라는 사실을 드러내고 있었다. 여우 같은 빨갱이새끼들! 기대가 허물어지는 허탈감을 씹으며 백남식이 함께 씹은 욕이었다. 담배를 권해가며 최고의 호의로 포장된 대화 아닌 심문을 통해서도 그가 독립세포라는 사실만 확인했을 뿐이다.

"좋소, 문기수 씨의 전향을 다시 한 번 진심으로 환영합니다. 그 환영의 뜻으로 문기수 씨를 보도연맹 벌교지부 위원장으로 임명하고자 합니다. 어떻습니까."

"아, 예 저에게 그런 자리까지…… 감사히 맡겠습니다."

문기수는 머리를 조아렸다.

일단 허물어진 기대를 깨끗이 지워버린 백남식은 제2의 기대를 설정했던 것이다. 문기수를 그 자리에 앉힘으로써 다른 세포를 유인할 수 있는 파급효과를 노리고 있었다.

문기수의 전향과 지부위원장이라는 감투 아닌 감투를 쓴 것에 대해 이지숙은 전혀 놀라지 않았다. "그자는 이미 변질돼 있소. 언제 등을 돌리느냐만 남아 있는 자요. 회생시킬 가망도 없고, 우리가 볼 피해도 없으니 방치하시오." 염상진이 읍내 조직을 맡기며 이미 오래전에 한 말이었다.

모내기가 걸판진 한바탕 잔치처럼 지나가 온 들녘을 초록빛으로 물들여놓을 즈음, 6월 21일 농지개혁법이 공포되었다. 그 소식은 신문에 앞서 방송으로 전국에 알려졌다. 읍내 중심가가 아닌 각 마을에는 라디오가 한두 개 있을까 말까 했는데도 그 소식은 바람 탄 불길이 되어 삽시간에 벌교 전체를 뒤덮었다. 그도 그럴 것이 조심조심하는 귀엣말도 바람 빠르기로 소문이 되는 법인데, 사람들은 그 소식을 "워따 워따, 인자 살판났네, 농지개혁이 된다네에." "워메에, 동네사람 다 듣소오, 농지개혁법이 맹글어졌다네에." 이렇듯 목청을 돋우어 외치며 고샅고샅을 돌았던 것이다.

그 소식을 듣는 사람마다 찌든 얼굴에는 금방 화색이 돌며 밝고 환한 웃음이 피어올랐고, 어떤 여인네들은 "와따 참말로, 인자 우리 살게 되얐네!" 하며 서로 얼싸안았고, 어느 남자는 논두렁 좁은 줄도 모르고 "어허 쪼오타, 조옴도 쪼오타, 이 내 시상이 인자 왔고나" 하며 덩실덩실 춤을 추다가 논바닥으로 곤두박히기도 했다.

누가 제안한 것도 아닌데 사람들은 당산나무 아래로 모여들기 시작했다. 동네 전체가 맞이하는 좋은 일이나, 마을 전체가 겪어야 될 궂은일이 있을 때마다 사람들은 으레 당산나무 아래로 모였던 것이다. 그건 할아버지 적부터 이어져 내려온 오랜 풍습이었다. 그런데 마땅히 보여야 할 몇몇 얼굴들이 보이지 않았다. 이장이나 구장 등 논마지기나 가진 사람들의 얼굴이었다. 소작인들은 자기들에게 길조일 수밖에 없는 농지개혁법이 그들에게는 흉조라는 것을 새삼스럽게 확인해야 했다. "그 사람덜이 빠지고 우리만 뫼이고 봉께 자리가 영 썰렁헌 것 같고 요상시럽네잉." "글먼 그 사람덜이 나올 성불르등가? 시방 그 사람덜 속에서넌 천불이 올를 것이네." "지주덜이야 우리가 요리 좋아라 허는 꼴이 웬수로 뵈겄제." "그런 말 허덜 말어. 본전얼 뽑아묵어도 열 곱, 백 곱 뽑아묵고도 그런 심뽀 가진 놈덜이 워째 우리럴 웬수 삼어. 웬수 삼자먼 우리가 삼어야제." "말 한분 쌈빡허니 잘허네. 우리가 모다 그리 똑바라지게 맘얼 묵어야 써." "하먼, 우리가 쫄쫄이 굶을 적에 즈그눔덜이 알은척이나 혔간디. 서리서리 맺힌 한이여." 사람들은 이렇듯 서로서로를 부추기며 자기네들만이 모인 어색스러움을 금방 물리쳐버렸다.

"인자 우리가 살판난 시상이 와서 요리 뫼였는디, 워찌 요러고들 있능가! 꽹매기도 치고, 술추렴도 한바탕 혀얄 것 아니겄어!" 누군가가 큰 소리로 외쳤고, "하먼, 돼지추렴은 못혀도 술추렴이야 혀야제." "하먼, 하먼, 이날이 오기럴 우리가 을매나 눈 빠지게 고대혔등가. 술추렴허세." "워야, 삼봉아, 꽹매기 안 치고 머 허냐." "여그 가질로 가는 참이시." 자리가 하나로 어우러지기 시작했다.

"근디 말이시, 농지개혁되는 것이야 죽은 엄니 되살아오는 것맨

치나 존 일인디, 산에 들어간 사람덜언 워찌 되는고?" "나도 그 생각얼 쪼깐 혀봤는디, 워찌 될란지 알겄다고?" "인자 손들고 나오면 안 될랑가?" "글씨, 그리 되면 을매나 좋겄능가. 요분에 나라가 그 법도 항꾼에 맹글었으면 좋겄네." "그리만 됨사 그보담 더 존 일이 워디 있겄능가. 요런 날 올지 알았음사 그 사람덜도 멋났다고 산에 들어가 그 고상 사서 혔을 것이여." "하면, 그 사람덜이 무신 죄가 있어. 해방되고 바로 농지개혁혔음사 다 순허게 잘살 사람덜이었제." "그나저나 그리 안 되면 그 집안덜이 큰일이시." "금메, 각다분 허겄제." 남자들이 흐드러진 기분으로 술을 마시고 있는 뒷전에서 서너 여자가 가만가만 주고받는 말이었다.

그들은 농지개혁법의 내용이 어떻게 되었는지 전혀 모르는 상태였다. 아직 그것을 알 만한 시간 여유가 없었다. 오로지 농지개혁법이 공포되고, 머지않아 농지개혁이 실시되어 금년 농사부터 내 차지가 될 거라는 사실이 그들을 기쁨으로 들뜨게 하고, 벙긋벙긋 웃게 하고, 꽹과리 치고 술 마시게 하고, 덩실덩실 춤추게 하고 있었다. 그들은 그렇게 간절한 목마름으로 자기 농지 갖기를 기다려왔던 것이다.

그들은 통행금지도 잊고 당산나무 아래서 꽹과리 치며 춤추고 노래 불렀다.

해방을 맞이해서 터져오른 신명으로 서로가 아무런 거리낌도 막힘도 없이 팔 뻗어 수십 리에 이르고, 다리 굴러 하늘에 닿도록 신바람을 일으켰던 뒤로 사람들이 실로 처음 맛보는 기쁨이고 흥겨움이었다. 그런 소작인들의 부풀어오른 기대 뒤에서 지주들의 논밭 빼돌리기는 제각기 은밀하고 신속하게 이루어져나가고 있었다.

"쩌것이 그 물건이냐?"

화문석 위에 올라앉은 최익달이가 거만스럽게 물었다.

"야아, 그렁마요."

앞으로 손을 모아잡고 선 마름이 허리를 굽신거렸다.

"틀림이 읎겄어?"

최익달은 왼쪽 마당가 석류나무 아래 후줄근하게 서 있는 사내에게 매운 눈길을 보내고 있었다.

"야아, 수십 분 다졌구만이라."

마름은 방아깨비처럼 입만 열었다 하면 따라서 허리를 꺼덕거렸다.

"어허, 수십 분 아니라 골백분 다지먼 멀 혀. 인종이 되야묵어야제, 인종이. 맘뽀가 의리 지키게 되야묵었냐 그것이여."

"야아, 저 인종이 살짝허니 모지래기도 허고, 그럼시로 입도 무겁고 혀서 쓸 만허구만요. 무신 잔꾀 부릴 줄도 몰르고, 시키먼 시키는 대로 허는 것이, 그간에 겪어봉께 틀림이 읎었구만요."

"만일에 무신 탈이 생기먼 다 자네 책임이란 것 알제?"

최익달은 옆 눈길로 마름을 쏘아보았다.

"야아, 알구만이라."

마름이 마른침을 삼켰다.

"되얏어, 요리 델고 오소."

최익달은 책상다리를 고치고는 수염도 없는 턱을 쓸어내며 큼큼 헛기침을 했다.

마름은 종종걸음을 치며 마당을 가로질러가 사내에게 무슨 말인가를 하고 있었다. 사내는 연방 허리를 굽신거리고 있었다. 그리고 나서 마름의 뒤를 웅크린 채 따라 걸었다.

"어여 어르신네헌테 절 올리소."

마름이 옆으로 비켜서며 사내한테 눈짓했다.

"야아." 잔뜩 주눅이 든 사내는 주춤주춤 최익달의 정면으로 맞춰서더니, "어르신네, 절 받으시게라" 하며 댓돌 아래 땅바닥에 넙죽 엎드렸다.

"이, 자네가 칠복이여?"

최익달은 사내를 내려다보며 한마디 던졌다.

"야아. 들몰 오칠복이구만이라."

몸을 일으킨 사내는 허리를 굽힌 채 고개도 들지 못하고 대답했다.

"자네, 이 서방한테 이약 다 들었겄제?"

"야아, 모다 허라는 대로 영축없이 허겄구만이라."

사내는 마름에게 다짐받은 말을 성급하게 쏟아놓고 있었다. 마름 이 서방은 그런 사내를 눈흘김하며 속으로 마구 혀를 차대고 있었다.

"머시럴 영축없이 허겄다는 것이제?"

최익달이 무시하는 쓴웃음을 흘리며 물었다.

"야아, 긍께로…… 머시냐…… 어르신께서……."

사내는 결국 말을 못하고 겁 질리고 당황한 얼굴로 마름을 멀뚱히 쳐다보았다.

"되얐어, 되얐어. 그만허먼 되얐어."

최익달은 만족스럽게 고개를 끄덕였다. 그는 사내의 그 변변찮음이 딱 마음에 들었던 것이다.

마름의 빠른 눈짓에 따라 사내는 들고 있는 고개를 수그렸다.

"나가 자네 앞으로 논얼 열한 마지기 이전시키는 대신에 자네 몫아치로 한 마지기럴 그냥 주었다 그것이여. 그 비밀얼 철통겉이 지키었다 그것이제?"

"야아."

"마누래헌테도 지키었어?"

"하먼이라."

"술 묵고도 입 안 놀리었어?"

"하먼이라."

"만일에 입 잘못 놀려 그 소문나먼 한 마지기 도로 뺏긴다는 것 알제?"

"야아, 명념허고 있구만이라."

"되얐어, 여그 와서 도장 눌러."

최익달의 말에 따라 사내는 쭈뼛쭈뼛 마루로 다가갔다. 그리고 최익달이 넘기며 손가락 끝으로 짚는 여러 장의 서류에다 사내는 떨리는 손으로 나무도장을 눌러갔다. 그건 열 마지기에 대한 소유

권 포기각서였다.

최익달은 친가와 처가 쪽으로 두루 손을 뻗쳐 믿거라 하는 가난한 친척들 앞으로 명의이전을 시킨 것은 오래되었고, 그래도 논은 남아돌아 소작인 몇몇을 골라 강매를 했으며, 이제 마지막 남은 방법으로 그 짓을 하는 참이었다. 그러면서도 그는 또다른 무슨 방법이 없을까를 골몰하고 있었다.

안재문 형제는 심각하고 침통한 표정으로 앉아 있었다.

"학교 재단이라는 데도 무한정 전답을 재단재산으로 등록헐 수가 없다드란 말시. 그라고 우리만 그런 부탁을 허는 것도 아니고. 헝께 다른 방도럴 찾아야 쓸 것이네."

안재문이 동생을 쳐다보았다.

"이거 참, 재산이 있는 것도 죄가 되는 요상시런 시상이 되얐구만요. 근디 다른 무신 똑별난 방법이 있어야 말이제라. 우리 문중으로 보자면 거지반 밥술 챙기고 사는 헹펜이니 친척덕 보기도 틀렸고라. 강매럴 허자니 살 만헌 것덜도 없는디다가, 법이 통과되고 난께 작인놈덜 기세 등등해져 날치는 꼬라지가 예전 같지도 않고요."

동생 안재용이 고개를 저었다.

"으쩌까, 우리가 그냥 학교를 하나 맹글어뿔까?"

"학교를요?"

안재용이 놀란 눈으로 형을 쳐다보았다.

"그리 놀랠 것 머 있능가? 넘 찾아댕김서 사정만 헐 일이 아니고 우리가 학교를 하나 맹글어뿔먼 간딴허게 일 해결나는 것 아니겄능가? 운영이야 월사금 착착 받어서 허고, 그럼스로 전답 안 뺏게서 좋고, 교육자로 행세해서 좋고, 고것이 하나또 밑지는 장시가 아니시."

"그리만 생각허면 그런디, 학교가 그냥 맹글어지는 것이 아니라 큰 밑천이 쏟아져 들어간다는 것을 생각해야제라."

"그려, 고것얼 안 생각헌 것이 아닌디, 땅이야 있는 땅이고, 돈 드는 것은 건물 세우는 것인디, 한분 짓기만 험사 몇십 년 가는 것잉께, 전답 영영 날리는 것보담이야 한분 큰돈 쓰고라도 전답 평상 지키는 것이 이문 아니겄어? 그 밑천이라는 것도 넘 주는 것 아닌디."

"금메요, 그럴란지도 몰르겄는디요."

"되얐네, 요러고 있을 것이 아니라 도청에 올라가서 학교 세우는 법얼 세세허니 알아보고, 몫돈이 을매나 드는지도 따져보고 그러세. 요리 앉어서 생각허는 것보담 실지로 알아보면 그리 큰돈이 안 들란지도 몰를 일 아니겄능가?"

"그렇제라. 다 알아보면 속이야 씨언허겄제라."

"그려, 그냥 지주다 유지다 허는 것보담이야 교육자다 허는 것이 훨썩 보기도 좋고, 듣기도 좋지 않겄다고? 전답은 전답대로 다 지니고 있음서 말이시."

"그야 그렇제라."

"되얐어, 내일 당장에 도청으로 올라가보드라고. 별 치장도 없이 벽돌 착착 싸올리는 학교 건물 지까징 것이 돈이 들먼 을매나 들겄어. 번듯허게 짓는 기와집 열 채 값이먼 되겄제."

"그 정도로만 됨사 당장 혀불 만허제라. 그만헌 돈 딜이고 평상 교육자로 존대받음서 큰소리치고 산다먼야 너무 싸제라."

"그려, 그려. 농지개혁 덕에 우리 성제간에 팔자에 없는 교육자가 될란지도 몰를 일이시."

"성님 생각이 용허시요."

"아니시, 그 말이야 학교럴 떡허니 맹글어놓고 들어야제."

두 형제는 맞바라보며 웃고 있었다.

20

백범 김구를 죽인 네 발의 총알

자연의 절기는 어김없이 바뀌었고, 그에 따라 땅에 바쳐지는 사람들의 노동도 끊질겼다. 거의가 부황기에 찌든 몸을 이끌어가며 바친 그 노동은 좀더 나은 생존을 위해서라기보다 죽음을 거부한 싸움이었고, 몸부림이었다. 그 절박하고 절실한 노동을 땅은 아무런 거부 없이 받아들였고, 그리고 그 대가를 아무 속임 없이 되돌려주었다. 논보리가 밭보리에 앞서 타작되었고, 작은 흰 꽃이 표나지 않게 피었다 이울자 감자밑이 실하게 들었다. 이즈음이면 마른 버짐이 피고 껍데기만 남았던 아이들의 얼굴도 차츰 핏기 도는 꽃으로 피어나기 시작했다. 꽁보리밥이나마 배불리 먹게 되었고, 눈치껏 이런저런 서리를 해서 배를 채울 수 있었던 것이다. 아이들의 얼굴에 꽃빛이 돋아나는 것에 비해 어른들의 마음은 어두워지는 시절이기도 했다. 수확이 많으면 많은 대로 애석함이, 적으면 적은 대로 안타까움이 타작마당에 한숨으로 토해졌다. 초여름에 한 번, 늦가을에 한 번, 1년에 어김없이 두 차례씩 당하고, 그러기를 수십 년 되풀이해 왔음에도 불구하고 그 일은 버릇도 습관도 되지 않고 언제나 새로움으로 피냄새나는 한숨을 토해내게 했다. 그건 체념이 안 되는 억울함이었고, 납득이 안 되는 분함이었다. 땅을 빌려 지은 농사니까 의당 그 대가를 치러야 한다며 체념을 하려고도 애써보았다. 그러나 수확의 반을 뚝 잘라내고, 나머지에서 온갖 농비를 제하고 말면 다음 절기까지 식구들 입에 풀칠할 것이 없다는 확인 앞에서 억울함과 분함은 새로운 피냄새로 솟아오르곤 했다. 부황 든 몸을 억지로 추슬러가며 바친 노동이 억울했고, 땡볕 속에서 거머리 뜯겨가며 팥죽땀 흘린 노동이 분하지 않을 수 없었다. 그건 땅을 빌려쓴 당연한 대가의 지불이 아니라 생살을 뜯기는 빼앗김이었던 것이다. 손수 농사를 지었으면 살림살이가 나아지진 못하더라도 새끼들 데리고 굶지는 말아야 그나마 납득이 되고 체념도 할 수 있는 일이었다. 더욱 기막힐 일은 나라가 정했다는 3·7제니 4·6제니 하는 건 말뿐이었고 지주들은 배짱을 부리며 반타작에 못을 박았다. 소작제가 그러한 데다 장리빚도 5부로 굳어진 채 내려갈 줄을 몰랐다. 그 두 올가미에 목이 걸려 있는 한 앞길은 캄캄한 밤일 뿐이었다.

그러나 금년의 보리타작마당이나 물갈이 논둑에서는 한숨 대신 노랫소리나 웃음소리가 흥겨웠다. 머지않아 실시된다는 농지개혁 때문이었다. 사람들의 일손에는 하나같이 신명이 붙어 가벼웠고, 그 몸짓이 곧 춤인 듯도 싶었다. 그런 사람들 사이에 근심 깊은 얼굴의 시름겨운 여자들이 더러 섞여 있었다. 좌익활동으로 남편을 잃었거나 입산한 까닭에 소작을 몰수당한 아낙네들이었다. 그 여인네들은 기죽고 맥없는 모습들로 무슨 일거리든 품팔이를 나서고 있었다. 자식들과 당장 굶지 않기 위해서는 그 길밖에 없었고, 품앗이 일손도 모자라는 농사철이라 보리됫박 얻을 수 있는 품팔이는 어디서나 구할 수 있었다. 다른 많은 사람들을 신명나게 하는 농지개혁이 그들에게는 풀 죽고 기운 빠지게 했다. 자신들은 그 혜택에서 제외될 거라는 사실이 그들을 절망에 빠뜨렸다.

그러나 수많은 소작인들의 부푼 기대는 결코 오래가지 못했다. 농지개혁의 내용이 알려지면서 소작인들의 기대에 찼던 꿈이 허물어지기 시작했다.

유상몰수, 유상분배— 지주에게는 돈을 주고 농지를 몰수하며, 소작인은 돈을 내고 농지를 분배받는다는 그 첫 번째 방법에 대해 모든 소작인들은 일제히 반발의 소리를 높였다. 그리고 자신들의 힘으로는 어찌할 수 없는, 한번 정해진 법이라는 사실을 확인하면서 실망과 불만을 동시에 품게 되었다. 그들의 의식 속에 분명하고 확실하게 판박혀 있는 농지개혁이란 무상몰수 무상분배였던 것이다. 해방을 맞이한 뒤로 그리도 목마르게 농지개혁이 되기를 바라고 기다려왔던 것은 무상몰수 무상분배로 농지를 갖게 되리라는 기대 때문이었다. 무상몰수 무상분배라는 말은 그동안 귀에 못이 박히도록 들어왔던 것이고, 농지개혁에는 그 방법밖에 없다고 믿어왔던 것이다. 왜냐하면 이북에서 이미 오래전에 그 방식으로 토지개혁을 했으므로 이남에서도 당연히 그러리라고 생각해 왔던 것이다.

 "에레기 순 개자석덜아, 그런 드런 놈에 법 맹그니라고 4년썩이나 그래 삐대고 개지랄쳤나! 지미 붙어묵을 놈덜." "싹 다 호로개아덜놈덜이다. 요것이 지주놈덜 땅장시 시켜주자는 것이제 농지개혁은 무신 빌어묵을 농지개혁이냔 말여. 씨부랄 놈덜이 사람을 워찌케 보고 허는 잡지랄덜이여, 시방." "워찌케 보기넌 멀 워찌케 바. 소작이나 부쳐묵고 사는 것덜이야 보나마나 썩은 홍어좃이고 똥통에 구데기제. 눈꼽쩽이만치라도 사람으로 여겼음사 요런 가당찮은 짓거리 혔겄어?" "참말로 요거 속에서 천불이 솟아 더는 못 참을 일이시. 요런 미꼬미 없는 놈에 시상을 인자 워째야 쓰까?" "싹 때레뿌식어뿔고 엎어뿌러야제 워째. 옛날 옛적 임금이 다시리든 때에도 백성 없는 나라가 없다고 혔는디, 민주주의다 머시다 험스로 선거헐 적에는 우리 위해 간이라도 빼줄 디끼 허든 놈덜이 국회의원 되고 나서는 우리럴 똥 친 작대기로 취급헌 것잉께, 그 놈덜부텀 다 때레쥑여야 써." "아니여, 열 안 내고 조단조단 생각혀 봐도, 고런 법 맹글어 우리럴 요리 각다분허게 몰아치는 것은 예삿일이 아니여. 이북서 헌 것보담 더 나슨 방도는 아니드라도 같은 방도는 써야제. 요것은 아그덜도 다 기가 차 웃을 일인디, 요러크름 실인심 혀갖고 워찌 나라 끌고 가겄다고 허는지 모를 일이시." "긍께 말이여, 나라 다시린다는 놈덜이 다 지 명대로 못 살고 죽을라고 환장들을 혀서 짚북데미에 불 처질르는 것이네, 시방."

남자들이 거침없이 토해내는 분노였다.

"음마, 해도 해도 너무 허네웨, 돈으로 땅 사고 폴고 허는 것이사 누가 몰르간디 고런 것을 인자사 법이라고 맹글어? 참말로 미친 삼시랑덜이시, 잡것." "금메 말이여, 지리산 호랭이가 콱 씹어갈 것덜이랑께. 그리 목 빠지게 기둘리게 혀놓고 요것이 무신 천주악이여." "다 우리가 짐칫국 먼첨 마신 것이고, 또 나라헌테 속은 것이네. 애시당초 권세 잡은 종자덜이 배불른 것덜이었는디 멀라고 배고픈 우리덜 편들겄는가. 하매 하매 기둘린 우리덜이 바보 멍텅구리였제." "아무리 그려도 시상에 요리 경우 없는 법은 없는 법이시. 즈그가 아무리 권세 있고 돈 있다고 그 수수많은 사람덜 가심에 못 침스로 지대로 살아질 상불른가. 인자는 일정 때가 아니여. 해방되고 매타작당헌 지주가 워디 한둘이고, 좌익이 무담씨 번창허간디?" "아이고메, 입빠른 소리 허지 말소. 아무리 분혀도 딴 말로 속 풀어야제." "아니시, 저 사람 말이 속 짚은 말이여. 요런 놈에 시상에서는 더 못살겄다는 생각이야 니나없이 다 갖고 있는디, 나라만 고것을 옳게 몰르고 있는 것이네." "몰르기사 헐라등가, 다 암스롱도 있는 놈덜 편역드니라고 몰르는 치끼 허는 것이제." "긍께 말이시, 즈그가 우뭉 떨어도 즈그 똥구녕꺼지 다 딜다보고 있다는 것을 알아야 써." "우리가 다 쿠린 똥구녕 화경 딜에다보디끼 알면 멀헐 것인가. 주벅(주적) 퀀 것이야 그놈덜인디." "음마, 넘 말허디끼 그리 맥아리 빠진 소리 허덜 말어. 즈그가 그러크름 쌍통머리 읎이 우리럴 막보기로 허고 나대면 주벅 뺏길 날이 온다는 것을 알아야 쓸 것이여." "얼러, 무신 수로 주벅을 뺏어?" "이 사람아, 호랭이헌테 물려갈 밤중도 아닌디 정신 똑똑허니 채려. 그 국회의원이란 주벅 그놈덜 손에 쥐준 것이 누기여? 우리덜 아니라고?" "그렇제." "긍께 담번에넌 우리가 각단지게 맘 공그려 묵고 그놈덜얼 안 찍어뿌는 디야 즈그덜이 주벅 뺏기제 위째." "음마, 듣고 봉께 자네 말이 공자님 말씸이시." "금메 말이여, 출마헌 놈마동 쎄가 닳아지게, 토지는 농민헌테 준다고 염불 외대끼 혀쌓등마 국회의원 되고 난께 나 몰라라 혀뿐 것 아닌가." "다 숭악허고 징헌 도적놈덜이여." "아흔아홉 마지기 지닌 놈이 한 마지기 가진 사람 것 뺏어 100마지기 채울라는 것이 있는 놈덜 도적놈 심뽀니께 고것이야 더 말 씹혀봤자 입만 아픈 일이고, 인자 믿을 놈 하나또 읎는 시상잉께 우리 앞감당 우리가 혀야 써." "금메, 이래갖고는 더 못살겄는디……." 남자들에 못지않은 여자들의 입모음이었다.

그런 식의 비판과 지탄은 어느 장소, 어느 마을에서나 마찬가지로 나타났다. 국회의원에 대한 배신감과 나라에 대한 불만감은 소작인들을 하나로 묶어가는 일체감으로 변해갔다. 며칠이 지나면서, 농지값을 일시불하는 것이 아니라 5년 동안에 걸쳐 나누어 내게 된다는 내용이 전해졌다. 그 내용은 사람들의 감정을 다소 누그러지게 하는 작용을 했지만, 무상몰수 무상분배를 기대했던 사람들이 품게 된 근본적인 불만과 불신은 그대로 남아 있을 뿐이었다. 때를 같이해서 보성군 일대에 밤을 이용해서 삐라가 살포되었다.

유상몰수 유상분배의 농지개혁이 얼마나 인민을 기만한 속임수이며, 지주들만을 살찌게 하는 것인가를 설명하고, 인민들은 그 속임수에 넘어가지 말고 대오각성하여 혁명대열에 서야 한다는 내용이었다. 물론 해방구의 율어 인민들은 토지를 무상으로 분배받아 농사를 짓고 있다는 사실도 명기되어 있었다. 그런 내용의 삐라는 보성군뿐만 아니라 장흥군이나 화순군 일대에도 뿌려졌음을 경찰에서는 확인하고 있었다. 도당의 지시에 따라 각 군당의 야산대가 삐라를 제작 살포하고 있다는 것을 쉽게 알 수 있었다. 등사판이 삐라의 글씨체와 지질이 서로 달랐던 것이다. 백남식의 명령으로 군·경·청년단이 일제히 삐라 수거작업에 나섰음은 물론이다.

"어이 여보게, 범우, 김구 선생이 피살당했다네, 김구 선생이!"

손승호가 헐레벌떡 대문을 뛰어들며 소리치고 있었다.

"그게 무슨 소리야!"

방문이 벌컥 열림과 동시에 김범우의 상반신이 튀어나오듯 했다.

"12시경에 어떤 군인이 쏜 총에 맞아 운명했다네."

"군인? 어디서?"

"경교장……."

"범인은 어떻게 되고?"

"현장에서 체포됐다네."

"그놈이 누군데?"

"거기까진 모르겠어."

"어서 자세히 말 좀 해보게나."

"그게 다야, 더 아는 건 없네."

손승호가 고개를 저었다.

"죽일 놈들이 백범까지……."

김범우가 몸을 부리며 토한 말이었다.

마침 일요일이어서 하숙을 전문으로 치고 있는 그 집 방마다에서 학생들이 쏟아져나와 손승호를 둘러싸고 있었다. 그들은 하나같이 놀라움과 함께 믿어지지 않는다는 얼굴들을 하고 있었다.

"혹시 잘못 들은 건 아니겠죠?"

어느 학생이 불쑥 말했고, 손승호는 아무 대꾸 없이 돌아서더니 쪽마루에 주저앉았다.

"멍한 소리 하지 말고, 나가보자."

옆의 학생이 그 학생의 어깨를 툭 치며 말했다.

"대낮에 백범을 죽이다니, 이거 난리났네. 가자, 나가서 뭘 좀 자세하게 알아내야지."

두 학생이 돌아섰다. 다른 학생들도 분주하게 자기네들 방으로 흩어졌다.

김범우는 건너편 벽을 응시한 채 굳어져 있었다. 백범까지…… 백범까지……. 이 생각만이 맴돌이질 하고 있는 머릿속이 수많은 생각들로 뒤죽박죽된 것 같은가 하면, 텅 비어버린 것 같기도 하면서, 아무런 생각도 더 진전시킬 수가 없었다.

손승호도 멍하니 쪽마루에 걸터앉아 있었다. 그는 새벽에 벌교를 빠져나온 길로 무작정 김범우를 찾아 서울행 기차를 탔던 것이다. "자네가 큰 감투를 박찼네그려. 모처럼 출세할 기횔 놓쳤구만그래." 그의 말을 듣고 난 김범우는 이렇게 말하며 공허한 웃음을 한참이나 껄껄거렸다. "어차피, 자네 교직근무에 대해서도 고민했던 참 아닌가. 때맞춰 벌교 탈출은 잘한 셈이네. 이래서 서울살이 한번 해보는 거지 뭐. 어디 보자, 다시 교직을 갖기는 어려울 게고, 그게 가능하다 해도 또 그 타령일 테니 자네가 좀 자유스러울 수 있는 직장을 찾아보도록 하세나." 그래서 김범우의 소개로 이학송과 인사하게 되었다. "이 친구 별명이 책벌레고, 시라는 것도 씁니다. 저야 워낙 무식하니까 이 친구가 쓰는 시가 어느 정돈지 알 수가 없습니다만, 책을 많이 읽어낸 실력 하나만은 제가 자신 있게 보장할 수 있습니다." 김범우가 취직을 부탁하며 한 말이었다. 시 쓴다는 말을 왜 꺼내놓는 것인지, 손승호는 면구스러워 견딜 수가 없었다. "아, 시를 쓰신다구요? 이거 참 반갑습니다. 이러고 보니 손형은 저와 공통점이 꽤나 많은 편입니다." 그런데 이학송은 이렇듯 의외의 반응을 나타냈다. "아니 그럼, 이 선배께서도 시를 쓴단 말씀입니까?" 김범우가 의외라는 듯 물었고, "아니오, 아니야, 시를 아무나 쓰는 거요, 어디. 그냥 좋아할 뿐이오." 이학송은 손을 저으며 모호하게 말하고는, "어디, 출판사 같은 델 알아보면 어떻겠습니까?" 얼른 말머리를 돌리며 친근한 눈길을 손승호에게 보냈다. "예에, 제 능력으로 할 수 있는 일이면 아무 데고 좋겠습니다." 손승호는 다급한 형편을 감추지 않고 말했다. "제가 아는 출판사가 몇 군데 있으니까 알아보도록 하지요." 이학송이 선선하게 말했다. "사람은 참 여러 겹이라 알다가도 모를 존재야. 이학송이란 사람이 시를 쓰는 줄이야 또 알았나. 그 논리정연한 사람이 쓰는 시가 어떤 모양인지 한번 보고 싶구만. 시도 논리투성이가 아닐랑가 몰라." 술이 거나하게 취해 돌아오며, 걸음걸이처럼 흔들리는 목소리로 김범우가 한 말이었다. 그리고 며칠이 지난 어제 이학송과 연락이 되었다. 적당한 자리가 있으니 이력서를 가지고 오늘 오후에 만나기로 했던 것이다. 방에만 들어앉아 있기가 갑갑해서 지리도 익힐 겸 책방 구경을 하려고 손승호는 혼자 종로에 나갔다가 백범 피살 소식을 듣게 되었다.

"경교장 바로 앞이 적십자병원인데도 운명했다면, 치명상을 입은 모양이군."

긴 침묵에서 벗어나며 김범우가 흘린 혼잣말이었다. 침통한 그의 얼굴은 어떤 분노를 담고 있었다.

"결국 그렇게 갔어…… 비참하고 허망해……."

손승호는 하늘로 먼 눈길을 보낸 채 중얼거렸다.

김범우는 담배에 불을 붙였다. 담배연기를 깊이깊이 빨아들였다. 이상스럽게도 가슴이 답답하면서도 벌떡거리고, 갑갑하면서도 출렁거려 진정이 되지 않았다. 슬픔과 분노와 절망과 증오와…… 그런 것들이 뒤죽박죽되어 있는 감정을 그는 다스릴 수가 없었다. 그는 담배연기를 길게 내뿜었다. 투박하리만큼 두꺼운 질감과 굵은 선으로 이루어진 얼굴에 동그란 테의 안경을 낀 그 독특한 백범의 모습이 연기 속에 뚜렷이 떠올랐다. 질그릇처럼 소박하게, 그리고 무쇠솥 같은 강인함을 지닌 얼굴이었다. 결코 미남일 수 없으되 의지로운 힘과 믿음직스러운 무게를 지닌 혁명가다운 얼굴이었다. 그분을 총으로 쏴서 죽이다니…… 정말 이 나라는 끝장난 것인가. 문자 그대로 파란만장하게 평생을 바쳐 이국땅에서 조국 독립투쟁을 하다가 명색이 해방된 땅에서 4년을 다 못 살고 총을 맞아 죽어야 하다니…… 일흔넷, 그분의 일생을 이렇게 허망하고 참담하게 종지부 찍게 만든 그놈들, 그놈들을 다시 죽여야 할 게 아닌가. 그분을 미워하고 적개심을 품은 놈들은 뻔하지 않은가. 첫째가 이승만이었고, 둘째가 한민당을 위시한 친일반역 집단이었다. 그분은 줄기차게 단정수립을 반대하고 선거를 거부함으로써 이승만을 대통령으로 인정하지 않았고, 자주독립국가 건설을 향한 민족 자주성의 확립을 위해 민족반역자들의 일소를 변함없이 역설했던 것이다. 결국 그 두 세력 중 어느 하나가 그분의 가슴에 총을 쏴댄 것이다. 아니, 어쩌면 두 세력이 손을 맞잡은 결과인지도 모른다. 그들은 결국 뿌리는 하나고 가지는 두 개로 뻗었을 뿐인 한 나무에 불과하니까. 이건 속단이 아니다, 경솔도 아니다. 대낮에, 군인이, 경교장까지 들어가서, 총질을 해댔는데 더 뭘 볼 것이 있는가. 그 무모하리만큼 대담한 수법은 반민특위를 습격한 수법이나 뭐가 다른가. 정말 이 나라는 끝장이 난 것인가…… 몽양을 죽이고, 그분마저 죽이다니…… 이 무법천지가 앞으로 어떻게 돼갈 것인가…… 백범, 그분은 마지막 남은 민족의 영도자가 아니었는가. 민족 앞에 선 그분의 진실과 양심이 해방 4년 동안에 걸쳐 대쪽 같은 의지로 성취하려 했던 일이 무엇이었는가. 통일자주국가 건설을 목표로 하여 첫째 외세배격, 둘째 민족통일, 셋째 민주실천이 아니었던가. 그 실현을 위하여 그분은 미·소가 점령한 현실상황에 정면으로 맞서 제2의 독립투쟁을 결연히 선언하면서, 지금은 권력쟁취의 시기가 아니라 진정한 독립쟁취의 시기이므로 모두 사심을 버리고 하나로 뭉쳐야 할 때라고 역설했던 것이다. 그래서 그분은 반탁을 했고, 단정수립을 반대했으며, 좌익을 포함시키지 않는다면 우리는 통일을 이룩할 수 없다는 말과 함께 남북협상의 험로에 나섰고, 끝끝내 단정선거를 거부하여 권력의 길을 외면함으로써 스스로의 진정성을 증명해 보였다. 그분의 그러한 언행일치는 날이 갈수록 적을 많이 만들게 되었다. 군정의 미움을 샀고, 이승만의 증오를 받았으며, 한민당의 표적이 되었다. 상해임시정부가 결성될 때 문 파수 노릇을 자청했던 그분이 주석의 자리에 앉아서도, 조국이 독립만 된다면 정부 청사의 수위나 청소부 노릇을 해도 더 바랄 것이 없다고 한 일념의 실천 앞에 모략 중상 또한 얼마나 많았던가. 무자비한 테러리스트, 배운 것 없는 무식쟁이, 임정을 등에 업은 권위주의자, 자기의 생각밖에 모르는 고집불통, 그리고 남북협상을 시작하게 되자 급기야 공산주의와 야합하는 민족반역자·기회주의자라는 모략 중상을 한민당 쪽에서는 서슴지 않았다. 이승만처럼 자기네들과 야합을 해주지 않기 때문에 자행한 그런 모략 중상은 그 얼마나 치졸하고 저열한 것이었는가. 공산주의나 그 추종자들은 민족과 국가를 소련에 팔아넘기려는 집단이라는 황당하고 유치한 주장을 앞세우며 친일반역자들은 스스로를 민족진영이라 자처하는 또 한 번의 반민족행위를 저지르면서 진정한 민족주의자 백범을 반대쪽으로 내몰았던 것이다. 어쨌거나 자신이 백범을 믿고, 그분의 노선을 지지했던 것은, 그분이 내세운 세 가지 실천목표가 장구한 민족의 삶을 위해 옳고 포괄적이었기 때문이고, 그 실천을 위해서는 그 어떤 이데올로기에도 편중되지 않고, 민족우선 아래 모든 이데올로기를 포용할 수 있는 폭과 능력을 신뢰했기 때문이었다. 그분이 정말 임정을 등에 업은 권위주의자였다면 일흔넷의 나이로 서른다섯 살에 불과한 김일성을 과연 만나러 갈 수 있었을 것인가. 그분은 권위주의자도 아니었을 뿐만 아니라 고집불통도 아니었다. 민족을 위한 대의의 길을 찾기 위해서는 객관적 지위도 개의하지 않았고, 개인적 자존심도 버린 것이 아닌가. 두 강대국의 점령과 함께 두 이데올로기가 대립하는 상황 아래서 누가 가장 바람직한 민족의 지도자였을까. 사회주의 혁명을 앞세운 극좌의 박헌영이었는가, 권력장악만을 앞세운 극우의 이승만이었는가, 좌우합작을 앞세운 중도적 여운형이었는가, 민족자주를 앞세운 포용적 김구였는가. 두 강대국이 양보 없는 대립을 하는 한 극좌나 극우의 노선은 필연적으로 민족분열을 초래하게 되어 있었다. 이데올로기에 의한 민족의 분열, 그것은 결코 용납할 수 없는 어리석음이고 비극 아닌가. 그럼 여운형과 김구가 남는다. 그 두 사람이 한때 뜻을 같이하려고 접근했던 것은 결코 우연한 일이 아니었던 것이다. 민족의 분열부터 막아 외세에 대처하고, 그 다음 단계로 사회혁명을 시도하여 민족정권을 세우려 했던 그들의 구상은 진정 바람직한 것이었다. 그러나 몽양이 먼저 총을 맞고 떠나갔고, 이제 백범마저 총을 맞고 떠나가게 되었다. 두 민족주의자는 차례로 제거되고 극우와 극좌만 남겨진 것이다. 미국이 주도하는 제국주의의 패권주의와 소련이 주도하는 공산주의의 팽창주의가 대결하는 틈바구니에서 두 민족주의자가 그렇게 죽어가야 하는 것은 어쩌면 당연한 귀결이고, 피할 수 없는 운명인지도 모른다. 이제 우리는 어찌 될 것인가…….

"어찌, 나가보지 않으려나?"

손승호가 나직하게 입을 열었다. 그는 김범우의 심정이 어떨 것인지 충분히 헤아리고 있었다.

"왜 자꾸 구역질이 나는지 모르겠군."

김범우가 머리칼을 쓸어넘겼다.

"담배 너무 피우지 말게. 충격을 받은 데다 담밸 그리 피워대니 그러는 거 아닌가."

"오늘 이 선배하고 한 약속은 깨지는 것 같네."

김범우는 담배를 잉끄려 껐다.

"당연하지. 벌써 취재에 뛰어들어 정신이 하나도 없을 텐데."

"아마 당분간 만나기 어려울 걸세. 지난번 특위 습격 때도 며칠간 얼굴을 볼 수가 없데. 다급하게 생각하지 말고 책이나 읽으며 연락 기다리게."

"내 걱정 말고 자네나 감정 수습하게, 충격이야 크겠지만."

"차암, 생각할수록 어처구니가 없네. 서민영 선생 말씀이, 그분의 앞길이 임정을 외롭게 지킬 때보다 더 어려워지리라고 예측했지만, 이렇게 비참하고 허망하게 총을 맞고 돌아가실 줄이야 상상이나 했던가."

"그게 나와 함께 들은 말 아닌가. 그 말씀을 하신 서민영 선생님도 이런 사태까진 생각하지 못했을 거네."

"물론 그렇겠지. 당신이 선하신 분이니까 이런 흉악한 정치 테러야 상상을 못하시지."

"서 선생님도 충격이 크시겠어."

"당연하지. 그분은 이승만 정권의 몰락을 예견하며 백범한테 기대를 걸었거든. 백범이 이기는 길은 건강을 지키는 일이라고 할 정도였네. 그분은, 이승만 정권이 그를 둘러싼 친일반역집단의 부정부패와 민중들의 불신으로 결국 무너지게 되어 있고, 그러면 필연적으로 백범이 정권을 맡을 수밖에 없다고 내다봤던 거지."

"근데 백범이 가고 말았으니 문제 아닌가."

"이승만은 가장 두려운 존재를 가장 치졸한 방법으로 제거한 거야."

김범우는 얼굴이 경직되며 단호하게 말했다.

"그래, 전차에서도 사람들이, 이승만이 한 짓이라고 수군거리더군."

"정적도, 견제도 없는 독판칠 무댈 만들겠다는 단순한 속셈인데, 글쎄, 그게 그렇게 쉬울까?" 김범우는 잔인하게 느껴지는 비웃음을 물더니, "나가보세, 죽치고 앉아 있는 것보다야 낫지 않겠나." 그는 튕기듯이 몸을 일으켰다.

두 사람이 종로4가에서 전차를 내렸을 때는 이미 신문의 호외가 나돌고 있었다.

범인 육군 포병소위 안두희. 현장에서 범인은 체포. 범인은 경찰의 손에서 때마침 스리쿼터를 타고 온 사오 명의 군복청년들에게 넘겨져 어디론지 자취를 감춤. 범인은 권총 네 발을 백범을 향해 발사하여 모두 명중시킴. 백범은 유언 한마디 남기지 못하고 12시 45분경에 절명.

이 정도가 호외를 통해서 알게 된 새로운 사실이었다. 경찰이 스리쿼터를 타고 온 사오 명의 군복청년들에게 범인을 넘겨주었다는 것은 그 범행이 군조직의 사전모의에 의한 것이며, 군통수권자는 대통령이란 사실로 직결되었다. 이미 예측은 했으면서도 호외를 통해서 그 사실을 확인하게 되자 김범우는 새로운 분노가 파도로 일어나 가슴의 벽을 치는 고통을 씹어야 했다.

광화문을 지나 서울중학교 앞에 이르게 되자 더는 걸음을 옮길 수가 없었다. 경교장 쪽을 향하여 사람들이 겹겹으로 길을 메우고 있었다. 모두가 불안하고 침통한 얼굴들이었고, 어떤 여자들은 울고 있기도 했다.

"그만 가세."

김범우가 돌아섰다.

"사람들이 이리 애석해하는 분을……."

손승호가 돌아섰다.

그들이 광화문 네거리를 향해 걷는 동안에도 수많은 사람들이 경교장 쪽으로 부산스런 걸음들을 옮겨가고 있었다.

"어디로 가나?"

소공동 쪽으로 걸음을 옮기고 있는 김범우에게 손승호가 물었다.

"이 선배하고 약속한 시간이 다 돼가잖은가."

"못 나오실 텐데?"

"그래도 약속을 파기한 게 아니니까 나가봐야지. 의외로 나올지도 모를 일이고, 못 나오면 우리끼리 쉬어가면 되는 거니까."

손승호는 김범우의 침착성을 다시 보고 있었다.

다방 안은 새로 유행하기 시작한 〈아내의 노래〉가 퍼지고 있는 속에 사람들이 제각기 떠드는 소리가 뒤섞여 어지러웠다. 두 사람은 구석 쪽의 빈자리를 찾아갔다. 그 시끌덤벙한 소리들은 거의가 백범 피살에 관한 것임을 알 수 있었다.

"참 관심들이 대단하군."

손승호가 자리에 앉으며 말했다.

"당연한 일이지. 친일세력을 편들지 않은 백범은 그 사실 하나만으로도 우남보다 몇 배의 대중지지를 획득하고 있었잖은가."

김범우는 담배에 불을 붙이려다 말고 옆에 다가선 아가씨에게 차를 시켰다.

"그나저나 앞으로 어찌 되는 걸까?"

"글쎄 말일세, 보나마나 남쪽이야 우남의 천하가 될 거고, 그러다

보면 북쪽과는 점점 냉정해져 사이가 벌어지고, 뭐 그렇지 않겠나."

"그럴 테지. 헌데 말이네, 이건 허나마나 한 소리지만, 백범의 기구한 생애를 생각할수록 안됐고, 가슴 아프고 그러네. 내가 꼭 뭘 잘못한 것 같은 죄스러운 생각도 들고 말이네."

손승호가 찻잔을 들며 말했다.

"그분을 존경했거나 아끼고, 정치적으로 무슨 기댈 걸었던 사람들이라면 거의가 그런 비슷한 심정들 아니겠나. 어쨌든 이런 분단 현실 속에서 그분의 죽음은 민족적 손실임이 틀림없지. 그러나 말야, 개인적으로 보면 이보다 더 극적인 죽음도 없을지 모르네. 민족이 필요로 하는 상황에서, 그 어떤 오류도 저지르지 않고, 가능성만을 남겨놓은 채, 정적의 총탄에 쓰러졌다, 그분은 일제하의 투쟁 경력과 더불어 민족의 역사에서 영원히 빛나는 별이 된 것이네. 우남은 정적을 제거했다고 편안한 잠을 잘지 모르지만 오히려 정적을 역사 속의 영웅으로 만드는 일을 거들었고, 그와 반대로 자기 자신은 역사 속의 죄인으로 만드는, 한 가지 일로 두 가지 손해를 보는 어리석고 아둔한 짓을 저지른 거야."

"고약한 역설이군."

손승호가 가볍게 고개를 흔들며 웃음 지었다.

"이건 역설같이 들리지만 사실 아닌가. 뭘 좀 비판하고 판단할 줄 안다는 사람들은 거의가 정치적 현실감각이나 술수조작에 있어서 우남이 백범보다 한 수 위라고 하고, 백범은 정치가라기보다 혁명가라는 통설을 만들다시피 했는데, 내가 보기엔 절대 그렇지 않네. 우남은 정치를 현실 자체로만 파악하는 단견의 소유자고, 백범은 정치가 현실이면서 곧 역사라고 파악하는 거시적 안목의 소유자라는 차이를 가지고 있네. 그러니까 그 정책에도 현격한 차이가 나서, 우남은 바로 눈앞에 보이는 이익만 좇아 단정수립이다, 친일반역자들과 야합이다, 특위 습격명령이다, 백범 피살이다, 하고 역사에서 비판받을 짓만 계속하는 거고, 백범은 그와 반대로 민족 전체의 삶을 전제로 외세배격이다, 민족통일이다, 친일파 척결이다, 남북협상이다, 분단획책의 단선 거부다, 하고 객관적 명분의 길을 걸은 게 아니겠나."

"그럴듯한 분석이네."

"이거, 이 선배 못 나오는 모양이군."

김범우가 시계를 들여다보았다.

"얼마나 지났나?"

"20분 정도."

"한 10분 정도 더 기다려보지."

"그러세, 바쁠 것 없으니."

"근데 말이네, 우남이란 존재가 아주 없었다면 상황이 어떻게 됐을까? 그러니까 우남이 해방 전에 죽어버렸거나 해서 해방을 맞았다면 말야."

"역사 판단에서 가정은 금물이라는 걸 모르진 않겠지?"

김범우는 손승호를 빤히 쳐다본 채로 물컵을 기울였다.

"하긴 다 부질없는 얘기지."

손승호는 마른 입맛을 다셨다.

"꼭 그렇지만은 않고, 얼마든지 제기해 볼 수 있는 역사적 가설인데, 내 능력으론 당장 추론하기가 벅찬 문젠데그래. 그런데 말야, 그렇게 되면 백범·몽양·박헌영 세 사람이 주도세력이 되는 셈인데, 그럼 한 가지 분명한 사실은 있네. 그게 뭐고 하면 말야, 미·쏘가 행사하려는 구속적 영향력에 구애받지 않고 전국적으로 토지개혁 단행과 친일반역자들을 척결하는 일대 사회혁명이 일어났을 거라는 점이네. 전에도 말했지만 그들 세 사람이 각기 내세운 정책 중에 그 두 가지는 신기할 정도로 일치했으니까. 그렇게 되면 자연히 단정수립이라는 것도 생기지 않았을 게고…… 아이고, 골치 아프네. 이건 논문거리지 즉흥적 대화거리는 아닐세."

"그걸 자네 논문거리로 주지."

"제발 난 사양할 테니 자네 시의 소재로나 삼게나."

"이 사람 생각보다 무식하네. 그런데 말이지, 6월 들어 왜 이렇게 정신 못 차리게 큰 사건들이 연달아 터지는 걸까?"

"글쎄…… 자네가 서울로 도망 올 정도로 정신이 없었군. 거기다가 농지개혁법까지 공포되고 했으니까……."

김범우는 무슨 생각인가를 정리하는 듯 계속해서 고개를 끄덕이고 있었다.

"토지가 아니라 농지에만 국한된 그 개혁법이라는 거, 자네, 쓸만하다고 생각하나?"

"허! 나 같은 지주 자손들을 보호해 주는, 아주 쓸 만한 법이 아니든가?"

"참 빌어먹을 놈들, 갈수록 태산이야."

"또 한번 민심 잃는 짓들 한 거지. 정말 이런 식으로 나가다간 큰
변 일어나게 생겼네. 봉건주의 의식에다가 일제 폭력주의 의식까지
물든 자들이라 민심 무서운 줄을 몰라."

"갈수록 염 선배 말이 절실해지네."

"뭐라고 했는데?"

"뭐, 염 선배다운 웅변이었는데, 네가 바라는 인간주의는 원시
동굴사회에서도 없었다, 인간이 불가피하게 행사하는 폭력을 인간
역사창조의 동력으로 파악하지 못하고 폭력 자체로만 경원하는 것
이 인간주의인 줄 아느냐, 그건 병든 환상주의고 인간배신주의며
역사반역주의다, 너는 너의 환상적 인간주의에서 결국 인간을 찾
지 못할 것이고 만약 그것에 만족할 수 있다면 너 자신이 인간이
아니고 하등동물에 불과하다, 네가 찾는 인간주의는 진정으로 해
방된 인간의 자유 속에 있는 게 아니냐, 지금은 그 해방을 찾아가
는 혁명의 과정이다, 혁명에 수반되는 폭력을 폭력으로만 보는 병
든 눈을 버리고 새롭게 눈을 떠라, 역사는 인간의 것이고 다수 인
민의 것이다, 이 분명한 진실을 네가 외면한다면 넌 너를 끝없이 기
만하는 부류들과 만나게 되고 넌 영원한 환상주의자로 파멸하게
될 것이다, 뭐 이런 내용이었지."

"그렇군, 염 선배다운 말이야."

김범우는 시계를 들여다보며, 손승호의 갈등하는 의식을 헤아리

고 있었다.

"그분, 못 나오는 모양 아닌가?"

"그런 것 같군. 어디 가서 술이나 한잔 하세."

두 사람은 다방을 나왔다.

김범우는 언젠가 술자리에서 이학송 선배에게 했던 부탁을 떠올리고 있었다. 이런저런 말이 오가다가, 김구 선생을 한번 뵙고 싶다는 말이 자연스럽게 나왔고, 그건 별로 어려운 일이 아니라고 이 선배는 예사롭게 말했고, 어떻게 꼭 좀 뵙게 해달라고 자신은 적극성을 보였고, 취재 갈 때 같이 가면 된다며 이 선배는 웃었다. 그리고 하는 말이, "영웅은 원래 멀리서 바라보는 것 아닌가? 가까이서 보면 실망하기 쉽지. 그분은 과묵하지 달변은 아니거든." "참 선배님도, 제가 여선생 오줌 누는 소리 듣고 실망하는 소학생인 줄 압니까?" 자신의 대꾸에 이 선배는 고개를 젖히고 웃어댔던 것이다. 그런데 그 부탁은 영원히 부탁으로 남겨지게 되고 말았다.

그늘이라고는 없는 논밭에 쏟아져내리는 7월의 햇살은 말 그대로 불볕이었다. 그 바늘끝 같은 햇볕을 쬐고 마시며 온갖 곡식들은 실하게 커가는 것이지만 그 속에서 일을 해야 하는 사람들은 피만큼 진한 팥죽땀들을 흘리며 허덕거려야 했다.

강동식의 아내 외서댁과 강동기의 아내 남양댁은 목화밭의 김을 매고 있었다. 머릿수건을 평소보다 깊게 눌러써 얼굴을 가린 그녀들은 서로 다른 골을 따라 호미를 손 빠르게 놀려대고, 왼손이 잡풀들을 잡아뜯고 있었는데 그 동작은 마치 기계가 움직이고 있는 것처럼 빠르고 정확했다. 그런데 호미질을 하고 풀이 뽑힐 적마다 땡볕으로 익은 땅이 내뿜는 후끈거리는 열기와 함께 흙먼지가 푸석푸석 일어났다. 그 흙먼지는 땀이 줄줄이 흐르고 있는 손이나 팔에 계속 엉겨붙어 떡덩어리가 되는 것은 물론이었고 땅이 내뿜는 열기에 섞여 숨쉬기를 거북하게 만들었다. 위에서는 불볕이 쏟아져내리고, 아래서는 흙먼지 섞인 훈김이 후끈후끈 솟아오르고, 쪼그려앉은 자세로 앉은걸음을 치며 일손은 계속 놀려야 하고, 한증막이 따로 없었다. 그래서 목화밭 풀매기 한나절에 속곳 밑 파고든 훈김으로 새댁 거기 다 익어버린다는 말이 생겼는지도 모른다. 농사일 중에서도 목화밭 김매기는 그만큼 고역스러워 논매기보다 더 어렵게 쳤다. 논매기도 결코 쉬운 일이 아니었지만 그나마 물일이어서 땅이 내뿜는 훈김이 밭보다는 덜한 데다가 흙먼지가 피어오르지 않았던 것이다. 그러나 논매기도, 볏잎은 눈을 찌르지, 거머리는 달라붙지, 허리는 부러지지, 다리는 부어오르지, 결코 수월한 일이 아니었다.

"아이고메 성님, 숨 잠 쪼깐 돌리고 헙시다."

밭머리에 다다른 남양댁이 막혔던 숨을 토해내듯이 하며 몸을 일켰다.

"아니시, 나넌 괜찮허시."

외서댁도 밭머리에 이르러 한 고랑을 마무리하며 고개를 숙인 채 말했다. 동서가 그리 자주 쉬자는 것이 다 자신 때문인 것을 그녀는 알고 있었다. 그전보다는 표나게 달라진 동서의 그런 마음씀이 그녀로서는 그저 속마음 저리게 고마울 뿐이었다.

"점심밥때도 다 되얐소, 고만 손 터씨요."

밭둑에 선 남양댁이 머릿수건을 벗겨 기운 좋게 위아래 옷을 털어대며 말했다.

"폴세 그리 되야부렀당가? 안직 반도 다 못혔는디."

외서댁이 고개를 들어 해 쪽으로 얼굴을 돌렸다.

"아칙나절 해보담 저녁나절 해가 더 진께 고것이야 당연지사제라."

"긍가? 나넌 또 워쩐 일이다냐 싶었구마."

외서댁은 왼손으로 무릎을 짚고 일어서다가 아래허리 엉치께가 무너져내리는 것처럼 무거워 호미를 든 채 오른손으로 마저 무릎을 짚고서야 힘들게 몸을 일으켜 세웠다. 웬수녀러 것이 징허게도 찔기게 날로 달로 커나는구만……. 그녀는 또 뱃속에 든 것을 저주했다. 그런 외서댁의 힘겨워하는 몸놀림을 남양댁은 안쓰러운 눈길로 바라보고 있었다. 나도 저런 꼴이 되면 어떻게 하나, 하는 불안에 휩싸이면서. 허출세놈에게 당한 것이 자그마치 여덟 차례였던 것이다. 뜨물에도 애가 선다는데 다 늙어빠진 남자도 아니고 쉰줄의 사내한테 여덟 번씩이나 당했으니, 그녀는 조마조마하고 두근두근한 마음으로 꽃이 비치기만을 기다리고 있었다. 그 짓을 두 달에 걸쳐 당했는데 그래도 처방이 효력을 나타냈는지 어쩐지 지난달 초순에는 꽃을 보았었다. 그것으로 끝났으면 얼마나 좋았을까만 그놈은 또 한 번의 발길을 했던 것이다. "인자 다시는 안 올 것잉께 안심허드라고." 그놈은 그전까지 던지고 가던 10원짜리 지전 대신 이 말을 뱉어놓고 갔다. 그가 방을 나가기 바쁘게 벌떡 일어선 그녀는 머리가 천장에 닿아라 하고 제자리뛰기를 시작했다. 그리고 그가 사립을 나가는 기척을 뒤쫓아 부엌으로 내달았다. 세수통에 물을 넘치도록 쏟아붓고, 거기에 걸터앉듯 해서 왼손으로 연신 물을 끼얹어대며 오른손 가운뎃손가락을 질 속으로 깊이깊이 넣었다가 헹구고 또 넣고는 했다. 그놈한테 일을 당하고 나서 매번 되풀이했던 처방이었다. 신령님, 지발 적선헌다고 그 드런 놈 씨가 지 몸에 못 붙게 혀주십소사……. 그녀는 다시 간절하게 뇌며, 밭둑을 오르려고 하는 외서댁을 향해 팔을 뻗쳤다.

"잉, 고맙네……."

외서댁은 동서를 올려다보며 흐린 웃음을 지어 보였다. 그 얼굴은 작년 겨울에 비해 영 딴 얼굴처럼 망가져 있었다. 땀으로 맥질된 그녀의 얼굴은 마를 대로 말랐고, 퀭하게 커진 눈은 기운이 풀려 있었고, 있는 대로 드러난 광대뼈 위로는 버짐처럼 두꺼운 기미가 끼여 있었다. 그도 그럴 것이, 그녀는 장흥 이모집에 가 있는 동안 애를 떨어뜨려보려고 온갖 짓을 다 했던 것이다. 먼저 밥을 적게 먹는 일부터 시작해서, 뒷담에서 뛰어내리기를 하다가 발목을 삐어 며칠을 고생했고, 묵은 간장 두 사발을 마셨다가 토사곽란이 일어나 까무러치는 소동을 벌였고, 쑥 연기를 거기다 쐬다가 땀띠 같은 것이 돋아올라 차례로 곪아대는 바람에 혼쭐이 났다. 그래도 애는 떨어지지 않았다. "니가 지아무리 발싸심혀도 소양없는 일이여. 씨가 지독혀서 안 떨어지는 거이 아니라 니 애기집이 철통 겉애서 안 떨어지는 것잉께. 느그 엄니가 방구 꿔뿔 대끼 느그덜 수월허게 나뿐 것 니도 알지야? 고것이 다 넘덜이 부러워허게 애기집이 실혀서 그리 된 것인디, 그 딸인 니 애기집도 비문헐라디야. 니가 무신 짓을 혀도 안 떨어질 앤께로 그냥 낳도록 혀. 나서 젖 뿔리지 말고 즈그 애비헌테 갖다주는겨. 고것이 질인 방도여." 이모의 말이었다.

"성님, 아조 쩌 아래 샘터로 내레가서 밥 묵을 채비허고 자리 잡읍시다."

남양댁의 말에 외서댁은 머릿수건을 벗으며 그저 고개를 끄덕였다. 그때 아랫배의 그 속으로부터 바깥쪽을 향해 살이 살을 떠미는 묵직하면서도 부드러운 움직임이 가벼운 압력감과 함께 여실하게 느껴졌다. 쪼그려앉아 있는 동안 압력을 받았던 뱃속의 것이 자세를 바꾸자 기지개라도 켜는 모양이었다. 염병헌다! 외서댁은 아랫배를 향해 눈을 흘겨대고는 머릿수건으로 마구 옷을 털어대기 시작했다.

산밭이라서 개울이 가까이 없는 대신 서너 개의 바위가 박힌 비탈에 작은 샘터가 만들어져 있었다. 산자락에 밭을 일궈가면서 찾아낸 물줄기일 것이다. 샘 옆에는 줄기가 휘고 꼬인 소나무 한 그루가 언제나 그 모양, 그 크기로 서 있었다. 샘도 바위틈 어디에서 물이 나오는지도 모르게 언제나 돌절구통 같은 웅덩이에 찰랑하게 물을 담고 있었다. 그 샘은 어지간한 가뭄에는 마르는 일이 없었고, 겨울에도 얼지 않고 김이 서렸다. 제석산 정기가 담긴 약수라는 말도 있었지만 품팔이에 나선 배고픈 사람들은 땡볕 속에서 일을 하다 땀을 쏟은 만큼 마실 수 있는 물로 소중히 여길 뿐 그런 말은 귀에 담지도 않았다.

"성님, 더운디 싸게 씻츠씨요."

"아니시, 자네 먼첨 씻소."

"나넌 밥부텀 챙길랑마요."

외서댁은 다시 고마운 마음으로 서둘러 샘가로 갔다. 자신이 빨리 씻고 물러나야 동서가 더위를 면하게 될 것이다. 흘러넘친 샘물을 받아모은 작은 웅덩이에 외서댁은 두 손을 담갔다. 서늘한 기운이 그대로 가슴을 적셔왔다. 불볕 더위 속에서 익은 몸이라 그 시원함은 더 진하게 느껴지고 있었다. 그녀는 빠른 손놀림으로 팔과 얼굴을 씻고 수건에 물을 적셔가지고 물러났다.

"어이, 자네 얼렁 씻으소."

"더우 가시게 더 찬찬히 씻으시제라."

"나 땀 다 딜엤네. 얼렁 씻소."

외서댁은 손까지 흔들었다.

"그늘에 두 다리 쭈욱 뻗고 앉으씨요."

샘가로 가고 있는 남양댁의 양쪽 손에는 풋고추와 들깻잎이 한아귀씩 들려 있었다. 손길 가까운 아무 밭에나 들어가 장만한 찬거리였다. 그런 식의 반찬거리 장만은 주인이 있으나 없으나 서로가 주저 없이 하는 습관된 행동이었다. 아이들의 서리를 이해하고 묵인하듯이.

외서댁은 밝은 햇살로 눈이 시린 먼 하늘 끝을 하염없이 바라본 채, 바람 묵은 남정네…… 하며 남편의 생각에 젖어들고 있었다. 그리움이 서러움처럼 물결져와 가슴을 적셨다. 그 뒤를 죄스러움이 새로운 물결로 밀려들었다. 아직도 내가 몸 버리고 애까진 밴 줄을 모를까…… 알아서 날 죽이려 들면 의당 그 손에 죽어야지. 이모 말대로 새끼는 낳자마자 그놈한테 보내야지. 젖 빨려버리면 정 붙어 못 보내게 될 테니까 생김부터 볼 필요가 없다. 그놈이 날 망친 원순데 그 새끼 생김은 왜 봐. 외서댁은 어금니를 맞물며 두 주먹을 말아쥐었다.

"성님, 배고프제라? 언넝 밥 묵읍시다."

남양댁이 양쪽 손의 들깻잎과 풋고추에 묻은 물을 뿌려대며 나무 그늘로 들어섰다. 외서댁은 밥을 싼 삼베보퉁이를 앞으로 옮겼다. 삼베보자기를 풀자 작은 소쿠리에 담긴 밥이 드러났다. 그건 쌀이라고는 한 알도 들어 있지 않은 꽁보리밥이었다. 다 식어서 굳어버린 꽁보리밥은 그 특유의 거무칙칙한 색깔로 변색되어 뚝뚝하고 거칠어 보였다. 그런데 그나마 밭일을 한 두 사람이 배를 채우기에는 넉넉한 양이 아니었다. 그 부족한 양을 채우려 했음인지 꽁보리밥 가운데에는 감자 두 개가 반쯤 박혀 있었다. 그리고 소쿠리 가장자리에는 된장 한 덩어리가 붙어 있었고, 그 옆의 종지에는 상추잎이 시든 채로 덮여 있었다.

"밥이 안 쉬었을랑가 몰르겄소."

남양댁이 들깻잎과 풋고추를 보자기 위에 놓으면서 말했다.

"괜찮헐 것잉마. 소쿠리에 담아 삼베로 싼다가, 안직 7월 초순 잉게."

"금메라, 쉬었다고 못 묵을 창시도 아닝게." 남양댁은 외서댁에게 얼핏 눈길을 주며 희뜩 웃고는, "상추럴 챙게오자도 요리 시들어빠져뿐께 쌈맛이 나야 말이제라. 식은 보리밥에넌 상추쌈이 질인디, 그냥 깻잎쌈얼 혀야제 워쩌겄소." 종지를 덮은 상추잎을 걷어내며 말했다.

"항, 깻잎쌈도 쌉쏘롬허고 고소롬허니 맛나제. 근디, 고것은 머시여?"

"이, 갈치속젓 쪼깐 담아왔구만이라."

"워쩐 갈치속젓이여? 그 귀헌 것을."

"즈그 아부지가 영판 좋아허는 것이라 작년에 담아 애께묵든 남치기요."

"글먼, 젓갈이야 썩는 물건 아닝께 고이 간수헐 일이제."

"썩는 물건 아니라도 시절 지내면 맛 변해뿐께 있는 입이라도 묵어야제라. 원제 올란지도 몰를 사람인디……."

"참말로, 워디로 쫓겨댕김서 고상얼 허는고……."

두 여자의 가슴에는 금방 시름이 가득 찼다. 그건 그녀들을 이렇듯 이마 맞대고 앉게 한 공감대이기도 했다.

"성님, 얼렁 밥 묵읍시다. 잽히지만 않음사 은제고 한 이불 속에서 잘 날이 있겄제라."

남양댁이 외서댁에게 숟가락을 내밀며 당차게 말했다.

"하면, 맘 그리 단단허게 묵어야 써. 나 겉은 것도 사는디……."

아이고메 성님, 나도 성님 신세가 될란지도 몰르요. 이년 가심이 뽀짝뽀짝 타요, 시방. 남양댁은 숟가락을 꽁보리밥에 푹 찔렀다. 외서댁도 손가락 끝으로 갈치속젓을 찍었다. 입맛 없이 꺼끌거리는 입 안에 침이 스몄다.

사상 조사 때문에 장흥에서 불려온 외서댁은 다시 장흥으로 돌아갈 수가 없었다. 집을 지키라는 행동통제를 받은 것이다. 배는 불러오기 시작하고, 남부끄러워 견딜 수 없는 일이었지만 거역할 수도 없는 명령이었다. 누구 하나 그녀를 흉잡거나 욕하는 사람이 없는데도 그녀는 한사코 사람들을 피했다. 품팔이 일도 여러 사람이 모이는 데는 나서지 않았다. 그래서 남양댁이 단둘이 품을 팔 수 있는 일거리를 구해오는 것이었다.

두 사람은 꽁보리밥에 된장과 갈치속젓을 얹은 들깻잎쌈을 맛나게 먹고 있었다. 갈치속젓이 있어서 한결 입맛이 돋는 것이었다.

"음마, 요것이 멋이다냐!"

풋고추를 된장에 찍으려던 남양댁이 주춤했다. 외서댁의 눈길도 된장으로 옮겨졌다.

"구데기 아니라고."

외서댁이 예사롭게 말했다. 된장 속에 몸을 박은 구더기 한 마리가 꼬물거리고 있었다. 된장 색깔 속에서 흰 구더기는 유난히 눈에 띄었다.

"하이고 염병허고 자빠졌다. 저 삼시랑은 잡아내고 잡아내도 끝도 한도 옰당께."

남양댁이 자신의 살림살이 변변치 못함을 덮기라도 하려는 듯 역정을 냈다.

"된장에 구데기 쓸기야 예사제. 포리가 쉬 깔려대는 디야 당헐 방도 옰는 일 아니드라고. 다 항꾼에 묵고사는 일인디."

"그려라, 구데기도 묵어야 포리가 되겄제라." 남양댁은 손가락으로 구더기가 박힌 부분의 된장을 찍어내고는, "인자 고만 묵고 가보드라고잉" 하며 구더기를 튕겨버렸다. 그리고 두 사람은 다시 쌈을 싸기 시작했다.

한편, 들몰댁은 뒷산을 넘어가 제석산 언저리에 이르는 깊은 골에서 나무를 하고 있었다. 가까운 산에는 할 나무도 없었지만 산지기 눈총으로 억새풀도 뜯어내지 못할 형편이었다. 물론 골이 좀 깊다고 해서 임자 있는 산에 산지기가 없을 리 없었다. 그러나 눈치껏 일하는 산지기의 게으름을 틈타면 나무 한 짐씩 해내기는 어려운 일이 아니었다. 나무는 소화가 시켜서 하는 일이 아니었다. 소화는 집안일 말고는 아무것도 하지 못하게 했다. 그러나 들몰댁으로서는 밥하고 빨래하는 일만으로 세 입이 얻어먹고 사는 입장이 너무 미안하고 옹색스러웠다. 굿 뒷바라지나마 있으면 또 모르겠는데 술도가집 아들 사건을 겪어내느라고 그동안 굿도 한 번 벌인 일이 없이 지냈다. 그런 입장에서 나무까지 사서 때는 걸 보고만 견딜 수가 없었던 것이다. 들몰댁은 소화의 만류를 뿌리치고 날이 풀리면서 나무를 나서게 되었다. 나무도 날마다 하는 것이 아니라 한 짐을 해오면 사나흘은 땔 수 있었다. 농사일에 시달리던 것에 비하면 그 정도는 일이라 할 것도 없었다. 들몰댁은 소화의 은혜에 고마워하며 나무를 해날랐다. 밥을 굶지 않고 겨울을 나고, 부황기 모르고 보릿고개를 넘긴 것은 시집오고 처음, 아니 태어나서 처음 있었던 일이었다. 끼니를 거르지 않은 편한 생활은 숨김없이 온몸에서 드러났다. 얼굴에서부터 몸 구석구석까지 고르게 살이 오르는 것이 제일 먼저 나타난 변화였다. 그 다음의 변화는 거칠기만 했던 피부에 윤기가 돌며 탄력이 생긴 것이었다. 그 변화가 특히 두드러지게 나타난 곳은 손과 발 그리고 얼굴과 젖가슴이었다. 손바닥과 손매듭에 잡힌 옹이가 시나브로 풀려가면서 손톱도 일삼아 깎아야 하게 되었다. 손톱을 일부러 깎아야 하는 것이 그렇게 신기하고도 이상한 기분일 수가 없었다. 전에는 깎기는커녕 너무 닳아져 손톱이 살을 파고들 지경이었다. 발바닥에 두껍게 덮여 쩍쩍 금이 간 군살도 차츰차츰 얇아져갔다. 무엇보다 기쁜 것은 얼굴에 도도록하게 살이 오르며 희어지고 화색이 도는 것이었다. 살이 오른 동그스름한 얼굴을 거울에서 대할 적마다 처녀 시절의 자신을 되찾은 것 같아 그리 기분이 흡족스러울 수가 없었다. 스스로 잘났다고 생각하지는 않지만 또 못났다고도 생각하지 않는 자신의 얼굴을 바라보며, "밥 붙게 생긴 상호다, 보살님 상이여." 생전에 시아버지가 했던 말을 떠올리고는 했다. 그 어느 곳보다 탄력을 강하게 느낄 수 있는 것이 젖가슴이었다. 생기라고는 없이 쭈그러들기만 하던 젖가슴이 팽팽하게 되살아오르게 되었다. 언젠가 몸을 씻다가 손아귀에 넘치게 되살아난 젖가슴을 만지며, 워메 아까워라, 그이 주고 잡은거, 하는 생각이 불현듯 스쳐갔다. 그 느닷없는 생각에 놀라고 스스로 부끄러워져 두 팔을 엇바꿔 젖가슴을 싸잡고 얼굴을 묻었던 것이다. 남편 냄새가 어디선가 자꾸만 흘러나오고, 그 그리움은 그대로 외로움이 되었다. 지도 인자 거그가 허는 일이 무신 일인지 다 알아묵고 있구만이라. 그 일이 워찌 장헌지 다 알고, 원망이야 눈꼽째가리만치도 읂웅께 원이 풀릴 때꺼정 몸이나 성혀 씨요. 아그덜이야 지가 다 키워낼 것잉께라. 남편이 그리운 외로움으로 가슴에 밀려들 때마다 하는 속말이었다. 소화를 은밀하게 찾아다니기 시작한 이지숙에 의해 들몰댁 의식도 엄청나게 변하고 있었다.

들몰댁은 억새풀과 잔가지들을 쳐서 나무 한 짐을 실하게 했다. 손쉽다고 해서 잔 소나무를 줄기째 자르는 것은 제대로 나무하는 법이 아니었다. 그렇게 해서는 산에 나무가 남아날 도리가 없는 일이었고, 만약 그리 하다가 산지기에게 들키는 날에는 주인집에까지 끌려가고, 더 심하면 경찰서로 넘겨지기도 했다. 산을 위해서도, 산지기에게 잡힐 경우를 생각해서도, 큰 나무의 잔가지를 쳐야 했다. 잔가지를 쳐주는 것은 나무에도 좋은 일이었다. 한쪽 무릎으로 짓눌러가며 힘을 꽁꽁 써 나뭇단을 단단하게 묶은 들몰댁은 땀을 흘리면서 멜빵에 수건을 감고 있었다.

"힝! 아조 태평시럽구마."

남자 소리에 들몰댁은 후다닥 몸을 돌렸다. 손에 짤막한 작대기를 들고 서 있는 남자는 한눈에 산지기였다.

"허, 해반닥허게 생긴 얼굴이 나무해 묵게 안 생겼는디?"

남자는 의외라는 듯 들몰댁의 얼굴을 유심히 살피며 느릿느릿 발을 옮겼다.

"잘못혔구만이라. 잔가지로만 혔응께 보시고 눈감아주씨요."

들몰댁의 목소리는 다급했다.

"자꼬 나무해 간다는 말이 딛기기는 딛기는디, 누가 요 짚은 디꺼지 올라디야 생각험스로 밀치다가 못혀 나와봉께 바로 당신이었구마잉? 눈감아주는 것도 한도가 있제, 그동안에 혀간 나무가 을맨디, 맨입으로사 되겄다고, 워디?"

남자는 비릿한 웃음을 입꼬리에 매달며 주위를 둘러보았다. 상대는 이미 산지기가 아님을 들몰댁은 직감했다. 산이 깊어서 꼼짝없이 당할 판이었다. 퍼뜩 외서댁이란 여자가 생각났다. 몸을 망치고 애까지 배서 저수지에 빠졌다가 되살아난 그 여자 꼴이 될 수는 없었다.

"여그넌 짚디짚은 산중이여. 아무도 알도 보도 못헌께 나가 시키는 대로 혀. 허먼 그전 잘못꺼지 다 눈감을 팅께."

남자는 느물거리며 다가서고 있었다. 남자가 가진 것은 짤막한 작대기뿐이라는 것을 다시 확인한 들몰댁은 잽싸게 몸을 돌려 나뭇단에 꽂아두었던 낫을 빼들었다.

"온냐, 오니라, 뒤질라먼 오니라!"

두 손으로 낫을 잡고 몸을 웅크린 들몰댁이 내질렀다. 남자가 안색이 변하여 주춤 멈춰섰다.

"그려, 낫 들었다고 나럴 이길 성불러? 그러딜 말고 피차간에 존 일잉께 나 말 들더라고."

남자는 여유를 찾으려 하고 있었다.

"나도 나뭇짐 지는 심잉께 워디 뎀벼바라. 니놈 낯짝이고 가심이고 팍팍 찍어불 팅께."

들몰댁의 말에 남자의 얼굴은 더 굳어졌다. 낫날이 햇빛을 반짝 되쏘았다.

"와따메, 겁나게 재수 없이 독헌 년 다 보겄네. 니겉이 독헌 년은 쫙쫙 벌레줘도 입맛 떨어진다. 가뿌러, 싸게 가뿌러!"

남자가 비켜서며 팔을 휘둘렀다. 들몰댁은 낫을 단단히 잡은 채로 조심스럽게 걸음을 옮겨놓기 시작했다.

"어, 씨부랄, 낯짝 순허게 생긴 것허고는 맘뽀가 생판 달븐 년이시."

남자는 씨부렁거리며 쓴 입맛을 다시고 있었다.

들몰댁은 남자와의 거리가 안전하다 싶게 떨어지자, 아이고메 다리야, 나 잠 살레도라, 하며 달음박질치기 시작했다.

염상진의 아내 죽산댁은 이모저모 생각한 끝에 하는 수 없이 마음을 다잡아 베틀에 앉기로 작정했다. 그녀는 처녀 적부터 베틀에 앉는 것이 딱 질색이었다. 그러나 두 자식을 먹이고 입히고 가르쳐야 하는 현실 앞에서 싫어하는 일이라고 해서 안 할 도리가 없었다. 아들 광조까지 학교에 들어가게 된 형편에 그동안 해왔던 이런

저런 품팔이 막일만 가지고서는 살아갈 수가 없는 일이었다. 그렇다고 시동생에게 의지하기는 아예 틀린 일이었다. "나가 면목 읎어 으쩔끄나와. 새로 온 대장이 엄허게 다시리는 판잉께 돕지도 말고, 날보고도 발걸음 끊으라고 욱대기고 야단 아니냐. 손지새끼덜 불쌍허지, 니 고상허는 것 찐히고 미안시럽지, 나가 새중간에 찡게서 참말로 죽도 사도 못허겄다." "아니어라, 그간에 얻어묵은 쌀말도 고맙제라." 시어머니에게 이렇게 말한 것은 거짓이 아니었다. 무슨 변덕으로 시동생이 쌀말을 보내주게 되었을 때 그 도움이 오래 지속되리라고 생각해 본 적은 없었다. 그것은 언제라도 중단될 수 있는 일시적인 변덕으로 여겨왔던 것이다.

죽산댁이 처녀 적부터 길쌈을 싫어했던 것은 일이 골 빠지게 힘들어서만이 아니었다. 그 일이 도무지 성질에 맞지 않았던 것이다. 멍에 쓴 소처럼 부티를 허리에 두르고 베틀에 앉는 것부터가 답답증을 일으켰고, 날과 씨를 끊어먹지 않으면서 바탕이 고르게 올과 올 사이를 맞춰내야 하는 세심한 긴장이 사람을 미치게 만들었다. 그녀는 한사코 베틀에 앉지 않으려고 했고, 친정어머니는 어떻게 해서든 삼베나 무명의 길쌈 전부를 수준 갖추게 익히게 하려고 해서 모녀간에 말썽이 끊임없었다. "아이고 이년아, 발싸심허지 말고 진득허니 궁뎅이 붙이고 앉었어." "워메 엄니, 나 잠 살레주소. 온몸 속으로 이가 기댕기고, 가심이 터질라고 허네." "이 문딩아, 금메 니넌 몸떵이 크게 타고나고 손끝 매시라운께 그놈에 성질만 죽임사 일등가는 질쌈선수가 된다니께." "엄니, 엄니, 엄니가 나 성질 요러크름 낳놓고 나보고 죽이라고 허먼 워쩐당가. 질쌈 말고 무신 딴 일얼 갤치소."아이고 요런 창아리 읎는 것아, 여자가 여자맹키로 헐 일이 질쌈 말고 머시가 또 있냐."워메, 질쌈 중에서도 딴 것은 몰라도 베 짜는 것은 죽어도 못허겄는디."새살까고 자빠졌다. 질 쌈 중에서 질로 중헌 베짜기럴 못허겄으먼 질쌈 허나마나제. 니년 이 몸뗑이가 작아 이쁘기럴 허냐, 인물이 넘다르게 잘났기럴 허냐, 질쌈허는 기술이나 똑별나야 누가 디레가도 디레가제, 글안허면 누 가 니럴 디레가겄어."엄니가 다 몸뗑이도 크게, 인물도 못나게 낳 놓고는 나만 죽일라고 그래쌓능가."이년아, 고것이야 다 내림이고, 긍께로 이 엠씨년 니 나이 적에 찍소리 않고 질쌈 익힌 것이여. 싸 게 베나 짜!" 이런 식의 말썽이 계속되며 머리를 쥐어박히고, 머리 칼을 잡아뜯기고 하며 그녀는 결국 친정어머니의 뜻대로 길쌈 전 과정을 익혔고 그러고서야 어른들은 중매발을 놓기 시작했다.

죽산댁은 시집을 와서도 가능하면 길쌈을 피했다. 그녀는 한 집 안의 맏며느리로서 식구들의 옷을 지을 만큼의 길쌈을 마지못해 했을 뿐이고, 그녀의 관심은 시아버지가 하는 숯장사에 집중되어 있었다. 그녀는 장사라는 것의 묘리와 재미를 배워가는 참에 시아 버지가 세상을 떠나고 말았다. 그 뒤로도 그녀는 장사라는 것에 마음이 끌리고 있었다. 돈으로 돈을 버는 그 묘리 속에 부자가 되 는 길이 숨겨져 있었고, 한 번 씨 뿌려 한 번 거둬들이고 마는 농사 의 미련스러움과 단순함에 비하면 장사는 돈이 거듭거듭 돈을 만 드는 마술이었다. 그러나 무엇보다도 장사라는 그 활달하고 생기도는 일이 성질에 맞았다. 시아버지가 최소한의 자본만 남겨놓고 돌아가셨더라도 숯장사를 계속했을 것이다. 그녀는 남모르게 장사에 대한 호기심과 매력을 가슴속에 감추고 있었다.

이제 길쌈이 성질에 맞고, 안 맞고를 따질 계제가 아니었다. 그것은 품팔이 막일보다 낫고, 계절이 따로 없는 생계수단이었다. 친정의 살림에 윤기가 돌았던 것도 어머니의 지칠 줄 모르는 길쌈의 덕이 적지 않았다. 과부 아닌 과부로 두 자식을 키워야 하는 현실을 죽산댁은 베틀에 앉아 응시하고 있었다.

21

거꾸로 흐르기 시작한 역사의 물줄기

백범 김구의 장례식은 7월 5일 서울운동장에서, 국민장으로 거행되었고, 백범은 효창공원에 영원히 잠자리를 마련하였다. 임시공휴일인 그날 김범우는 하숙방에 들어앉아 있었다. 손승호 혼자서만 장례행렬이 지나갈 종로4가로 나갔다. 그런데 거기에는 백범이 이끌어온 한독당 중앙당부가 있었고, 백범의 영구가 그 앞에 머물 예정이어서 사람들의 운집을 막는 형편이라 손승호는 종로3가 쪽으로 발길을 옮겼다. 장례장소인 서울운동장으로 사람들이 몰려가고 있어서 동대문 쪽으로 갈수록 혼잡은 심해지고 있었다. 종로의 모든 상가는 문을 닫았고, 넓은 종로는 그야말로 사람으로 산과 바다를 이루고 있었다. 놀랄 수밖에 없는 사람의 물결이었고, 백범이라는 인물의 무게를 새삼스럽게 실감하지 않을 수 없는 현장이었다. 죽은 자에 대해서는 무조건적으로 관대하고, 죽음을 계기로 생전의 모든 잘못을 해결 지으려 하고, 죽은 자에 대한 비판을 죄악시하는 우리네의 소박하고도 단순한 인정주의적 윤리관과, 굿 좋아하고, 구경 좋아하고, 흥 좋아하는 우리네의 꾸밈없는 즉흥적 생활관을 굳이 끌어들여 그 많이 몰려든 사람들이 가진 조의의 순수도를 감점한다 하더라도 역시 백범은 대중의 신뢰와 지지를 얻고 있었던 인물임을 부인할 길이 없다고 손승호는 생각했다. 서대문 경교장에서부터 서울운동장에 이르는 그 긴 길에 겹치고 겹쳐진 사람들의 수는 도무지 얼마일 것인가. 서울 인구 150만 중에서 병약한 노인네들과 미성년자들을 뺀 나머지, 그들이 모두 길로 몰려나온 것이라 해도 지나친 말이 아닐 것 같았다. 그런데 김범우는 혼자 하숙방에 틀어박혀 있는 것이다. 하숙방은 아침 일찍부터 소란스러웠다. 하숙생들은 물론이었고 주인아주머니까지 소복을 펄럭이고 다니며 밥들을 빨리 먹어치우라고 수선을 피웠다. 그런데도 김범우는 아무런 기색도 보이지 않았다. "자네, 안 나가려나?" 기다리다 못한 손승호가 물었다. "난 집에 있겠네. 혼자 다녀오게나." 그리고 김범우는 더는 말이 없었다. 손승호는 혼자 나설 수밖에 없었다. 그러면서 김범우의 깊은 마음을 헤아렸다. 사실 죽음 그것이 문제이지 장례식이라는 것은 요식행위에 지나지 않았다. 살아 있는 자들 위주로 벌이는 죽은 자에 대한 잔치가 장례식이라는 것이었다. 김범우는 그 요식행위를 보려 하지 않은 것이다. 그는 이미 누구보다도 백범의 죽음을 슬퍼하고 아파해온 것이다. 요식행위에 불과한 장례행렬을 보려 하지 않는 그의 마음이 어찌면 진정한 조의인지도 모를 일이었다.

두 시간을 기다려 12시 무렵에 손승호는 장례행렬을 맞이할 수 있었다. 우연일까, 어제까지 맑았던 하늘에 먹구름이 무겁게 드리운 아래 흰 광목과 누런 삼베의 상복행렬이 침묵 속에 흐르고 있었다. 군악대가 연주하는 저음의 장송곡이 수많은 사람들의 가슴에 부딪쳐 흐느낌의 메아리로 되울리고 있었다. 검은 두루마기에 안경을 낀 눈 익은 백범의 모습이 영정으로 바뀌어 흘러가고, 그 뒤를 '大韓民國臨時政府主席白凡金九之柩'라고 쓴 명정이 높이 솟아 흐르고 있었다. 그리고 영구 앞을 호위하는 일곱 줄의 상복행렬이 흐른 다음 영구가 나타났다. 흰빛 눈부신 영구에는 태극기가 덮여 있었다. 영구가 나타나자 여자들의 흐느낌은 통곡으로 바뀌기 시작했다. 손승호는 가슴이 먹먹해지며, 영정을 덮은 태극기를 주시하고 있는 눈앞이 흐려지고 콧등으로 매운 물줄기가 흐르는 것을 느꼈다. 그는 어금니를 맞물며 눈을 꼭 감았다. 가슴벽을 타고 주체할 수 없는 서러움이 흘러내리고 있었다. 대한민국임시정부주석이라는 명정의 글씨와 영정을 덮은 태극기가 그리도 서러울 수가 없었다. 이것이 무엇입니까, 이것이 무엇입니까, 이것이 무엇입니까……. 지향 없는 물음이 가슴을 흔들어댔다. 손승호가 눈을 떴을 때는 영구 뒤를 호위하는 행렬이 끝나고, 굴건제복을 한 상주인 아들 김신과 그 친척들의 행렬이 흘러가고 있었다. 인도에 몰려 있던 사람들은 장례행렬의 뒤를 따라 흘러갔다. 그렇게 긴 흐름을 이끌며 백범 김구는 저세상으로 흘러가고 있었다.

손승호는 플라타너스잎 무성한 창경원 앞길을 길바닥만 보며 걸었다. 여운형도 가고, 김구도 가고…… 이제 세상은 어찌 될 것인가, 김구의 죽음은 현실적으로 어떤 영향을 미칠까, 꼭 그를 죽여야만 했을까, 정치는 무엇인가, 권력은 무엇인가, 민족과 역사— 그 진실은 또 무엇인가, 백범의 삶은 완성인가 미완성인가, 그의 죽음은 승리인가 패배인가…….

이학송과는 장례식이 끝나고 사흘 뒤에야 자리를 함께하게 되었다. "특위 습격 때보다 훨씬 더 정신을 차릴 수가 없었소. 장례가 국민장이 돼서 출상날까지 길기도 해서였지만, 역시 백범이 거물이었기 때문이오." 이학송의 첫마디였다. 술집으로 자리를 옮겼고, 이야기는 자연히 백범으로부터 시작되었다. 김범우는 그동안 쌓아두었던 말을 다 털어놓고 말겠다는 듯 연거푸 술을 마셔가며 이야기에 열중했다. 백범의 살해지령자를 이승만으로 단정해 놓고 시작된 그의 긴 이야기는 백범의 정치적 긍정으로 일관되어 있었다.

"그렇소, 김 형의 논리는 충분히 타당한 객관성을 가지고 있소. 백범의 반탁이 이승만의 것과 구분돼야 한다는 거나, 백범을 민족진영이라고 무분별하게 불러서는 안 된다는 거나, 포괄적 정치역량의 소유자라는 점 등은 마땅히 다시 생각해얄 거요. 그런데," 이학송은 자리를 고쳐 앉고는, "백범에게 있어서 가장 중요했던 정치이념은 민족임이 분명하고, 김 형도 거기에 높은 점수를 주며 백범을 평가했고, 백범 자신도 민족주의자임을 자처했는데, 그 '민족'이 정치이념으로서 확립되고 활력을 얻는 데는 많은 부족감이 있지 않았나 싶소." 김범우의 속 뒤집어질 말을 해놓고도 그는 느긋하게 술잔을 기울였다.

"그게, 어떤 측면에서 그렇습니까?"

김범우는 술상 앞으로 바싹 다가앉았다. 아이고, 이거 인제 시작이로구나, 생각하며 손승호는 비식 웃었다.

"우리의 해방상황을 해방으로 보지 않고 새로운 식민지체제로 파악하고, 외세배격을 위한 제2의 독립투쟁 전개를 내세운 것은 백범다운 용기고, 그 누구도 흉내 못 낸 탁월함이었소. 이승만은 미국에 치우치고, 여운형과 박헌영은 소련에 치우쳐 그런 공적 태도를 취하는 것은 엄두도 못 냈으니 말이오. 그러한 선명성을 내세웠을 때 백범은 새로운 민족의 개념을 정립하고, 그것을 정치이데올로기로 실천할 수 있는 민중조직을 구성하고 확대해야 했던 거요. 다시 말해, 백범은 민족주의를 정치이념으로 부르짖었으되 민중을 동감으로 자각시키고, 그 자각으로 민족이 동질의 연대감을 갖게 하고, 그 연대감으로 자발적 실천력을 갖게 하는 민중조직으로서의 민족을 창출해 내지 못했단 말이오. 김 형, 함께 생각해 봅시다. 백범의 민족주의가 '민족'이라는 추상명사가 갖는 막연함과 흐릿함과 구분되는 그 어떤 구체성이나 명확성이 있소? 좋은 예로, 장례식날 그 많이 모인 사람들에게, 백범이 누구냐, 물었을 때 뭐라고 대답했을 것 같소? 하나같이 임시정부주석이라고 대답했을 거요. 그 다음에, 백범의 민족주의가 뭘 말하는 것이냐, 물으면 다 눈만 껌벅거렸을 거요. 그런데 똑같은 사람들에게, 좌익은 자기네들 세상이 되면 뭘 한다더냐, 고 물으면 무슨 대답이 나올 것 같소? 최소한의 대답이, 누구나 공평하게 사는 세상을 만든다더라, 아니겠소? 아까 김 형이 말한 대로 백범의 건국강령이 '토지개혁 단행'과 '친일반역자 척결'이었으니, 그 훌륭한 강령을 위로는 깃발로 세우고, 아래로는 민중을 상대로 조직적 선전을 펼쳐, 사람들의 입에서 좌익에 대한 최소한의 대답이 나오듯이 그렇게 만들어야 했다 그 말이오. 그 민중조직을 이끄는 민족주의도 그냥 '민족주의'라고 할 것이 아니라, '민중민족주의'라거나 '혁신민족주의'라거나, 하다못해 '신민족주의'라고 해서라도 그전의 혈연 일체감만을 나타내는 비논리적이고 감상적인 민족주의와 확실하게 구분해야 했던 거요. 그렇게 됐더라면 장례식에 모인 사람들이 임시정부주석이라고 했겠소? 백범은 해방 아닌 해방의 상황 속에서 그 누구보다 분투했소. 그러나 그 분투가 상부에서만 맴돌았을 뿐 하부로부터의 호응이 전혀 없었소. 민중이라는 존재와 그 힘을 근원적으로 인식하지 못한 게 백범의 한계였다고 나는 생각하고 있소. 한 가지 중대한 사실이 있소. 백범이 좌익만큼의 민중조직을 가지고 남북협상에 임했더라면 김일성에게 그런 식의 푸대접은 받지 않았을 거요. 겉으로 드러난 형식적인 환영이 백 번이면 무슨 소용이 있소. 김일성은 절차상 당연히 있어야 할 연설도 시키지 않았고, 환영과는 반대로 대중들에게, 김구가 항복하려고 도장 가지고 왔다고 선전해대지 않았소? 백범이 좌익이데올로기에 맞설 수 있는 의식으로 뭉쳐진 민중조직을 가지고 있었다면 감히 김일성이 그런 짓은 못했을 것이오. 김일성은 백범을 종이호랑이로 취급한 거요. 백범의 그 점은 참 아쉽고 안타까운 대목이오. 명정에 씌었던 '대한민국임시정부주석백범김구지구'라는 글자가 상징적으로 모든 걸 설명하고 있소. 내 생각이 어떻소?"

이학송은 목울대가 울리도록 벌컥거리며 술을 들이켰다.

"그 점에 대해선 별로 할 말이 없군요."

침울한 기색의 김범우는 그저 고개만 끄덕이고 있었다.

"크아, 술맛 조오타!" 사발을 소리나게 놓은 이학송은 감자탕에서 비지를 한 숟가락 떠넣고는, "물론 내가 지껄인 소리도 책임지지 않는 자의 시건방진 입놀림인지도 모르오. 완전한 인간은 없는 법이니까. 그러나 한 가지 명백한 사실은 있소. 민족의 역사 앞에 서고자 하는 사람은 그 누구나 완전을 향해 최선을 다해야 하고, 우리는 그들이 완전하기를 원하고, 비판을 가할 자유가 있다는 사실이오." 그는, 그렇지 않느냐는 듯한 눈길로 김범우를 쳐다보았다.

"옳은 말씀입니다. 그 대신에 영도자니 영웅이니 하는 칭호를 주는 것이겠지요."

김범우는 지그시 웃음 지었다.

"그런데 말씀입니다, 이제 앞으로가 문젠데, 어떻게 돼길 것 같은지요?"

손승호는 진작 김범우와 더불어 화제로 삼고 싶었던 것을 이학송에게 물었다.

"글쎄요…… 정치라는 것이 워낙 가변적인 것이 돼놔서 전망이라는 것이 어렵고도 위험한 것 아닌가요? 그러나 확실한 대목만은 짚어볼 수 있겠지요. 백범의 서거로 남쪽과 북쪽이 제각기 그야말로 완벽한 강대국형 정권이 되었다는 사실입니다. 이걸 다른 말로 바꾸면 분단의 고착화라 할 수 있겠지요. 백범이 살아 있는 한, 그분이 주장한 좌익을 포함한 민족통일론이나, 통일을 위한 남북협상의 실천방안은 유효한 것이고, 그런 백범은 반공정책을 내세운 우남에게는 고약한 적수일 수밖에 없고, 또한 공산혁명을 내세운 박헌영이나 김일성에게는 무시해 버릴 수 없는 난처한 존재였는데, 이제 양쪽이 홀가분하게 된 셈이지요. 그리고 이남에서는 백범적 의식이나 어떤 진보적 민족의식을 가진 사람들의 수난이 시작될 겁니다."

"우남은 그런 끔찍한 일을 저질러야 할 만큼 불안하고 자신이 없었을까요?"

"글쎄요…… 세상은 하나같이 이번 일을 우남이 한 것으로 단정 짓고 있습니다. 그러나 누구도 그것을 소리 내서 말하지 못하듯이, 특위 습격을 자기가 명령한 것이라고 시인한 것과는 달리 우남도 이번 일에는 굳게 입을 다물고 딴청을 부릴 겁니다. 그런데 말입니다." 이학송은 막걸리를 반쯤 마시고 담배를 피워물고는, "이건 나 혼자 느낌입니다만, 백범이 피살당한 날짜와 미군이 철수완료를 한 날짜가 일치하고 있어요. 이게 우연의 일치인지, 필연인지, 자꾸만 머릿속을 맴돕니다." 그의 얼굴에 의혹의 빛이 드러났다.

"아! 그게 그렇게 일치됩니까?"

김범우가 굽히고 있던 윗몸을 벌떡 세웠다.

"아, 그저 내 느낌일 뿐이니 더 얘기하지 맙시다."

이학송이 말조심하자는 듯한 눈짓을 빠르게 보냈다.

"그건 느낌만이 아닐 겁니다. 철군계획 중의 하나로 얼마든지 그럴 가능성이 있습니다. 백범을 제거해야만 자기네들이 세운 정권이 아무런 정치적 위협을 받지 않고 장수할 것 아닙니까. 제가 겪어봐서 아는데 그들은 잔인한 완벽주의자들입니다."

김범우는 착 가라앉은 소리로 중얼거리듯 말하고 있었다.

"글쎄 말이오, 믿을 만한 후문에 의하면 피살계획에는 안두희 외에도 서너 명이 더 동원되었고, 그들은 두 차렌가 실패를 했다는데, 그것도 철군 예정발표가 있고 나서 자행된 것이니 사람들의 의혹이 커질 수밖에. 하여튼 그 얘긴 그만합시다, 추측일망정 불쾌하니까."

"그래요, 술맛 떨어지는 얘깁니다."

"어쨌든 우남은 국부가 아니라 임금님이 됐군요. 나이도 많겠다, 혼자 맘대로 해먹다가 그 자리에서 죽으면 되니까요."

손승호가 떫은 입맛을 다셨다.

"글쎄요, 바라는 바겠지만 그게 그리 쉬울까요? 주위를 깨끗하게 청소했다 하더라도 이북에는 공산체제가 엄존하고 있고, 이남에는 남로당 세력의 계속적인 투쟁에다가, 정부 시책에 불만을 품는 대중들은 자꾸 늘어나고 있는 형편입니다. 신문사에서 조사해 본 바로는 이번 농지개혁법으로 농민들의 불만이 절정에 달한 상탭니다. 그 시행을 앞두고 지주들은 지주들대로 피해를 줄이기 위한 행동을 본격화하고 있는 형편들인데 그 마찰로 일어나는 혼란이 간단치가 않을 거요. 내가 보기엔 우남이 넘어야 할 산이 첩첩이오."

"아, 그 영감이 뭐가 걱정이겠습니까, 가마 타고 넘어가는 산인데. 앞에서는 군인이, 뒤에서는 경찰이 요리타께 가마꾼 노릇에다 사냥꾼 노릇까지 하고, 미국에서는 멧돼지 잡을 무기를 대주고, 한민당에서는 몰이꾼 노릇을 하는 판인데, 그 영감이야 다리 뻗고 앉아, 몰아쳐라, 몰아쳐, 꼼짝 못하게 몰아쳐, 입만 놀리면 되는 것 아닌가요? 그 가마 타고 입 놀리기야 그동안 군정한테 시범교육을 잘 받았고요."

김범우의 말이었다.

"허어, 이제 보니 김 형도 대단한 독설가에 재담가로구만. 아주 그럴듯한 표현이오." 이학송은 고개를 주억거리고는, "미군이 철수했다고 하지만 500명의 고문단이 남아 있는 한 형식적인 것일 뿐이고, 특위의 기능 마비, 백범의 타계를 계기로 이승만 정권이 절대다수 민중의 뜻을 외면한 채 제멋대로 폭주할 건 자명한 일이오. 우리 사회가 어떻게 변해갈지 걱정스럽소." 그는 술사발을 들어올렸다.

"사바사바나 빽이 더 잘 통하는 살 만한 세상이 돼가겠죠." 김범우는 코웃음을 흘리고는, "이 선배님, 저 기자로 취직 좀 시켜주십시오." 그가 불쑥 말했다.

"아니, 그 무슨 뜬금없는 소리요?"

이학송이 큰 눈을 더 크게 떴다.

"실없는 소리가 아니고요, 그동안 곰곰 생각해 봤는데, 이런 세상에서 다 늦은 나이에 공부해야 할 의미를 찾을 수가 없습니다. 학자가 되고 싶은 욕심이나 의욕도 없구요. 기자생활 같은 걸 하면 현실 속에서 뭔가 바른 것을 찾을 수도 있고, 뭐랄까, 실천하는 보람이나 의미도 있겠고 말입니다. 어쨌든 공부는 집어치기로 작정했습니다."

"글쎄, 무슨 말인지는 알겠는데……."

이학송은 신중한 얼굴이 되었다. 손승호는 김범우의 옆모습을 물끄러미 바라보았다. 그가 요 며칠 동안 거의 말이 없이 무슨 생각엔가 빠져 있었던 것이 바로 그 결심을 하기 위해서였던 모양이다. 김범우의 그런 심경변화를 손승호는 이해할 수 있을 것 같았다.

"신문사라고 해서 절대적 자유가 보장되는 건 아니오. 다 정치적 통제 아래 있소. 기자라는 것도 그 범위 안에서만 움직이는 수동적인 존재에 지나지 않소."

"알고 있습니다. 절대자유란 날아가는 새에게도 없는 법입니다. 새는 자연의 통제를 받아야 하니까요. 제가 바라는 건 조금 낮게 보장된 자유 속에서 현실을 살아보고 싶다는 욕심입니다."

"그렇다면 좋은데, 기자생활이라는 게 거칠고, 고달프고, 무질서하고, 어떤 때는 소모적 허망감에 빠지기도 하고…… 어떤 보람이나 만족이 없는 게 아니지만 그와 반대로 괴로움도 많소."

"명암이 없는 세상살이가 어디 있겠습니까."

"허, 도사가 다 된 것 같소. 김 형 결심이 그렇다면 어디 알아보도록 합시다. 능력 갖춘 사람을 찾는 데는 많으니까. 김 형의 영어 실력 하나만으로도 자리 찾기는 그다지 어려울 것 같지 않소. 그리고 손 형은 이력서 가지고 나오셨소?"

"예에, 저희 둘이가 이거 너무 귀찮게 해드려서……."

손승호가 이력서를 꺼내며 중얼거렸다.

"원 별말씀을. 그런데, 지금 말이 오간 출판사는 주로 학술서적을 내고 있는 별로 크지 않은 회삽니다. 아시다시피 지금 상황이 출판업이 자리 잡힐 상황이 아니니까 보수도 시원찮을 겁니다. 사장이 식견 있는 분이니까 그저 돈 받으면서 독서한다 생각하고 임하는 게 좋을 것 같소."

"하숙비야 제가 대니까 상관없습니다. 나다닐 직장이 문제지요."

김범우가 반가움을 감추지 않고 말했다.

"아무리 보수가 작아도 하숙비야 안 되겠소? 아직 미혼이라는데 장가 밑천 만들 여유 같은 게 문제지."

이학송이 웃었고, 김범우와 손승호도 따라 웃었다. 낮은 소리로 웃으며 손승호는 새로 시작될 삶 앞에서 기쁨도 기대도 없는 어떤 스산함만을 느끼고 있었다.

"어이 보소, 고 동무, 아덜얼 딱허니 맹길 자신이 있는겨, 읎는겨?"

"금메요, 나야 물총만 쏴질르는 것이제 아덜이냐 아니냐는 삼신할메가 정허는 것 아니겠어라?"

고두만이 히물 웃으며 담배를 빨았다.

"고것이야 당연지사고, 근디 삼신할메가 아덜얼 점지해 주자도 삼신할메 애만 썩히는 일이 있응께 허는 말이시."

"고 말 영 요상시럽네? 누가 삼신할메 애럴 썩힐꼬? 양 동무, 고 것이 무신 소리다요?"

양 동무라고 불린 남자가 호흐거리고 웃었다. 그 옆에 앉은 다른 남자도 따라 웃었다. 두 사람은 동년배로, 고두만보다 네댓 살이 더 많아 보였다. 등잔은 흙벽을 약간 파낸 속에 놓여 있었는데, 그 끝에 붙은 작은 불꽃이 참호 안을 겨우 밝히고 있었다.

"누군 누구여, 자네 연장이제."

"내 연장이라? 내 연장이 멋났다고 삼신할메 애럴 썩혀라?"

"어허 그 사람, 말귀 한분 벽창호시. 썩혀뿌렀다는 것이 아니라 썩힐란지도 몰른다 그 말이여. 고것이 무신 소린고 허니, 아덜얼 맹 글자면 자네 연장이 헐 일이 따로 있고 삼신할메가 맡어서 헐 일이 따로 있는디, 자네 연장이 헐 일이나 우선에 지대로 허는지 몰르겄다 그것이여."

"아, 연장이야 대장님이 정헌 밤마동 영축없이 물총질 잘허제라."

"어허, 물총질이라고 다 물총질이간디? 물총도 다 지각각이고, 물총질허는 심도 다 달븐께로 허는 소리제."

"와따, 무신 말이 그리 비비 틀림서 사상학습보담 더 에롭다요? 금세 알아묵어뿔게 말허씨요, 쫌."

고두만은 짜증을 부리듯 말하면서도 몸은 양 동무 쪽으로 더 돌리고 있었다.

　"사상학습이야 워디 에롭간디? 대장님이 우리 무식헌 거 다 알고 애기덜헌테 밥 떠믹이디끼 쉽게 쉽게 풀어서 머리에 쏙쏙 백히게 혀주는디다가, 선생질 헌 안창민 동무가 또 아그덜 갤치대끼 조단조단 재미진 이약으로 맹글어서 학습헌께 을매나 쉽고 오지든가. 자네 레닌 동지의 '무엇을 할 것인가' 중에서 몰르는 것 있고, 모택동 동지의 '십육자전법'에서 못 알아묵을 말 있등가?"

　"나가 바보 멍청이간디 두 양반이 그리 세세허고 야물딱지게 갤치는 것얼 못 알아들어라?"

　"어허, 자네 양반이 머시여 양반이, 양반·쌍눔 차등 읊애는 것이 우리가 허는 혁명사업 중에 하나라고 그리 학습받았음스롱도 그 존 동지나 동무란 말 안 쓰고 양반이란 말 쓰는 것 봉께로 자네넌 학습을 제대로 못 알아묵은 것이 분명허시."

　"와따메, 넘 속도 몰르고 말꼬랑댕이 잡고 사람 왈길라고 허덜 마씨요. 내 맘에서야 대장님이고 안창민 선상님이 하도 귀허고 높이만 뵈서 동무, 동무 허기가 미안시럽고 느자구읎다는 생각 땀세 양반이라고 존대혔제, 누가 지주놈덜이나 좋아라 허는 양반허고 똑겉은 말로 양반이란 말얼 쓴 줄 아시오?"

　"잉, 자네 그런 맴이야 알겄는디, 대장님이나 안창민 동무도 자네가 허는 그런 존대 듣고 좋아라 안 헐 것잉께 학습받은 대로 그냥 동무라고 허소. 학습 다 알아묵었으면 동무가 하대가 아니라 서로

간에 쓰는 존대라는 것도 알았을 것 아니라고?"

"니나 나나 눈으로는 못 알아묵고 귀로만 알아묵는 학습, 땁땁허제라잉."

"아 긍께 안창민 동무가 갤치는 공부 싸게싸게 혀서 글 깨치고 까막눈 면해야제. 그래야 당원도 되고 허제."

"나가 나이럴 묵어뿌러서 그런지, 대그빡이 돌대그빡이라서 그런지 영 글 깨치기가 에롭단 말이요. 나넌 영영 당원 못 될 것 겉으요."

"이 사람이 시방 누구 앞에서 나이 타령 허고 이런다냐? 나 겉은 사람도 공부허는 것 안 뵈는감? 허고, 글 깨치기 전꺼지는 귀로 알아묵은 학습을 달달 외고 부자놈덜이 창고에 쌀가마니 쟁기디끼 머릿속에다가 채곡채곡 쟁기도록 허소. 즈그놈덜이 쌀부자라면 우리야 사상부자가 돼야 쓴께. 나넌 학습을 받을수록 맘도 든든허고 배도 불르고 힘스로 심이 절로 솟는 것이, 딴 시상얼 사는 기분이시."

"그것이야 워디 양 동무만 그러겄소. 니나윺이 다 똑겉은 기분이제라. 우리가 전에 은제 글공부헐 꿈이나 꾸고, 시상 돌아가는 이치에 요리 눈 열리고, 말자리도 요르크름 아구 맞게 헐시 알았간디라. 다 사상학습 받고, 학습토론 시케준 덕이제라."

"어허, 위째 구례로 빠져야 헐 이약이 하동으로 빠져뿔고 이런당가? 아조 삼천포꺼지 빠져뿔 심이여?"

양 동무란 사람 옆에 앉은 남자가 끼어들었다.

"자네 말이 맞네. 삼천포꺼지 갔다가는 바다에 퐁당 빠져 짠물만 묵을 팅께 여그서 구례로 돌아서야겄제?"

양 동무란 사람이 옆사람에게 진득한 눈길을 보내고 있었다.

"하면, 경상도땅으로 가야 머 묵자 것 있간디?"

옆사람이 같은 느낌의 눈길을 보냈다.

"저 사람이 무담씨 양반이란 말 써갖고 그리 되야뿐졌구마. 어이고 동무, 물총이란 것이 말이시, 우선에 그 생김생김이 문젠디, 을매나 질고 토실토실허냐 허는 것이시. 그 생김에 따라서 물질이 멀리꺼정 뻗치냐 아니냐 허는 심이 정해진께로. 질기만 허고 홀쪽허니 가늘어서도 틀린 것이고, 짧음시로 퉁퉁허기만 혀도 틀린 것이시. 긍께로 물질이 씨게 나가는 존 연장일라먼 질이가 짐스롱도 몸체가 퉁퉁혀야 헌다 그 말이시. 그 이치란 것이 아그덜이 갖고 노는 실지 물총을 봐도 그렇고, 우리가 갖고 있는 권총허고 장총허고 비혀도 그렇단 말시. 긍께 자네 연장이 워쩌크름 생겼냐 허는 것이 문제고, 그 담에, 연장이 겉보기에는 길쭉허고 토실토실허니 잘생겼드라도 고것이 찌릿찌릿허고 후끈후끈허고 어질어질허고 옴죽옴죽헌 그 요상시런 구녕 속에서 을매나 오래 전디냐 허는 것이네. 거 문전객사란 말 안 있드라고? 동백지름 잘못 묵고 설사허는 놈맹키로, 들어가는갑다 험시로 싸질르는 연장임사 속곳만 더럽히제 다 틀려묵은 것잉께. 방구도 꽁꽁 참았다가 뀌어야 소리가 크고, 널도 많이 굴러야 높이 솟기대끼 고것도 오래 전디는 심이 있어야 씨게 나가제. 허고, 연장이 오래 전딤스로 그 구녕이 지대로 열"

을 받게 맹글어야 허는 것이네. 그 씨라는 것이 냉기럴 싫어허니께. 거, 안 있드라고? 개가 해 넘어가그라 허고 오래오래 흘레붙는 꼬라지 비기 싫으면 찬물 찌끌어대서 띠놓는 것 말이시. 사람도 그 대목은 즘생잉께 같은 이치여. 긍께로 무신 말인고 허니, 질고 토실토실허니 잘생긴 연장으로 그 구녕에서 오래 전딤스로, 그 구녕이 씨럴 잘 보전허게 열받게 맹글어갖고 물총질얼 딱 허는 디꺼지가 사람이 맡어 헐 일인 것이고, 그 담에 아덜이냐 딸이냐 정허는 것이 삼신할메가 허는 일이란 말시. 근디 자네넌 워쩌냐 고것이제."

양 동무란 사람이 고개를 쑥 빼며 고두만을 능청스러운 얼굴로 쳐다보았다.

"와따 양 동무는 아는 것도 많고, 걱정도 팔자요. 나가 헐 몫아치야 똑바라지게 다 허고 있응께 걱정 마씨요."

고두만이 퉁명스럽게 말했다.

"그리 허면 다행이시마는 안직꺼정 소식이 없당께 맘이 씨여 허는 소리시."

"대장님이 시키는 대로 나야 다방사 안 허고, 각시도 조립좌 못허게 단도리허고 있응께 무신 소식이 있겄제라. 안직 100일이 안되얐응께요."

고두만이 오기를 박듯 말했고, 두 사람은 푸푸거리며 웃었다.

"나가 시상에 부런 것이 고 동무시. 우리가 요리 삥삥 돌아감서 철통겉이 지켜주는 속에서 떡허니 신방얼 채리고 있으니 그 팔자 워디 나랏님이 부럴 것잉가. 자네만 보면 나도 마누래 생각이 폴폴

나는 것이 영 죽겄다니께."

"아이고메 양 동무, 넘 속 타는 줄 몰르고 복장 긁지 마씨요. 글 안해도 각시허고 자는 날 밤이면 딴 동무덜헌티 그리 미안시럴 수가 없고, 어떤 때넌 나가 허는 짓거리럴 동무덜이 다 내레다보고 있는 것 같애서 각시 올라탈 기분도 싹 죽어뿌요. 나랏님이 안 부런 신세가 아니라 똑 바늘방석에 앉었는 것 겉은 내 속 몰라서 허는 소리요. 그라고 애럴 뱄어도 아덜이 아니고 딸이 불거져뿔면 요게 다 무신 소양 있는 일이다요. 다 우리 엄니가 노망이 일찍 들어이 북새질이제라."

고두만이 푹 한숨을 쉬었다.

"아녀, 아녀, 나야 그냥 웃자고 헌 소리고, 자네 맘 그리 묵덜 말어. 학습에서 배운 존 말 안 있드라고? 마음이 모든 것을 결정헌다. 삼신할메도 다 헛소리고 자네 맘묵기에 딸린 것이네. 아덜 낳겄다고 맘 단단허니 묵고 그저 심지게 물총질허소. 그래 아덜 낳면 대장님헌테 은혜 갚는 것이고, 우리 동지덜헌테도 낮 스는 일잉께로."

양 동무란 사람이 장난기 없이 말했다.

"그 말 고맙구만이라. 인자 보초 교대혀야겄제라?"

고두만이 자리를 털고 일어섰다.

고두만이 나가고 조금 있다가 한 사람이 들어왔다.

"고상혔다."

양 동무란 사람이 말했다.

"야."

그 사람은 건성으로 대꾸하며 주머니에서 종이뭉치를 꺼내더니 등잔 옆으로 바짝 붙어 앉았다. 흐린 불빛에 드러난 얼굴은 앳돼 보였다.

"곤헌디 그냥 자제 또 글공부여?"

양 동무 옆에 앉은 사람이 말했다.

"지무시씨요, 나야 안 곤헌께라."

앳된 얼굴을 종이 가까이 숙이며 말했다. 그 얄팍한 책자는 문맹을 없애기 위해 안창민이 벌써 1년 전에 만들어 염상진에게 넘긴 것이었고, 수시로 등사를 해내는 교재였다.

"참말로 지성이다."

"그리 허면 감천혀서 대장님맹키로 될 날이 올 거이다."

두 사람은 화답을 하듯 말하고는 각기 흙벽에 등을 기댔다.

그 앳된 얼굴은 열일곱 살 먹은 천점바구였다. 왼쪽 볼에 콩알만한 점이 박혀 있어 붙여진 이름이었다. 군당 야산대에서 제일 나이가 어린 그는 뱀골재가 시작되는 뒷골의 백정 아들이었다. 그는 대물림을 해야 될 칼잡이를 뿌리치고 입산한 대표적인 기본출이었다. 그는 인물도 제법 생긴 데다가 몸도 실팍했다. 그의 꿈은 염상진 대장처럼 되는 것이었다. 그는 그 말을 누구한테나 했으므로 그 사실을 모르는 사람이 없었다. 그래서 그의 별명은 '새끼대장'이었다. 그 사실이 염상진의 귀에 들어가지 않을 리 없었고, 염상진은 그를 마주칠 때마다 어깨나 머리를 쓰다듬어주고는 했다. 그럴 때면 그의 앳된 얼굴은 붉게 상기되어 올랐다. 까막눈인 그가 공부를 그리 열심히 하는 것도 그 꿈을 이루기 위해서였다.

산 아래 율어의 본부에는 염상진이 안창민과 함께 앉아 있었다. 염상진은 나흘 전에 도당으로 떠났다가 오늘 해질녘에 돌아왔다. 도당의 갑작스러운 출두지령은 선요원을 통할 수 없는 중요 사항이거나 내용이 복잡한 문제가 있음을 의미했다. 도당에서 그를 기다리고 있는 것은 예상보다 훨씬 중대한 문제였다.

"내가 떠나야 하는 건 도당의 결정이오. 내가 어디서 무슨 사업을 할 건지는 아직 모르겠소. 도당은 내가 군당을 떠나야 한다는 것만 결정했고, 그에 따른 간부직 개편을 요구했소. 그래서 안 동무를 군당위원장으로, 그동안 마땅한 사람이 없어 내가 겸하고 있던 벌교책에 하 동무를 천거해서 즉석에서 도당의 승인을 받았소. 벌교책을 분리시킨 것은 안 동무의 일을 덜게 하려는 것뿐만 아니라 그게 조직 구성상 정상이기 때문이오. 조직의 정상화에 따라 군당위원장의 임무도 정상화되는 거요. 전에도 내가 말했지만 그동안 내가 한 활동은 도당에서 염려할 정도로 정상이 아니었소. 그렇게 하지 않고는 대원들의 시급한 병력화가 어렵기 때문이었다는 건 안 동무도 알잖소. 그러나 이제 그렇게 무리할 필요가 없게 됐소. 앞으로는 하대치·오판돌·이해룡 동무들을 앞세우고 안 동무는 위원장 겸 대장으로서 정확한 상황판단, 치밀한 작전계획, 신속한 명령하달로 부대를 지휘하면 될 거요. 그리고 하대치 동무를 벌교책으로 천거하면서 강동식 동무가 마음에 안 걸린 것도 아니오. 그 두 동무는 누구를 선택하기 어려울 정도로 조건이며 능력이 비슷하오. 소학교를 나온 학벌도 같고, 출신성분도 기본출신 소작인으로 같고, 당성이나 체력조건도 같고, 그런데 하대치 동무를 천거한 건 강동식 동무가 지난날 저지른 그 과오 때문이오. 그 과오로 강 동무의 당성을 평가하는 건 결코 아니지만, 하 동무가 부친의 횡사를 알고도 일체 동요를 하지 않은 것과의 차이가 결국 하 동무를 선택하게 한 거요. 내가 강 동무에게는 따로 말을 할 테니, 앞으로 어떤 기회가 오면 강 동무를 우선적으로 취해 쓰면 여러모로 유익할 거요."

염상진은 도장을 찍어나가듯 한마디, 한마디를 또박또박 말했다.

"이거 참, 아주 솔직하게 말씀드려 전혀 자신이 없는데요."

안창민이 안경을 밀어올렸다.

"그런 생각도 무리는 아니오. 그러나 새삼스러운 말이지만 의지는 강철도 녹이는 힘이오. 안 동무는 잘 해내리라 믿소. 이제 하는 말이지만, 안 동무가 다리에 총상을 입고 병원을 찾아간 걸 보고 난 기가 질렸었소. 직선거리도 아니고, 위험을 피해 안 동무가 우회했던 길이 좀 멀었소. 총상을 입은 입장에서 다른 동지들을 먼저 보내고 혼자만 남은 용기나, 혼자 쫓기는 상황 속에서 우회할 것을 결정한 판단이나, 그 먼 길을 돌아 병원까지 도착한 의지나, 모두 나를 경탄시켰고, 그 정도면 얼마든지 부대를 지휘할 자격과 능력이 있음을 나는 확고하게 믿소. 그리고 안 동무가 보인 그 불굴의 투지는 모든 대원들을 감동시키고 고무시켰소. 하대치 같은 동무는, 안 동무가 그리 장하고 무서운 사람인 줄은 몰랐다는 말을 서너 번씩이나 할 정도였소. 하 동무의 그런 마음은 모든 대원들의 마음이 그렇다는 증거요. 그리고 안 동무는 학습을 통해서 모든 대원들과 친숙해졌고, 존경과 신뢰를 확보하고 있소. 아무것도 걱정할 것이 없소. 난 그런 사실을 천거 이유 중의 하나로 썼소. 안 동무, 스스로를 의심하지 말고 믿으시오. 그게 또한 힘이오."

"예, 제가 최선을 다 바치는 거야 기꺼이 할 수 있는 일입니다만, 대장님을 믿고 따르던 대원들이 사기저하를 보이고 또 저에게 만족을 못 느끼고 하는 이중적 문제가 생길까 봐 그게 제일 걱정입니다."

"우리 조직은 당의 위대성 아래 뭉쳐져 있지 어떤 개인의 소영웅적 영향력으로 뭉쳐져 있는 게 아니오. 물론, 당의 기본정책에 위배되지 않는 범위 내에서 지역적 특성에 따라 전략전술을 자율적으로 전개시켜야 하는 것처럼, 조직이 인간으로 이루어진 어떤 경우 소영웅적 영향력이 형성되고 행사될 수도 있소. 그러나 난 소영웅적 행위를 한 바도 없고, 또 우리가 실시해 온 학습에서도 그 점을 충분히 교양시켰으니까 우리 대원들이 다소 서운한 맘을 가질지는 몰라도 투쟁의욕 저하까지는 초래하지 않으리라 믿소. 그리고 그런 문제가 야기되지 않도록 떠나기 전에 내가 최선의 노력을 하겠소."

"그럼 언제 떠나시게 됩니까?"

"모레요."

"도당에 무슨 변동이 생기는 모양이군요."

"그보다는 더 넓은 범위에서 변화가 생기는 것 같소. 이현상 동지가 지리산에 유격사령부를 구축함에 따라 다소의 조직개편이 필요한 것 같소."

"그럼, 당의 최고간부 중의 한 분인 이현상 동지가 그런 활동을 전개하게 된 건 더 높은 차원의 전략전술과 연계된 것이겠죠?"

"물론이오."

"그럼 대장님이 혹시 도당을 벗어나게 되는 것 아닙니까?"

안창민은 불안한 기색을 내보였다.

"지금으로선 그건 전혀 모를 일이오. 다만, 우리가 처한 전체적인 상황으로 볼 때, 그런 모종의 변화는 아주 시기 적절한 것으로 생각하오."

염상진이 담배를 빼물었다.

"대장님은 진작부터 그 필요성을 강조해 오지 않았습니까. 그런데 그런 변화가 혹시 미군철수를 계기로 그것에 대응하기 위한 건 아닐까요?"

"그래요, 나도 그 점을 생각해 보았소. 그러나 종합적으로 생각을 넓혀보면 그건 여러 이유들 중에 하나는 될 수 있어도 절대적인 이유는 아닌 것 같소. 현시점에서 우리 쪽과 저쪽의 상황을 냉정하게 살펴볼 필요가 있을 것이오. 우리 쪽부터 살펴보자면, 그동안 악화일로에 있던 제주도 투쟁은 이제 꺼진 불이나 마찬가지가 됐소. 적들은 제주도에서 토벌사령부를 해체하면서 그 병력을 뽑아 지리산 일대에 벌써 투입하고 있다는 정보요. 우리의 입장에서는 괴로운 일이지만, 그에 적극적으로 대처해 나가는 방법밖에 없는 것이오. 그리고 지리산의 투쟁도 그동안 많이 약체화된 게 사실 아니오? 우리가 겪고 있는 일이지만 적들은 지방 야산대보다는 지리산을 집중적으로 공략해 왔고, 그 결과 지리산 병력은 지난 4월에 중추적 지휘관인 김지회 동지와 홍순석 동지를 일시에 잃는 손실을 겪었소. 그리고 도당에서 들은 얘긴데, 군경들이 지리산에 가까운 산마을사람들을 전보다 적극적으로 소개시키고 있다는 거요. 그게 제주도 병력을 뽑아 지리산에 투입시키는 것과 맞떨어지는 작전준비라는 도당의 판단이고, 나도 그렇게 생각했소. 이런 우리의 상황을 놓고 적의 상황을 살펴봐야 할 거요. 안동무 생각으로는 미군의 철수 원인을 어떻게 보고 있소?"

말머리가 갑자기 자기에게로 돌아오자 안창민은 다소 당황스러웠다. 그러나 철군에 대해서 이미 생각해 본 점은 있었다.

"그러니까…… 미군이 철수한 이유는 두 가지가 아닐까 합니다. 첫째는 외부적인 것으로 소련을 위시한 국제여론을 의식해서일 것이고, 둘째는 내부적인 것으로 이승만 정권이 자기네들 없이도 유지될 수 있으리라 생각했을 거라는 점입니다. 그러나 그 생각이 확고한 믿음이 아니라 불안한 생각이라는 증거는 500명의 군사고문단을 남겨둔 사실입니다. 그렇더라도 미군이 철수한 데는 아까 대장님이 지적하신 대로 우리가 계속적으로 처해온 불리한 상황과 아울러 군과 경찰의 무력강화를 자기네가 안심할 정도로 끝냈다고 봐야 할 겁니다."

"그렇소, 정확한 판단인 것 같소. 이승만은 미군철수를 계기로 자기 힘을 과시함과 동시에 불안요인을 제거해야 할 필요에 따라 군경 병력을 총동원해서 우릴 공격하게 돼 있소. 그런데 한 가지 중요한 사실이 있소. 이승만은 반민특위 습격, 김구 살해, 농지개혁 공포 등을 통해 인민의 반감만 사는 반인민적 행위를 계속해 주었소. 그런 건 우리에게 백만대군을 보내준 것이나 다름없는 고마운 어리석음이오. 이런 시기에 당이 어떤 결정을 내렸다면 그거야말로 복합적인 효과를 나타낼 수 있는 현명한 판단이 아닐 수 없소."

"그렇습니다. 우리에게 유리하게만 보자는 것이 결코 아니라 이승만 정부에 대한 인민들의 반감과 분노는 쌓일 대로 쌓여 있습니다. 이 상황을 어떻게 효과적으로 우리의 투쟁과 연결시키느냐가 당면한 가장 중요한 문제라 여겨집니다."

"맞소, 도당에는 그 문제가 심각한 토의 대상이 되고 있었소. 지난번의 삐라 살포 같은 것보다 더 구체적인 전략이 강구되리라 믿소. 그리고 참, 손승호의 소식은 어찌 됐소?"

"전혀 파악이 안 된다는 보곱니다."

"딱한 사람 같으니라고, 어디로 간 걸까? 갈 만한 데가 없는데……."

염상진은 눈을 내리감으며 중얼거렸다.

"혹시 김범우 형을 찾아간 게 아닐까 하는 생각도 들던데요."

"김범우?" 염상진이 눈을 뜨며 자리를 고쳐 앉고는, "서울로? 그랬을지도 모르겠군." 잠시 말을 멈추고 무슨 생각인가를 하다가는,

"그리라도 됐으면 좋겠소. 김범우가 당분간은 거둬줄 테니까. 그 사람이 그 자리를 피하려고 부양가족도 많은데 직장까지 버리고 자취를 감춘 게 그의 진실이오. 내가 그 사람의 전향을 반동으로 단정하지 않았던 것도 그 진실을 짐작했기 때문이고, 이번 일로 그 사람은 내게 그 진실을 확실하게 보여준 셈이오. 인간의 생각이란 다양하다는 걸 알고 있었지만 그 사람은 역시 너무 특이하다는 생각뿐이오. 무엇을 너무 많이 알아서 그런지, 기질이라고 해야 할 것인지, 어떻게 종잡을 수가 없는데, 한 가지 믿을 수 있는 건 자기 진실을 가진 선량한 사람이라는 거요. 어쨌거나 무사했으면 좋겠소."

그의 얼굴에는 아쉬워하는 빛이 서려 있었다.

"전에도 많이 괴로워했었고, 이번에도 많이 괴로웠을 겁니다."

"그랬을 거요. 그럼, 내일 오전 중에 간부회의를 소집하고, 오후에 전 대원을 집합시키도록 합시다."

"알겠습니다. 피로하실 텐데 쉬십시오."

안창민이 일어섰다.

몸이 좀 약골인 건 하대치로 보완시켰으니까 잘 해낼 거야, 염상진은 안창민의 뒷모습을 지켜보며 생각하고 있었다.

간부회의는 11시에 열렸다. 염상진을 중심으로 오른쪽에 이해룡·오판돌이 앉았고, 왼쪽에 안창민·하대치가 자리 잡았다. 염상진의 명령으로 그 자리에 앉게 된 하대치는 무슨 영문인지를 모른 채 평소의 활달한 기색을 잃고 잔뜩 긴장해 있었다.

"그럼 지금부터 긴급회의를 시작하겠습니다. 오늘 모임은 회의라기보다 당의 결정사항을 전달하는 것이 주안이 되겠습니다. 그럼 지금부터 당의 결정을 여러분 앞에 공식적으로 공개합니다. 당의 결정에 의하여 나는 오늘부로 군당위원장을 물러남과 동시에 군당을 떠나게 됩니다."

하대치가 "워메!" 하는 소리를 토했고, 오판돌이 "무, 무신……" 더듬거리며 윗몸을 앞으로 내밀었고, 이해룡이 "대장님!"하며 눈이 휘둥그레졌다. 그들은 거의 동시에 그런 반응을 보였으므로 염상진은 말을 중단하지 않을 수 없었다. 그러나 염상진의 얼굴이 변화 없이 엄격했기 때문에 그들은 재빨리 감정을 수습할 수밖에 없었다.

"따라서, 당은 군당위원장에 안창민 동무를, 벌교책에 하대치 동무를 각각 결정했습니다."

"아이고메 대장님, 지 겉은 무식헌 것이 워찌 그런 중헌 자리럴 책임 맡을 수 있간디요. 택도 없는 일이구만요."

하대치가 두 팔을 내저으며 말했다.

"하 동무! 하 동무는 절대로 무식하지 않소. 하 동무가 겸손한 생각으로 그렇게 스스로를 낮추는 건 좋은 일이지만, 만약 하 동무의 마음속에 정말 그런 생각이 박혀 있다면 그건 아주 곤란한 문제요. 첫째 당에 대한 모독이며, 둘째 혁명의식을 약화시키는 패배주의기 때문이오. 하 동무가 정말 무식했다면 당이 왜 입당을 허락했겠소."

소학교를 나왔을 뿐인 하대치의 의식 속에 자리 잡고 있을지도 모를 열등감을 이 기회에 몰아내야 된다고 생각한 염상진은 하대치를 몰아치는 기세로 말했다.

"아니구만요, 고런 뜻이 아니고라, 지가 질로 배움이 짧은께로 허는 소리구만이라. 지가 워찌 당얼 모독허고, 머 헐 지랄이 읎어서 패배주의를 허겄는가요."

하대치는 평소의 몸짓만큼 빠르게 말을 해치웠다.

"하 동무, 혁명은 배움의 길고 짧음으로 하는 게 아니오. 내가 수없이 말했지만 혁명은 의지의 강철 같음과 피의 뜨거움으로 하는 것이오. 하 동무는 그 누구보다 강한 의지와 뜨거운 피를 가지고 있음을 나는 믿소. 그러니까 배움이 짧다는 생각도 이 시간부터 당장 버리시오. 당이 하 동무를 벌교책으로 결정한 것은 하 동무의 당성, 투쟁경력, 직책수행 능력 등 모든 것을 검토 심의한 결과요. 그 점을 명심하고, 필요 없는 생각은 일소하도록 하시오."

"알겄구만이라, 대장님."

하대치는 아랫입술을 속으로 물며 부르르 떨었다. 대장 염상진에 대한 고마움이 울음으로 복받쳐오르고 있었다. 대장은 모든 걸 당이 결정한 것이라고 말하고 있지만, 당이 결정하기 전에 대장의 추천이 있어야 한다는 건 누구나 아는 사실이었다. 감히 바라지도 엄두도 낼 수 없었던 벌교책이 된 감격에 앞서 자신을 그토록 믿어주고 생각해 준 대장에 대한 고마움이 전신의 살을 떨게 했다.

"당의 결정을 정중히 접수하며, 두 사람이 새로운 임무를 맡게 된 것을 우리 다 같이 박수로써 축하합시다."

다섯 사람은 일제히 일어서 힘차게 박수를 치기 시작했다. 박수 소리는 7월의 뙤약볕 속으로 길게 울려나가고 있었다.

각 참호에 보초 한 명씩만을 남겨놓고 모든 대원들이 국민학교 운동장에 집결했다. 한낮의 불볕을 피한 오후 5시쯤이었다.

"친애하는 보성군당 혁명동지 여러분! 오늘 이 자리는 당의 결정 사항을 여러분 앞에 기쁜 마음으로 보고드림과 동시에, 나 개인으로서는 여러분과 함께 섭섭함을 나눠야 할 자리이기도 합니다. 여러분, 당의 결정에 따라 나는 오늘부로 군당위원장을 물러나면서, 군당을 떠나게 됩니다."

대열 속에서 금방 웅성거림이 일어났다. 염상진은 간부회의 때처럼 말을 중단할 수밖에 없었다. 염상진은 단상에 미동도 하지 않고 서 있었고, 이해룡의 손짓에 따라 대열이 잠잠해졌다.

"당의 명령을 받들어 나는 새로운 일을 맡게 될 것이고, 새 군당 위원장은 안창민 동무가, 그리고 새 벌교책은 하대치 동무가 맡게 되었습니다."

아까보다 더 큰 웅성거림이 일어났다. 염상진은 안창민과 하대치를 단상으로 오르게 하였다.

"동지 여러분! 당의 결정을 환영하고, 두 동지의 새 임무수행을 다 같이 박수로써 접수합시다."

염상진의 말에 따라 일제히 박수를 치기 시작했고, 안창민과 하대치는 대원들을 향해 인사를 했다. 길게 울려퍼지던 박수가 끝나고 두 사람은 단상을 내려갔다.

"친애하는 보성군당 혁명동지 여러분! 여러분들은 이 갑작스러운 변동에 대해서 다소 놀랐을 줄 압니다. 그러나 아무것도 놀랄 것이 없습니다. 우리의 혁명사업을 더욱더 효과 있게 하기 위하여 현명한 당이 결정한 일이기 때문입니다. 안창민 동무는 우리 군당의 비밀당원으로서 그 투쟁경력이 길고도 혁혁하며, 작년 10월 이후부터는 노출투쟁을 전개해 오던 바, 적진에서 다리에 총상을 입고도 단독으로 투쟁하여 끝끝내 다시 부대로 무사하게 돌아온 사실을 동지 여러분들은 똑똑하게 기억하고 있을 겁니다. 그때 안 동무는 조장 임무를 맡고 있었는데, 적이 뒤쫓는 급박한 상황 속에서도 자신의 몸은 돌보지 않고 대원들의 안전을 위해 대원들을 먼저 피신시키고 자신은 적진에 혼자 남았던 것입니다. 그리고 총상 입은 다리를 끌며 병원을 찾아가 스스로를 구했던 것입니다. 그 얼마나 무서운 책임감이며, 그 얼마나 뜨거운 동지애이며, 그 얼마나 위대한 투쟁정신입니까. 우리는 일찍이 그 무서운 책임감, 그 뜨거운 동지애, 그 위대한 투쟁정신에 얼마나 감동하고 감격했습니까. 안 동무는 그런 강철 같은 투쟁경력뿐만 아니라 당 이론에 있어서도 얼마나 박식한지는 학습을 받은 여러분들이 더 잘 알 것입니다. 안 동무는 투쟁에 있어서나, 이론에 있어서나 완전합니다. 그런 안 동무가 군당위원장을 맡게 되어 나는 한없이 마음 든든합니다. 그리고 하대치 동무도 그 투쟁경력에 있어서나, 당성에 있어서나, 투쟁능력에 있어서나, 지휘능력에 있어서나 모범적인 당원이며, 뛰어난 전사라는 것을 자신 있게 말할 수 있습니다. 그런 하 동무가 벌교책을 맡게 된 것 역시 나는 한없이 마음 든든하게 생각합니다. 친애하는 동지 여러분! 여러분은 앞으로 더욱 한 덩어리로 뭉쳐 혁명의 깃발을 드높이 올리고, 혁명투쟁에 한층 매진해 줄 것을 당부하는 바입니다. 내가 군당을 떠난다 하더라도 언제 어디서나 여러분과 함께 투쟁하는 혁명전사이며 혁명동지라는 사실을, 여러분, 잊지 마시기 바랍니다. 여러분, 우리 군당은 혁혁한 투쟁의 전통을 가지고 있습니다. 작년 10월 전까지의 지하투쟁에 있어서도 30여 회에 이르는 과감한 공개투쟁을 전개했으며, 지하조직 확대에도 큰 성과를 올렸던 것입니다. 지금 우리 군당의 대원들이 다른 군당보다 훨씬 많은 것이 그 증거입니다. 그건 모두가 동지 여러분들의 힘과 노력이라는 것을 나는 압니다. 친애하는 보성군당 혁명동지 여러분! 여러분이 한 덩어리로 뭉쳐 앞으로 더욱 열렬한 투쟁을 전개하여 우리 군당의 전통을 지키겠다는 맹세를, 우리 군당의 혁명구호를 다 같이 합창하면서 다짐하도록 합시다. 내가 선창할 테니 다 같이 힘차게 복창합시다. 뭉치자, 혁명의 깃발 아래!"

"뭉치자, 혁명의 깃발 아래!"

함성과 함께 100개가 넘는 주먹 쥔 팔들이 하늘로 치뻗쳐올랐다.

"싸우자, 혁명의 그날까지!"

"싸우자, 혁명의 그날까지!"

우렁찬 외침이 사방을 에워싼 산줄기로 울려나갔다.

"세우자, 혁명의 새 나라를!"

"세우자, 혁명의 새 나라를!"

열 받친 외침을 뒤따라 박수소리가 터져올랐다. 박수를 치고 있는 사람들의 얼굴에는 처음에 나타났던 놀라움이나 당황기는 간 곳이 없고, 그들의 얼굴은 하나같이 땀으로 번들거린 채 상기되어 있었다. 계속되고 있는 박수 속에서 염상진은 천천히 단상을 내려서고 있었다. 서쪽으로 기운 해의 엇비낀 햇살을 받고 있는 그의 모습은 유난히 뚜렷하고 커 보였다. 눈물이 줄줄이 흐르는 눈으로 그런 염상진의 모습을 똑바로 바라보고 서서 누구보다 열렬하게 박수를 치고 있는 앳된 얼굴이 있었다. 천점바구였다. 그는 터지는 울음을 참으려는 듯 아랫입술을 이빨이 내보이도록 꼭 물고 있었는데, 위아랫입술은 턱과 함께 떨려댔고, 입 대신 벌름거리는 코로 그의 울음은 남모르게 흘러나와 박수소리에 묻히고 있었다. 그의 얼굴은 땀과 눈물과 콧물로 범벅이 되고 있었다.

염상진은 이튿날 일찍 석거리재 쪽 산줄기를 넘어 그 모습을 감추었다.

염상진이 떠난 그날 오후에 강동식은 사촌동생 강동기의 참호를 굳이 찾아갔다.

"니 나가 묻는 말에 참말로만 똑똑허니 대답혀라."

소나무 아래 자리 잡고 앉자마자 강동식의 입에서 나온 첫말은 이랬다. 강동기는 머리에 퍼뜩 짚이는 것과 함께, 아이고메 탈났네, 하는 생각으로 바짝 긴장했다.

"니 형수가 상구놈헌테 당헌 것이 사실이냐?"

"야아."

"애 밴 것도?"

"야아."

"저수지에 빠졌다가 살아난 것도?"

"야아……."

"알겠다!"

강동식이 벌떡 몸을 일으켰다. 그 몸짓에서 찬바람이 휙 끼쳐오는 것을 동기는 느꼈다.

"아이고 성님, 워쩌실라고라?"

강동기는 형의 팔을 덥석 붙들었다. 형의 팔이 떨리고 있는 것을 손바닥으로 확연하게 느낄 수 있었다.

"여그 놔라."

강동식이 앞만 응시한 채 말했다.

"성님, 참으시씨요, 참어야 쓰요."

"말 씹히지 말어라. 나가 다 알어서 헐 팅께."

"성님, 분허고 원통허제만 다 엎질…… 아니구만요, 그런 말이 아니라, 머시다냐, 긍께, 인자 참어야제 워쩔 것이요."

"니도 넘이다."

"야아?"

"비켜나그라!"

강동식이 팔을 뿌리쳤다.

"아이고메 성님, 참어야 쓴당께요."

강동기가 다시 팔을 붙들었다.

"니가 그 꼴 당혔으면 니넌 참겄냐."

강동식이 비로소 동생의 눈을 응시했다. 강동기는 주춤했다. 아내의 얼굴이 스쳐갔다.

"못 참제라."

"근디 니넌 무신 소리여!"

"그때야 성님이 날 말겨야제라."

"무신 미친 소리여, 시방."

강동식이 얼굴을 돌려버렸다.

"성님, 나가 성님 맘얼 을매나 훤허게 알먼 그리 있는 대로 말허겄소. 성님, 안 참아도 존께 우선에 쪼깐 앉어서 담배나 한 대썩 꼬실리고 봅시다."

강동기가 형의 팔을 아래로 끌어당겼다. 강동식은 한숨을 토하며 털퍼덕 주저앉았다. 강동기는 쌈지를 꺼내 담배를 말기 시작했다.

"옜소, 불 댕기씨요."

강동기가 담배를 내밀었다. 담배에 불을 붙인 강동식은 연기를 깊게 빨아들였다. 담배연기로 적셔지는 아슴한 의식 속에서 아내의 얼굴과 염상구의 얼굴이 어릿거리고 있었다.

"성님, 워쩌실라고라?"

담배연기를 내뿜으며 강동기가 물었다.

"쥑일란다!"

강동기는 형의 말에 놀라지 않은 채 담배만 깊게 빨았다. 형이 그 작정을 하고 있다는 것은 이미 알고 있었던 것이다.

"글먼, 혁명이고 머시고 다 때레칠 맘이구만이라?"

"무신 소리여?"

강동식이 동생을 돌아보았다.

"참, 성님 앞에서넌 새 날아가는 소리가 될란지도 몰르겄제만, 혁명이란 거이 사사로운 원수 갚음이 아니라고 학습에서 안 갤칩디여. 혁명은 사사로운 원수를 없애는 것이 아니라 인민의 적을 없애는 것이고, 개인 감정으로 사람을 해치는 거는 혁명전사가 아니라 혁명의 적이라고 안 그럽디여."

"니가 한나만 알고 둘은 몰르는 소리 허고 앉었다. 그놈언 청년단 타고 앉어 못된 행투 수도 없이 저질른 인민의 적이다. 그놈언 나 일 아니고라도 진작에 없앴어야 헐 놈이다. 그놈얼 쥑이기만 허먼 내 사사로운 원수도 갚음서 인민의 원수도 갚는, 따져볼 것도 읎는 양수겸장이다."

"허, 그 말 듣고 봉께 그러요이." 강동기는 새로운 사실을 알았다는 듯 얼굴이 밝아졌다가는, "근디, 고것이 대장님 사촌도 아니고 친동상이 돼나는께, 쥑이먼 대장님이 워찌 생각허실란지 껄쩍지근 안 허요?" 이내 시무룩해졌다.

"니 시방 무신 소리여? 아까 니가 먼첨 헌 말 똥 딲기 혀부렀냐! 혁명이 사사로운 원수 갚음이 아니란 말 꺼꿀로 헌, 사사로운 정리로 혁명의식을 망각하거나 혁명투쟁을 약화시켜서는 안 된다는 것 말이여. 대장님도 내놓고 말은 못했어도 누가 먼첨 그놈얼 쥑였다면 터럭 끝맨치도 섭해허덜 안 혔을 거이다."

"참말로 그럴께라?"

"하면, 틀림없제. 안 그러면 대장 자격이 없는 거이다."

"글타먼 참 요상헌 디가 있소."

"머시가?"

"요 말이 성님 비우짱 상허게 헐란지도 몰르겄는디, 맴이 껄쩍지 근헌께 안 물을 수가 없소. 대장님 속이 그런지 알았으면 진작에 그놈얼 황천길에 보내뿔 일이제 워째 해필나게 대장님이 떠난께로 일얼 벌일라 허냐 그 말이요."

"나도 그 말인지 짐작혔다. 폐일언허고, 나가 은제고 때릴 종 그고 있든 참인디 대장님이 요러크름 앞뒤 없이 떠나게 된께 바짝 맴이 동헌 것이지야. 나 맘 몰르겄냐?"

"그 맘이야 알겄소. 근디, 요 말도 성님 비우짱 긁을란지 몰르겄는디, 성님이 행에나 하대치헌테 뒤처져 벌교책이 못 된 섭헌 맘꺼정 합해져 저러는 것이 아니다냐, 허는 생각이 든단 말이요."

"그려, 니 속말 한분 씨언허게 잘 털어놨다. 나도 사람인디, 대장님헌테 그 말 미리 들었을 적에 섭헌 생각이 불끈 혔다. 근디, 안창민 동무 죽을 뻔헌 과오럴 저질렀기 땀세 나가 뒤처졌단 말 듣고 섭헌 생각은 깨끔허니 가셔뿌렀다. 나넌 그 과오럴 두고두고 후회허고 자아비판혔다. 만일에 안창민 동무가 죽어뿌렀드라면 나도 죽어야 헐 무섭고도 아실아실헌 과오였응께. 니, 나 말 똑똑허니 들어! 나가 벌교책이 못 된 것으로 섭헌 생각은 눈꼽째기만치도 읎다. 요것이 니럴 속히자는 그짓말이라면 나가 개아덜놈이다!"

강동식은 동생을 응시했다.

"알겠소, 성님 말 믿겠소. 근디, 염상구 그놈이 칼질 잘허는 것 알제라? 긍께 혼자서는 나설 요량 마씨요. 나도 성님 도울랑께요."

"동상, 말이라도 고맙네."

강동식은 어금니를 맞물며 먼 데로 눈길을 보냈다.

22

8월의 들녘

   고읍들녘은 고읍들녘대로, 중도들판은 중도들판대로, 칠동들은 칠동들대로 나날이 그 푸름이 진하고 두꺼워져갔다. 봄숲이 연초록에서 진초록으로 색감이 다른 치장을 해나가듯 벼가 자라고 있는 들판도 햇살의 따가워짐을 따라 그 색조가 나날이 변해가고 있었다. 초록의 색감이 진해질수록 드넓은 들녘은 부드럽고도 두꺼운 질감으로 푸르게 푸르게 부풀어올랐다. 푸름이 짙어갈수록 볏잎마다 부서지는 햇빛은 그 반짝거림에 윤기를 더해갔고, 드문드문 불어가는 바람결에 볏잎들이 수많은 물이랑을 이루며 부드럽고도 묵직하게 출렁거릴 때면 들녘은 온통 햇빛의 조각들이 살아서 뛰는 눈부신 초록빛 바다였다. 그 물결 속에 무슨 부표처럼 여기저기 찍혀 있는 하얀 점들의 흩어짐. 농부들의 밀짚모자와 삼베옷은 쑥빛으로 짙은 푸름 속에서 그 누르께한 빛을 표백당해 그저 흰색으로만 돋아 보였다. 7월 중순을 넘어 8월에 이르면 햇빛은 말 그대로 불볕이 되어 지글거렸고, 들녘의 푸름도 흰 천을 담갔다가 건져내면 금세 초록빛 물이 들 것처럼 한고비를 이루었다. 그런 넓고 넓은 들녘은 멀리서 바라보노라면 누구나 절로 감탄을 흘릴 만큼 아름답고 풍요로운 경치였다. 그러나 그 푸름 속에 무슨 추상의 무늬처럼, 아니면 작은 들꽃들의 흩어짐처럼 박혀 있는 농부들에게는 숨길 헉헉 막히고 살껍질이 타드는 힘겨운 일터였던 것이다.

그즈음이면 논에는 벼와 함께 사는 것들이 많기도 했다. 크고 작은 개구리들이 버글거렸고, 한창 자라고 있는 메뚜기들이 개구리들을 조심하며 위에 붙은 볏잎 사이에서 소란스러웠고, 개구리를 노리는 물뱀들이 느닷없이 벼포기 사이를 헤엄쳤고, 하루살이나 작은 날것들이 볏잎 뒤에 붙어서 밤을 기다렸고, 그것들이 걸려들기를 기다리며 볏잎과 볏잎을 연결해서 줄을 쳐놓은 물거미가 몸을 숨기고 있었고, 피를 빨 농부의 다리가 나타나기를 기다리며 거머리가 물속에 웅크리고 있었고, 우렁이 꿈지럭거리며 물속을 기었고, 물방개가 매끄러운 몸뚱이를 뒤뚱거려가며 헤엄쳤고, 소금쟁이가 미끄러지듯 물 위를 달렸다. 참새는 아직 떼짓기가 이르고, 제비들만 그 빠르고 곧은 비상을 자랑하며 논 위의 공간을 제패하고 있었다. 한창 식욕 왕성한 새끼들의 배를 넉넉하게 채워줄 수 있도록 논에는 메뚜기며 잠자리 등속의 먹이가 얼마든지 상 차리듯 마련되어 있었다. 농부들은 제비가 봄 따라 와서 집 주위를 선회하기 시작하면 모두가 자기네들 처마에 집을 짓기 바랐고, 제비가 집을 짓기 시작하면 온 식구가 기쁜 웃음을 나누었고, 집을 짓는 동안 진흙이나 지푸라기 같은 것들을 떨어뜨려 마루를 더럽혀도 누구 하나 얼굴 찡그림 없이 오히려 "어쩌끄나, 심드는디 또 헛걸음쳤네웨." 안쓰러워하는 말을 중얼거리며 그런 것을 훔쳐냈다. 제비가 알을 품을 때는 아이들도 큰 소리 치지 않고 발소리를 죽였으며, 마침내 새끼들이 털 숭숭한 모습을 드러내게 되면 아이들은 손뼉을 치며 몇 마리인지 세려고 다투어 손가락들을 까딱거렸고, 어른들은 새끼가 많을수록 어미제비의 노고를 치하하는 동시에 고마워했다. 농부들은 제비의 번창을 그해 농사의 풍년이라고 여겼던 것이다. 그만큼 해충의 피해가 줄어들 것이기 때문이었다. 아이들은 제비 새끼 많은 것을 서로 자랑으로 삼았고, 어머니 아버지가 들일을 나가버린 집을 지키는 아이들에게는 어미제비 두 마리가 부지런히 번갈아가며 먹이를 물어오고, 그때마다 새끼들이 서로 받아먹으려고 노오란 입들을 있는 대로 크게 벌려 짹짹거리는 것은 보아도 보아도 싫증나지 않는 구경거리였다. 두 어미제비는 용케도 차례차례 순서를 맞춰 먹이를 먹였지만, 어쩌다가 실수를 해서 받아먹은 놈의 입에 또 넣어주는 경우가 있었다. "아녀, 아녀, 그 담이여, 그 담!" 아이들은 지체 없이 손바닥으로 마룻장을 때리며 안타깝게 소리쳤다. 그러나 어미제비는 이미 더위 가득 찬 푸른 하늘 어디론가 날아가버리고, 그리도 시끄럽게 짹짹거리며 먹이다툼을 하던 새끼제비들도 잠잠해져 있었다. "쩌거 순 도적눔이다. 똑 삼칠이 겉은 도적눔이다!" 남의 먹이를 채뜨려먹고도 능청스러운 새끼제비를 분한 얼굴로 꼬나보면서 아이들은 저희들이 미워하거나 싫어하는 애까지 싸잡아 욕해댔다. 그러나 그런 밉고 얌통머리 없는 새끼제비라 해도 아이들은 해칠 마음은 조금도 갖지 않았다. 다음번에 순서가 바로잡히는 것으로 아이들은 분함이나 미움을 말끔하게 잊었다. 아이들은 벌써 누구에게 들었는지도 모르게 흥부와 놀부 이야기를 환히 알고 있었던 것이다. 아이들은 하나도 빼놓지 않고 자기들이 흥부이기를 바랐지 놀부이기를 바라지 않았던 것이다. 아이들은 말귀를 알아듣게 되는 네댓 살 무렵부터 할머니의 품에 안겨서, 할아버지의 무릎에 앉아서 그 이야기를 몇 번씩이고 되풀이해 들으며 자라났다. 〈흥부전〉은 형제간의 우애와 정직한 삶에 대한 가르침뿐만 아니라 농사일에 있어서 제비가 도움을 주는 큰 몫과 제비라는 존재의 소중함을 일깨워 그 보호의식까지 고양시키고 있었다. 그러니까 〈흥부전〉은 유교사상을 바탕에 깐 전형적인 농경사회의 구전문학이었던 것이다. 그러나 농부들은 그런 분석적 인식을 굳이 이야기 끝에 사족으로 붙이는 일 없이 그저 손자나 자식들에게 이야기를 되풀이하는 것으로 그 속에 담긴 가르침과 일깨움을 손상시키지 않고 고스란히 전해내리는 무의식적인 의무와 책임을 성실하게 해냈던 것이다. 아이들은 여름 한낮의 무더위에 겨워 새끼제비들의 짹짹거리는 소리를 자장가로 들으며 잠이 들었고, 배고픔을 느끼며 부스스 잠을 깨면 새끼제비들은 여전히 노오란 입들을 짝짝 벌려대며 먹이다툼을 하고 있었다. "느그넌 좋겄다, 배 터지게 묵은게." 아이들은 새끼제비를 부러운 눈길로 올려다보고는 슬슬 부엌으로 가 물 한 바가지를 떠서 점심 굶은 빈속을 물로 채웠다.

논에는 벼와 함께 사는 것들이 그리도 많았지만 아이들은 별로 논두렁을 타지 않았다. 아직은 새를 볼 때가 아닌 데다가, 메뚜기도 잡아서 볶아먹을 만큼 크지 않았고, 우렁도 새끼가 슬어 있어 맛도 없고 독이 진했다. 닭에게 먹일 개구리를 잡아오라고 내몰릴 때도 아이들은 굳이 논두렁을 밟지 않았다. 개구리가 논물로 뛰어들어 잡기도 어려운 데다, 언제 나타날지 모를 물뱀이 무서웠던 것이다. 개구리는 방죽 풀숲이나 철둑 풀숲에도 얼마든지 있었다. 더위가 기승을 부리기 시작하면서 아이들은 거의가 방죽 너머 갯가로 몰려들었다. 거기에는 더위를 식혀주는 바닷물이 언제나 있었고, 뻘밭에는 재빠르게 옆걸음질 치는 꽃게가 수도 없이 많았다. 갯가로 몰려드는 아이들은 약속이나 한 것처럼 단지 하나씩을 들고 있었다. 실컷 놀다가도 집에 돌아갈 때가 가까워지면 거기다가 꽃게를 잡아넣어야 했다. 아이들은 꽃게를 잡으려고 발이 푹푹 빠지는 뻘밭에서 한바탕씩 싸움을 벌이고는 했다. 그건 재빠른 꽃게와의 싸움이면서, 발목을 물고 늘어지는 뻘밭과의 싸움이었다. 꽃게를 단지에 잡아가면 해가 떨어져 집에 들어가도 야단을 맞지 않았다. 그 꽃게는 장에 담가 좋은 반찬거리가 되었다. 상추쌈에 얹어먹으면 쌈맛을 고소하게 했고, 식어빠진 꽁보리밥을 넘기는 데는 더없이 좋은 반찬이었다. 그러나 어른들은 농사일에 쫓기느라고 꽃게를 잡을 틈이 없었으므로 여름 한철 밥상에서 꽃게장이 떨어지지 않게 하는 것은 말없는 가운데 아이들의 몫이 되어 있었다. 그렇다고 꽃게를 잡는 일이 그리 쉽지는 않았다. 꽃게는 땡볕이 내리쬐어 더욱 검어 보이는 뻘밭에 마치도 붉은 꽃들이 핀 것처럼 수없이 많이 흩어져 있었다. 그러나 어찌나 눈이 밝고 몸놀림이 빠른지 방죽을 걸어가는 사람 소리에도 순식간에 모습을 감추어버리곤 했다. 꽃게를 쫓아가서 덮치는 방법으로 잡으려 했다가는 하루 종일 걸려도 한 마리도 잡기 어려웠다. 참게를 갈대 꽃술이나 철사에 산미꾸라지를 묶어 잡는 것을 아는 것처럼 아이들은 몸 빠른 꽃게를 손쉽게 잡는 법도 알고 있었다. 꽃게들이 제 구멍을 찾아 숨어버리거나 말거나 아이들은 단지와 넓적한 나무막대기를 들고 서두를 것 없이 뻘밭으로 들어섰다. 뻘밭에 뚫린 구멍들은 거의가 그만그만했지만 그래도 큰 것을 골랐다. 그리고 그 깊이를 어림해서 나무막대기를 엇지게 뻘 속으로 찔러넣고는 두어 번 흔들어대는 것이었다. 그러면 구멍에서는 놀란 꽃게가 튀어나오게 마련이었다. 그때를 놓치지 않고 꽃게를 덮쳐 단지에 넣는 것을 한 동작으로 해치웠다. 꽃게는 대개 어른의 엄지손가락만 한 크기였는데, 수컷의 생김은 독특하고도 기이했다. 두 집게발의 크기가 얼토당토않은 짝짝인 데다가 그 색깔마저 같지 않았다. 오른쪽 집게발은 몸체보다 크면서 색깔이 붉었다. 그런데 왼쪽 집게발은 오른쪽 것의 20분의 1 정도밖에 안 되고 색깔도 다른 다리들과 같은, 기형적 모습을 하고 있었다. 한쪽으로 치우칠 것만 같은 그런 이상스런 생김을 하고도 그렇게 기민한 동작을 취할 수 있다는 것이 또한 희한하지 않을 수 없었다. 길쭉스름하면서 둥그스름하게 생긴 몸체는 뻘색과 비슷한 윤기나는 각질로 덮여 있었는데, 그것을 꽃게라 부르는 것은 선연하게 붉은 오른쪽 집게발 때문이었다. 넓은 뻘밭에 수없이 많은 꽃게들이 기어다니는 것을 멀찍이서 보게 되면 그 붉은 집게발들이 거무스름한 뻘과 대조를 이루어 작은 꽃들처럼 고와 보였다. 그런데 수컷의 그 화려한 생김에 비해 암컷의 생김은 볼품이 없을 정도로 두 집게발이 모두 작은 채 색깔도 몸색깔 그대로였다. 본래 이름이 농게인데 꽃게라고 부르는 것은 순전히 수컷의 생김에서 딴 것이었다. 여름 한철 아이들 손을 그렇게 타면서도 꽃게는 줄어드는 것 같지가 않았다. 꼬막이 늦가을부터 초봄까지 그렇게 홀태질을 당하고도 또 뻘을 헤치면 나오듯이. 유별나게 툭 불거져나온 큰 눈으로 깊은 뻘밭을 펄쩍펄쩍 뛰어다니는 '짱뚱이'와 함께 꼬막과 꽃게는 순천만 일대의 뻘밭에 사는 명물이었다. 찬 바람이 사르르 일 무렵부터 끓이기 시작하는 짱뚱이탕은 추어탕이 그 족보를 내밀 수 없도록 독특한 진미를 갖추고 있었지만, 아무래도 짱뚱이를 제맛나게 먹는 것은 가을볕에 바짝 말렸다가 겨울에 숯불에 구워 갖은 양념한 간장에 무치는 것이었다. 고소하고도 쫄깃거리면서 씹을수록 갯내음이 나는 듯한 그 깊은 맛은, 그러나 아무나 볼 수 있는 것이 아니었다. 우선 잡기가 힘든 데다, 말리는 데도 손이 많이 간 짱뚱이페미는 그 값이 혓바닥 빼물 만큼 비쌌다. 못생긴 유자가 선비방에서 겨울을 나듯, 못생긴 짱뚱이도 부자들의 밥상머리에만 올려지는 겨울반찬이었다.

들몰댁의 두 아들 길남이와 종남이는 열댓 명의 아이들과 뒤섞여 꽃게를 잡느라고 징신이 없었다. 어머니가 잡아오라고 한 것이 아니지만 갯가에 미역 감으러 나오면서는 버릇처럼 단지를 들게 되었다. 꽃게잡이는 봇도랑을 막아 붕어나 미꾸라지를 잡는 것과 함께 아이들이 즐기는 여름놀이이기도 했다.

감물을 들인 짧은 삼베바지를 입은 길남이는 웃통을 벗은 채 나무막대기를 뻘 속으로 박느라고 기운을 써대고 있었다. 아이들은 모두 길남이처럼 웃통을 벗고 있었다. 서너 아이는 아예 알몸인 채 뻘밭을 설쳐대고 있었다. 옷을 걸치지 않은 아이들의 윗몸은 햇볕에 그을 대로 그을어 검은 갈빛이었다. 사내아이들은 으레 감물 들인 짤막한 삼베바지 하나만을 걸치고 맨발로 여름을 나게 마련이었다. 삼베에 날감물을 들이는 것은 광목에 쌀풀을 먹이는 것이나 마찬가지였고, 그 색깔로 더럼 타는 것을 쉬 눈에 띄지 않게 할 수 있었다. 막 감물을 들인 새 삼베옷은 어찌나 억세고 빳빳한지 사타구니가 쓸려 헐 지경이었다. 그래서 아이들은 새 삼베옷 입기를 꺼렸고, 새것을 입었다 하면 누구나 어김없이 엉기적거리는 걸음을 걸어야 했다. "잉 가시내덜언 붕알이고 자지고 읎웅께 좋겄다." 사내아이들은 연방 사타구니를 훔치며 이런 귀엣말을 하고는 키득거렸다.

위아랫입술이 말려들어간 사이로 혀끝을 내민 길남이는 잔뜩 긴장한 채 게구멍을 노려보고 있었다. 왼손으로 막대기를 한 번 더 흔들려는 순간 구멍에서 꽃게가 튀어나왔다. 길남이의 오른손이 그대로 꽃게를 덮쳤다. 그때 자신을 부르는 것 같은 동생의 소리가 얼핏 들리는 듯싶었다. 그러나 길남이는 손아귀에 든 꽃게를 단지에 넣는 일이 더 급했다.

"서엉, 서어엉! 야아 잠 보소오!"

울음 섞인 다급한 소리는 동생의 목소리가 분명했다. 길남이는 소리나는 쪽으로 고개를 확 돌렸다. 길남이의 눈에 들어온 것은 울고 있는 동생의 모습과 그 앞에 버티고 서 있는 발가벗은 한 아이의 모습이었다.

"야 이놈에 새끼야! 니가 누군디 넘 동상얼 패고 지랄이냐. 니 쪼깐 기둘려, 기둘려 새끼야!"

길남이는 소리소리 지르며 동생 쪽으로 허겁지겁 발을 옮기고 있었다. 마음은 급한데 뻘이 자꾸 발목을 붙들고 늘어져 길남이 속은 더 급해지고 있었다.

"쪼옹겉은 새끼, 니가 그리 소리 질름서 쫓아오면 나럴 워쩔겨! 한분 뛰겄다 고것이여!"

동생을 때린 놈은 발가벗은 채 버티고 서서 잘못한 기색 하나도 없이 오히려 덤빌 테면 덤벼보라는 식이었다.

"서엉, 쩌것이 나가 잡은 기럴 채틀어뿔고, 내노랑께 막 팼다네."

동생이 콧물을 훌쩍이며 일렀다.

"니, 참말이여!"

길남이는 상대방을 노려보며 내쏘았다.

"그라고 빨갱이놈 새끼라고 욕험스로 팼어, 성."

동생이 덧붙여 이른 말이었다.

"참말이다, 워쩔래!"

상대방의 당당한 대꾸였다. 길남이의 속은 이미 뒤집어져 있었다.

"니, 그 욕도 참말이여!"

눈을 부릅뜬 길남이는 두 주먹을 힘껏 말아쥐고 있었다. 상대방이 자기보다 몸집이 약간 크다는 것도 '빨갱이놈 새끼'라는 욕 앞에서는 하나도 마음에 쓰이지 않았다.

"참말이다, 요 빨갱이놈 새끼야. 빨갱이놈 새낀께 빨갱이놈 새끼라고 불렀는디, 그려 니가 날 워쩔겨!"

"야 이 씨발놈아, 빨갱이, 빨갱이 허지 말어, 주딩이럴 찢어놓기 전에!"

길남이는 부르르 떨며 소리 질렀다.

"요런 주먹댕이만 헌 새끼가 워따 대고 까불어. 니 맛 잠 볼래!"

상대방이 먼저 주먹을 날렸다. 에라이 씨발놈아 어디 붙어보자. 길남이는 이빨을 앙다물며 주먹을 피했다. 그리고 박치기로 상대방 가슴을 떠받았다. 몸집 조금 더 큰 것만 믿고 덤비던 상대방이 벌렁 뒤로 나자빠졌다. 길남이는 그 위에 올라타고 주먹을 휘둘렀다. 상대방은 위기를 모면하려고 팔다리를 버둥거리며 안간힘을 썼다. 아이들은 이미 게잡이를 멈추고 싸움구경에 열중해 있었다. 길남이는 왼손으로 상대방의 목을 눌러대며 오른쪽 주먹으로는 얼굴을 갈겨대고 있었다. 상대방도 다리를 버둥거리며 주먹질을 해댔지만 길남이는 맞는 것은 아랑곳하지 않고 때리는 것에만 온 힘을 쏟고 있었다. 목이 졸리며 얼굴을 집중공격당한 상대방의 저항은 오래가지 못했다. "코피 터졌다아, 길남이가 이겼다아!" 아이들이 합창하듯 소리쳤고, 종남이는 너무 좋아서 몸을 들까불었다. 종남이의 마음은 깡충깡충 뛰고 있었지만 두 발이 뻘 속에 빠져 있어서 몸을 들까부는 것밖에는 되지 않았다.

"야이 씨발놈아, 우라부지가 느그 집에 잘못헌 거이 머시가 있냐! 있으면 말혀 바!"

길남이는 상대방을 올라타고 앉은 채 소리쳤다.

"읎어."

상대방의 기운 빠진 소리였다.

"근디 워째 좆만 헌 아새끼가 어런얼 욕허냐!"

"빨갱잉께로⋯⋯."

"야이 씨발놈아, 잘못헌 거 없담시로 욕혀?"

길남이가 주먹을 치켜들었다.

"아녀, 아녀, 인자 다시는 안 그럴겨."

상대방이 두 손바닥을 모았다.

"씨발놈, 또 한분만 더 까불면 그때넌 참말로 아가리럴 찢어놀 것잉께!"

길남이가 침을 뱉으며 일어났다. 그러나 길남이는 싸움에 이겼다는 생각은 들지 않았고, 가슴에 가득 찬 슬픔만 느꼈다.

길남이와 종남이는 중도들판의 물길 중의 하나인 개울둑을 나란히 걷고 있었다. 꽃게가 든 단지는 종남이가 꼭 끌어안고 있었다.

"성, 성이 지면 나도 뎀빌라고 작대기 꼬옥 잡고 있었네."

동생의 말에 길남이는 픽 웃었다.

"성은 워째 그리 쌈얼 잘헌가? 성보담 큰디도 코피 터쳐 이게뿔고. 나 엄니한테 자랑헐라네."

길남이가 우뚝 걸음을 멈추었다. 종남이도 따라서 멈춰섰다.

"니, 엄니헌테 찍소리 말어."

"워째?"

종남이는 이상하다는 얼굴로 형을 올려다보았다.

"아부지 일로 쌈혔다면 엄니 속상헝께로."

"성이 아부지 욕허는 놈 막 패서 이겨부렀는디도?"

"금메, 성이 시키는 대로 혀. 안 그러면 다시는 딜고 댕기지도 않고, 아무 말도 안 들어줄 것잉께로."

길남이는 동생을 무섭게 노려보았다.

"알어, 성 시키는 대로 헐겨."

종남이가 고개를 떨어뜨렸다. 길남이가 앞서 걸었다. 종남이는 뒤처져 걸으며, 형이 왜 저렇게 화를 내는지 모르겠다고 생각했다. 그리고 아버지는 왜 그 나쁜 빨갱이질을 하는지 물어보고 싶었던 말을 가슴에 묻었다. 갑자기 배가 고파지고 기운이 빠진 종남이는 형의 뒤를 따라 따가운 햇볕 속을 타박타박 걸었다.

샘골댁은 아들 칠상이를 데리고 봇도랑의 물굽이나, 높낮이가 다른 논귀를 찾아다니고 있었다. 토하를 뜨기 위해서였다. 맑은 물줄기를 좋아하는 토하는 지형의 차이로 물흐름이 달라지는 지점에

떼를 지어 바글거렸다. 손가락 한 마디보다 조금씩 긴 토하는 쏟아져내리는 물줄기를 거슬러올라가지도 못하고 수수백 마리가 한데 엉켜 맴돌이질을 치고 있으므로 소쿠리로 떠올리기만 하면 되었다. 물이끼를 먹고 살아서 그런지 민물새우인 토하는 투명한 청록색이었다. 물에서는 그 투명도가 한층 더해 몸속까지 비칠 정도였고, 떼를 짓지 않으면 얼핏 물빛과 구분되지 않았다. 맑게 쏟아져내리는 물줄기를 받으며 그 투명한 토하들이 떼지어 휘돌고 맴도는 속에 강렬한 햇살까지 어우러진 난무는 무수한 빛의 반짝거림이었고, 덩이진 빛의 휘돌이였다.

토하가 한창 번성하고 살이 오를 시기였다. 샘골댁은 이틀째 토하를 뜨러 나섰다. "소작도 띠이고, 무신 살 방도럴 챙겨야제, 세 자석 델꼬 품만 폴아서야 워디 살아지겄냐. 긍께 이 엄씨 말 듣고 임자 없는 토하나 부지런허게 떠다 쟁여라. 나가 소금이야 대줄 팅께 젓갈부텀 담구고, 소금이 모지래면 요 두껀 햇발에 뽀짝뽀짝 말려라. 고것이 다 돈 되는 일잉께." 발 굵은 소금 두 말을 땀 뻘뻘 흘리며 이고 온 친정어머니의 말이었다. 소금밭이 가까운 친정에서 소금을 돈 안 들이고 구하는 것은 어렵지 않은 일이었다. 품팔이를 하고 소금을 받으면 되었다. 그러나 30리 길 불볕 속을 그 무거운 소금을 이고 온 어머니의 고생을 생각하면 샘골댁은 남편이 다시 미워지고 어머니에게 면목이 없었다. "아이고 그 문딩이, 칵 디져뿔기나 혔으면 좋겄소. 지가 지 푼수럴 알아야제, 나이가 젊기럴 허요, 배운 것이 있기럴 허요. 서른 넘긴 나이에다, 낫 놓고 기역자도 몰르는 일자무식이 염병헌다고 공산당은 해갖고 집구석 요리 망치는지 몰르겄소. 그 빙신 말대로 공산당 시상이 된다고 혀도 지까징 것이 면장을 해묵겄소, 읍장을 해묵겄소. 아이고메 내 웬수!" 샘골 댁은 어머니에게 면목 없음을 남편에게 욕을 퍼붓는 것으로 씻으려 했다. "야아야, 말이 씨 된다, 그리 말허덜 말어라. 다 니 팔자소관잉께 남정네 허는 일 잊어뿔고 니나 새끼덜 델꼬 살 방도 찾어야써." 친정어머니의 말은, 토하젓을 많이 담갔다가 장사를 하라는 것이었다. 그건 미처 생각하지 못했던 방법이었다. 흙냄새가 상큼 나는 것 같기도 하고, 물풀냄새가 물큰 나는 것 같기도 한 토하젓은 여러 바닷젓갈과는 그 맛이 달랐다. 아이들은 그 이상야릇한 냄새를 싫어했지만 어른들, 특히 남자들은 좋아했다. 술안주며 밥반찬으로 즐겼고, 젓갈이 귀한 산중에서는 김치도 담갔다. 말린 토하는 여러 가지 된장국을 끓일 때 넣기도 했고, 볶음을 해서 먹기도 했다. 여자들은 농사일에 쫓기는 틈을 내서 한 단지쯤 젓갈을 담아 요긴하게 먹는 나무랄 데 없는 음식이었다. 친정어머니가 소금을 대주기만 하면 맨주먹으로 돈을 만들 수 있는 일이었다. 그런데 토하알젓이라는 것이 있었다. 이름 그대로 토하의 알로만 담그는 젓갈이었다. '새 발의 피'라는 말이 있고, '벼룩의 간'이라는 말이 있듯이 토하알젓이라는 것도 거의 현실감이 나지 않았다. 토하라는 새우가 워낙 작은 데다, 그 배에 붙은 알이라는 것이 조알보다 훨씬 작은 탓이었다. 그러나 토하알젓은 분명히 있었고, 그것을 먹고 사는 사람도 분명히 있었다. 알밴 토하를 몇 수만 마리를 잡아 알만 뜯어내야 한 종지의 젓갈이 될 것인가. 그건 상식적으로 상상이 안 되는 일이었다. 그러나 일삼아 토하알젓을 담아 젓가락 끝으로 찍어 흰 쌀밥에 살짝살짝 발라먹는 지주들이 있었다. 그것은 향내가 유별날 뿐만 아니라 정력에 좋다고도 했고, 장수의 비결이라고도 했다. 지주들 사이에서는 토하알젓을 먹는다는 것이 서로간에 내놓는 자랑거리일 만큼 그것은 귀물 취급을 받았다. 그러나 그것을 먹는다는 소문이 난 지주는 못사는 사람들에게 욕을 바가지로 먹었다. 그것은 못사는 사람을 수없이 괴롭혔다는 증거였기 때문이다.

물길이 아래로 트인 논귀를 찾아낸 샘골댁은 걸음을 빨리했다.

"위메! 엄니―."

뒤에서 들리는 질겁하는 소리에 샘골댁은 후딱 몸을 돌렸다. 논두렁에 엎어져 있는 아들과 나뒹그러진 소쿠리가 그녀의 한눈에 잡혔다. 위메, 토하가……. 그녀의 머리를 먼저 때린 생각은 넘어진 아들이 아니라 서너 차례 떠담은 소쿠리의 토하였다. 그녀는 속이 뒤집어지며 아들 쪽으로 내달았다. 볼 것도 없는 일이었다. 소쿠리에서 쏟아진 토하들은 논두렁에 흩어져 어지러울 정도로 파득거리며 뛰고 있었고, 기운이 좋은 놈들은 높이 뛴 덕으로 연방 논물로 빠져들고 있었다.

"웬수야, 이 웬수야!"

샘골댁은 엎어진 채로 울고 있는 아들의 머리를 쥐어질렀다.

"비얌이, 비얌이……."

칠상이는 이렇게 말하다가 그만 아앙 울음을 터뜨렸다.

"시끄리, 비얌이 워쨌다는 기여!"

샘골댁은 바락 악을 쓰며, 두 손바닥으로 정신없이 토하를 소쿠리에 쓸어담고 있었다.

"비얌이 나 잡아묵을라고 막 뎀볐당께로."

칠상이는 울음을 추슬러올리며 좀더 크게 말했다.

"아이고 요런 등신아, 못난 느그 애비 탁헌 그 꼬라지 뵈기도 싫은게 싸게 집으로 끼대가뿌러."

뱀에 놀라 엎어진 아들의 꼴이 눈에 환해서 샘골댁은 더 역정이 솟기고 있었다. 굳이 제가 소쿠리를 들겠다고 해서 맡긴 것이 후회스러웠고, 애써 뜬 토하를 반이 넘게 잃은 것이 그리 아까울 수가 없었다.

"엄니넌 워째 아부지보고 욕을 헌가. 나넌 아부지가 좋고, 보고 잡은디."

칠상이는 몸을 일으키며 야무지게 말했다.

"이 문딩아, 토하 다 엎어묵었으면 엄씨 복장이나 긁덜 말어. 빨갱이질 허는 애비가 머시가 좋고, 머시가 보고 잡냐!"

샘골댁은 자신의 말에 맞추어 아들의 머리를 두 번이나 쥐어박았다. 칠상이는 또 아앙 울음을 터뜨렸다.

"따라나서지 말랑께 꼭 따라나서등마 이 웬수가 기엉코 말 씹히고 지랄이랑께. 가뿌러, 싸게 집으로 끼대가! 인자 유가라면 씨도 징글징글허다. 문딩이 잡것이 물려받은 재산 없고, 배와처묵은 것 없는 팔자에 죽은 디끼 소작질이나 해처묵고 살 일이제 지까진 것이 머시가 잘났다고 빨갱이질로 나서, 빨갱이질이. 아 금메, 빨갱이질 혀서 남은 것이 머시여. 죄 없는 예펜네 끌려댕김서 매타작이나 당허게 허고, 새끼덜 쫄쫄이 배나 곯리고, 소작꺼지 띠이게 혀서 토하나 뜨로 댕기는 신세 맹긴 내 웬수야아!" 샘골댁은 하늘에 삿대질을 해대며 한바탕 푸념을 토하고는, "아, 그러고 섰덜 말고 싸게 집으로 끼대가랑께!" 벌떡 일어서며 아들을 향해 팔을 치켜들었다.

칠상이는 또 맞을까 봐 뒷걸음질을 치다가 돌아섰다. 옷을 입지 않은 윗몸은 뼈마디가 앙상하게 드러났고, 그와 반대로 배는 볼록하게 튀어나와 있었다. 칠상이는 울면서 긴 논두렁을 맨발로 걸었다. 울면서도 뱀을 또 만날까 봐 조심했고, 방아깨비를 발견하고는 살금살금 다가가다가 놓치고 다시 울었고, 푸른 하늘을 서서히 맴도는 솔개를 올려다보며 걷다가 아버지 생각이 나서 정말 서럽게 울었다. 꿈에서만 더러 만나는 아버지를 잠이 깨서도 만나고 싶었다. 만나서 다시는 헤어지지 말고 함께 살고 싶었다. 아버지가 큰 손으로 양쪽 볼을 눌러잡고 위로 번쩍 들어올려 시켜주던 서울구경도 다시 하고 싶었고, 바늘로 아무리 찔러도 아프다는 소리를 하지 않는 아버지의 그 두꺼운 발바닥을 가지고 다시 바늘 찌르기를 하며 발냄새를 맡고 싶었고, 마룻장이 울리도록 센 아버지의 방귀 소리도 다시 듣고 싶었다. 그런 생각을 할수록 아버지가 그립고 서러워져 칠상이는 울음을 추슬러가며 울고 또 울고 하면서 뙤약볕 속의 논두렁을 혼자 걸었다.

조합장실에서 유주상과 세무서장 최익도는 무슨 이야긴가를 나누고 있었다. 그들의 얼굴에는 불만스러움과 짜증스러움이 드러나 있었다.

"지주출신 국회의원들이 절반이나 되는 판인데도 농지개혁법이 통과된 걸 보면, 그 사람들도 더 이상은 버틸 재간이 없었다는 뜻 아닙니까."

유주상이 떫은 입맛을 다셨다.

"아무리 그렇더라도 그 망할 놈의 법을 통과시킨 건 지주출신들이 다 핫바지저고리란 뜻밖에 더 됩니까? 다 팔푼이들이요."

최익도가 성질을 돋우며 담배를 잉끄렸다.

"어쩌겠소, 해방이란 것이 되자마자 작인이라고 생긴 것들은 하나도 빼놓지 않고 지놈들 세상 만난 것처럼 설쳐대고, 좌익들은 좌익들대로 토지의 주인은 지주가 아니라 인민이라고 떠들어대며 작인놈들 똥구멍에 바람 불어넣고, 그 위태위태한 속에서 이만큼이라도 끌어온 게 다행이라면 다행인지도 모를 일이요."

"내 생각은 그와 반대요. 그동안에 이런저런 고비 살 넘기면서 농지개혁을 눌러온 판에 더 바짝 눌러서 그대로 밀고 나갔어야지 그놈에 법을 통과시킬 필요가 없었다 그것이요. 그동안에 빨갱이를 쓸 만큼 쓸어 힘이 약해졌고, 반대로 우리 쪽 경찰이나 군인들 힘이 막강하게 쎄졌는데 뭐가 무서워 그 천하에 못돼먹은 놈의 법을 통과시키냐 그 말이요. 전보다 더 강하게 몰아쳐 빨갱이들만 씨를 말려버리면 작인놈들이야 믿고 등 비빌 데가 없어지니까 꼼짝없이 기죽어 살 수밖에 없는 형편인데, 이제 와서 뭣 때문에 농지개혁을 하느냐 말요. 이 대통령이 그놈에 법을 빨리 통과시키라고 국회에 계속 압력을 가했다는데, 그 영감도 당최 믿을 사람이 못 돼요. 자기가 누구 덕에 대통령이 된 건데."

"최 서장님 말도 맞소. 허나 그 영감 생각은 따로 있소. 좌익이 소작인인지, 소작인들이 좌익인지 식별을 할 수 없게 얼크러져 돌아가는 판국이니 그 영감은 자기 정권이 언제 엎어질지 뒤집어질지 몰라 겁을 먹은 거요. 자기 정권을 지키기 위해선 수많은 작인들이 공산당 편을 들지 못하게 해야 하는데, 그 방법이 완력만으로 안 되니까 결국 농지개혁을 할 수밖에요."

"글쎄, 그건 하나만 알고 둘은 모르는 얕짜른 생각이요. 농지개혁만 하면 작인들이 다 빨갱이한테서 등 돌리고 자기 편이 될 줄 알았겠지만, 저 작인놈들 허는 짓거리 좀 보시오. 이북 빨갱이식으로 무상몰수에 무상분배를 하지 않는다고 저 지랄발광들 치는 꼴 말이요. 저 하는 꼴들이 꼭 물에 빠진 놈 건져주니까 보따리 내놓으라는 격이 아니고 뭣이요. 작인놈들은 일정 때부터 빨갱이들한테 물이 들어 빨갱이 세상이 되길 바라는 쳐죽일 것들이요. 그런 것들을 상대로 이 박사는 신사적인 방법을 쓰겠다는 것인데, 어림없는 소리요. 그것들은 그저 일정 때처럼 주먹으로 닦달해서 꼼짝달싹 못하게 하는 방법밖에 없는데, 인제 저리 되감고 드는 놈들을 어쩔 심판이냐 그것이오."

"최 서장님 말이 백번 옳아요. 허나, 인자 활시위를 떠난 화살이
요. 지금 형편으론 그놈의 화살에 맞지 않게 피하는 게 상수 아닌
가요? 완전하게 피할 수야 없겠지만, 심장에 맞느냐, 배에 맞느냐,
허벅지에 맞느냐, 하는 건 아주 큰 차이가 나는 것 아니겠소? 우선
토지가 아니라 농지로 국한되고, 무상몰수에 무상분배를 면했으
니까 지주들은 심장에 정통으로 화살을 맞을 위기는 일단 피한 셈
이오. 그것이나마 다행으로 생각하고, 이젠 더 피해를 줄일 방도나
강구하는 게 상책이 아닐까 싶소."

유주상이 기름기 도는 두툼한 얼굴에 묘한 웃음을 피워올리며
최익도를 건너다보았다.

"그야 더 이를 말이오. 말을 해봤자 내 입만 아프다는 걸 알면서
도 하도 화가 나니까 자꾸 곱씹게 되는 거지요. 날강도 같은 놈들,
지놈들이 남의 금싸래기 같은 재산 맨입으로 먹어치우겠다고 덤비
는데 우리라고 그냥 앉아서 당할 수 있소. 당연히 막고, 피하고 해
야지요. 어디, 유 조합장한테 무슨 좋은 생각이 있으시요?"

최익도는 앉음새를 고쳤다. 그가 일삼아 유주상의 사무실로 발
걸음을 한 것이 바로 그 문제 때문이었다. 사촌형 최익달은 벌써
작년 초부터 전답의 명의를 처가 쪽 사람들 앞으로 바꾼다거나, 적
당한 매수자가 나서면 팔아치우기도 했던 것이다. 그런 일은 작인
들의 불평불만을 사기는 했지만, 이제 와서 생각하면 사촌형이 얼
마나 현명하게 대처를 해나간 것인지, 최익도로서는 그저 감탄스럽

고 부러울 뿐이었다. 물론 그런 눈치 빠른 앞가림을 해나간 지주들은 적지 않았다. 어떤 지주는 자기 돈을 5부로 빌려준다는 조건으로 작인들에게 논을 억지로 떠넘기는 바람에 욕을 있는 대로 먹기도 했다. 그런 모양들을 자신은 태평한 마음으로 구경만 했던 것이다. 시끄럽기만 하지 농지개혁은 결국 안 되리라는 믿음이 있었던 것이다. 이제 지주들은 피해를 최소한으로 줄이려고 온갖 방법을 찾고 있는 마당에 아무리 머리를 짜내도 색다른 방법이 없어서 그는 혹시나 하고 머리 잘 돌리는 유주상을 찾아오게 되었다.

"글쎄요오, 날마다 궁리를 한다고는 하는데, 이거 참, 똑별난 방도가 떠오르지 않는단 말입니다."

유주상은 쩝쩝 소리를 내며 입맛을 다셨다. 그건 거짓말이 아니었다. 그는 밤잠을 설칠 지경으로 그 방법을 찾아내는 데 골몰해 있었지만 묘안은 떠오르지 않았다. 그 대신 서운상에게 뒤늦게 논을 사들인 일이 속 쓰린 후회로 가슴을 긁어내렸다. 그는 땅을 믿기는 했지만 돈장사만큼 믿지는 않았다. 이자가 이자를 물고 들어오는 돈장사에 비하면 땅 가지고 소작놀이하는 건 선하품 나오는 장난에 불과했다. 그런데도 서운상에게 논을 사들였던 것은 논값이 너무 헐했던 까닭이었다. 주판알을 튕겨보니 돈장사보다 나았던 것이고, 소작놀이를 하기가 성가시면 제값을 받고 되팔아도 이문이 큰 장사였다. 농지개혁법이 언젠가 만들어지긴 만들어지되, 그러나 그처럼 급하게 닥칠지는 미처 예상하지 못했던 것이다. 아무 목적 없이 돈을 한 푼이라도 손해보며 산다는 것은 그의 생활

방식에 있어서 용납이 안 되는 일이었다. 그런데 절대 손해를 보지 않을 그 어떤 묘안이 떠오르지 않아 그는 속을 썩이고 있었다.

"유 조합장님한테 똑별난 생각이 없다면 이것 참 탈났구만요. 에이 빌어묵게 날할라 이리 푹푹 쪄대고 지랄이여, 지랄이!"

최익도는 사투리를 내뱉으며 신경질적으로 부채를 부쳐댔다.

"속 터지는 일이고 뭐고, 찬물에 목간이나 한바탕하고 낮잠이나 잤으면 좋겠소."

유주상은 속에 없는 말을 씨부렁거렸다. 그는 속으로, 내가 똑별난 생각이 있어도 뭣 땜에 너한테 가르쳐주겠냐, 비웃고 있었다.

"하면, 유 조합장님은 앉은자리에서 당할 참이시요?"

최익도는 노려보듯 유주상을 빤히 쳐다보았다. 그 말투며 눈길이 유주상의 심장을 헤집고 들었다.

"어찌 그럴 수야 있겠소? 도둑놈도 지 재산은 눈에 불키고 지키는 법인데, 도둑질해서 모은 것도 아닌 그 귀한 재산을 어찌 앉은자리에서 뺏긴단 말요. 생각하는 데까지 해보고 정 똑별난 생각이 없으면 다른 지주들이 하는 방법으로 재산을 지켜야지요. 똑별난 방도가 없을 때는 남들이 다 쓰는 방법을 그대로 따라가는 것이 제일 안전하고 쉬운 법이요."

유주상의 이 말 또한 거짓말이 아니었다. 그는 이미 제3자 앞으로 명의를 변경하는 방법과 작인들에게 떠넘기는 방법을 놓고 저울질해 오고 있었다. 작인들에게 떠넘기는 경우 값이 시세보다 월등하게 싸면 모를까 제값을 받고서는 실현 가능한 일이 아니었다.

값이 싸다고 해도 작인들이 모두 5년 분할상환이란 농지개혁법 내용을 알고 있는 이상 빚돈을 내서 일시불을 해야 하는 논을 사려고 할 것 같지가 않았다. 그 방법은 이미 적기를 잃은 것이었다. 그러면 명의변경을 하는 방법뿐인데, 타향이라서 믿을 만한 사람들을 골라잡기가 어려운 형편이었다.

"유 조합장님을 만나보면 무슨 좋은 수가 있을 줄 알았는데…… 아이고, 날은 쩌대고, 그만 일어나야겠습니다."

최익도가 더디게 몸을 일으켰다.

최익도가 막 문을 나서려는 참에 염상구가 더위를 묻힌 얼굴로 들어섰다.

"서장님 와 기셨구만이라?"

염상구가 최익도에게 고개를 꾸벅했다.

"어서 오시게. 그건 뭔가?"

최익도가 인사말로 염상구의 손에 들린 종이를 눈짓으로 가리키며 건성으로 물었다.

"야아, 요것 땀세 단장님헌테 보고디릴라고 왔구만이라. 삐라가 또 동네마동……."

염상구는 정말 유주상을 염려한다는 듯 말하고 있었다.

"그 내용이 또 뭐요, 어디 봅시다."

유주상이 얼굴을 찌푸리며 손을 내밀었고, 최익도는 삐라 내용을 알아야 되겠다는 듯 다시 의자에 주저앉았다.

"또 농지개혁법 욕허는 것이드만이라."

염상구가 삐라를 내밀며 말했다.

"참 끈질기기도 하다. 한두 번도 아니고 이게 벌써 몇 번짼가그래."

유주상이 방정맞을 정도로 빠르게 혀를 차댔다.

"참 돈도 많다, 종이 귀한 세상에."

최익도도 따라서 혀를 찼다.

인민 여러분, 속지 맙시다!

다 같이 뭉칩시다!

그리고 일어납시다!

미제국주의 괴뢰정권을 쳐부수고, 모든 인민들의 적인 지주들을 쳐없애기 위하여!

농지개혁법은 인민을 죽이려는 악법이다!

겹으로 쓴 큰 글자 안을 빗금으로 채운 이런 문구들이 삐라의 거의 반을 차지하고 있었고, 그 아래로 작은 글씨들이 적혀 있었다.

"빌어먹을 빨갱이놈들! 다 한꺼번에 쳐죽이고 말아야 하는데."

유주상은 이빨을 뿌드득 갈아붙이며 삐라를 마구 구겨버렸다.

"그러게 말이요. 이 빨갱이놈들을 일시에 다 잡아죽이는 무슨 방도가 없을까."

최익도가 얼굴을 일그러뜨리며 일어섰다. 서로 건성으로 인사를 나누고, 최익도는 밖으로 나갔다.

"삐라는 다 수거됐소?"

유주상은 청년단장으로서의 책임감 때문에 마지못해 물었다.

"야아, 담배 몰아피든 것꺼정 다 뺏었구만이라."

"그러나 깊이 감추고 있는 게 아직도 남아 있을 게요. 변두리 동네에만 뿌려대니 사전에 적발해 내기도 어려운 일이고, 이거 참 문제로군."

유주상은 중얼거리고 있었다. 그는 이제 청년단장으로서가 아니라 빨갱이라면 본능적인 증오감을 일으키는 개인으로서 계속되고 있는 삐라 살포를 염려하고 있었다. 작인들의 가려운 데를 긁어대고 있는 삐라는 작인들의 생각에 많은 영향을 미칠 것이 분명했고, 그렇게 되면 미리 손해를 피할 수 있는 길은 점점 없어지게 마련이었다.

"염 부장, 전답 가진 게 있소, 없소?"

유주상은 불쑥 물었다. 삐라를 보고 촉발된 그의 감정은 명의변경 쪽으로 생각을 굳히게 했다. 그리고 염상구를 첫 번째로 이용하자는 생각이 갑자기 떠올랐던 것이다. 사람이 거칠고 사나운 반면에 생각이 단순하고 주먹패다운 의리가 있지 않은가. 더욱이 청년단의 끈으로 묶여 있는 한 얼마나 믿을 만한 관계인가. 그의 속빠른 계산이었다.

"전답이라고라?"

염상구는 유주상의 말뜻이 얼른 잡히지 않아 미심쩍은 얼굴로 되물었다.

"아, 염 부장의 재산이 얼만가를 알자는 게 아니고, 내가 도움을 좀 청할 일이 있어서 논밭이 있나, 없나를 알려는 거요."

"나 겉은 놈이 전답 지녔을 리가 있간디다. 족보 없대끼 그냥 맨주먹이제라."

나넌 돈얼 좋아허제 그까징 것 전답은 안 좋아허요, 하는 말이 곧 나오려고 하는 것을 염상구는 간신히 참아냈다. 일찍이 도망 다니는 타향생활 속에서 뼈가 굵고 철이 든 그는 남자의 세상살이가 돈과 주먹의 세기에 달려 있다고 믿게 되었고, 해방이 되면서 권력조직에 끼어든 뒤로는 주먹의 자리에다 권세를 바꿔놓게 되었다.

"그거 마침 잘되었소. 염 부장, 내가 한 가지 부탁이 있는데 들어줄 수 있겠소? 염 부장한테야 아무 손해가 없는 일이니까."

유주상은 일단 자신의 이익 쪽으로 계산을 끝낸 이상 그다운 적극성으로 일을 몰아대고 있었다.

"무신 부탁인지 몰르겄제만, 나헌테 손해 없이 단장님 좋아지는 일이람사 돕고말고라."

그때까지도 염상구는 유주상의 부탁이 무엇인지 종잡지 못하고 있었다.

"고맙소, 염 부장." 유주상은 접대용 담배를 염상구에게 권하고는, "내 부탁이 뭐고 하니, 내 논 얼마를 농지개혁이 끝날 때까지만 염 부장 앞으로 명의변경을 좀 해달라는 거요. 물론 내가 사례는 하겠소." 그는 끝말에다 힘을 주었다.

"야아, 나넌 또 무신 부탁이다냐 혔지라. 법에 안 걸릴 만치만 을매든지 나 이름 갖다 쓰시씨요. 탱탱 놀고 자빠졌는 그까징 이름석 자, 단장님 위허는 일에 워째 못 빌려디리겄소."

염상구는 아주 흔쾌하게 응답했다. 그러나 사례를 그만두라는 말은 하지 않았다. 이름을 빌려주고 돈을 받는 장사는 또 처음이었다.

"염 부장, 고맙소. 이따가 저녁때 다시 들러주시오. 사례금을 준비해 두겠소."

유주상은 역시 내 판단이 기막히지, 스스로에게 더없는 만족을 느끼고 있었다.

"글먼, 이따가 오겄구만요."

염상구가 기분 좋은 얼굴로 일어섰다. 저런 단순한 물건 서넛만 더 있어도 일은 깨끗하게 해결나는 건데, 유주상은 밖으로 나가고 있는 염상구의 뒷모습을 바라보며 생각하고 있었다.

큰길로 나선 염상구는 땡볕으로 부신 눈을 가늘게 찡그려붙이며, 이빨 사이로 침을 찍 내깔겼다. 생각지 않은 돈이 생기게 되어 그는 기분이 한껏 좋은 상태였다. 워디 다 두고 보자, 나가 누군디 요러타케 까발릴 날이 올 것잉께. 그는 또 마음을 다지고 있었다. 그는 이미 잔돈푼이 아닌 상당한 재산을 모아 가지고 있는 상태였다. 그는 남모르게 목돈이 생길 때마다 그것을 철저하게 간수했다. 그리고 장터거리 술집 주 서방을 새중간에 놓아 이자놀이를 시키고 있었다. 장터거리 붙박이 장수들은 자기네가 쓰고 있는 돈이 염상구의 것이라는 사실을 전혀 모르고 있었지만, 염상구는 누구누구가 자기의 돈을 쓰고 있는지 환하게 알고 있었다. 놀부 돈을 떼먹을 수 있어도 주 서방 돈은 떼먹을 수 없다는 말은 이미 오래전부터 장터거리에서 무슨 법칙처럼 통하고 있었다. 주 서방이 청년단의 완력을 등에 업고 있다는 것이 징터거리 장수들의 파악이었다. 염상구는 자기가 돈놀이하는 것을 철저하게 감추려 했으므로 소문은 오히려 거꾸로 나게 된 것이다. 염상구는 읍내에서 제일가는 부자가 되는 것이 꿈이었다. 지게숯장수인 아버지가 평생을 이기지 못했던 가난 속에서 배곯으며 자라난 어린 날이 그의 의식에는 언제까지나 아물지 않는 상처로 남아 있었다. 큰아들을 상급학교에 보내는 것과는 반대로 작은아들에게는 숯장사를 시키려 했던 그의 아버지의 우격다짐이 결국에는 그에게 돈을 간수하는 법을 깨우치게 해준 셈이었다. 아버지가 장사와 돈벌이에 대해서 되풀이했던 여러 가지 말 중에서 '돈은 쓰지 말아야 번다'는 한마디는 그의 의식 속에서 가난의 기억과 함께 생생하게 살아 있었다. 그 말은 돈을 모아갈수록 옳고도 기막힌 말이라는 것을 그는 확인해 나가게 되었다. 그에 따라 아버지에 대한 증오나 미움도 차츰 엷어가는 것을 느낄 수 있었다. 그는 텃세벌이로 모아들이는 돈은 청년단 운영과 부하들 거느리는 데 공평하게 사용하며 사사롭게는 한 푼도 욕심내지 않았다. 그러나 음성적 수입은 전혀 축내는 일 없이 옹골차게 모으고 불려나갔다. 그는 술도가고, 정미소고, 솥공장이고, 제재소고, 다 한 손아귀에 넣고 싶은 욕심에 남모르게 가슴을 떨고는 했다. 돈 모으기가 그리도 손쉽다는 사실이 가끔씩 믿어지지 않을 지경이었고, 그래서 그는 민주주의가 역시 살 만한 세상이라고 확실하게 믿었으며, 따라서 공산주의 세상을 만들겠다는 빨갱이들을 쳐없애야 한다는 그 나름의 분명한 이유를 가지고 있었다.

광주로 이사 가는 것을 아예 작파해 버린 정현동은 술도가를 내주고 금융조합 언저리의 왜식집으로 옮겨앉았다. 일본놈들이 모여 살았던 본정통 주변 좌우로는 한옥보다 왜식집이 더 많은 형편이었다. 정현동은 다다미방을 온돌로 개조하는 번거로운 일을 벌이면서도 굳이 왜식집에 살기를 고집했다. 그가 이사 가는 것을 작파할 수밖에 없었던 것은 최익승의 방해 때문만이 아니었다. 보도연맹에 무조건 떠밀어넣은 백 사령관이란 자가 금족령을 내렸던 것이다. 도리 없이 벌교에 주저앉아야 했다. 그리고 술도가를 다시 차지해 볼 계획으로 서운상의 아내에게 접근했다가 실패한 것이 영 찜찜하게 가셔지지 않았다. 서운상이가 건강을 회복하기에는 전혀 가망이 없는 상태였지만 술도가를 내놓으려고는 하지 않았다. 서운상의 동생이 형수를 조종하는 탓이었다. 서운상의 아내는 시동생을 믿고 술도가를 경영할 작정을 세우고 있었다. 술도가는 이미 서운상의 것이라고 할 수가 없었다. 그래서 오기 박힌 소리를 안할 수가 없었다. "시동생을 믿고 술도가를 해? 그건 보나마나 고양이 입에 생선 털어넣는 일일 뿐이요." 그런데 서운상의 아내의 대꾸가 여간 희한한 것이 아니었다. "참말로 걱정도 팔자고, 넘 제사에 배 놔라 감 놔라 말도 많소. 한 성제간 돈인디 그러믄 어쩌고, 저러믄 어쩌겠소!" "하! 그려어라아? 여자가 속 한분 넓고, 보살님이 따로 읎소잉!" 하며 여자의 얼굴을 빤히 들여다보지 않을 수가 없었다. 여자는 무슨 눈치를 챘는지 바락 소리쳤다. "멀 그리 보요, 넘 여자 얼굴을!" 필경 산송장이 된 서운상만 불쌍하고 억울한 노릇이었다. 시동생은 딴 남이나 마찬가지였다. 그런데 돈을 놓고 그렇게 관대하고 편안할 수 있을 것인가. "에에이 더러운 것들!" 그는 별다른 근거도 없이 두 남녀가 불륜의 관계를 맺고 있다고 단정해 버리고 있었다. 그건 자기의 계획이 수포로 돌아간 데 대한 화풀이이기도 했다. 어쨌거나 최익승과의 문제가 꺼림칙하게 마음에 걸리기는 했지만, 술도가를 팔아넘겨버린 마당에 깨끗하게 안면을 바꾸기로 작정했다.

그렇게 결정을 내리고 나자 마음은 한결 편안해졌는데, 나날이 무료해서 정현동은 안달이 날 지경이었다. 그의 무료감은 술도가나 논밭을 다 처분해 버려 일거리가 없어져 생긴 것이 아니었다. 그의 무료감은 갑자기 없어진 '사장'이라는 직함에서 비롯되고 있었다. 그러던 차에 그는 농지개혁법 공포를 맞게 되었다. 그는 그 소식을 누구보다도 반갑게 받아들였다. 농지를 진작 처분해 버린 자신은 걸릴 것이 아무것도 없는 데다, 자신이 순천 미결감에 갇혀 있을 때 도장 한 번 눌러주기를 외면했던 유지라는 것들이 당할 꼴을 생각하면 그렇게 속 시원할 수가 없었다. 그는 도장 찍기를 거절했던 인물들을 일삼아 찾아다니며 며칠에 걸쳐 그들의 속을 긁어대거나 뒤집어놓는 일을 했던 것이다. 그들의 몸 달아하는 꼴이나, 턱없이 이승만과 작인들을 싸잡아 욕해 대는 꼴을 느긋한 마음으로 구경하는 것은 통쾌한 일이 아닐 수 없었다. 그렇다고 무료감이 근본적으로 없어지지는 않았다. 이 북새통 속에서 이득을 볼 만한 일이 뭐가 없을까, 하는 쪽으로 신경을 돌리며 그는 무료를 달래려고 했다. 논밭값이 병든 소값처럼 곤두박질치고, 지주란 지주들은 하나같이 정신 제대로 못 잡고 허둥거리는 판에 눈 똑바로 뜨고 어느 한 대목만 옳게 잡았다 하면 한밑천 단단히 챙길 수도 있는 일이었다. 혼란한 때일수록 빈 구멍은 많은 법이다. 그는 이 판단을 굳게 믿고 있었다. 해방이 되었다는 소식으로 세상이 온통 뒤집어지고 있을 때 시세의 반의반값밖에 안 되는 금붙이를 내놓고 술도가를 차지할 수 있었던 것이 바로 그 증거였다.

정현동은 빈 구멍을 찾아내기 위해 농지개혁법을 다시 확인할 필요를 느꼈다. 서랍에 고이 모셔놓았던 묵은 신문을 꺼낸 그는 돗자리 위에 배를 깔았다. 힘이 잔뜩 들어간 그의 눈길은 '매수대상 농지' 항목을 거쳐 '매수대상 제외농지'의 항목에서 고정되었다. 한 차례 읽고, 되짚어 또박또박 읽어나갔다. 첫째, 과수원, 종묘포, 상전 등 다년생 작물농지. 둘째, 500평 이내의 가정원예지. 셋째, 정부, 공공단체, 교육기관 등에서 사용목적을 변경할 필요가 있다고 정부가 인정하는 농지. 넷째, 소작료를 받지 않는 분묘위토로서 묘 1위당 2단보 이내의 농지. 다섯째, 미간척지 및 미개간지 등. 나머지 항목들은 '분배대상농가의 순서' '매수농지의 가격설정' '분배농지의 상환금 및 상환 방법' 등이었으므로 더 읽을 필요가 없었다.

정현동의 눈길은 셋째의 '교육기관'에 박혀 있었다. 교육기관이면 각종 학교가 다 들어가는데, 농토를 교육을 위해 사용하면 농지개혁에서 제외시킨다? 이것 봐라, 이 구멍 한번 크다. 공짜가 아니라 월사금 쇠박쇠박 받아들이는 판에 교육을 위해 돈을 써? 월사금에서 남고, 농토 빼돌려 남고, 이거야말로 이중장사가 아닌가! 학교 가진 놈들만 살판나지 않았나, 이거. 교육자라고 있는 대로 체면 다 세우고, 대접은 대접대로 받아가며, 이런 기막힌 특전까지 또 받다니, 이게 도대체 말이 되는 소린가. 아니야, 가만있어 보자, 나도 학교 하나 세우고, 똥값 다 된 논 마구 사들여 뒤로 빼돌려봐? 논은 논대로 남고, 교장 자리는 교장 자리대로 떨어지고. 하아! 학생들을 줄 세워놓고 일장 훈화를 하는 맛도 괜찮을 거라. 그리고 교육자의 집안, 아아 거 참 근사허다! 보기 좋고, 듣기 좋고, 양조장 사장에 비교가 되나. 헌데, 학교 하나 세우는 데 돈이 도대체 얼마나 들까? 정현동은 벌떡 몸을 일으켰다. 마당에 가득 찬 햇살에 눈이 시렸다. 아니지, 이리 흥분할 일이 아니지. 당장 학교가 지어지는 것도 아니고, 또 한 대목이 남았으니 정신 똑바로 차리고 세세허게 따져봐야지. 덤벙댔다가는 나만 손해다. 정현동은 다섯째의 '미간척지 및 미개간지'에 눈을 고정시켰다. 몇 번을 읽어도 그 뜻이 파악되지 않았다. 임야는 따로 표시하지 않았으면서 똑같이 농지가 아닌 미간척지나 미개간지는 왜 따로 표시를 했는지 알 수가 없는 일이었다. 미간척지면 뻘밭일 것이고, 미개간지면 산자락일 것 아닌가. 미친놈들이 이것도 법이라고 만들어서 공포를 해대니 원. 정현동은 혀를 차대며 담배를 빼들었지만 미심쩍은 생각은 가시지 않았다. 이거 찜찜해서 안 되겠다, 알 건 알고 넘어가야지. 그는 읍사무소로 전화를 걸기로 했다.

"아, 나 양조장 정 사장인데."

"아이고 이 더우에 전화를 다 허시고 워쩐 일이시당가요?"

상대방의 굽신거림에 정현동은 아직도 건재하고 있는 자신의 권위를 확인하며 기분이 썩 좋았다.

"어이, 더위에 수고허시네. 나가 전화를 한 것은 다른 일이 아니고 농지개혁법 중에서 좀 자세허게 알아볼 대목이 있어서 그렁마."

"예에, 워떤 대목인지 말씀해 보시제라. 아는 디꺼정 말씀올릴 것잉께요."

"그러세. 매수대상 제외농지 중에서 말이시, 다섯째 미간척지 및 미개간지라고 혔는디, 그것이 대체 멀 말허는 것인지 모르겠네."

"아 예에, 미간척지는 간척을 허기는 혔어도 안직 농사를 질 수 없는 땅에다가 염전까지 합한 것이고라, 미개간지는 말 그대로 농사를 질 만한 땅인디도 안직 개간이 안 되어 논도 밭도 아닌 땅을 말허는 것이제라."

"고것이 그렇구마. 어이, 잘 알었네, 더운디 수고허소웨."

정현동은 전화를 끊으며, 자알들 논다, 요리조리 빼묵을 것은 다 장만혔구나, 과시 농지개혁은 농지개혁이로구나, 생각했다. 지주출신 국회의원들이 얼마나 마지못한 심정으로 그 법을 만들었는지 '매수대상 제외농지' 항목에 환히 드러나 있었다.

가만있거라, 간척을 하기는 했는데 간기가 안 빠진 땅이라, 몇 년이 지나 간기가 빠져 농사를 짓게 되면 그때 가서 농지개혁에 추가

할 건가? 그런 조항은 없었는데, 어쨌거나 그런 간척지 가진 놈 팔자 고치게 생겼다. 염전이 빠지는 거야 당연한 일이시. 밭 선자지만 그게 소금밭이지 곡식밭은 아니니까. 염전 가진 놈들도 애초에 늘어진 팔자에다 이 북새통에 속 편해서 좋겠다. 나도 진작 염전이나 하나 가졌어야 하는 건데. 그때 양조장은 쉽게 생각했었는데 염전까지는 생각이 미치지 못했으니, 그 좋은 기회를 놓친 거지. 아니, 가만있거라! 그 논에 바닷물만 끌어대면 염전이 될 거 아닌가. 그렇구나, 그래! 정현동은 무릎을 치고 또 쳤다. 논값이 제값일 때도 중도방죽에 가까운 논들은 그 값이 한 층이 낮았다. 제석산 자락에서부터 이어지는 물길이 먼 데다가 방죽 너머에서 바닷물이 들고 나는 탓으로 자연히 간기의 영향이 미쳤다. 지금 논값이 똥값이 되고 있는 형편에 그 논들은 더 말할 것이 없었다. 그것들을 사들여 소금기 좋은 밀물을 끌어들여 논에 채우기만 하면 그대로 염전이 되는 것이었다. 햐아, 이거야말로 기막힌 생각이다! 누가 감히 내 머리를 따라와. 당장 일을 추진해야겠다. 논을 사들이는 것이야 한나절이면 끝낼 일이고, 그 다음 문제가 지목변경과 염전허가였다. 그것도 전혀 염려할 필요가 없었다. 돈 힘이면 간단하게 해결될 문제였다.

"어이, 어이."

정현동은 기세 좋게 부채를 부쳐대며 아내를 불렀다.

"부르셨소?"

"불렀네. 콩국 있는가?"

"있는디요."

"우무 많이 띄우고, 아이스케키집서 얼음 구해다가 씨언허게 해서 한 사발 내오소."

"알겄구만이라."

오랜만에 남편의 기색이 밝아진 것을 보고 덩달아 기분이 좋아진 낙안댁은 부산하게 몸을 돌렸다.

23

자유민주주의라는 허울

　이지숙은 소작인들과 만나기로 한 시간보다 앞서 안창민의 집으로 갔다. 손에는 김칫단지와 과자를 싼 보퉁이가 들려 있었다. 이지숙은 안창민의 어머니 신씨의 한량없이 큰 도량을 대하면서 사람의 인품이 무엇인지를 깨닫고, 익혀나갔다. 그 욕심 없음과 겸양이 꼭 불교의 가르침만으로 될 일이 아닐 것 같았다. 신씨를 보면 안창민의 과묵과 의지가 저절로 이해되는 기분이었다.

　안창민은 군당의 조직원 개편을 알리면서, 조직이 본격적인 전투화로 재편성되고 있으니 읍내의 조직도 강화하라는 지시를 내렸었다. 거기에는, 자기 소작인들에게 현재 상태 그대로 경작지의 소유권을 이전시켜 주라는 사적인 용건이 첨가되어 있었다. 작인들에게 땅을 넘겨주는 것은 얼마든지 좋은 일이나, 어머니의 생계문제에 대해서는 일체 언급이 없었다. 물론 혼자 사는 분의 생계쯤 다섯 작인들이 해결하리라고 믿었을 것이다. 그들이 이미 세뇌된 상태이므로 그 문제 해결은 전혀 염려할 게 없었다. 그러나 전 재산을 그런 식으로 처리하는 것을 어머니가 어떻게 생각할지가 염려스러웠다. 아니, 그분의 반응에 앞서 그 이야기를 꺼내야 하는 자신의 입장이 옹색하고 민망할 것 같은 기분을 이지숙은 떼칠 수가 없었다. 몇 마지기라도 남겨둘 일이지, 그녀는 징광산 쪽으로 눈을 흘기지 않을 수 없었다. "하면, 그래야제. 나야 다 산 목심잉께 한참 살 사람덜이 땅얼 지니는 것이 순리제." 신씨는 마치도 미리 소작지를 넘겨줄 작정을 하고 있었던 것처럼, 아니면 아들에게 이미 말을 전해들은 것처럼 담담하게 말했던 것이다. 아, 어찌 저럴 수가 있는가. 작인들의 말마따나 저분은 정말 생불인가. 이지숙은 놀라움과 경이스러움으로 신씨를 바라보며 자신이 미리 했던 염려에 부끄러움을 느꼈다. 어서 세상이 좋아져 저런 분을 시어머니로 모시고 살면 얼마나 좋을까, 순간적으로 스쳐간 생각이었다. 그 거짓 없는 생각이 부끄러워 그녀는 속입술을 물었던 것이다. 오늘 작인들을 모이게 한 것은 그 사실을 알리기 위해서였다.

신씨는 감나무 아래 평상에 앉아 완두콩을 까고 있었다.

"편안하셨습니까."

이지숙은 언제나처럼 두 손을 앞으로 모아잡고 머리를 깊이 숙였다.

"이, 어서 오소."

신씨가 잔잔하게 웃으며 별로 흩어지지도 않은 콩깍지들을 한데

모으느라고 손을 빨리 놀렸다.

"이거 심심하실 때 드시라고……."

이지숙은 보자기를 풀어 과자봉지를 신씨 앞으로 조심스럽게 내놓았다.

"멀라고 이런 것을……."

신씨는 얼굴이 찡그려질 정도로 미안한 빛을 드러냈다. 그렇지 않아도 안쓰러움과 측은함을 항시 느끼고 있는데 이지숙이 그런 마음을 쓸 때마다 신씨는 이중으로 미안했던 것이다. 젊디나젊은 나이에 앞날이 어찌 될지 모르는 남자를 마음에 둔 이지숙의 모습에서 신씨는 흘러간 자신의 모습을 언뜻언뜻 보게 되었다. 여자 한평생은 남자 하나에 달렸는데, 저것이 나 같은 팔자로 살아선 안 되는데……. 신씨는 가슴에 찬바람 서리는 근심을 버리지 못하고 있었다.

"맛이 괜찮습니다, 하나 들어보시지요."

"그려, 이 선생도 묵어야제."

신씨는 과자를 집어서 이지숙에게 내밀며 어서 먹으라는 턱짓을 했는데, 그 얼굴에는 자식에게나 드러내는 어머니의 정이 끈끈하게 묻어 있었다. 이지숙은 어린 날 어머니한테서나 받았던 그런 정표현이 가슴을 뭉클하게 울리는 것을 느끼며 과자를 깨물었다. 안창민이 군당위원장이 되었다는 사실을 신씨에게 알리지 않은 것을 이지숙은 다시 생각하고 있었다. 그건 비밀 유지 때문이 아니었다. 아들이 중책을 맡은 걸 알게 되면 신씨의 걱정이 더 커질지 몰라

입을 열지 않았던 것이다. 신씨는 이따금씩 지나가는 소리처럼 아들의 다리를 걱정하고는 했다. "걷기에는 탈이 없는지 원." 그 무심한 듯, 흘리는 듯 하는 말에는 신씨의 마음이 항시 아들의 다리 걱정으로 차 있다는 것을 드러내고 있었다. 들몰댁에게 하대치의 소식을 기쁜 마음으로 전했던 것과는 반대였다.

며칠 전 소화를 찾아간 길에 들몰댁도 자리를 함께했었다. 자리 변동을 간략하게 설명하며 하대치가 벌교책이 되었다는 사실을 알렸다.

"워메, 우리 길남이 아부지가!"

들몰댁은 눈물이 크렁해질 만큼 반가워했다. 그리고 이어서 하는 말이, "글먼 이편짝 것으로 치자먼 고것이 긍께 머시다냐" 하며 직위를 비교하고자 했다.

"읍장님 아니겄소."

소화가 눈으로 웃으며 나직하게 말했다.

"금메 말이요. 선상님, 영축없이 그렇제라?"

들몰댁은 상기된 얼굴인 채 이지숙에게 확인하고 있었다.

"비교를 할 필요가 없는 일이지만, 일부러 비교를 해보자면 그렇게 되겠지요."

이지숙은 들몰댁의 마음을 헤아리며 대답에 응했다.

"그 남정네 그리라도 고상끝 봤응께 을매나 좋아라 허겄소. 나 맘도 우선에 이리 존디. 그 남정네 인자 더 기운 펄펄 나게 생겼소. 기왕지사 고상질로 나슨 것, 기운지게나 혀야 나 맘도 덜 아프제라."

들몰댁의 목소리는 차츰 가라앉아가며 물기를 머금었다. 그리고 말을 마친 그녀는 벽에 몸을 부리며 치마 끝으로 자꾸 눈물을 찍어냈다. 이지숙은 그런 그녀를 물끄러미 바라보고 있었다. 혁명의 식 이전에 한 여자가 한 남자를 남편으로서 바라보고 고대하는 절절함이 자신의 가슴까지 먹먹하게 울려오고 있음을 이지숙은 느끼고 있었다. 지아비를 향한 한 아낙의 그 순박하고 순수한 감정 앞에서 혁명전사에게 직책을 부여하는 것은 개인적 출세주의를 위해서가 아니며, 혁명투쟁에 개인적 소영웅주의를 만들기 위해서가 아니라는 원칙론이 환기되어야 한다면 그것처럼 부질없고 허황된 말이 어디 있으랴 싶었다. 그것은 전사들에게나 강조되고 주입되어야 할 말이었다. 들몰댁은 전사의 아내이며, 한 사람의 건전한 인민일 뿐이었다. 그녀가 표하는 기쁨은 전사의 아내로서 당연히 누려야 하는 보람이었다. 혁명에 대한 그녀의 자각은 아직 부족하다 하더라도 전사의 아내로서는 훌륭한 투쟁을 전개해 온 것이었다. 때때로 끌려다니면서 고초를 당했고, 그러면서 아이들을 키워냈다. 그런 제2혁명전선의 투쟁 없이 어찌 전사들이 제1전선에서 사기 높은 투쟁을 전개할 수 있을 것인가. 혁명의 그 지난한 길에 전사의 아내들은 또다른 하나씩의 전사인 것이다. 혁명완수의 그날 그녀들에게 돌아갈 진정한 기쁨은 무엇일까. 남편이며 아이들의 아버지를 다시 품에 안는 것이 아닐 것인가. 혁명의 본질은 인간으로부터의 인간해방이며, 진정한 인도주의의 완성이다. 확고한 의식도, 열렬한 투쟁도, 모두 혁명에 이르는 과정의 수단으로써 필요할 뿐이다. 그러므로 선행되고 바탕을 이루어야 하는 건 인간에 대한 불변의 긍정과 사랑이다. 그것이 결여되면 의식은 편파성을 면할 수가 없고, 투쟁을 파괴성으로 오인하게 된다. 다시 말해, 혁명은 인간의 삶의 창조고, 투쟁은 그 건설을 위한 도구다. 그러므로 혁명의 적을 척결하기에 앞서 보다 많은 동지를 포용할 수 있어야 한다. 우리는 혁명의 본질을 경시하며 투쟁을 위한 전략전술에만 너무 치우쳐 있지 않나 하는 점을 언제나 반성하고 경계할 줄 알아야 한다. 잘못된 사회주의자는 어설픈 민족주의자보다 쓸모가 없다는 사실을 명심해야 한다. 서상철 선생이 조직원들에게 수시로 강조했던 말이었다. 선생님, 제가 들몰댁에 대해 생각하는 것은 옳은지요. 이지숙은 속으로 묻고 있었다.

"그만 가봐야겠습니다."

이지숙이 소화를 보며 말했다.

"예, 가실 준비혀야지라."

소화가 신단으로 다가가 요령을 집어들었다. 뒤따라 들몰댁이 일어나 바라를 들었다.

소화가 요령을 짤짤 흔들어대며 주문을 외기 시작했다. 그리고 들몰댁은 소화의 왼쪽 손짓에 따라 바라를 쳐대다가 그치다가 했다. 무당집답게 한바탕 요령소리와 바라소리가 엉클어지고 나서 이지숙은 소화의 집을 나섰다. 누가 보아도 치성굿을 올리고 가는 모습이었다.

"아짐씨, 무고허신게라?"

"혹여 더우는 안 잡수셨는게라?"

빙 서방과 노 서방이 들어서며 인사했다.

"더운디 어서들 오시게."

신씨가 인사를 받았고, 이지숙은 평상에서 일어서면서 눈인사만 했다.

"농새들은 워떤고?"

신씨는 인사 삼아 물었다.

"날이 요리 땡글땡글허니 더운께 사람이야 볶여도 나락이야 아조 쑥쑥 자알 크는구만이라."

방 서방이 사람 좋아 보이는 웃음을 얼굴에 가득 담으며 대답했다.

"풍년 만낼라면 더우야 참아야 쓰고. 근디, 저 옆집 말 들은께 시상이 시끌시끌허다는디, 워쩐가?"

"야아, 이 집 작인덜이 뫼여서 불끈허면, 저 집 작인덜이 뫼여서 불끈허고, 아조 시끌시끌 난리판굿이구만요. 요런 식으로 나가다가는 무신 난리판이 벌어질란지 영 아실아실허당께라."

"세세만년 살 목심도 아닝께 지주덜이 순리럴 따라야 헐 것인디. 다 공수래공수거란 걸 몰라서 그러는 것이제."

신씨는 멀리 눈길을 띠웠다.

"감이 솔찬이 살이 올랐네그려."

노 서방이 감나무를 올려다보았다.

"따묵소." 신씨가 말했고, "아니구만이라. 그냥 헌 소리구만이라."

노 서방은 당황스런 몸짓을 지었다.

김 서방이 오고, 뒤이어 박 서방과 임 서방이 함께 오는 것으로 작인 다섯이 다 모였다. 모두 평상에 둘러앉았다.

"말씀하시지요."

이지숙이 신씨에게 말했다.

"아니시. 이 선생이 말 전허고, 나야 그냥 듣기로 허제."

신씨가 이지숙을 바라보며 가만히 웃었다. 그 웃음 속에 담긴 의미가 이지숙의 감정을 잠시 혼란스럽게 했다. 며느리로서의 자격 부여인지, 안창민의 소식을 접한 사람으로서의 책임 완수인지, 얼른 구분이 되지 않았다.

"이렇게 모여주십사 한 건 다름이 아닙니다. 안 선생께서 연락을 하셨는데, 지금 여러분들께서 농사짓고 있는 땅을 그대로 여러분 앞으로 소유권을 이전시켜 드리라는 것이었습니다. 그런 안 선생의 생각에 자당님께서도 그렇게 하기로 하셔서 그 일을 결정 내리게 되었습니다. 그 사실을 알려드리려고 모여주십사 한 겁니다."

이지숙이 말을 끝냈는데도 다섯 사람은 얼어붙은 듯 앉아 있을 뿐이었다. 이지숙이 알린 사실은 현실적으로 볼 때 분명 비현실적인 말이다.

"이 일은, 여러분도 아시겠지만, 여러 가지 사정상 밖으로 표를 내지 않았으면 좋겠습니다. 소유권 이전도 한꺼번에 하지 말고, 한 분씩 조용조용 하기로 하구요."

이지숙은 이 일로 그들이 혹시라도 의심받게 되는 것을 원하지 않았다. 그들도 이지숙의 말뜻을 금방 알아차리고 있었다.

"아짐씨, 지까징 깃덜얼 요리 생각혀 주시는 은혜야 골백분 아심찮이고 기맥힌 것인디라, 아짐씨넌 워찌 사실라고 우리헌테 있는 땅을 몽땅 주실라고 허시는 게라. 고것은 안 되겄구만이라."

방 서방의 말이었다.

"자네덜이 날 믹에살리먼 될 일 아닝가."

신씨가 다섯 사람을 둘러보았다.

"고것이야 당연허게 그리 헐 일이고라, 그러드락도 아짐씨 밑에다먼 몇 마지기라도 넴게둬야 즈이덜이 사람이제, 글안허고 준다고 낼름 받아챙게뿔면 고것이야 즘생이제라. 아짐씨, 즈이덜 즘생 맹글지 마시써요."

"자네 맘이 보살님 맘이시. 그리 맘묵는 것으로 다 되얐네. 허고, 요 일이야 안 선생이 정헌 것이제 나가 정헌 것이 아닝께 내 뜻대로 되는 일이 아니시."

신씨는 완곡하게 그러나 엄중하게 방 서방의 뜻을 밀어냈다.

"알겄구만이라. 즈이덜이 따로 의논혀서 이 하늘 겉은 은공 받들 것구만요."

방 서방이 말했고, 나머지 네 사람은 모두들 고개를 주억거리고 있었다.

자리에서는 한동안 말이 없었다. 어디서인지 매미가 진저리 치듯 울어대고 있었다.

"그리 앉었들 말고 이 과자 묵음시로 이약들 허소. 농새일 바빠

이리 한자리에 앉음허기도 쉰 일이 아닌디."

신씨가 과자봉지를 가운데로 옮겨놓았다.

"그러세요, 이것들 드세요."

이지숙이 다섯 사람을 둘러보며 말했다. 그러나 그들은 과자를 먹을 것 같지도, 무슨 이야기를 꺼낼 것 같지도 않은 숙연한 얼굴들로 앉아 있을 뿐이었다.

사령관 백남식은 딸부자에 논부자인 윤영부의 집에서 하숙비 없는 하숙을 하고 있었다. 그는 하숙비를 안 내는 것만이 아니라 그 집안의 빈객으로 군림하고 있었다. 그가 사령관으로서의 권위를 세우려 하기 전에 벌써 주인 송씨가 떠받들고 나섰고, 그 어머니를 따라 딸자식들도 그랬으므로 그는 전혀 힘들일 것 없이 빈객 노릇을 할 수 있게 되었다.

그는 음식솜씨 좋고, 깨끗한 집을 고르라고 권 서장에게 말했고, 권 서장은 그 말을 염상구에게 그대로 옮겼던 것이다. 염상구는 지시를 받기가 바쁘게 읍내 안통의 한다하는 집은 다 들쑤시고 다녔다. 거의가 거북해하고 난색을 표했는데 윤 부자의 아내 송씨는 반색을 했던 것이다. "잉, 아조 잘되얏네. 글안해도 바깥양반 잃어뿔고 실헌 남자 하나또 없이 가시내덜만 우루루 델꼬 사니라고 밤만 되면 가심이 통게통게헌 것이 똑 죽겄드란 말시. 아덜 하나 있는 것이 소핵교 4학년이니 밤마동 나가 쥦은 무섬이 위쨌겄능가. 군인 대장이 턱허니 우리 집에 진을 치면 도적놈도 빨갱이도 얼찐을 못

헐 것이니 고것이 을매나 존 일인가. 우리가 삼시 세끼 밥 뜨끈뜨
끈허게 혀서 자알 뫼실 것잉게 싸게 모시고 오소. 요것이야 서로서
로 존 일이시." 송씨는 작년 10월 하순에 하대치에게 혼쭐이 난 다
음부터 밤만 되면 안으로 자물통을 채우는 버릇이 생겼던 것이다.
"와따, 그리 무섭고 간이 보타들었으면 진작에 나럴 들앉힐 것이제
라." 염상구는 송씨에게 옆눈질을 했다. "자네야 집 요러타케 있음
시로 무신 실답잖은 소리여." "어허, 땁땁허게 위째 그리 말귀럴 못
알아묵소. 그 많은 딸 뒀다가 다 워디다 쓸라요. 나럴 사우 삼아
부렀으면 일이 간딴허게 해결났을 것 아니요." "워메 문딩이, 염병
헌다." 송씨는 염상구에게 눈을 흘겼다. 염상구는 농담처럼 말했지
만 농담이 아니었다. 어머니가 눈치 보아가며 하는 말이 아니더라
도 그는 자신의 나이가 장가들기에는 꽤나 쉬었다는 것을 알고 있
었다. 옆에 헌계집들이 흔한 데다가 해방이 되어 설레발치다 보니
까 몇 년이 후딱 지나가고 말았다. 그래서 금년 들어서부터는 장가
라는 것을 가보자 생각하고 여기저기 눈길을 보내기 시작했다. 첫
째 조갑지맛 좋게 생겼으면서 이뻐야 하고, 둘째가 집안이 부자라
야 했다. 그 두 가지 조건이 다 맞지 않으면, 생김은 보통이더라도
집안만은 부자여야 했다. 책방집 딸 정님이가 자격상실인 깃은 그
두 가지 조건이 다 맞지 않았다. 집안도 볼 것 없는 데다가, 활짝
핀 꽃처럼 낯짝이야 해반닥했지만, 그 어디에도 조갑지맛 좋게 생
긴 데가 없었던 것이다. 윤 부자네 딸들은 인물이야 덤덤할 뿐이지
만 그 많은 재산 때문에 그는 눈독을 들여오고 있었다. 더구나 하

나뿐인 아들이 어리다는 것이 그의 구미를 더 끌어당기고 있었다. 그런데 송씨의 "위메 문딩이, 염병헌다" 하는 말투가 영 신경에 거슬렸다. 그 눈흘김까지 합해보면 '니까징 것이, 어림도 없다' 하는 뜻이 분명했다. 그러나 염상구는 기분 나쁜 내색은 전혀 하지 않고 자리를 떴다. 윤 부자의 딸 다섯 중에 둘은 시집을 갔고, 자신이 점을 찍을 수 있는 것은 그 아래 둘이었다. 힝, 양반 따지기 좋아허는 니년 눈구녕으로 보기에는 염가가 개좆만치도 안 뵈지야? 하면, 그럴 꺼이다. 우라부지야 지게숯장시나 해묵은 쌍눔 중에 쌍눔이었응께. 헌디, 그 아덜 염상구야 달브다는 걸 알어야 쓸 것이여. 시상이 달라진다다가, 사람할라 달른께로. 니년이 나럴 무시허먼 헐수록 내 오기가 새북좆 스대끼 창창허게 뻗질러오른다는 것을 알어야 써. 양반년 니노지는 금칠허고, 쌍눔 좆에넌 똥칠헌지 아냐. 쌍눔 좆에 빵꾸 안 나는 양반년 니노지 있는 줄 알어? 워디 두고 보자, 누가 이기나. 염상구는 경찰서로 발길을 옮기며 침을 내뱉었다.

끼니때마다 맛깔스러운 반찬이 고루 올라오는 밥상을 받으며 백남식은 포식을 누렸다. 음식만이 아니라 이부자리며 빨래 같은 수발도 송씨가 미리미리 알아서 했으므로 그는 때 아닌 호강을 시작했던 것이다. 그런데 그는 한 달이 지나지 않아 송씨한테 몸호강까지 받게 되고 말았다. 처음부터 그를 넘치게 환대한 송씨는 친절 또한 넘치게 베풀었다. 식모가 있는데도 귀한 분 대접을 하느라고 첫날부터 밥상을 손수 들어 날랐다. "안식구가 해바치는 진지를 드셔야 헐 것인디, 타관생활 허시느라고 넘이 맨든 찬이 입에 맞으

실란지 몰르겄구만요." 송씨의 인사치레에, "안식구 아직 없는 몸이니 무슨 반찬이나 다 잘 먹습니다" 하는 대꾸가 나왔다. 그가 총각이라는 의외의 사실에 놀라워하며 송씨는 순간적으로 욕심이 동하는 것을 느꼈다. 사우를 삼으면 으쩔꼬! 과년한 딸을 가진 어머니로서 당연한 감정반응이었다. 그런데 날이 가면서 그의 방을 스스럼없이 드나들게 되자 송씨의 가슴에서는 음심이 살살 살아나며 어머니의 마음이 밀려나기 시작했다. 송씨는 그런 스스로의 마음을 다잡으려고 애썼지만 한번 피어오르기 시작한 음심은 그의 야물딱지고 짱짱하게 생긴 몸을 보면 어지럼증처럼 가슴을 흔들어대고는 했다. 송씨는 아는 병이 도진 어쩌지 못할 괴로움으로 혼자 몸을 비비 꼬았다. 남자와 사흘만 잠자리를 하지 않아도 몸살기를 느끼는 몸뚱이였다. "니년에 그 천지분간 몰르는 음기가 아덜 맹글 아까운 씨럴 다 쥑여뿌는 것이여!" 딸이 불거질 때마다 남편한테 이런 소리를 들으며 걷어채였던 것이다. 줄줄이 딸만 낳는 서러움에 그런 구박까지 당하면서 서러움이 곱으로 커져, 나가 니놈허고 또 그 짓거리럴 허면 개잡년이다, 하며 마음을 공글리고 이빨을 맞물었지만 산후가 회복되고 나면 그 결심은 물거품이 되고는 했다. "나가 인자 니년 뱃대지럴 다시 올라타먼 개아덜이다." 걷어차는 것도 모자라 이렇게 큰소리치며 돌아섰던 남편도 언제 그런 소리 했느냐 싶게 다시 감고 들게 마련이었다. 남편이 그러는 것은 자신이 이뻐서가 아니라 음기가 센 만큼 그것도 남달리 좋기 때문이란 것을 그녀는 환히 알고 있었다. 남편이 기어이 아들을 보겠다고 딴 배를 타도 그다지 속 끓이지 않았던 것은 딸만 퍼질러낸 죄책감도 있었지만, 그것보다는 남편이 결국 돌아오고 말 거라는 자신감에 차 있었던 것이다. 그 자신감은 남편이 횡사를 할 때까지 빗나간 일이 없었다. 그런데 남편이 횡사당한 충격으로 서너 달 꼬리를 감추었던 음기가 언제부터인가 살살 잠자리를 괴롭히기 시작하더니만 백남식을 보자 본격적으로 동하기 시작했던 것이다. 송씨는 그 음기를 다스리지 못하고 결국 백남식이 만취해서 돌아온 날 밤 일을 저지르고 말았다. "하 이거, 영 딴 세상이네." 백남식이 이렇게 말할 정도로 송씨는 오랜 성경험을 십분 발휘해 가며 중년을 넘어선 몸뚱이의 음기를 태워올렸다. 열일곱에 시집을 온 그녀는 이제 마흔여덟이었다. 그러나 고생 모르고 잘 먹고 산 덕에 주름살 없이 기름기 도는 얼굴은 네댓 살은 더 젊어 보이게 했다. 백남식이 자기를 총각이라고 하는 것은 새빨간 거짓말이었다. 해방되던 해에 장가를 간 그는 고향집에 아이까지 하나를 두고 있었다. 바람기 승한 남자가 으레 그렇고, 어설픈 술꾼이 술집여자 옆에 앉았다 하면 총각행세하듯이 그도 결혼에 대한 말만 나오면 총각이라고 대꾸하는 것이 버릇이 되어 있었다. 식구들의 눈이야 피하는 형편이지만 몸을 섞게 되면서부터 백남식은 그야말로 하늘처럼 떠받들려지게 되었다. 송씨는 남의 눈이 무서워 탕을 달이지는 못하고 환으로 보약을 지어다 먹일 정도였다.

　좌익에 대한 백남식의 서슬은 변함이 없었지만 정작 본격적인 토벌작전은 한 번도 일으키지 않은 채 3개월째를 넘기고 있었다.

그가 한 일은 수시로 뿌려지는 삐라를 수거하고, 만약 소작인들이 삐라 내용을 믿고 엉뚱한 짓을 했다 하면 모두 빨갱이로 간주해 가차 없이 처벌한다는 엄포를 놓게 한 것이었다. 삐라가 뿌려진 다음에는 꼭 그 엄포가 뒤따랐고, 각 마을에서는 총소리가 터져올랐다. 백남식의 지시에 따라 엄포 다음에 쏘아대는 공포였다.

백남식의 그런 소극적인 태도에 불만을 나타내기 시작한 것은 율어에 논을 가진 지주들이었다. 그들은 잘못하면 두 해째나 농사를 좌익에게 고스란히 빼앗길 판이었다. 백남식의 처음 기세로 보아 율어에서 금방 좌익을 몰아낼 것으로 기대했던 지주들은 실망과 함께 그만큼의 불만을 품게 되었다. 그렇다고 백남식의 면전에서 그 불만을 털어놓을 수 없는 일이어서 지주들은 한층 속이 끓고 있었다. 백남식은 지주들의 그런 눈치를 알면서도 짐짓 모른 척하며 지냈다. 백남식은 부임하자 곧 자기 관할지역을 돌며 벌교에서와 같은 사상조사를 실시했다. 그리고 율어의 정찰까지 마쳤다. 율어를 정찰하고 난 그는 능동적으로 작전을 펼칠 의욕을 잃게 되었다. 말로만 들었던 지형을 직접 눈으로 보게 되자 빠른 진급 욕심이고 뭐고 싹 가시면서, 전임자의 입장을 이해할 것 같았던 것이다. 최선의 공격은 최대의 방어다. 그리고 최선의 방어는 차선의 공격이다. 백남식은 차선의 방법을 택하고 말았던 것이다. 자신이 이끄는 부대는 계엄군이었지 돌격대가 아니었고, 계엄군의 제1차 임무는 주둔지역에 대한 좌익으로부터의 치안확보였다.

먼저 치고 들어갈 수는 없어도 덤비면 받아칠 작정을 하고 있는

데 어찌 된 노릇인지 적은 전혀 움직임을 보이지 않았다. 한다는 짓이 밤을 이용해서 계속 삐라만 뿌려대는 것이었다. 아무 지역에서나 한바탕 총질이 일어나 체면유지를 해야 될 판인데, 백남식은 답답하고 짜증이 나 미칠 지경이었다. 이새끼들이 삐라만 뿌려대면서 민심을 혼란시키는 심리전만 하겠다는 건가. 이것 참 골치 아프네. 그 심리전이라는 게 얼마나 무서운 건가. 그 위력을 총이 어찌당해. 천하무적 관동군이 만주땅에서 제일 애먹은 게 바로 심리전아니었나. 빨갱이새끼들이 뿌려대는 그 삐라를 총알이 무슨 수로당해. 소작인 입장에서 보면 구구절절이 옳은 말뿐인데. 이따위 법이나 만들어대면서, 정치한다는 씨발놈들 도대체 뭘 하고 자빠졌는 새끼들이야. 공산당을 이길라면 공산당보다 더 좋은 법을 만들어야지 그게 뭐야, 그게. 공산당이 삼팔선 이북에만 싹 몰려 있으면 또 몰라. 산골짜기 골짜기에 드글거리며 이북에서 한 일 팔아가며 민심을 선동하고 교란하고 지랄발광인 판인데, 이새끼들 법이라고 만든 게 그게 뭐야. 그래 놓고 공산당 하지 말라니, 소학생도 웃을 일이다. 아니, 개도 웃을 일이다, 이새끼들아. 그따위 법 만들어놓고 공산당 때려잡으라니, 소작인 다 죽이라는 소린데, 이 세상 소작인 다 죽이면 니놈들은 뭘 처먹고 살고, 누구보고 정치할래? 이 정신 나간 새끼들아, 법을 만들어도 아래서 일을 해먹을 수 있게 만들어야지, 좆이나, 눌러대는 것도 한도가 있고, 억지도 정도가 있지, 이래가지고는 못 해먹겠다 이 말이다. 나도 소작인이면 빨갱이 편이라 그 말이야. 이 실정을 똑똑히 알고 법을 만들든, 정치를 하든 하란 말야, 요런 병신 같은 놈들아!

책상 위에 두 다리를 뻗대놓고 눕듯이 앉아 있던 백남식은 제풀에 열이 올라 재빨리 자세를 수습하고 벌떡 일어섰다. 그리고 그 기세로 서장 방으로 갔다.

"권 서장님, 이새끼들이 삐라만 뿌려대지 도대체 움직이질 않으니 이게 어찌 된 일이오?"

백남식은 권 서장의 방으로 들어서며 터무니없이 큰 소리를 내고 있었다.

"글쎄요……."

백남식의 행동이 너무 느닷없기도 하고, 대답이 궁하기도 해서 권 서장은 그 막연한 말 '글쎄요'를 쓸 수밖에 없었다.

"그것들이 농사를 짓는 것도 아닐 것이고, 더우니까 쉬자는 것도 아닐 것이고, 이거 답답해 미치겠단 말요."

그런 내용의 말은 그동안 한두 번 들은 것이 아니었으므로 권 서장은 대꾸할 마땅한 말을 찾을 수가 없었다. 그렇다고 가만히 있을 수도 없어서, "불리한 입장은 그쪽이니까 더 두고 보지요 뭐." 맹물 같은 소리를 했다.

"병력이 현재의 세 배만 돼도 당장 치고 들어가 싹 쓸어버리겠는데, 병력보충이 돼야 말이지."

백남식은 무엇을 쥐어뜯기라도 하듯이 손바닥으로 낯을 훔쳤다.

"며칠 전에 병역법이 공포됐으니까 그게 시행되기만 하면 병력보충이야 원활해지지 않겠습니까?"

"그 법도 기왕 만들려면 진작에 제까닥제까닥 해치울 일이지 실컷 꾸물대고 있다가 이제사 공포니 뭐니 하는 꼴이라니, 정치하는 놈들은 도대체가 다 틀려먹었소."

그건 8월 6일에 공포된 병역의무제를 말하는 것이었다. 그 법은 한 달 전쯤인 7월 12일에 이승만이 대통령의 권한으로 세계반공투쟁 대열에 한국의 참가를 선언한 것과 맞걸리는 것이기도 했다. 백남식의 목소리는 계속 높았고, 권 서장은 더 대꾸할 말이 없어 손부채를 부쳤다.

"아이스쿠리, 얼음과자아 — 아아시키 얼음과자아 —."

아이스케이크장수의 쉬고 팬 목소리가 오후의 더위를 더 덥게 만들고 있었다. 아이스케이크란 소리가 어쩌면 '아이고 쿠려' 하는 것 같기도 했고, '아새끼'로 들리기도 했다.

"더운데 저거나 사먹을까요?"

백남식이 불쑥 말했다.

"글쎄요……."

권 서장은 난색을 표하며 문밖으로 눈길을 보냈다.

"더운데 상관없어요. 사무실 사람들 전부 하나씩 먹입시다."

그들이 팥이 듬성듬성 박힌 얼음과자를 핥고 있는 시간에 율어의 안창민은 병력을 진두지휘하여 석거리재로 이동시키고 있었다. 목적지는 진트재였다. 석거리재에서 어두워지기를 기다렸다가, 야음을 타고 고읍들을 건너 회정리 1·2·3구 뒤의 제석산 자락을 밟아 진트재에 이르는 꽤나 먼 이동작전이었다. 작전장소는 진트재

터널 앞 벌교 쪽 경사면, 작전시간은 다음날 아침 8시경, 공격목표
는 광주발 여수행 군수품 수송 특별열차, 지원병력은 별량면당의
비무장 10명, 세부적 작전계획은 보성군당에 일임, 노획물 이동장
소는 조계산 비트(비밀 아지트), 이것이 도당의 지령이었다. 농부들
이 이미 일을 시작했을 시간인 아침 8시에, 틀림없이 무장경비가
딸렸을 달리는 기차를 공격하고, 군수품을 탈취한 다음, 조계산까
지 운반한다, 결코 쉬운 작전이 아니었다. 별량면당의 비무장 병력
지원은 노획물 운반과 비트까지 선을 대기 위해서일 터였다. 안창
민은 간부회의를 소집했고, 사격술과 기동력을 갖춘 대원 40명을
뽑았다. 율어는 오판돌에게 맡겼고, 하대치와 이해룡은 작전에 참
여시켰다. 세 사람은 하나같이 자신이 작전에 나서는 것을 반대했
지만 안창민은 그 말을 듣지 않았다. 율어를 지키는 것이 작전보다
더 중요하다는 그들의 주장은 명분도 있었고, 또한 사실이기도 했
다. 그러나 그는 아무런 이유 설명 없이 그들의 주장을 물리쳤다.

　심재모의 부탁으로 김범우는 이학송과 민기홍에게 연락을 했다.
부대 복귀를 하게 된 심재모는 근무지로 떠나기 전에 자신을 도와
준 두 사람에게 인사를 치르고자 했던 것이다. 이학송과는 약속이
되었는데 민기홍과는 연락이 닿지 않았다. 지방 출장 중이었던 것
이다.
　"이렇게 서울에서 다시 뵐 줄은 몰랐습니다. 김 선생한테 손 선
생 얘긴 대강 들었어요. 그러나 백이라는 사람한테 너무 유감 갖진

마세요. 제가 거기 그대로 있었어도 별수 없었을지 몰라요. 시체를 역 앞에 전시했던 것처럼 말이죠. 그때 손 선생이 항의를 했었는데, 전 참 면목 없고 난감했었지요. 그러나 매인 몸이니 어쩝니까.”

손승호를 만난 심재모가 더없이 반가워하며 한 말이었다.

“그때 말씀을 하시면 제가 오히려 미안하고 면목이 없지요. 난 군인의 몸이오, 했던 심 중위님의 목소리가 지금도 제 귀에 쟁쟁합니다. 그때 돌아나오며 제 경솔을 후회했지요.”

손승호가 쓸쓸한 듯한 웃음을 웃었다.

“저기 이 선배가 오는군.”

김범우가 자리에서 일어났다.

“난 그저 매양, 요새 유행하는 말로 코리안 타임이군.”

이학송이 변명처럼 말하며 다가왔다. 코리안 타임이란 한국사람들이 약속시간을 잘 못 지킨다고 해서 붙인 전형적인 양키 용어였다.

김범우의 소개로 심재모와 이학송이 인사를 나누었다.

그들은 곧 다방을 나와 술집으로 향했다. 자연스럽게 이학송이 앞장을 서게 되었고, 그의 발길이 멈춘 건 으레 다니는 싸구려 막걸리집이었다. 그런데 심재모가 거기로 들어가기를 완강히 거부했다.

“글쎄, 이 집이 나쁘다는 게 아닙니다. 오늘은 제가 모시는 거니까 제 뜻대로 하게 해주십시오. 뭐, 호화판 기생집으로 가자는 게 아니라, 좀 조용하게 마실 수 있는, 방이라도 따로 있는 곳으로 가자는 거지요. 제가 선생님들하고 술을 마시면 몇 번이나 더 마시겠습니까. 이게 처음이고 마지막이 될지도 모르잖습니까.”

"하 이거, 군인 고집에는 못 당하겠소. 협박까지 해대니 도리 있소? 갑시다, 괜찮은 데가 있으니."

이학송의 말에 모두 웃으며 발길을 돌렸다.

이학송이 안내한 술집은 인사동 언저리의 조그만 한옥이었다. 술상은 조촐했고, 여자도 붙지 않았다.

"말씀대로 술집이 괜찮군요. 이 근방에 이런 술집이 많습니까?"

김범우가 물었다.

"이쪽에서부터 저쪽 낙원동까지 요정투성이지."

이학송이 떫은 표정을 지었다.

"이 정도면 몇 급이나 됩니까?"

"이거야 삼류 축에도 못 들지. 일류 요정들이야 상상할 수도 없는 호화판이야. 최고급 비단으로 도배를 하고, 젊고 이쁜 여자들이 득시글거리고, 아방궁이 따로 없네. 오죽하면 미군정이 요정에서 다 녹아났겠어."

"미군을 요정으로 끌어들인 한민당놈들이나, 거기서 놀아난 미군 장교놈들이나 다 똥물에 튀길 것들이죠."

"말 말게, 양귀비 구멍 하나에 중국 대륙이 녹아나는 판인데 조선반도 반쪽쯤이야. 자아, 술들 드십시다."

이학송을 따라 세 사람도 술잔을 들었다.

"심 중위님은 어디로 가시게 됩니까?"

이학송이 심재모에게 말을 건넸다.

"일단 단양으로 가게 됩니다."

"단양?"

이학송이 눈썹이 꿈틀할 정도로 되물었다. 김범우는 그의 감정 변화를 직감적으로 포착했다.

"예, 태백산지구사령부가 거기 있죠."

"그렇지요." 이학송은 고개를 끄덕이다가, "어째 심 중위님은 고약한 데서만 근무를 하게 되는지 모르겠소" 하며 혀를 찼다.

"병과가 보병 아닙니까."

심재모는 그저 예사롭게 말하며 엷게 웃었다.

"글쎄요, 거기도 지금 한창 골치 아프게 비벼대고 있는 지역이지요."

이학송의 언짢아하는 기색이 좀더 진해졌다.

"아마 지리산 일대나 비슷한 공방전이겠죠. 다른 게 있다면, 지리산 쪽은 14연대와 지방세력이 주축이고, 태백산이나 오대산 쪽은 이북에서 남파시킨 병력이 주축이라는 점이죠. 어디로 가나, 군인이야 어차피 싸우는 게 일이니까요."

심재모가 잔을 비우고 이학송에게 권했다.

"지형적으로 보면 긴 태백산맥 줄기를 따라 바둑알 놓듯이 유격전 거점을 형성시킨 것인데, 드디어 사상대결이 무력대결로 본격화되기 시작했으니, 이거 참 문제지요."

이학송이 술을 받으며 말했다.

"이런 식으로 유격전을 확대시키는 배경은 뭘까요? 혹시 미군철수나 농지개혁 같은 이쪽의 상황변화가 작용하고 있는 건 아닌가요?"

김범우가 심재모에게 잔을 건네며, 이학송에게 묻고 있었다.

"그렇게 보는 게 별로 무리는 아닐 거요. 미군철수보다는 농지개혁문제가 특히 크게 영향을 미쳤다고 봐야 할 거요. 이 땅의 인구 8할이 농민이고, 그 8할이 소작농이라는 건 남북을 다 합친 통계고, 농토가 더 많은 남쪽만 통계를 내면 농민이고 소작농 수는 더 늘어날 거요. 다 아는 소리 또 반복할 것도 없이, 농민문제가 곧 나라의 문제고 전 국민의 문젠데, 이번 농지개혁법은 그 중대한 사실을 외면했으니 상대적으로 이승만 정권은 전 국민의 외면을 당한 상태에 있잖소. 그러니 북쪽 입장에서 보면 이보다 더 좋은 기회가 어디 있겠소."

"전 국민을 배신하고, 그래서 전 국민에게 배척당하는 정권이 그 어떤 체제하에서도 존재할 수 없다는 것은 엄연한 사실입니다. 그런데 그 엄연한 사실이 사실이 아니라 허구로 바뀐 게 우리의 현실 아닙니까. 미국의 영향력이 그대로 작용하고 있는 한 그 허구를 다시 사실로 바꿔놓는다는 것은 지극히 불가능한 일이라고 생각됩니다. 그런 현실에서 북쪽이 시도하는 방법이 얼마나 실효성이 있을 것인가에 대해 저는 아주 회의적이란 말입니다. 미군이 철수하기까지의 과정을 되짚어보면 그 사람들의 생각이 너무나 감상적이라는 결론밖에 안 나옵니다. 제가 지난번에 미국사람을 잔인한 완벽주의자들이라고 했는데, 그들이 삼팔 이남을 점령해서 이승만 정권을 세워놓고 철군하기까지를 살펴보면 그 씨나리오가 그렇게 완벽할 수가 없습니다. 삼팔 이남을 점령해서 자기네 깃발을 꽂으면 쏘련의 세력을 직접 견제함과 동시에 태평양 전체를 자기네 정원의 연못으로 만들 수 있다는 대전제 아래 그들은 우선 조선땅을 일본의 식민지로 철저하게 규정했습니다. 그래야만 전리품을 줍는 것으로 점령이 합법화되는 거니까요. 그 맥락에서 임정은 당연히 부인당했고, 몽양의 인공(조선인민공화국)도 부인당했습니다. 자기네의 뜻대로, 자기네를 위한 정권을, 자기네의 손으로 세워야 한다는 대원칙을 그들은 자기네 조상인 링컨이 정의한 민주주의 뜻에 대입시켜 남쪽을 제멋대로 칼질하기 시작했습니다. 민족주의 세력 경원, 공산당 활동 불법화, 친일반역세력 옹호, 경찰력의 확대, 대구 10·1폭동을 계기로 남쪽 전역의 인민위원회 조직 파괴, 제주도 4·3사건 발발, 단정수립, 여순사건을 거쳐 지금입니다. 제가 하고 싶은 말은, 공산당과 연결을 짓지 않고 생각하더라도, 그 큰 사건들을 통해오면서 우리 대중들이 얼마나 치열하게 군정의 횡포에 대항했고, 그때마다 군정은 얼마나 철저하게 탄압을 가했는가를 생각해야 된다는 겁니다. 그리고 공산당의 입장에서는 더욱 그 점을 정확하게 판단해야 합니다. 미군정 기간은 공산당이 당한 수난에 앞서, 살기 좋은 새 나라가 세워지기를 바라며 행동으로 나섰던 대중들의 수난기였다고 생각합니다. 대중들이 당한 수난에 비하면 공산당이 당한 수난은 별로 대단한 게 아니라고 봅니다. 군정은 자기네들의 행위를 정당화하고 책임회피하기 위해서 무고한 대중들을 무조건 좌익이나 그 동조세력으로 몰아붙였고, 또 공산당 쪽에서는 대중들이 그렇게 일어난 것은 자기네들의 영향 때문이었다고 공적과시를 하고 있는데, 그건 아전인수의 큰 착각입니다. 그게 정치선전을 위한 의식적인 과장이라면 모르되 정말로 그렇게 생각하고 있다면, 거기서부터 그들의 감상주의는 시작되고 있습니다. 제 생각으로는, 미군이 철수를 했다는 것은 그만큼 남쪽의 현실과 장래에 대해서 자신감을 가지고 있다는 증거로 파악해야 된다는 겁니다. 미군은 물러갔지만 그건 표면적 현상일 뿐이고, 그들이 가지고 있던 힘은 군대와 경찰의 힘으로 바뀌어 상존하고 있다는 걸 알아야 합니다. 그 사람들, 정말 무서운 사람들입니다. 이 땅에 전봇대가 몇 개인가까지 알고 있는 사람들이니까요. 이거, 되잖은 소리로 너무 혼자 떠들고 말았습니다."

김범우가 입술을 훔치고 나서 정종잔을 한숨에 비웠다. 수고라도 했다는 듯 세 사람이 한꺼번에 술잔을 김범우 앞으로 디밀었다.

"아니 이거, 왜들 이럽니까!"

"빨리 받어." 이학송이 왼손으로 주전자를 들며, "자네 판단이 옳은 것 같군. 미국의 정보망이나 그 조직이 얼마나 치밀하고 철저한가에 대해 우리가 너무 모르고 있는데, 그 사람들 정말 무섭지." 그는 고개를 설레설레 저었다.

"그들이 잔인한 완벽주의자라는 것하고 요성에서 기생 끼고 놀아났다는 것하고는 앞뒤가 안 맞잖은가?"

술만 마시고 있던 손승호가 불쑥 말했다. 김범우가 술을 마시고 있던 참이라 이학송이 말을 받았다.

"그거야말로 잔인한 완벽주의의 기막힌 실례라고 생각하오. 왜

냐하면 그들은 자기네들한테 필요한 정권을 세우기 위해서 어차피 한민당 같은 부류들이 필요했었소. 그런데 자기네들이 회유해야 될 부류들이 오히려 향연을 베풀고 달려드는 판이니 마달 게 뭐 있소. 그들은 도도한 자세로 실컷 취하고, 실컷 재미보며 자기들이 달성해야 할 목적은 빈틈없이 달성한 거요. 그 얼마나 완전한 계산법이오.”

손승호는 고개만 느리게 끄덕였다.

“미국에 비해 그럼 쏘련은 어떻습니까?”

심재모가 물었다.

“글쎄요, 우리 민족의 입장에서 볼 때 쏘련이라고 다를 게 뭐 있습니까. 자기네들 목적을 위해 땅을 점령하기로는 둘 다 똑같은 종자들 아닌가요?”

이학송은 담배를 뽑으려다 말고 반쯤 남은 술을 비우고 잔을 심재모에게 넘겼다.

“우리 땅을 전리품화한 것은 미국과 동일하다 할 수 있으나 그후의 방법적 차이까지를 동일시할 수는 없지 않을까요?”

손승호가 제시한 반대의사였다. 김범우는 의외라는 표정으로 그를 쳐다보았다.

“어떤 방법적 차이 말이오?”

이학송이 구미가 당긴다는 듯이 앉음새를 고치며 눈을 크게 떠보였다.

“신탁통치 기한을 정하는 것도 달랐고, 군대철수도 달랐고, 정부

수립에 대한 견해도 다르지 않았습니까."

"중요한 대목들을 지적했소." 이학송은 술잔을 들더니 생각을 정리하기라도 하는 듯 천천히 기울이고는, "손 형, 그 차이라는 게 말이야, 미국과 비교를 하니까 나타나는 차이고, 결론부터 말하자면 그 차이가 우리 민족을 위해서가 절대 아니고 자기네들 이익을 위해서 나타낸 차이라는 것이오. 자아, 따져보세. 손 형도 시인한 것처럼 우리 땅을 전리품화한 것, 그건 그들이 우리 땅을 놓고 노골적으로 드러낸, 서로 양보가 없는 야욕이었다는 명백한 사실을 우리도 확실한 전제로 놓고 얘길 해나가야 하오. 그 전제 밑에서 신탁통치 기한 차이를 따져보드라고. 처음에 미국의 루스벨트가 30년, 쏘련의 스탈린이 5년을 제안했고, 결국 모스크바 3상회의에서 5년간의 신탁통치가 결정됐는데, 그게 쏘련의 덕이라고 말할 수 있을까? 천만에, 철저하게 자기들을 위한 계획이었소. 쏘련은 이미 오래전부터 우리 사회의 변동을 완전히 파악하고 있었던 거요. 일본과 친일파에 대한 민중적 반감, 지주와 소작인 간의 갈등, 이런 것들이 해방과 함께 사회변혁 요인으로 크게 작용할 거라는 걸 말이오. 그런 여건은 사회주의로 가는 지름길이고, 힘 안 들이고 공산화시킬 수 있는 상황에서 무엇 때문에 미국이 30년씩이나 이 땅에 머물기를 바라겠소. 신탁기간은 짧을수록 좋다고 한 스탈린의 말이 우릴 위해 한 말이라고 생각한다면 그거야말로 어리석은 곡해요. 그 다음에 군대철수의 차인데, 쏘련군이 미군보다 9개월 앞서 철군했다는 게 우리 민족을 위해 무슨 이익이 되오. 그 기한의 차이는 쏘련이 북쪽에 자기네들이 믿을 수 있는 정권을 세워 안심할 수 있다는 점과, 미국이 남쪽에 자기네들 뜻에 맞는 정권을 세우기는 했는데 사회상황이 아직 안심할 수 없다는 점과의 차이일 뿐이었소. 쏘련의 철군이 조금이라도 설득력을 가졌으려면 북쪽 정권이 수립되기 전에 실시됐어야겠지. 그 다음이 뭐였나, 응, 정부수립에 대한 견해 차이라는 것도 신탁통치기한에 대한 제안과 맞걸리는 발상 아니오. 전 민족적 외세배격에 부딪쳐 당황한 미국은 신탁통치를 포기하고 이 땅의 문제를 유엔으로 가져갔고, 이에 맞서 쏘련은 미쏘 양군의 동시철수와 한민족 자체 노력에 의한 자율정부 수립이라는 입장을 취했는데, 언뜻 들으면 전적으로 우리 민족을 위하는 것 같은 소리요. 그러나 그건 진실이라곤 털끝만치도 없는 뻔뻔스러운 거짓말이었소. 한민족의 의사는 물론이고 그 존재까지 완전 묵살하고 저희들 멋대로 신탁통치를 하겠다고 덤빈 자들이 저희들한테 불리한 상황이 되니까 그따위 소릴 지껄인 거지 뭐요. 윌슨이 자기네 이익을 위해 민족자결주의를 내세운 기만과 똑같은 거지. 미국의 손아귀에 들어 있는 유엔에서 힘을 쓸 수 없으니까 쏘련은 자기네 이익을 지키기 위한 방편으로 우리 민족을 이용하려 한 것뿐이오. 자아, 내 판단은 이런데 손 형 생각은 어떻소?"하고는 담배를 빨아댔다. 그러나 담배에서는 연기가 피어나지 않았다. 이야기하는 동안 담뱃불은 꺼져 있었던 것이다.

"제가 쏘련을 두둔하자는 게 아니었는데, 말씀을 듣고 보니 제가 말을 잘못했던 것 같습니다."

손승호가 어색스럽게 웃었다. 이학송은 술잔을 기울이며 왼손을 저었다.

"그건 아니고, 우리 땅을 강점한 두 외세가 우리 민족을 망친 행위에는 조금치도 경중이 없었다는 점을 지적하고 싶었던 거요. 다아는 사실이지만, 그들 두 강대국은 고맙고도 황송하게도, 우리한테 자치능력이 없으니까 자기네들이 신탁통치를 해주겠다고 나섰잖소? 그게 침략을 합리화하는 일방적인 강대국 논린데, 그럼, 과연 우리에게 자치능력이 없었던가? 천만에, 우린 1차로 건국준비위원회를 통해서, 2차로 조선인민공화국을 통해서 완전한 자치능력을 확보하지 않았는가 말이오. 먼저, 건준이나 인공의 구성원을 보면 친일세력을 완전 배제한 상태에서, 어떤 이념에 구애되거나 편중되지 않고 양심적 민족세력으로서 자유민주주의 세력, 공산주의 세력, 중도우파 세력, 중도좌파 세력을 망라해서 민족적 민주세력의 연합체를 만들었었소. 그리고 이런 상부조직에 호응해서 전국에 걸쳐 지방조직이 자발적으로 구성되었지. 이 두 가지의 엄연한 사실은 무엇을 말하는 거요? 상부조직은 해방조국 앞에 사욕 없는 정치양심을 나타냄과 동시에 화합하는 정치능력을 보인 것이오. 그리고 하부조직은 우리 민족이 새로운 나라 건실을 얼마나 원하고 있으며, 그 능력이 얼마나 확고한지를 증명한 것이었소. 그런데 미군정이 한 짓은 뭐였나. 바로 그 인공을 부인하지 않았소. 그 행위는 바로 우리 민족 전체를 부인하는 만행이었소. 그럼, 상황을 바꿔서 생각해 보세. 미국과 쏘련이 바뀌어서, 아니 그렇게 하면 복잡하니까, 인공이 서울이 아닌 평양에서 구성되었다면 쏘련은 어땠을 것 같소! 인정일까, 부정일까? 그들도 미국과 마찬가지로 부인했소. 그들도 미국처럼 자기네한테 필요한 정권을 세워야 하는데 인공은 민족주체적 정치조직이고, 따라서 외세배격적 민족세력이었기 때문이오. 우리는 우리의 훌륭한 자치능력을 새로운 침략자들의 폭력으로 파괴당했소. 이렇게 남북으로 갈라져 있는 상태에서 하나로 합쳐질 수 있는 가장 좋은 방법이 무엇인지를 내 나름대로 아무리 생각해 봐도 인공과 같은 구성, 그 이상은 없소. 모든 이념을 가진 조직이 한 테두리 안에 모이고, 그 속에서 각기 정치활동을 전개하고, 그리고 선택은 오로지 국민 전체에게 맡기는 거요. 그 결과로 권력을 맡은 세력이란 그것이 어떤 이념을 표방하든 민주제일의 정신에 입각해 있는 민주주의 정권이기 때문이오. 우리가 잃어버린 그 기회의 회복은 앞으로도 두고두고 생각해야 할 민족적 과제가 아닐까 싶소."

이학송은 잔을 비워 손승호에게 건네고 자리에서 일어났다. 그의 손은 무의식적으로 사타구니께에 가 있었다.

"이거, 얘기가 지루하지 않은지 모르겠습니다."

이학송이 방을 나가자 김범우가 심재모에게 말했다.

"술자리에선 언제나 이런 얘길 하십니까?"

심재모가 자리를 밍기적거리며 물었다.

"예, 무슨 약속을 한 것도 아닌데 자연히 그렇게 됩니다."

"전 이런 경험이 적어서 그런지, 술자리가 아니라 무슨 어려운 공부시간 같은 기분입니다. 세 분은 이미 알 것 다 알고 나서 나누는 얘기가 분명한데, 전 못 알아들을 대목이 너무 많군요. 서민영 선생님 앞에서처럼 제가 무식하다는 것을 또 느끼고 있습니다. 배우는 기분으로 열심히 듣고 있으니 저한테 신경 쓰지 마십시오."

심재모가 긴 허리를 세우며 호의에 찬 웃음을 입술로 웃었다.

"벌교 생각은 안 나십니까?"

김범우가 마주 보고 웃었다.

"웬걸요, 사흘거리로 꿈을 꿉니다. 꼬막맛도 생각나고, 기러기 날아가는 갈대숲 우거진 포구도 생각나고, 술찌끼를 얻으려고 양조장 앞에 줄을 선 가난한 농부들도 생각나고, 욕이 뒤섞인 걸직한 사투리도 생각나고, 점잖던 권 서장, 교활하다 싶게 영리한 염상구도 생각나고, 율어면으로 들어간 여자가 임신을 했는지도 궁금하고, 생각나는 게 너무 많지요."

심재모가 회상에 잠긴 얼굴로 담배를 피워물었다. 손승호는 심재모의 말을 따라 고향냄새가 물큰물큰 끼쳐오는 것을 느끼며, 어머니며 동생들을 생각하고 있었다.

"제가 벌교에서 우스운 일이 한 가지 있었습니다. 떠나오기 얼마 전 일인데, 사환아이를 통해서 어떤 여자한테 손수건 다섯 장을 선사받았습니다. 편지가 들었긴 했는데, 이름이 없었어요. 어떻게 아는 날이 오겠지, 생각하고 덮어뒀는데 그만 잡혀오고 말았지요. 그런데 너무 급하게 떠나오느라고 경황이 없어 책상서랍에 넣어두었던 그 손수건을 놓고 왔지 뭡니까. 그 여자가 누군지 모르고 떠나온 것은 괜찮은데, 그 손수건을 못 가지고 온 건 계속 마음에 걸립니다."

"저런, 그런 로맨스가 있었군요, 그것참 아쉽게 됐습니다." 김범우가 혀를 찼고, "벌교 처녀 하나 한 맺히게 만들었군요. 지금도 때는 늦지 않았어요, 전라도 사람들 한은 무서우니까 당장 내려가 그 처녀를 찾으세요." 손승호가 꼭 정말인 것처럼 말을 했고, 세 사람은 함께 소리 내어 웃었다.

"이럴 법이 있나, 내가 없어지니까 웃음소리가 들리잖나. 내가 객소리로 술자리 망친 모양이니 먼저 짐 싸야겠구먼."

이학송이 방으로 들어서며 말했다.

"벌교에서 벌어진 심 중위의 비련 한 토막이 지나갔습니다."

김범우가 이학송을 놀리는 투로 말했다.

"암, 그게 훨씬 술맛나게 하는 이야기지." 이학송은 자리를 잡더니, "부인 있는 몸이 겪은 비련이야 비련 자격도 없지만" 하며 심재모를 흘낏 쳐다보았다.

"왜 멀쩡한 사람 혼삿길을 막고 그러십니까? 누굴 총각귀신 만드시려고."

김범우가 이학송에게 잔을 넘기며 말했다.

"이런, 그 나이에 총각이라니, 여기 못난 사람 둘이나 되네."

이학송이 손승호와 심재모를 훑어보며 빙그레 웃었다.

"이 선배님, 이건 전부터 가져오던 의문인데 말입니다, 아까 말을 하다 보니까 또 의문이 생기고, 미군이 철수한 마당에 확인도 필요한 문젠데요, 그동안에 일어난 큰 사건들을 통해서 희생당한 사람들의 수가 대체 얼마나 될까요? 마음대로 보도는 못하더라도 신문사 쪽에는 그래도 취재 조사한 자료는 가지고 있지 않습니까?"

김범우는 딴 방향으로 흐르는 분위기를 막기라도 하려는 듯 진지한 얼굴로 묻고 있었다.

"그거 전공을 위한 본격적인 질문인데, 민족분단이 야기한 피해 상황이란 측면에서 그 정확한 숫자 파악이란 중요한 문제가 아닐 수 없지. 그런데 그게 비합법적인 탄압으로 자행되는 일이니까 책임문제, 여론문제, 민심문제 등등으로 보도통제를 한 것은 물론이고 취재나 조사도 방해했고, 사건이 터질 때마다 경찰에서는 은폐하고 조작하느라고 급급했었지. 그래도 신문사들은, 극우 쪽 신문 서넛을 빼놓고는, 정확한 숫자파악을 하려고 나름대로 최선을 다했는데, 그것도 정확한 것일 수야 없지."

"물론이지요, 그것만이라도 알고 계시면 좀 말씀해 주십시오."

김범우는 만년필과 종이를 꺼냈다.

"글쎄, 뭐 대충은 알고 있는 편인데, 뭐부터 말해야 하나……."

"좌익에 대한 음성적이고 산발적인 것이야 알 도리가 없을 것이고, 대구 10·1폭동부터 큰 사건별로 따져볼 수밖에 없잖겠습니까?"

"그렇겠군, 보세." 이학송은 담배에 불을 붙이고는, "10·1폭동에 동원된 인원이 100만 명이 넘었고, 사망자가 1천여 명인데, 이 어림잡은 통계에서도 완전히 제외된 수가 또 1천여 명은 될 거고 거기다 경찰 사망자 이삼백 명을 합해야겠군. 그담에 큰 사건이 제주도 4·3사건인데, 살상당한 수가 3만 5천여 명, 그 담이 여순반란사건인데, 그게 그러니까 9천에서 1만여 명이지. 그리고 작다고 할 수 없는 사건들이 끊임없이 일어나며 죽어간 사람들 수도 합해놓으면 굉장할 거네."

"그러니까…… 4년 동안에 남쪽에서만 죽어간 사람들이 5만여 명을 헤아린다는 계산이군요."

"그런 셈이지."

"허! 한 읍을 2만 명으로 잡으면, 두 개 반의 읍민들이 깡그리 죽어 없어지고, 두 개의 읍이 사라져버린 셈이군요."

손승호가 기막혀했다.

"그게 군정 3년이 세운 업적이고, 그 시체들 위에 이승만 정권은 세워진 것 아닌가."

김범우가 푹 한숨을 내쉬었다.

"그게 말이네, 2차대전 이후에 강대국이 점령한 나라들이 한둘이 아닌데, 모르면 몰라도 4년 동안에 그렇게 많은 사람들을 죽인 건 이 땅이 세계적으로 유일할 거네. 그런데 문제는, 조직적인 통제 때문에 너무나 많은 사람들이 그 끔찍한 범죄행위를 모르고 있다는 사실이네."

이학송이 침통하게 말했다.

"미국놈들은 일본놈들보다 더 악독하게 학살을 해댔군요. 저도 막연하게 많은 사람들이 죽었을 거라고 생각했지, 그렇게도 엄청난 숫자인 건 오늘 첨 알았습니다."

감정이 격해진 탓인지 손승호가 딸꾹질을 했다.

"그건, 자기네 목적을 달성시키기 위한 미국의 잔악과, 자기네를 방어하고자 한 민족반역세력과의 야합으로 이루어진 결과겠지요. 반면에, 대중들이 외세의 간섭과 반민족세력의 제거에 그만큼 치열하게 대항한 결과이기도 하지요. 언젠가는 그런 사실들이 다 밝혀지겠지만, 오늘 우리 네 사람이나마 함께 확인했으니 다행이고, 그것만으로도 이 술자리는 의미가 있을 겁니다."

이학송의 무거우면서도 담담한 말이었다.

"그 사실을 앞으로 될 수 있는 대로 많은 사람들에게 알려야 될 것 같습니다. 입으로나마 말입니다."

김범우의 말이었다.

"그게 우리 역사를 위해 좋은 일이긴 한데, 그게 그렇게 쉬운 일은 아닐 거요. 이승만 정권은 공범자의식으로도 그렇고, 솔선한 친미의식에서도 그렇고, 자기네 정권유지를 위해서도 그렇고, 그런 자극적이고 충동성이 강한 말들을 결코 용납하지 않을 거요. 좌익적 유언비어니, 용공적 이적행위니 해서 철저하게 단속하려 들 것이오. 그렇게 끌려들어가면 자료나 근거를 댈 수 없으니까 꼼짝없이 죄를 뒤집어쓸 수밖에 없잖겠소?"

이학송이 느리게 고개를 저었다.

"글쎄요, 그렇게 되겠군요."

김범우가 고개를 끄덕였다.

"그렇게 많은 사람들이 죽어간 것도 문제지만, 그보다 더 큰 문제는 살아남아 있는 사람들의 앞으로의 문제일 거요. 정치만을 반민족세력들이 장악한 게 아니라 경제까지 반민족세력들이 장악하고 말았기 때문이오. 군정은 정치와 경제 양면 모두를 반민족세력에게 떠넘겨줌으로써 이 땅의 남쪽을 명실공히 속국화시켜 버린 것이오. 미곡수집정책으로 쌀값을 500배까지 올려 인플레와 함께 대중경제를 파탄에 몰아넣고는, 미국의 각종 잉여상품과 잉여농산물을 풀어놓지 않았소? 점령지를 자기네 경제에 예속시킴과 동시에 자기네 시장으로 확보한 것이오. 그리고 그들은 그 많은 귀속재산을 완전히 장악한 다음 기업이윤을 빼먹을 만큼 빼먹고 나서 그것을 또 반민족세력들한테 넘겨주고 말았소. 군정은 정치도 경제도 다 자기네 뜻대로 재편성하고 조직했소. 그러니 앞으로 대중생활이 어떤 꼴이 되겠소. 해방은 되나마나고, 사회모순은 새롭게 야기되고, 그 결과로 민족모순은 더욱 심각해질 것이오. 그게 다 군정 3년이 남긴 것들이오. 미군은 철수했지만 군정은 끝난 것이 아니라 형태를 달리해서 계속되도록 되어 있는 게 우리의 실정이오."

한동안 아무도 말이 없었다. 어느 방에선가 불러대는, 그으리이운 내에에 니이임이여어, 하는 노랫가락이 들려오고 있었다.

"우리도 이런 답답한 얘기는 그만하고, 노래나 한 가락씩 부르도록 허세."

이학송이 술상을 가볍게 치며 그 울림 좋은 목소리를 가다듬어 말했다.

"아직 취하지도 않고 무슨 기분으로 노래를 하시겠어요. 자, 드십시오."

김범우가 잔을 불쑥 내밀었다.

"자네, 얘기가 다 안 끝난 모양이군."

"뭐 특별히 그런 건 아닙니다만, 밤을 지샌다고 끝날 얘기도 아니지요."

"이 사람, 노래 부르랄까 봐 미리 피하는 겁니다. 술은 남 두 몫을 마시면서 노래하는 건 질색을 합니다."

손승호가 흐리게 웃었다.

"그거 멍청이술일세. 음주가무야 우리들 선조 대대로 내려오는 본받아도 좋을 생활지혠데. 술 마시고 부르는 노래에 재주가 필요하나 솜씨가 필요하나. 술기운 따라 그냥 막 부르고 싶은 대로 불러제치는 거지. 술 마시고 부르는 노래는 노래가 아니라 제각각 제멋대로 하는 기분풀이야. 분풀이, 화풀이, 설움풀이, 뭐 그런 것들 말야."

이학송이 멀어진 눈길로 말하고 있었다.

"이 선배님이 시 쓰신다는 사실을 인제 알겠습니다. 그런데 왜 한풀이는 빠졌습니까?"

이학송을 바라보는 김범우의 눈은 흥미에 차 있었다.

"한이야 어디 그렇게 해서 풀려지나. 술 마시고 노래 불러 풀릴 한이라면 한이 아니지."

손승호가 고개를 끄덕였고, 김범우는 머쓱해졌다.

"한 가지 여쭤보겠는데요. 한민당이 군정을 상대로 요정정치를 한다는 거야 다 들었습니다만, 사실이 그렇게 심했었나요? 전 군대에 박혀 있어서 세상 돌아가는 것에 모르는 게 너무 많습니다."

심재모가 이학송에게 물었다.

"예, 저도 뭐 신문기자라고 설쳐대면서 그저 이것저것 잡다하게 보고 듣고 한 것뿐이지 특별하게 아는 건 별로 없습니다. 물으신 말씀에 대해선, 혹시 기억하실지 모르겠는데, 1946년 1월에 서울에 요정이 자그마치 500개라는 사실이 신문에 난 일이 있습니다. 그리고 하룻밤 기생 수입이 평균 300원이라 해서 세상에 물의를 일으켰지요. 시청 앞에는 쌀을 달라는 군중이 연일 밀려들어 데모를 하는 때에, 300원이란 돈은 미곡수매가격으로 따져 두 가마니 반에 해당하는 액수였습니다. 해방이 되고 요정이 그렇게 폭발적으로 늘어난 것도, 기생들의 수입이 그렇게 좋아진 것도 다 무엇 때문이겠습니까. 미군정은 결국 한민당을 '대다수의 한국인을 대표하는 유일한 민주정당'이라고 인정했습니다. 그리고 군정에 관계되는 일이라면 한민당 사람들에게 '사바사바'를 어떻게 하느냐에 달릴 정도였습니다."

"그랬군요." 심재모는 고개를 끄덕이다가, "한 가지만 더 여쭙겠습니다. 전에도 그런 생각은 조금씩 했습니다만, 오늘 말씀들 하시는 걸 들으니까 그 생각이 더 분명해지는데, 현 정부는 전체 국민을 위해 도대체 한 일이 없이 반대만 당하고 있는데, 저 같은 사람은 어째야 하는 건지 알 수가 없습니다. 저는 공산주의가 별로 좋지를 않은데, 그렇다고 자유민주주의라는 게 이 모양이니 친일경찰들처럼 무작정 나설 수도 없는 일이고요. 제가 처음에 군대로 들어갈 때는 뭔가 뜻있는 일을 해보자는 것이었는데, 이젠 뭐가 뭔지 알 수가 없게 되고 말았습니다." 그는 침통하게 말을 마쳤다.

"예, 심 중위님 심정을 충분히 이해할 수 있습니다. 심 중위님뿐만 아니라 그런 입장에 처한 사람들은 너무나 많습니다. 공산주의에 비해 자유민주주의가 정치이념으로서 하등 못할 것이 없습니다. 그러나 그게 공산주의와 대등하게 되려면 순수한 대중의 손에 의해 생겨나야 하고, 그 정권은 절대적 대중이 원하는 바에 따라, 절대적 대중을 위해 정치를 실천해야 합니다. 그런데 우리가 처한 자유민주주의는 그 과정을 일체 생략해 버렸습니다. 그러니까 허울뿐이고, 대중들의 배척을 받고, 현재로서 북쪽의 체제와는 대적이 안 되는 겁니다. 다 알다시피 북쪽에서는 이미 오래전에 친일반역세력을 일소해 민족감정을 해결했고, 농민을 위해 토지개혁을 했으며, 노동자를 위해서는 노동법을 시행했습니다. 그리고 그 사실을 남로당 지하조직을 통해서 끊임없이 정치선전을 해왔으니 남쪽 체제에 대한 대중들의 불신과 반감은 날이 갈수록 커갈 수밖에 없습니다. 남쪽이 이 지경이 된 건 미국 군인들이 강압적으로 세워놓은 군사정권이기 때문입니다. 공산주의를 싫어하는 사람들이 떳떳하게 자유민주주의를 옹호할 수 있게 되려면 아까 말한 그 과정을 거쳐 새로 시작해야 합니다. 그러나 그건 이미 틀린 일입니다. 그러니까 심 중위님 같은 사람들은 앞으로도 계속해서 설 자리를 찾지 못해 두리번거려야 하고, 혼자 괴로워야 하고, 대중들로부터 오해

받아야 하고, 배척당해야 하고, 그럴 수밖에 없는 일이죠. 미국은 남쪽 정책에 있어서 대중들 입장에서는 물론이고 양심적 지식인들 입장에서도 매도를 당할 수밖에 없이 완전히 실패했습니다. 미국은 그 과오에 대해서 앞으로 두고두고 우리한테 비판당하고 매도당하게 될 겁니다. 말씀드린 대로 어쩔 도리가 없는 일이니 심 중위님은 현재의 위치에서 좋은 쪽으로 그저 최선을 다할 수밖에 없지 않겠습니까? 언젠가 진정한 자유민주주의를 실현시킬 날이 올 거라는 걸 믿으면서 말입니다."

"저 같은 게 하면 뭘 얼마나 하겠습니까."

심재모는 자조적인 웃음을 흘렸다.

"이 선배님, 이제 술도 어지간히 되신 것 같은데 아까 보류된 노래를 좀 하시죠. 심 중위님의 앞날을 축복하고, 괴로움을 위로하기 위해서 말입니다."

김범우가 술기운 퍼진 얼굴로 빙긋빙긋 웃으며 말했다.

"그 의미가 아주 좋네." 이학송은 서슴지 않고 일어서고는, "나이거, 나잇값도 못하고 술만 마시면 주책이라니까. 심 중위님, 그럼 심 중위님을 위해 한 가락 해보겠습니다" 하며 심재모를 향해 고개를 끄덕했다.

"아이고, 이거!"

당황한 심재모는 황급히 몸을 반쯤 일으켰고, 김범우를 따라 손승호도 박수를 쳤다.

"우·울밑에 서언 봉·선화아야아 네 모양이이이 처량하다아아……."

평소에도 울림 좋은 목소리가 가락에 실리며 애조 띤 우람한 소리로 바뀌어 방 안에 소리의 물결을 일으켰다. 아니, 저렇게 노래를 잘할 수가 있나. 박두병에 못지않군. 역시 저런 풍류기질이 있어 시도 쓰는 모양이지. 그런데 정치나 시국에 관한 얘길 할 때는 전혀 딴사람이거든. 하여튼 예사 사람은 아니야. 김범우는 〈봉선화〉를 열창하고 있는 이학송을 올려다보며 생각하고 있었다.

24

일어서는 산

"후여어, 후여어어—."

"훠어이, 훠어이 훠!"

"후이 후이, 후여어—."

허수아비들이 팔 벌리고 선 들녘에 새 쫓는 소리들이 길게길게 이어지고 있었다. 넓은 들판에서 메아리 없이 사라지는 그 소리들은 쉬어 있지 않은 것이 없었다. 칠팔 월 농사가 더위와의 싸움이라면 구월의 농사는 참새떼와의 싸움이었다. 새 쫓기가 시작되면 농가의 아이들은 사내와 계집애의 구별 없이 들판으로 내몰렸다. 형제간이 많지 않은 집 아이들은 학교를 가지 못하기가 예사였다. 부모네들은 아무 거리낌 없이 결석을 시켰고, 아이들도 책보 대신 보리밥덩이를 싸들고 사립을 나서며 이를 당연한 것으로 받아들였다. 학교에서도 새쫓기는 당당한 결석사유로 통했다. 농가에서 농사는 모든 것에 우선했고, 특히 소작농에게서는 쌀을 한 톨이라도 더 지키기 위해서 아이들의 배움도 뒷전으로 물려야 했다.

참새떼의 극성스러움은 어른이든 아이든 짜증나게 했고, 화나게 했고, 끝내는 지치게 만들었다. 참새떼는 아예 처음부터 허수아비는 우습게 알아 그 위에 올라앉아 쉬는 판이었고, 사람들이 목젖이 떨리도록 질러대는 소리도 날이 지나감에 따라 무서워하지 않게 변해갔다. 소리만 질러서는 날아가지 않아 논두렁을 뜀박질해야 했고, 쉬어버린 목소리만으로는 모자라 못 쓰게 된 양철통을 두들기거나 돌팔매질을 쳤다. 그러나 영악해질 대로 영악해진 참새떼들은 높게도 날지 않고 빙그르르 선회해서 한두 마지기 건너 옆논으로 내려앉고는 했다. 그래도 소리보다 효과적인 것이 돌팔매였다. 하필이면 중도들판 가운데를 가로지르고 있는 철길은 한철 새쫓기가 지나고 나면 침목 사이의 자갈이 표나게 줄고는 했다. 추수가 끝날 무렵이면 으레 철도인부들이 수동식 수리차에 자갈을 싣고 다니며 보충하는 것을 볼 수 있었다. 철길에 가까운 논에서 벼베기를 하던 농부들은, "어허, 우리 땀세 생짜배기 고상얼 허는디, 영판 미안시럽소이." 소리쳐 말했고, "괜찮허요. 요리 일거리 맹글어준께 우리가 월급 타묵고 사는 것 아니겄소." 철도인부들이 웃으며 대꾸했고, 그들은 서로 일손 쉬는 시간을 맞춰 막걸리 한 사발이나 담배 한 대라도 나누었다. 철길의 자갈이 돌팔매질로 쓰인 것은 그 독한 일본 순사도, 극성맞던 일본 역원들도 막지 못했던 일이었다.

올해의 새보기에는 유난히 아이들이 많이 몰렸다. 그도 그럴 것이, 어른들은 이 집 저 집 모여앉는 일이 잦아지고, 떼 지어 읍내로 들어가는 일이 많아졌던 것이다.

"후이여, 후여어— 아이고메, 저 문딩이 겉은 참새들, 사람 애럴 워찌 요리 태우까이."

계집아이는 소리치며 논두렁을 뛰다가 멈춰서 발을 굴렀다. 계집아이의 안타까운 눈길은 유연하게 휘돌며 옆논으로 내려앉고 있는 참새떼에 박혀 있었다. 마지막 남은 돌을 던진 것인데 새떼는 멀리 날아가지 않고 도로 자기네 논으로 옮겨앉았던 것이다. 계집아이는 주저앉고 싶은 마음으로 자기도 모르게 손을 내려다보았다. 흙때가 묻은 두 손에는 땀만 진득하니 차 있을 뿐 돌은 쥐어져 있지 않았다. 인자 으쩌까? 계집아이는 해를 올려다보았다. 서쪽으로 기울기는 했지만 해는 아직도 많이 남아 있었다. 새떼는 땅거미가 질 무렵까지 날아들기가 예사였다. 그때까지 새를 쫓으려면 아무리 아껴 쓴다 해도 돌은 다섯 개는 더 있어야 했다. 복남이헌테 있을랑가? 계집아이는 그런 생각을 하며 주위를 두리번거렸다. 그러나 복남이의 모습은 보이지 않았다. 야가 워디 갔을꼬? 계집아이는 선 자리에서 한 바퀴를 돌며 복남이를 찾았다. 새는 안 쫓고 메뚜기를 잡느라고 정신을 팔고 있지 않나 생각하면서. 그래도 복남이는 눈에 띄지 않았다. 맞어, 낮잠 자는지도 몰러! 계집아이의 머리를 스친 생각이었다. 그러지 않고서야 이렇게 기척도 없을 리가 없었던 것이다. 함께 점심을 먹고 헤어진 것이 한참은 되었다. 점심을 먹고 나서 가끔씩 스쳐가는 바람을 쐬고 앉아 있으면 으레 그 바람결 같은 졸음이 밀려들고는 했다. 그 아슴하기도 하고, 달치근하기도 하고, 묵지근하기도 한 졸음을 이겨내기란 여간 어려운 일이 아니었다. 졸음이 오면 일어나야 했다. 일어나서 소리치며 논두렁을 뛰어 졸음을 이겨내야 했다. 그건 집을 나설 때면 아버지 어머니가 이르는 말이었다. 그렇지 않고 그냥 앉아 있다가 잠이 들어버리면 반나절은 참새떼에게 밥상 차려주기가 십상이었다. 낮잠이 들었다가 부모들한테 들키는 날에는 눈에서 불똥이 튀도록 귀쌈을 얻어맞거나, 머리카락을 휘어잡혀 패대기쳐지기가 일쑤였다. 낮잠을 자는 아이는 자기네 부모한테만 당하는 것이 아니었다. 옆을 지나가는 아무 어른한테나 깨워 일으켜져 정신이 확 돌아오도록 생야단을 맞았다. "니 뉘집 아덜이냐! 당장 느그 아부지 엄니헌테 일러 혼바람을 내야 쓰겄다." 어른들의 이 말 앞에서 아이들은 찬물을 뒤집어쓴 것처럼 정신이 들어 잘못을 빌었다. 아이들은 남에게 야단을 맞아도 고까운 생각을 전혀 하지 않았고, 야단을 친 어른들도 그 아이들 부모에게 이르는 일은 없었다.

"복남아, 복남아아!"

짧은 삼베치마를 펄럭거리며 계집아이는 논두렁을 뛰기 시작했다. 흑갈색으로 그을린 다리는 너무 여위어 두루미 다리처럼 가늘고 길어 보였다. 계집아이는 유동수의 딸 옥자였다.

"얼려, 밤중에 자대끼 허고 있네!"

옥자는 잠자는 복남이의 모습을 내려다보고 있다가 하도 어이가 없어서 이런 말과 함께 코로 새는 헛웃음을 흘리며 얼굴을 하늘로 돌렸다. 기둥을 네 개 박고 가마니뙈기를 걸쳐 햇빛막이를 한 크지 않은 그늘에 네 활개를 펴고 잠이 든 복남이는 가랑가랑 코까지 불고 있었던 것이다. 옷을 걸치지 않은 배 위로 개미 한 마리가 한 가하게 기고 있었다.

"잠도 맛나게도 잔다."

쪼그려앉은 옥자는 잽싸게 개미를 잡아 멀리 던졌다. 그래도 복남이는 아무 느낌 없이 자고 있었다.

"야아야, 복남아, 그만 자고 일어나그라."

어깨를 흔들었지만 복남이는 옥자의 팔을 내치고 짭짭 입맛을 다시며 옆으로 돌아누웠다. 옥자는 그런 복남이를 향해 눈을 흘겨 대며 입술을 삐쭉했다. 그리고 다부지게 다가앉더니 아까보다 세게 복남이의 어깨를 흔들며 목소리도 높아졌다.

"야이 머시매야! 싸게 일나, 싸게. 쩌그 느그 아부지 온다, 아부지!"

꼭 거짓말처럼 복남이가 벌떡 몸을 일으켰다.

"어, 엉! 워, 워디, 워디!"

잠이 그대로 담긴 벌건 눈을 흡뜬 복남이는 정신을 바로잡지 못하고 허둥거렸다. 그 모양을 보며 옥자는 입을 가리고 키득키득 웃었다. 그때서야 거짓말인 것을 안 복남이는, "이 미친년아! 워째 염병 지랄이여" 소리치며 벌렁 누워버렸다.

"너 시방 누고보고 욕허고 지랄이냐, 싸가지읎이! 나가 무담씨 그짓말허냐. 존 말로 깨와도 안 일난게 그짓말혔제. 나야 깨와줬웅

께 인자 니 맘대로 다 혀. 잠 뽕빠지게 잠스로 농새 다 망치든지, 참
말로 느그 아부지헌테 들켜갖고 귀창 터지게 귀싸대기럴 맞든지."

좋은 일 해주고 욕을 얻어먹은 옥자는 그만 화가 치밀어 바락바
락 악을 썼다. 복남이는 나이도 한 살 아래고, 학년도 한 학년 아래
였던 것이다.

"소리 질르지 말어, 나가 잘못혔응께로."

복남이가 일어나 앉으며 기어들어가는 소리로 말했다.

"듣기 싫여. 잠이나 뽕빠지게 퍼자제 멀라고 일어나 주딩이 까냐?"

옥자는 토라지며 홱 돌아섰다.

"나가 잠이 안 깨서 멋도 몰르고 헌 소리제, 고것이 워디 참말이
간디. 나가 잘못혔당께로."

가까이 다가선 복남이가 옥자의 어깨를 잡으며 말했다. 옥자는
마지못한 듯 돌아서며, "문딍이, 그리 넋 빼고 자다가 참말로 느그
아부지헌테 들키면 워쩔라고 그냐?" 눈을 흘겼고, "참말로 양쪽 귀
다 귀창 빵꾸나뿔라고? 요새 우라부지는 논 땀세 속 터지는 판인
디, 들키면 그 화풀이 다 받게 돼야." 복남이가 시무룩하게 말했다.

"논 땀세 속 터지기야 우라부지도 똑같제. 읍내 나간 일 워찌 되
얐는지 몰르겄다."

옥자가 한숨을 푹 쉬었다. 둘이는 나란히 앉았다.

"요거 묵어. 아까 애껴논 것이잖여."

옥자는 복남이 쪽으로 고개를 돌렸다. 복남이의 손에는 손바닥
만 한 크기의 개떡이 들려 있었다. 옥자는 금방 이빨 사이사이에서

신 침이 흘러나오는 것을 느꼈다. 복남이가 거무스름한 개떡을 반으로 잘라 옥자에게 내밀었다.

"나 너무 많다. 니가 더 묵어라."

옥자가 개떡을 받지 않고 도리질을 했다.

"아녀, 똑같어. 요거 봐."

복남이가 두 쪽을 손바닥 위에 올려놓았다.

"알어. 그려도 니가 더 묵어. 니넌 기운이 씨야 헐 남잔께로."

"아녀, 둘이 똑같이 묵어도 니가 나이 더 많은께 더 배고플 참인디, 나가 더 묵어불먼 워쩌라고."

"알겄어, 인 내."

옥자는 자기 몫의 개떡을 집어들었다. 그리고 반에 반쯤을 떼내서 복남이 앞으로 내밀었다.

"더 묵어라."

"아니랑께, 나 것이라 나보고 많이 묵으란 것이냐?"

"아녀, 아녀. 고것은 참말로 아녀." 옥자는 단발머리의 끝이 번갈아가며 콧등을 스치도록 고개를 홰홰 저어대고는, "그냥, 나 맘이 주고 잡은겨." 나직하게 말하며 복남이를 바라보는 옥자의 눈길은 그지없이 따스했다.

"글먼 반만 묵을겨."

복남이는 씨익 웃으며 옥자가 내밀고 있는 개떡쪽을 다시 반으로 잘랐다.

"쪼깐씩, 찬찬히 묵어."

옥자가 말했다.

"잉."

둘이는 개떡을 먹느라고 한동안 말이 없었다.

"나넌 후제 어런이 되먼 죽어도 농새 안 질께."

복남이가 불쑥 말했다. 개떡은 이미 먹어치우고 없었다.

"무신 소리다냐? 글먼 멀 묵고 살게?"

옥자가 눈을 동그랗게 해가지고 복남이를 빤히 쳐다보았다.

"장시헐 것이여. 농새지먼 나도 아부지맹키로 가난허게 살고, 지
주헌테 찾아댕김서 빌고 속 태우고 헐 것잉게."

"그려, 존 생각 혔다. 나도 농새꾼은 징허다."

장사는 무슨 돈으로 할 거냐는 말이 금방 나가려고 했지만 복남
이의 대답이 막힐까 봐 옥자는 말을 바꾼 것이다. 인자 3학년인 것
이 별 쑹헌 생각 다 허고 그러네. 저것이 여자가 아니고 남자라서
그런가? 일만 죽도록 힘스로 가난허디 가난헌 농새꾼이 싫음스롱
도 나넌 못혀본 생각인디. 옥자는 복남이가 철이 다 든 총각인 듯
싶어서 옆눈질을 했다.

"장시혀서 돈 벌어갖고 논얼 100마지기 살란다."

복남이가 힘이 잔뜩 들어간 눈길을 들판에 꽂은 채 말했다.

"100마지기?" 옥자는 숨을 들이켜다 멈춘 표정으로 복남이를 쳐
다보다가 어깨를 늘어뜨리며, "그리 되면 을매나 좋겠냐. 느그 아부
지가 질로 좋아험스로 벌렁벌렁 춤추겄다." 힘없는 웃음을 흘렸다.
열 마지기라면 모르겠는데 100마지기라는 말이 힘 빠지게 했다.

"그려, 나가 기엉코 불쌍한 우라부지 원 풀어디릴껴."

복남이는 입심 좋은 김종연의 아들이었다.

"그리 되면 좋제. 근디, 읍내 나간 일은 워찌 되았는지 몰르겄다."

옥자는 아까 한 말을 되씹으며 또 한숨을 푹 쉬었다.

"지주덜언 다 도적놈덜이여. 우리 것이 될 논얼 워째 넘헌테 폰다고 지랄이여, 지랄이!"

복남이가 벌떡 일어서며 돌팔매질을 했다. 돌이 떨어지는가 싶더니 참새떼가 화르르 날아올랐다.

"워메 탈났네. 새살 까니라고 참새만 존 일 다 시켰다. 복남아, 니 자갈 남은 것 있냐?"

"이, 여그."

복남이가 내민 손바닥에는 작은 돌멩이 하나가 달랑 놓여 있을 뿐이었다.

"워메 어쩌끄나. 해는 안직도 많이 남었는디."

옥자가 울상이 되었다.

"그냥 소리 질름서 쫓아댕게야제 워째."

복남이의 퉁명스러운 말이었고, 옥자는 자기네 논 쪽으로 힘없는 발걸음을 옮겨놓기 시작했다.

벌써 며칠 전에 유동수·김종연·서인출은 마름 오동평에게 불려가 그만 숨길이 막힐 것만 같은 말을 전해듣게 되었다. 지주 윤씨네가 마땅한 작자들을 찾아 논을 팔아넘기기로 결정을 내렸는데, 돈만 생각하고 연고 없는 사람들에게 넘기느니 기왕이면 인연 맺고 있는 작인들에게 넘겨주는 것이 인정상 의리상 피차간에 좋은 일이라 미리 알리는 것이니 뜻이 있으면 나서보라는 것이었다. 목돈이 없는 사람을 위해 장리변을 댈 수 있다고 덧붙였다. 그건 송씨와 오동평 사이에서 그동안 비밀리에 추진해 왔던 일이 한계에 다다르게 되어 마침내 공개하기에 이른 것이었다. 그리고 그건 이미 지주들이 상습적으로 써먹어온 강매방법이기도 했다. 논값은 논값대로 다 받고, 현금지출을 안 해도 되는 돈놀이까지 하자는 것이 지주들의 속셈이었다. 소작인들의 입장에서 보면, 자기네들이 전혀 모르고 있는 상태에서 명의가 바뀌어버리거나, 딴 사람들에게 팔아넘겨지는 것보다는 그나마 나은 방법이라고 할 수 있었다. 왜냐하면 명의를 바꾼다는 것은 농지개혁을 당하지 않을 범위 안에서 논을 갖지 않은 사람들 앞으로 분산시키는 방법이었고, 논을 팔아넘기는 경우에는 사들이는 사람들 거의가 농지개혁에 저촉될 필요가 없는 자작농이었기 때문에 그 두 가지 방법은 소작인들이 가지고 있는 농지분배 기득권을 완전히 박탈해 버리는 것이었다. 그렇다고 논을 강매하는 방법을 그대로 받아들일 수도 없는 것이 소작인들의 입장이었다. 돈 없이도 당장 자기 명의로 논을 가질 수 있다는 것이 앞의 두 방법보다는 나은 것 같지만, 5부나 되는 논값의 이자를 물어야 하기 때문에 작인 노릇이나 하나도 다를 게 없었고, 이자에 치여 본전은 갚을 수가 없는 상태에서 본전 독촉을 받게 되면 꼼짝없이 논을 되돌려줄 수밖에 없게 되어 있었다. 어떻게 되어갈 농지개혁이든 간에 농지개혁이 눈앞에 닥쳐와 있는 형편인데 그런 악조건으로 논을 떠맡을 수는 없는 일이었다.

그래서 김종연과 서인출은 윤씨네의 100명이 넘는 작인들을 동네마다 찾아다니며 행동을 같이하기로 뜻을 모으게 되었다. 왜냐하면 작년에도 앞뒤 생각하지 않고, 입에 당긴다고 감 많이 먹어대는 식으로 논을 떠맡은 다른 지주네 작인들이 더러 있었던 것이다. 그들은 자신들을 위한 두 가지 목적을 이루기 위해서 쉽게 행동통일을 할 수 있었다. 첫째, 논을 사들이겠다는 태도로 나가면서 무엇보다도 중요한 분배우선권을 지키자는 것이었다. 둘째, 농지개혁이 어차피 유상몰수 유상분배인 바에야 분배우선권을 언제 빼앗길지 모를 위험을 면할 겸 해서 매매조건을 일괄적으로 타결해 나가 적당한 선에서 사들이자는 것이었다. 그 매매조건의 조정으로는 첫째, 논값은 시세에 맞추되 일시불이 아니라 5년간 분할로 하고, 이자는 2부로 하여 매년 갚을 본전에 한해서만 물기로 한다. 둘째, 모든 조건은 첫째와 같고, 분할만 3년으로 한다. 셋째, 논값은 시세에 맞추어 일시불하되, 이자는 2부로 하고, 본전 상환기한을 10년으로 한다. 이 세 가지 조건을 단계적으로 제시해 가며 최선을 다해 시간을 끌어가기로 한 것이다.

입심이 좋은 데다 머리가 빨리 돌아가는 김종연이 자연히 대표격이 되었고, 유동수·서인출에다가 다른 동네에서 두 사람이 보태져 다섯 사람이 윤씨네를 직접 찾아가게 되었다. 마름 오동평을 무시해 버린 것은 자기네들의 뭉쳐진 힘을 과시하기 위해서였고, 서로 얼굴을 마주 대함으로써 말고리를 만들어가며 타협의 실마리를 풀고, 시간을 끌어갈 수 있는 데까지 끌어가려는 것이었다.

"즈이 작인놈덜이 마나님 분부 전해듣고, 다 그리 헐 맘이 있어서 즈이 다섯이 대표로 뽑혀 이리 찾아뵙는구만이라."

송씨를 대하고 김종연이 내놓은 첫마디는 이랬다. 그는 넉살 좋게 난데없이 '마나님 분부'를 찾아가며 상대방 기분을 발라 맞추고 있었지만, 실은 자기네들이 한 덩어리로 뭉쳤다는 사실을 은근히 내비치는 것이었다.

"대애표? 오 서방은 멀 허는 사람인디?"

턱 끝을 치켜올린 송씨가 깔아보는 눈길로 던진 말이었다.

"야아, 모든 일얼 동평 아재럴 통허기로 돼 있는 것이야 다 알제라. 헌디, 고것이야 농새일에 속허는 것이고라, 요분 일언 농새일이 아니라 농지 소유권이 왔다 갔다 허는 중대헌 재산문젠디 마름이 새중간에 낄 자격이 없다고 생각되느만이라. 그러고 마름이 새중간에서 왔다리 갔다리 허다가는 시일만 질질 늘어지기도 허고 또 무신 야료가 생길란지도 모르고 혀서 당사자들이 만내는 것이 질이라고 생각혔구만이라."

"아니, 논얼 사딜일 맘이 있음사 사딜이면 될 일이제 당자가 만내야 된다는 거이 무신 소리여?"

송씨는 내치듯이 차갑게 말했다. 그녀는 작인들의 속셈을 간파했던 것이다.

"야아, 논얼 사고 포는 일이야 소작얼 띠고 부치고 허는 일허고는 영판 달브제라. 논얼 사고 포는 일이야 장에서 물건을 사고 포는 일허고 같은께, 서로가 좋아지게 흥정을 혀야 지값이 나오는 것이고, 그래야 서로 사고 폴고 혀지는 것 아니겠능가요. 고것이 순서고 순리라는 생각이 드는구만요."

김종연은 침착하고 겸손하게 말했다. 그러나 송씨의 감정은 벌써 뒤집어지고 있었다. 저 천헌 것덜이 시키는 대로 헐 일이제 워디다 대고 흥정이여, 흥정이. 그러나 송씨는 감정을 꾹 눌렀다. 젊은 놈의 말이 영 틀린 것이 아니다 싶었고, 더구나 자신이 처해 있는 입장이 그야말로 소작을 떼고 부치고 하는 것처럼 당당할 수가 없었던 것이다. 헛배짱 부리다가 농지개혁당해 재산 억울하게 잃는 것보다야 천한 것들하고 흥정을 해서라도 재산을 지키는 것이 낫다는 생각이었다.

"나가 장돌뱅이가 아닌디 흥정이다 머시다 허는 쌍시런 말언 내덜 말어. 기왕지사 생판 몰르는 넘덜 손에 넘기느니 작인덜 손에 넘기기로 헌 마당에 쪼깐 더 인정 못 쓸 것도 읎응께, 위쩨 도란 것인지 말해 보소."

송씨는 마음을 잔뜩 공그렸다.

"아이고메 마나님, 그리 말씸혀 주신께로 아즘찮이 아즘찮이 또 아즘찮이구만요." 김종연은 정말 고마움이 뚝뚝 떨어지는 것 같은 어조로 말하며 넙죽 절을 하고는, "작인놈덜이 마나님 뵙기 전에 위쩌크름 을매로 해도라고 허자 허는 입을 맞칠 수 있간디요. 시상이 지아무리 변혀 양반 쌍놈이 없어지고, 인자 농지개혁꺼지 되야불면 지주고 작인이고도 없어진다 혀도 즈덜이사 고런 느자구없고 싹수머리없는 짓거리사 못허는구만이라. 이적지 입고 산 은혜가 을맨디 고런 짓거리 혀서 쓰간디라. 오늘 요리 찾아뵌 것이야 바로 그 고마우신 말씸 들을란 것이었구만요. 그 말씸 들었응게 인자 펭허니 돌아가서 작인덜 모다 모이게 혀서 일얼 한 몫에 깨끔허니 끝내게 해갖고 메칠 새에 새시로 찾아뵈겠구만요."

청산유수로 말을 끝냈다.

"알었네, 그리 허소."

말을 듣는 동안 긴장이 다 풀린 송씨는 흡족한 기분으로 말했다.

그들 다섯은 공손허게 인사들을 하고는 송씨 앞에서 물러났다.

저것이 똑똑허기가 예삿것이 아니시. 저리 야물딱진 것이 워찌 빨갱이물은 안 들었을꼬. 워쨌거나 소작질해 묵기는 아깝다. 송씨는 김종연의 뒷모습을 지켜보며 생각하고 있었다.

"아 워찌 된 일이다냐? 첫째 조건 내놓기로 헌 것 까묵었뿌렀냐?"

윤씨네 대문을 나서자마자 유동수가 책망하듯 물었다.

"아이고 성님, 자다가도 물으면 또록또록허니 답허도록 챙기고 있소. 나가 워찌 그랬냐 허면, 고 늙은것 맘보럴 딱 짚어봉께 우리가 생각허는 것이 믹히게 생겼습디다. 고것이야 지가 봄 달았다는 표식인디 우리가 멀라고 다급허니 조건 내걸어. 그것 맘 살짝허니 끌어댕게놓고 우리야 메칠이라도 더 버는 것이 이문인디라."

그렇지 않느냐는 듯 김종연은 비식 웃으며 꽁초를 꺼냈다.

"이, 듣고 봉께 니 말이 옳여. 와따, 우리 종연이 찰방지다."

유동수가 환하게 웃으며 김종연의 어깻죽지를 쳤고, 다른 사람들도 고개를 끄덕였다.

어제 14일 목포형무소가 파옥되어 350여 명이 탈출해 버린 사건이 일어났다. 그런데 그 탈옥수들 거의가 제주도 4·3사건 연루자들이라고 했다. 그들이 산줄기를 타고 지리산으로 도주할 것이 뻔하니 중간지점에서 경계를 강화해 한 놈이라도 더 잡도록 하라는 것이었다. 어제 바로 연대본부로부터 소식을 받았고, 오늘 다시 신문으로 확인을 하며 백남식의 심사는 뒤틀리고 있었다. "이봐 백 중위, 경계 철저히 하라구. 진급 앞둔 처지에 지난번 같은 일 또 일어나면 정말 곤란해진다구." 연대참모의 말이 아직도 생생하게 남아 있었다. 연대본부의 전화는 목포 소식을 전해주려는 것만이 아니라 더 중요한 것은 그 말을 하기 위해서였다. 백남식은 기막히고 참담한 심정이었다. 그 사건이 이렇듯 불신당하는 계기가 되다니, 지난번 일을 생각하며 그는 다시 이빨을 갈아야 했다. 그 일은 생각할수록 분하고 안타까웠다. 그놈들이 터널 저쪽에서만 일을 저질렀어도 자신은 깨끗하게 책임을 모면할 수 있었던 사건이었다.

이새끼들이 9월에 총선거를 하자느니, 9월이면 박헌영이가 내려와 남쪽 정권을 세운다느니, 하고 떠들어댄 소리는 엄포가 아니라 사실이란 말인가? 유격댄지 빨치산인지를 내려보내 태백산맥 줄기에다 투쟁거점을 확보하고, 지리산에 새로 사령부가 생겼다더니 여기 야산대까지 겁 하나 없이 군수품 실은 열차를 습격해 대며 맹

럴하게 나오고 있으니, 이런 게 다 그놈들이 말한 '9월대공세'라는 것인가. 이새끼들이 이 지랄발광을 처대는데 우리 쪽은 도대체 뭘 하고 자빠졌는 거야. 병력보충을 시켜줘야 빨갱이를 때려잡든 빨 치산을 때려잡든 할 거 아닌가. 병력만 더 있었다면 그놈의 사건도 미리 막아낼 수 있었지. 빌어먹을, 읍내 안쪽이나 근근이 지켜내는 현재 병력을 가지고 무슨 재주로 진트재 터널까지 지켜낸단 말인 가. 높은 놈들이라는 건 일정 때나 지금이나 현지 사정은 깔아뭉 개고 큰소리만 친단 말야. 이 짓도 드러워서 못 해먹겠어.

백남식은 신문지를 와락 거머잡았다.

그날 진트재 쪽에서 총소리가 울려대는 것을 듣고 백남식은 즉 각 부대를 출동시켰다. 적들의 눈에 띄지 않게 하려고 회정리 3구 끝머리에서 병력을 산개시켜 논두렁이나 밭두렁을 타게 했다. 산 발적으로 울리던 총성도 그때는 이미 완전히 멎은 상태였다. 총소 리가 그쳐버리자 그때까지 계속되었던 다급함과 긴장감이 허물어 지면서 이상스런 불안감과 초조가 밀려드는 것을 백남식은 느꼈 다. 장양리 중간목을 지나면서야 불안한 얼굴로 밭두렁 아래 쪼그 려앉아 있는 농부한테서 기차가 공격당하고 있다는 것을 알게 되 었다. 그러나 그 기차가 군수품 수송열차라는 것은 현장에 가서야 알았다. 현장에 도착했을 때는 상황은 이미 끝나고, 적들은 자취를 감추고 없었다. 기습당한 현장은 그대로 전쟁터였다. 아직도 피 흘 리는 시체가 여기저기 나뒹그러져 있었고, 일곱 개의 화물차량 문 들은 전부 열어젖혀진 상태였다. 부하의 보고로 기관실에 생존자가 있다는 것을 알게 되었다. 기관실로 간 백남식은 어처구니없는 광경을 목격해야 했다. 기관사와 군인들이 한 덩어리로 묶여 있었는데, 그들은 모두 맨발에 입이 틀어막힌 꼴이었다. 결박을 풀고 보니 군인은 여덟이었다. "장교님까지 15명이었습니다." 중사의 대답이었다. 인솔장교인 중위는 가슴과 복부에 총을 맞고 철길 옆 둔덕에 죽어 넘어져 있었다. 그 위치로 보아 기차를 뛰어내려 적에게 응사하다가 총을 맞은 것이 분명했다. 잘 죽었어, 어차피 사형을 못 면할 형편 같은데. 백남식은 시체를 내려다보며 생각했다. "대강 사오십 명 되는 것 같았고, 무기만 가져갔습니다. 대장님이 출동해 주셔서 그래도 피해가 줄었습니다. 망을 보고 있다가 대장님 부대를 발견하고 도망치기 시작했으니까요." 중사의 말에 백남식의 머릿속에서는 확 불꽃이 일어났다. 살았다는 생각이었다. 이 한마디 증언이면 사건이 비록 자신의 관할지역에서 일어난 것일망정 책임은 모면할 수 있을 것 같았던 것이다. 기차 앞에는 바윗덩이들이 겹으로 쌓여 있었다. 그 바윗덩이들이 모든 것을 설명하고 있었다. 다소 경사진 철길이라 하더라도 달리는 기차가 소총 정도의 공격을 받고 멈출 수밖에 없었던 것, 특별열차 운행이 사전에 탐지되었다는 점과, 기습을 위해 그 준비가 장시간에 걸쳐 이루어졌다는 사실 같은 것들이 그대로 드러났다. 백남식은 아까 밝아졌던 마음이 그만큼 어두워지는 것을 느꼈다. "우리만 사람 죽고, 무기 뺏기고, 도대체 이게 무슨 꼴이야." 그는 벌컥 화를 냈다. "아닙니다, 적도 두세 놈이 죽었는데 시첼 악착같이 떼메고 간 겁니다." "시체를?" 백남식

은 그때서야 군인 여덟과 기관사 셋을 살려주고 간 사실을 구체적
으로 실감하고 있었다.

"사령관님, 사건 보곱니다."

권 서장이 들어서며 말했다.

"또 무슨 일이오?"

백남식은 얼굴을 찡그렸다.

"보성에서 발생한 사곱니다. 소작인들이 지주 집에 난입해서 집
단폭행을 가하고 기물을 파손하고……."

"모두 잡아 처넣으라고 하시오!"

"그게 아닙니다. 경찰이 출동했지만 제지가 안 되고 오히려 경찰
에게 덤벼드는 상황이라고 합니다. 계엄군이 나서야 될 형편인데
어떻게 대처해야 할지 명령하달을 원하고 있습니다."

"거 남 서장이란 사람은 뭘 하고 있는 거야. 총 가진 경찰이 민간
인들한테 당할 입장이라니, 고양이가 쥐한테 몰리는 꼴 아닌가. 참
드럽게 돼가는 세상이네, 이거."

백남식이 의자를 차고 일어났다.

"다음은……,"

"아니, 또 있소?"

"이곳 칠동에서 현재 발생 중인 사건입니다. 보성에서와 동일하
게 소작인들이 지주 집에서 난동을……."

"방침 정한 대로 난동자들을 무조건 잡아들이게 하시오."

"예, 당장 급한 건, 소작인들이 난동을 부리다가 지주 집에 방화

를 했는데, 소방서에서 진화를 위한 병력지원을 요청하고 있습니다."

"뭐라고요? 소방서놈들은 계엄군을 도대체 뭘로 보고 그따위 요청을 해오는 거요? 계엄군이 지금 소방서에 부역이나 나가게 생겼소! 손이 모자라면 동네사람들 동원해서 끄라고 하시오."

"그러잖아도 소방서에서 먼지 지원요청 이유를 설명했는데, 지주가 인심을 잃어서 그런지 동네사람들이 서서 구경만 하지 돕지를 않는다는 겁니다."

"그새끼 그거, 어떤 새낀지 집 다 태워먹게 내버려두시오. 평소에 얼마나 악질로 굴었으면 사람들이 그러겠소. 우리가 할 일은 방화범만 체포하면 되오. 그놈의 농지개혁법인지 뭔지가 공포되고 나서부터 우리 계엄군이 빨갱이를 잡는 것이 주임문지, 난동 소작인들을 다스리는 것이 주임문지 뒤죽박죽된 것도 화가 나서 미칠 지경인데, 뭐 불을 꺼! 요런 쌍녀러 세상이 어찌 돼갈라고 이 꼴인지원. 갈수록 소작인들의 난동은 심해져가고, 이 짓도 못 해먹을 노릇이오. 무슨 보고가 또 있소?"

"현재로선 없습니다. 보성에 명령하달 잊지 마십시오."

권 서장은 돌아섰다. 백남식은 곧 보성으로 전화를 걸었다.

"공포를 쏴서 해산시키고, 주모자를 전부 잡아들여. 너무 많은 게 무슨 상관야. 장소야 학교를 빌리든 어쩌든 거기 사정에 맞춰 해결해야지. 공포만 쏴! 위협사격은 절대 안 돼! 잘못해서 누구 하나 죽었다 하면 큰일나니까."

백남식은 공포만을 강조했다. 일단 화가 나기 시작한 민간인들이 얼마나 무섭고도 골치 아픈 대상인지를 그는 경험을 통해서 잘 알고 있었다. 특히 농민들이 논두렁을 벗어나 길바닥으로 몰려나오기 시작하면 그건 걷잡을 수 없는 힘으로 돌변하는 것이었다. 그 양순하고 고분고분하던 황소가 한번 성질을 부리며 날뛰기 시작하면 어떤 힘으로도 막을 수 없는 것과 마찬가지였다. 평소에 묵묵히 농사를 짓던 그들의 질긴 힘이 폭력으로 바뀌는 것도 무서운 일이었지만, 그들의 손에 들려 곡식을 가꾸던 연장이 무기로 둔갑하는 것은 더욱 무서운 일이었다. 호미·낫에서부터 곡괭이·쇠스랑까지 무기 아닌 것이 없었다. 그는 10·1폭동을 통해서 화가 폭발한 그들의 무서운 모습을 직접 목격했던 것이다. 그 사건을 통해서 민간인에게 총질을 잘못하는 것이 얼마나 위험한 일인가를 깨닫게 되었다.

10월로 접어드는 가을은 들녘에서 농익어가고 있었다. 검푸른 초록빛으로 출렁이던 들녘은 어느덧 황금빛으로 변해 묵직한 흔들림을 보이고 있었다. 바람은 같은 바람이 불어가도 그 바람을 맞는 여름의 들판과 가을의 들판 모양은 완연히 달랐다. 여름들판이 잔잔하게 물결 이는 초록의 바다라면 가을들판은 묵직하게 흔들리는 황금의 도가니였고, 여름들판이 처녀의 몸짓이라면 가을들판은 임산부의 몸놀림이었고, 여름들판이 까르르 웃는 아이들의 웃음이라면 가을들판은 허허허 웃는 어른들의 웃음이었다. 포구의 갈숲도, 산의 나무들도 아직 싱싱하게 푸르렀으므로 들녘의 황금빛은 유별나게도 두드러져 보였다. 벼만 익어가는 것이 아니라 모든 것이 기름기 돌고 살 오르는 계절이었다. 뱀도 개구리도 메뚜기도 미꾸라지도 가을볕 속에서 살쪄가고 있었다. 새보기가 고비를 넘기게 되자 아이들은 메뚜기잡이와 미꾸라지잡이에 열을 올리기 시작했다. 메뚜기는 저희들을 위한 요기였고, 미꾸라지는 어른들을 위한 수고였다. 물론 좀피가루 냄새 상큼하고 진한 국물맛 고소한 추어탕을 아이들도 한 그릇씩 안 먹는 것이 아니었다. 그러나 추어탕은 어른들이 유독 좋아해서, 미꾸라지를 잡아가면 어머니가 반색을 하며 좋아할 뿐만 아니라 오랜만에 아버지의 웃는 얼굴도 보고, 칭찬도 듣게 되었다. 미꾸라지잡이에 비해 메뚜기잡이는 지천을 듣기가 예사였다. 아이들로서는 메뚜기볶음이 맛있는 요깃거리였지만 어른들은 반찬거리가 되지 않기 때문에 메뚜기 잡아들이는 것을 별로 달가워하지 않았다. 그래서 아이들은 강아지풀 줄기에 꿴 메뚜기들은 풀숲이나 텃밭에 감추었다가 저녁밥을 먹고 난 다음 눈치껏 볶아내서 밤참을 삼고는 했다.

그러나 올해는 미꾸라지를 잡아가도 어른들이 전처럼 반기지 않는 까닭을 아이들은 다 알고 있었다. 이제 살판났다는 기쁨의 소리가 고샅고샅을 울려대고, 어른들이 당산나무 아래로 모여들어 징 치고 꽹과리 치며 덩실덩실 춤출 때부터 아이들도 팔딱팔딱 모둠발을 뛰고 깡충깡충 맴돌이질 치며 어른들에게 지지 않게 소리쳐댔던 것이다. 와아, 인자 우리도 논 생겼다아, 우리도 인자 부자 되얐다아, 햐아아, 우리도 인자 쌀밥만 묵고 산다아아 ― 그리고 아이들은 끼리끼리 모여앉아 다투어 자기들의 꿈을 부풀렸다. 나년

하로에 열 그럭썩 묵고 살란다. 나넌 올베쌀얼 가마니로 해놓고 묵을란다. 나넌 흰떡얼 1년 내내 해묵을란다. 나넌 쌀밥얼 참지름에만 몰아묵을란다. 나넌 쌀밥이먼 숨 안 쉬고 열 그럭도 묵을 수 있다. 그러나 아이들의 그런 꿈도 어른들의 한숨과 분노를 따라 차츰차츰 금이 가고 깨져나가기 시작했다. 아이들은 가슴이 휑 비는 허망함 속에서 울상이 된 얼굴로 어른들의 눈치를 살피다가, 하늘을 쳐다보다가 했다. 그러면서도 아이들은 미꾸라지를 잡으려고 봇도랑을 막거나 웅덩이의 물푸기를 게을리하지 않았다. 가을 추어탕은 여름 개장국만큼 어른들의 몸보신에 좋다는 것을 아는 까닭이었다. "싸게 가서 미꾸라지 잡아오니라. 느가부지 저리 한숨 토해쌓다가는 기운 다 파해 탈나겄다." 어떤 아이는 할머니의 이런 말을 듣고 기운 없는 몸을 일으키기도 했다.

김범우의 집 마당에는 50여 명을 헤아리는 남자들이 말없이 서 있었다.

"어르신, 다들 뫼였구만이라."

머슴 천 서방이 댓돌 아래서 허리를 굽히며 방을 향해 말했다. 천 서방의 말을 따라 마당을 채우고 선 남자들이 제각기 자세를 가다듬었다. 곧 방문이 열리고 김사용이 모습을 드러냈다.

"다들 왔는가."

마루 끝으로 나선 김사용이 사람들을 향해 말했다. 그 말에 맞추어 남자들이 일제히 허리를 굽혔다.

"다들 잘 왔네. 자네들을 모이게 헌 것은 다른 일이 아니고, 몇몇 사람이 헛소문을 듣고 어지께 여길 찾아들었기 땀세 다른 사람들도 그런 헛소문으로 공연시 속 아프게 살랑가 몰라 내 입으로 분명허게 말을 해두고자 함이네. 지금 농지개혁을 앞두고 세상이 더없이 시끌시끌허고, 온갖 소문이 날이 날마다 퍼지고 있는 형편인데, 거기에 내가 농지를 명의변경시켜 뒤로 빼돌리고 있다는 소문도 끼여든 모양이네. 내가 그런 못되고 못난 짓을 한 일이 없다는 것을 지금 자네들 모두가 듣는 앞에서 내 입으로 똑똑허니 못박아 말허는 것이니 그리들 알도록. 내가 자네들헌테 큰 선심은 못 썼어도 그동안 다른 지주들에 비해 다면 얼매라도 소작료를 낮추었고, 토지개혁이 되든 농지개혁이 되든 그때는 법이 정하는 바에 따라 농지를 분배한다는 것은 일찌감치 내 아들 범우와 한 말이기도 한데, 내가 어찌 그리 온당치 못한 짓을 하겠는가. 앞으로 실시될 농지개혁에 따라 지금 자네들이 짓고 있는 농토는 당연허니 자네들 것이 될 것이니 자네들은 공연시 딴생각, 딴마음 먹지 말고 애써 지은 농사 추수나 잘들 허도록 허소. 그라고, 당부할 말은, 지금 세상이 이리 시끄러운 것은 지주들이 자기들 욕심만 채우니라고 사람으로 해서는 안 될 일들을 하기 땀세 생겨나는 분란인데, 오늘 일은 자네들 속에만 담아두고 입에 올리지 말라는 것이네. 왜 그런고 하니, 자네들이 별 생각 없이 하는 말이 자네들만 못한 처지에 있는 사람들헌테는 속 뒤집는 소리가 될 것이고, 그리되어 분란이라도 일으키게 되면 결국 자네들의 말이 죄인 것잉께. 내 말 다 끝났으니 다들 돌아들 가시게."

작인들이 또 일제히 허리를 굽혔다.

"어서들 가아."

손을 두어 번 흔들어 보인 김사용은 힘없고 느린 몸놀림으로 돌아섰다. 핏기라고는 없이 창백한 그의 얼굴에는 거뭇거뭇한 저승꽃과 함께 병색이 드러나 있었다.

김사용이 방문을 닫자 작인들은 비로소 뒤돌아서서 대문을 나서기 시작했다. 부인 이씨는 소리 없이 대문을 빠져나가고 있는 그들의 모습을 온화한 얼굴로 지켜보고 서 있었다.

그러나 김사용의 당부는 이삼일이 못 가 들마을 여기저기로 퍼져나갔다. 김사용이 아무리 당부했다지만 그 듣기 좋은 소식을 이부자리 속에서 아내의 귓볼에 속삭이지 않은 남자가 몇이나 될 것이며, 또 남자들이 말을 꺼내기 전에 그리고 말을 끝내고 나서도 "요 말 자네만 알고 있으소. 소문 내서 이문 볼 것 하나또 읎응께" 하고 다짐을 단단히 했다고 해도 그 귀 간지럽게 들은, 자랑 삼고 싶은 말을 가슴에 진득하게 담고 있을 여자가 몇이나 될 것인가. 여자들은 남편한테 다짐받은 것과 똑같은 식으로 다짐을 앞뒤로 박아가며 다른 집 작인에게 입을 달싹이게 되고, 그때부터 그 말은 말한 사람이라고는 없는 채 바람 타는 소문이 되어 퍼지게 마련이었다. 항아리 속처럼 넓은 낙안벌에 몇십 호씩 이마 맞대고 있는 들마을들은 9할이 넘게 작인들이었고, 항아리 속에 머리를 넣고 소리치면 되울림이 갑절이나 커지는 것처럼 그 소문은 낙안벌 들마을들에 무서운 기세로 퍼져나갔다. 그 소문은 다른 지주나 소작인들을 동시에 자극했다. 소작인들은 김사용과 다른 자기네 지주를 더 증오했고, 지주들은 자기네의 일에 재 뿌리는 것만 같은 김사용을 욕해 댔다.

윤삼걸은 최익달의 사랑방에 마주 앉아 있었다. 최익달은 느긋한 얼굴인 데 비해 윤삼걸은 불만이 가득한 얼굴이었다.

"워쨌거나 서민영이나 김사용 영감 겉은 물건들 땜세 재수에 옴붙는단 말이요. 서민영이야 원체로 예순지 하느님인지 믿음서 지멋대로 놀아난 미친놈잉께로 그렇다 치드락도 김사용 영감이야 꾸적시럽게 그 무신 개지랄이다요."

윤삼걸이 성질을 부렸다.

"그 영감이 아매 그리 인심 얻어 담에 국회의원 출마헐라는갑소."

최익달이 비웃음을 입꼬리에 물었다.

"영감탱이가 노망을 허는 것이요. 늙었으면 싸게싸게 꼬드라지기나 헐 일이제 헌다는 짓거리가 넘 못헐 일이나 시키고 자빠졌으니, 저걸 그냥 성질대로 확 워째뿔지도 못허고, 그 영감탱이 땜세 암시랑토 않든 우리 작인놈덜꺼정 들썩이고 야단 판굿이 났소."

"작인놈덜 들썩이는 것이야 워디 윤 회장댁만이요? 우리 집도 매일반인디, 지까징 것덜이 들썩이면 멀 허고, 떼거리로 몰려댕기면 멋헐 것이요. 일정 때부텀 지끔꺼지 고것덜이 지랄발광친 것이 워디 한두 분이었소? 그리 혀도 즈그덜 뜻대로 된 것이 머시가 있소? 말자리나 헌다고 똑똑헌 칙험스로 앞장슨 놈이나, 급헌 지 성질 못 이기고 앞장슨 몇 놈썩 떼레잡아뿔먼 깨끔허니 해결되야 뿔고 해결되야 뽈고 안 혔소? 그럼시로 우리가 요로타케 쿤 노릇 해 왔는디 머시가 그리 걱정이요? 윤 회장이야 아무 걱정 말고 논이나 싸게싸게 이전시키씨요. 서울 성님 말씀얼 들은께 원제 득달겉이 농지개혁을 실시헐란지 아무도 몰른다고 헙디다."

"금메요, 고것도 위원장님맹키로 진작에 끝냈어야 허는디 한 발이 늦은디다가, 사람도 마땅허덜 않고……"

"무신 소리요, 시방? 지닌 논이 많음시로 일가친척만 찾고 앉었소?"

"안 그러면 워쩌겄소."

"어허, 윤 회장, 워쩨 그리 땁땁허요. 만약에 우리덜 일가친척 뿌시레기덜이 싹 다 똥구녕이 쩨지게 가난혀서 집집마동 논얼 갈라 부친다 혀도 논이 남을 판인디, 우리덜 일가친척이란 것이 거지반 밥술 뜨고 사는 사람덜이니 애시당초 그 방법이야 가망이 없는 일 아니었소?"

"허면, 위원장님은 무신 똑별난 방법을 쓰셨는게라?"

윤삼걸이 바짝 다가앉았다.

"허어 이거 참, 고것이야 말허기가 곤란헌디."

"아이고메 위원장님, 항꾼에 잠 삽시다. 비밀이야 철통겉이 지키겄웅께요."

윤삼걸이 더 바짝 다가앉았다.

"요러다가 코 깨지겄소." 최익달이 거만스런 얼굴로 물러나 앉고는, "나가 10원을 이문 볼라고 허면 최소한도 1원은 읎앨 생각 혀야

허고, 이 시상에 사람이 허는 일에 돈 갖고 안 되는 일이 읎다! 요것이 시상을 사는 법칙이고, 이 법칙이야 빨갱이 시상이 돼도 변허지 않을 법칙이요. 요 법칙에 맞춰서, 작인덜 중에서 새끼덜 많이 딸리고 순헌 놈덜얼 골라내 따로따로 불러, 열 마지기 이전시키는 값으로 한 마지기 준다는 식으로 히먼, 말 새지 않겄다, 을매나 간딴허요. 사람 맘보야 믿을 것이 못 된께, 아홉 마지기에 대해서는 미리 소유권 포기각서를 받어어겄제라."

"아하, 그렇구만이라, 그렇구만이라."

윤삼걸은 감탄과 놀라움이 뒤섞인 얼굴로 연방 고개를 끄덕여댔다. 아서라, 그리 좋아하덜 말어라. 그 짓도 진작에 했어야제 인자 때가 늦었다. 최익달은 비웃고 있었다.

"그나저나 인자 논바닥 믿고 큰돈 맨짐서 신간 편케 살아온 호시절은 막음허고 있는 모냥이요."

최익달은 선하품을 했다. 윤삼걸은 그의 말꼬리에 자신의 말머리를 잇댈 기회라고 생각했다.

"저어 위원장님, 반가운 소식이 딛기드만이라."

"무신 반가운?"

최익달은 거드름을 피웠다. 그것이 무슨 말인지 아는 때문이었다.

"양조장얼 새로 세우신다지라?"

"윤 회장님 귀도 에진간이 읎소. 하나 혀볼 작정인디, 워찌 돼갈란지 몰르겄소. 서울 기신 성님이 허가럴 내줌시로 하도 혀보라고 해쌓소만……"

최익달의 거드름은 더 심해졌다. 양조장을 하면 네까짓놈 재산쯤 우습고, 내 배경을 감히 누가 당해, 하는 생각이 그의 마음을 가득 채우고 있었다. 국회의원 최익승은 결국 정현동과의 양조장 문제를 포기해 버리고 새로 만들 계획을 세워 손아래 최익달과 동업하기로 했던 것이다.

"위원장님, 혼자서만 좋지 말고 나헌테도 그 선 잠 짬매주씨요. 나가 사례야 톡톡허니 헐 판잉께요."

윤삼걸은 갑자기 비굴해졌다.

"금메 말이요, 무슨 일인지는 몰르겄으나 될 만헌 일임사 못헐 것도 웂덜 않겠소? 워디, 이문 존 일 있으면, 나허고 동업허면 고것이야 제까닥이요."

"그것도 아조 존 생각이시오. 나가 시방 멀 하나 종그고 있는디, 고것이 자신 있다 싶으면 위원장님허고 의논 나누도록 허겄소."

"그리 헙시다. 우리야 다 아는 사인께로 이문 되는 일이면 멀 못 허겄소."

최익달은 어느새 거드름을 거두고 친근한 웃음을 피웠다. 윤삼걸도 더없이 흡족한 웃음으로 응답했다.

세상이 뒤숭숭한 가운데서도 올벼쌀은 추석을 앞질러 두 파수 전부터 장에 나오기 시작했다. 그러나 추석은 예년 같지가 않았다. 정월 대보름이 불놀이 없이 어둡게 지나갔듯 농촌의 대명절인 추석도 어디서 풍물 잡히는 소리 하나 없이 지나가고 말았다. 대보름과 다른 것이 있다면, 그때는 관에서 보름놀이를 막은 것이었고,

이번에는 사람들 스스로가 추석놀이를 꾸미지 않은 것이었다. 동네마다 약속이나 한 것처럼 냉랭한 기운 속에서 10월 6일이 지나가고 말았다. "니도 나도 못 묵게 저 썩을 눔에 나락얼 싹 다 불쳐 질러뿌렸으면 속이 씨언허겄다." 소작인들은 누렇게 물든 들판을 노려보며 이런 증오를 폭발시켰고, "니미럴, 우리헌테 추석이 워디 있어, 추석이. 앞날이 깜깜허게 맥힌 판국에 머시가 좋다고 놀아날 것이여." 그들은 이런 말로 감정일치를 보았고, "풍물? 고것 누구 좋자고 허는 것이여! 배꼽이 요강 꼭지가 되게 처묵고 숨 씩씩거리는 지주놈덜 소화 잘되게 혀주자는 것이여, 고것이 아니면, 우리넌 요리도 속창아리도 읎는 것덜이요, 허고 굿 뵈자는 것이여? 올해 풍물 잡는 손모가지덜이야 모다 작씬작씬 뿐질러뿌러야 혀!" 누구의 개입도 없이 그들은 이렇듯 자각적 행동을 이루어나갔던 것이다.

추석이 전에 없이 냉랭하게 지나가게 되자 그 기분을 민감하게 감지한 것은 지주들이었다. 스스로의 행동에 켕기는 데가 있는 지주들은 그 분위기에서 어떤 불안이나 두려움을 느꼈다. 그러나 그런 마음은 그때뿐이었고, 며칠이 지나자 지주들의 마음은 원상복구되고 말았다. 조성이나 보성이나 벌교에서는 번갈이를 하듯 말썽이 일어나고 있었다. 그러는 속에서 삐라는 사흘거리로 뿌려졌다. 백남식은 사건을 쫓아 이리 뛰고 저리 뛰고 정신이 없었다. 그는 사상자만 내지 않는 범위 안에서 소작인들을 무조건 잡아들이는 강경책을 쓰고 있었다. 1단계로 주모자를 색출해서 격리시켰고, 2단계로 개개인을 상대로 폭행이 가미된 좌익혐의를 추궁했고, 3단계로 주모자를 재판에 넘김과 동시에 나머지 사람들을 하나씩 내보내는 방법을 썼다. 그렇게 되고 보니 방화범으로, 폭력범으로, 폭행범으로, 집단난동범으로 집을 떠나야 하는 소작인들이 속출하고 있었다. 그렇다고 소작인들의 행동이 중단되지는 않았다. 자기네 지주의 비행이 확인될 때마다 소작인들은 지주에게로 몰려가는 것이었다.

김종연네는 두 번째의 매매조건마저 송씨에게 무참하게 거절당했다.

"하! 나가 여자라고 느그 눈에 시퍼 뵈냐! 어림 반쪼가리도 읎는 맘뽀 묵지 말어. 나가! 고런 도적눔 심뽀 갖고는 다시 내 앞에 얼찐대덜 말어. 그놈에 근천시런 쌍판때기 뵈기도 싫은께!" 열이 받친 송씨가 카랑카랑 쏘아댄 말이었다. 그러나 김종연네는 그 모독적인 말을 하나도 고깝게 듣지를 않았다. 처음부터 그런 반응이 나오리라고 다 계산하고 있었기 때문이다. 두 번째까지는 시간을 끌어가는 한편으로 세 번째 조건을 보다 쉽게 관철시키기 위한 준비단계였던 것이다. 세 번째 조건이 타결되기만 한다면 10년 후에는 그 누구의 간섭을 받지 않아도 되는 그야말로 '내 논'이 되는 것이었다.

저녁상을 물린 뒤 김종연이 담배를 피우고 있는데 방 서방이 찾아들었다.

"워쩐 일이다요, 성님이 다 우리 집얼 오고. 어여 들오씨요."

"지내가든 질에 얼굴이나 보고 갈라고 그랬네."

방 서방이 웃음 띠며 예사롭게 말했다.

"나가 요새 이 시상에서 질로 부런 게 바로 성님이요. 우리가 썩히는 속 안 썩히고 산께 성님이야 을매나 좋겄소." 김종연은 마주 앉자마자 이렇게 말하고는, "그라고, 결국에 가서넌 논이 공짜로 생기는 것 아니겄소? 안 선상이 주장허는 것이 바로 무상몰수에 무상분밴께." 그는 목소리를 낮추어 말했다.

"고것이야 더 두고 볼 일이고, 근디 말이시, 자네덜이 요새 벌이고 있는 일얼 나도 들었는디, 고것이 다 헛일허는 것이등마."

"헛일이라!"

김종연이 놀라며 말허리를 잘랐다.

"잉, 나가 들은 말로는 말이시, 윤 부자네 논이 절반이 넘게 폴세 딴 사람 앞으로 이전돼 부렀다는 것이여. 고것얼 알고나 그 일허고 댕긴가?"

"누가, 누가 그럽디여?"

김종연이 눈을 부릅뜨며 말을 더듬었다.

"고걸 알먼 멀 혀. 읍사무소 서류가 그렇다는디."

"요런 오살육시헐 년! 요런 가쟁이럴 짝짝 찢어죽일 년!"

김종연은 부릅뜬 두 눈을 이리저리 굴리며 뽀독뽀독 이빨을 갈아붙였다.

"근디 말이시, 그 꼴 헌 것이 윤 부자집만이 아니고 여그 들몰에 논 가진 최익달이, 윤삼걸이가 거지반 그 모냥이란 것이네. 그려서, 그 집덜 작인덜이 메칠 있다가 항꾼에 들고일어날 판이라등마."

"워쩔라고라."

"워쩌기넌, 서로 심 보태 가짜로 넘어간 소유권을 되잡게 허는 쌈얼 벌이잔 것이제."

"글타먼 우리라고 손끝 맺고 앉었을 수 있겄소. 심이야 보탤수록 씨지는 법잉께 항꾼에 나서야제라."

"자알들 생각혀서 허소. 공연시 몸만 상허고 안 될란지도 몰를 일잉께."

방 서방은 슬그머니 꼬리를 사리는 척했다.

"성님이야 태평헌께 허는 소리고라, 우리는 시방 죽냐 사냐 허는 판이요. 요분에 아조 끝장얼 보고 말어야겄소!"

김종연이 다시 뽀드득 이빨을 갈아붙였다.

엇비슷한 시간에 최익달의 작인 집에서 노 서방이 같은 내용의 이야기를 하고 있었다. 그리고 윤삼걸의 작인 집에서는 임 서방이 같은 내용의 이야기를 하고 있었다.

그리고 사흘째 되는 날 아침 고읍들을 관통하고 있는 신작로에 사람들의 행렬이 나타났다. 그 행렬은 신작로를 가득 채우고 있었다. 등등한 기세로 읍내 안통을 향해 빠르게 움직이고 있는 행렬은 남자만으로 이루어져 있었고, 그 수는 400을 헤아렸다.

그 행렬은 홍태거리 변전소 앞에서 멈추었다.

"여그서부텀은 뜀스로 아까 우리가 연습헌 구호럴 목이야 터져라, 목이야 쩨져라 허고 소리 질르는 것이요. 허고, 군인이고 경찰이 우리 앞을 막을 것잉께 절대로 겁묵지 말고 읍사무소꺼지 가는 것이요. 공포럴 쐈도 고것이야 공포니께 겁묵을 것 읇고, 우리럴 해산시킬라고 뎀베들먼 서로서로 폴도 끼고, 골마리도 잡고 혀서 죽으나사나 한 덩어리로 똘똘 뭉쳐야 쓰요. 우리가 요 일에 져뿔먼 우리넌 인자 새끼덜 델꼬 굶어죽는 일밖에 안 남었소. 고 기맥힌 사정을 모다 가심에 말뚝으로 박고, 우리 뜻이 풀릴 때꺼정 사흘이고 나흘이고 읍사무소 앞을 지키겄다고 작심덜 혀야 허요. 다들 그리 작심덜 되얐소!"

김종연의 흥분에 찬 말이었다.

"작심되얐소!"

"하먼이라!"

사람들이 팔을 치뻗어올리며 합창했다.

"되얐소, 갑시다!"

열 명씩 줄을 맞춘 행렬이 뛰기 시작했다.

"우리 땅 내놔라!"

선창이 나왔다.

"우리 땅 내놔라!"

복창이 힘차게 터져올랐다.

"악질 지주 처단하라!"

"악질 지주 처단하라!"

땅을 차는 수많은 발소리와 함께 대열의 복창이 우렁찼다. 대열 뒤로는 뿌연 흙먼지가 피어오르고 있었다.

"땅도적놈 잡아내라!"

"땅도적놈 잡아내라!"

갑작스러운 함성에 놀란 사람들이 집집에서 몰려나왔다. 몇몇 아이들이 어느새 대열을 따라 뛰고 있었다.

그들의 행렬은 횡계다리목에서 제지를 당했다. 총을 든 군인들이 세 겹으로 그들의 앞을 가로막은 것이다.

"다들 해산하시오!"

강 상사가 대열을 향해 소리쳤다.

"우리 땅 내놔라!"

그 말에 대꾸라도 하듯 김종연이 팔을 치뻗으며 구호를 선창했다.

"우리 땅 내놔라!"

복창하는 소리가 아까보다 더 컸다. 강 상사가 어이없는 표정을 짓더니 김종연에게로 다가섰다.

"이봐, 대표인 모양인데, 좋은 말로 할 때 해산시켜."

"우리넌 대표가 따로 옰소. 우리가 모다 다 대표제."

"글쎄 잔소리 말고 해산해."

"못허겄소. 우리 땅 우리가 모다 찾겄다는디 워째 군인이 간섭이요. 군인이면 빨갱이나 잡으씨요."

"뭐야, 이새끼! 너 지금 계엄상태란 걸 몰라? 깜빵에 처넣어야 정신 차리겄어!"

"워디 맘때로 혀봇씨요. 그까징 말이 무서움사 애시당초 나스지럴 안 혔소. 우리야 우리 헐 말 혀야 쓰겄응께 당신이야 당신 헐 일 시작허씨요." 김종연은 까딱도 하지 않고 이렇게 내뱉고는 대열로 돌아서며, "자아, 우리 앞으로 나갑시다. 악질 지주 처단하라!" 울부짖듯 선창했다.

"악질 지주 처단하라!"

복창이 터져오르며 대열이 움직이기 시작했다. 총을 가로잡은 30여 명의 군인들은 대열을 막아내려고 안간힘을 썼지만 뒤로 밀리고 있었다.

"땅도적놈 잡아내라!"

"땅도적놈 잡아내라!"

읍내 안통이 시작되는 어귀라 그동안에 구경 나온 사람들이 떼를 짓고 있었다.

"우리 땅 내놔라!"

"우리 땅 내놔라!"

구경 나온 사람들을 의식해서인지 구호를 복창하는 소리는 더 우렁찼다.

"김 상병, 전화로 병력지원 요청해."

강 상사가 뒤로 밀려나며 옆의 부하에게 명령했다.

"악질 지주 처단하라!"

"악질 지주 처단하라!"

구경하는 사람들이 끼리끼리 수군거리기도 하고 혀를 길게 차기도 했다. 구호를 외치는 대열은 자꾸 앞으로 나아가고 있었다.

"후미열, 10보 뒤로! 공포발사 준비!"

강 상사가 명령했다. 맨 뒷줄 병사들이 신속하게 뒤로 물러서며 총들을 어깨 위로 올렸다.

"발사!"

따당! 땅! 땅!

총소리가 진동했다. 대열이 주춤했다.

"땅도적놈 잡아내라!"

김종연이 부르르 떨며 소리 질렀다.

"땅도적놈 잡아내라!"

김종연의 외침처럼 복창하는 소리에도 찬 기운이 서려 있었다. 구경꾼들은 총소리에 놀라면서도 흩어지지 않았다. 대열은 공포를 아랑곳하지 않고 계속 앞으로 나아가고 있었고, 총소리도 잇따라 울려댔다. 구호와 총소리가 뒤섞이는 속에서 대열은 어느덧 극장 앞에 이르러 있었다.

"이 병신 같은 새끼들, 뭘 하고 자빠졌는 거야. 청년단까지 병력 총동원해서 소화다리 앞 삼거리 전에서 무슨 수를 써서든 해산시켜! 죽이지만 않으면 돼."

대열이 극장을 넘어섰다는 보고와 함께 두 번째의 병력지원 요청을 받은 백남식이 내린 명령이었다.

대열이 제재소 앞에 다다랐을 때 경찰과 청년단원들이 나타났다. 읍내의 모든 병력이 총동원된 것이고, 총을 들지 않은 청년단원들은 몽둥이를 들고 있었다.

"즉각 해산하라. 만약 말을 듣지 않으면 강제로 해산시킨다. 명령이다, 즉각 해산하라!"

토벌대장 임만수가 목에 핏줄을 세우며 외쳤다.

"우리 땅 내놔라!"

김종연이 부르짖었다.

"우리 땅 내놔라!"

대열이 복창하며 앞으로 서너 발짝 움직였을 때였다.

"작저언개시!"

임만수의 명령에 따라 대열을 에워싸듯 하고 있던 군인·경찰·청년단원들이 개머리판과 몽둥이를 휘두르며 대열 사이사이로 뛰어들었다. 아우성과 비명이 뒤엉키며 제재소 앞은 순식간에 수라장으로 변했다. 구경꾼들이 골목으로 피해 달아나고, 제재소의 톱 돌아가던 요란스러운 소리가 뚝 멎었다. 불시의 공격인 데다가, 소작인들은 맨주먹이었으므로 일방적으로 당할 수밖에 없었다. 개머리판에 찍히고, 몽둥이에 얻어맞고, 구둣발에 짓밟히며 나뒹그러지고 거꾸러져가는 소작인들의 모습을 구경꾼들 속에서 지켜보고 있는 이지숙의 눈에서는 눈물이 주르륵 흘러내리고 있었다. 10월 중순의 투명한 햇살 속에 핏방울들이 여기저기서 튀겨오르고 있었다.

〈제3부 「분단과 전쟁」, 6권에 계속〉

태백산맥 5

제1판 1쇄 / 1987년 11월 20일
제1판 45쇄 / 1994년 10월 7일
제2판 1쇄 / 1995년 1월 15일
제2판 40쇄 / 2001년 3월 10일
제3판 1쇄 / 2001년 10월 10일
제3판 41쇄 / 2006년 12월 20일
제4판 1쇄 / 2007년 1월 30일
제4판 68쇄 / 2019년 12월 25일
제5판 1쇄 / 2020년 10월 15일
제5판 8쇄 / 2024년 3월 31일

저자 / 조정래
발행인 / 송영석

발행처 / (株)해냄출판사
등록번호 / 제10-229호
등록일자 / 1988년 5월 11일(설립일자 | 1983년 6월 24일)

04042 서울시 마포구 잔다리로 30 해냄빌딩 5·6층
대표전화 / 326-1600 팩스 / 326-1624
홈페이지 / www.hainaim.com

ⓒ 조정래, 1987, 1995, 2001, 2007, 2020

ISBN 978-89-6574-925-7
ISBN 978-89-6574-920-2(세트)

파본은 본사나 구입하신 서점에서 교환하여 드립니다.